U0840387

祝安妮

原城大总裁 著

天津出版传媒集团
天津人民出版社

图书在版编目（CIP）数据

祝安妮 / 原城大总裁著 . -- 天津 : 天津人民出版社 , 2019.8
ISBN 978-7-201-14832-8

Ⅰ . ①祝… Ⅱ . ①原… Ⅲ . ①中篇小说 - 中国 - 当代
Ⅳ . ① I247.5

中国版本图书馆 CIP 数据核字 (2019) 第 119325 号

祝安妮
ZHU AN NI
原城大总裁 著

出　　版　天津人民出版社
出 版 人　刘　庆
地　　址　天津市和平区西康路 35 号康岳大厦
邮政编码　300051
电子邮箱　reader@tjrmcbs.com

责任编辑　玮丽斯
特约编辑　张尧尧
装帧设计　嫁衣工舍
内页设计　米　籽
封面绘制　卓文强

制版印刷　合肥华星印务有限责任公司
开　　本　880 × 1230 毫米 1/32
印　　张　10
字　　数　294 千字
版权印次　2019 年 8 月第 1 版　2019 年 8 月第 1 次印刷
定　　价　38.80 元

目录

Contents

目录

Contents

明沧舔了舔嘴角，发现这个女人没有他看起来那么简单。

01

“祝安妮，我怀孕了。”

安妮一手拿着教案一手拿着保温杯，潋滟的双瞳惊讶地睁大，她不明所以地望着眼前这个同校不同院的同事，开口问道：“难道是我的？”

“不是你的，是……”

安妮礼貌地笑笑，及时打断她的话：“既然不是我的，我们也不熟，你就不用通知我了。不过还是要恭喜你，我有课，先走了。”

在祝安妮的职业生涯里，还没有过上课迟到这种低级失误，她可不希望因为无关紧要的人影响到她在学生们心中的良好形象。为人师表就是要有表率作用。

她匆忙与这位女同事擦肩而过，才迈上两节台阶，就听到身后的女老师在空荡荡的走廊里轻声地说道：“是陈卓的。”

祝安妮的身体微微一怔，她放缓了步伐，回过头，继续保持着刚刚的礼貌微笑，平静地说道：“恭喜你们。”说完，她再次加快步伐，在转过半个楼层时，听到那位女老师锲而不舍地朝上喊道：“你放过他吧！”

空荡荡的走廊里回荡着她的不甘。

祝安妮从扶手上探出半个身体，竖起一根手指放在唇边，示意她噤声：“你在学校里大张旗鼓地对我说这些话，是不是太蠢了？”说完，她不等对方回应，便径直大步上到三楼，进入楼梯通道旁的大门，来到自己的教室。

她像往常一样讲完一堂课，下课后又像往常一样被一群学生围着问东问西。甚至有人拿出了法语课本来询问她这位生物老师，她也耐心地为这位学生讲解一些问题。

祝安妮是 G 大的传奇，非常的漂亮，非常的温柔，传说她无所不能、无所不通。

可她今天的情绪并不像往常一样高涨，尤其是在回办公室的路上，她再次遇到了那位怀孕的冤家。她本不打算理睬，可那位女老师直接跟进了她的办公室。办公室里还有两位没下班的老师，气氛一度十分尴尬。

祝安妮给对方倒了一杯热水，还搬了一把椅子，耐着性子坐到她对面，展开准备与她促膝长谈的姿态，和气地问道：“你是来我这里申冤的？”

“我想让你放过陈卓。”

“我不懂你的话，我从来没绑架过陈卓，何来放过他一说。”

“你知道我说的是什么意思，我希望你们在感情上不再有瓜葛，我和陈卓是要结婚的。”她说：“我现在是冷静地在和你谈论这个问题。”

她看起来是很冷静，但冷静归冷静，聪明归聪明，祝安妮对她把控情绪的能力表示认同的同时，也为她的智商感到担忧。

“你觉得我和陈卓有男女感情上的瓜葛？”她随手打开自己的速写本，一只手搁在桌子上，随意地勾画着，时不时地抬头看对方一眼，“你认为我和陈卓在谈恋爱？”

对方点了点头：“是这样。至少在你们学院，很多人这样认为。”

安妮弯起嘴角淡然地笑笑：“也就是说，你怀了我男朋友的孩子，插足我和我男朋友的感情，最后还要求我这个正牌女友下岗？”

“你不喜欢他，为什么还不放过他？当初是你一走了之，你在外面生了别人的孩子，回来还要折磨他。就算你拿他当备胎，这个胎也该过期了，你换个人折磨不行吗？”

祝安妮的手微微顿了顿，正午的阳光有些烈，将她白皙的皮肤照得近乎透明，健康的黑发反射出珍珠般的润泽光芒。她淡红色的薄唇轻轻抿了抿，接着莞尔一笑：“你以什么立场来教训我呢？正义人士还是第三者？”

“我希望你善良一点。”

祝安妮撇撇嘴，没说什么，撕下速写纸递给她。这是一张简单却很传神的面部速写，画的正是这位女老师。

“你看，你的眼神里充满了哀怨与惶恐，既然你害怕我，为什么还要来和我谈判？还有，你仅凭谣言来判断我和陈卓的关系，是不是过于肤浅了？好歹你也是读过书的人……”

她收好画笔，模样天真地杵着下巴，笑眯眯地说道：“说真的，如果我对陈卓感兴趣，那连你的姓名都不可能出现在他的通讯录里。所以，你给我的罪名都是子虚乌有。”

祝安妮有两种了不起的天赋：一是智商爆表；二是她能轻松抚平他人的愤怒和狂躁。

她的声音太过温柔优美，说是天籁毫不为过。

这位讨债的女老师离开后，办公室里的另外两个女老师凑过来，和她说这个人脑子有问题，顺便还探问了一下祝安妮和陈卓的感情问题。

祝安妮一边吃着同事分享的杧果干，一边蹙眉道：“我和陈卓啊，我们的感情好着呢，没问题。”

当天下午是有课的，祝安妮上完课，赶去幼儿园接她的儿子祝君安。幼儿园就在大学附近，开车只需要 5 分钟，接走只需要 1 分钟，可今天足足耗费了半个小时。

因为祝君安打架了，还很勇猛地把别的小朋友的门牙打掉了。

她赶到幼儿园的时候，看到的是一个趴在妈妈怀里哭的大胖小子，还有衣着得体、端庄地坐在一旁看牛津字典的祝君安。

看到她出现，祝君安合上字典，抬起小手跟她打招呼，干净精致的面庞看起来像小天使一样：“嗨，安妮，今天又是漫长的一天，我已经想你一整天了。”

不等幼儿园的老师说明情况，小胖子的家长就气势汹汹地冲上来，叽里呱啦地讲了一大堆，唾沫星子都喷了众人一脸。

全部都是单方面的控诉，祝安妮不相信，她不相信连一只蚂蚁都不会主动踩上去的、斯斯文文的祝君安会打掉别人的牙。

“说说，什么事让你大动干戈。”安妮拉过君安，让他在对方家长面前把话说清楚。

祝君安耸耸肩膀：“他嘲讽我。你知道的，每个人都有自己的底线，他触碰了我的底线，并且是很多次。他还经常撕我的牛津字典，我的字典已经缺了 54 页，其中有 3 页被他直接吃下去。他欺负我一次，我可以放他一马，欺负我两次，我放他两马，但我毕竟不是养马的，不可能永远放他一马。”

说完，他又耸耸肩：“他会长出新的牙齿，但我心灵上的创伤是不可逆的。”

对方家长听了更加不乐意：“你个小孩子有什么心灵创伤，你懂什么叫心灵创伤，你就是没教养，没有父亲管教才会这样。”

祝君安对祝安妮摊摊手：“你看，我不是无缘无故地打人，他总是嘲笑我没有爸爸，事实上我有，没有爸爸我是怎么来到这个世界上的呢？他根本听不懂我的话，现在看来是遗传的，他妈妈也不懂。”

祝安妮揉了揉君安的脑袋，看着对方家长，平和地说：“把你家宝贝的牙齿打坏确实是我儿子下手重了一些。但你也听到了他的话，是你家宝贝一直欺负我们……”

“不！”祝君安突然大声制止她继续说下去，“你搞错了，妈妈，他的牙齿不是我打掉的，我只打了他的肩膀和肚子，牙齿是他追我的时候自己绊倒了摔掉的。”

对面的小胖子不干了，哭吼道：“就是他打的。”

对面的家长也开启了“得饶人处绝不饶人”的模式，硬生生从祝安妮的手里要走了一千块钱。

祝安妮开始怀疑自己的第二种天赋了，并不是所有人的暴躁她都可以平复，对于不讲道理的人她实在没办法。虽然她儿子打了胜仗，但很显然，她却输得一败涂地。

祝安妮的心情很糟糕，在学霸的世界里，任何一种较量之后的惨败都特别难以排解。

她载着祝君安回家，一路上祝君安喋喋不休地讲着他今天新学习到的词汇。直到车子停靠在小区停车场，他才一本正经地对祝安妮说：“安妮，你有没有考虑过让我跳过幼儿园这个阶段？我实在不喜欢每天被迫唱儿歌跳兔子舞。我想上高中，我已经学完了初中课程，为什么不让我去读高中。”

祝安妮解开安全带，拿起水杯按开自动吸管塞进他的嘴里：“因为高中不允许带保姆上学，你需要人照顾，不是头脑和知识上的，是生活上的，你还是个小孩。”

“我不是一般的小孩。”

“我不管你是一班二班还是三班，但你就是小孩。”

晚餐由心情而定，祝安妮的心情不佳，晚餐自然十分简单。炒了一盘西蓝花，煎了一块牛排，没有水果也没有汤。在祝君安抱怨一番之后，她直接从冰箱里拿出一盒成品橙汁，给他倒了半杯。

吃完晚餐后，她开始去拆家里的床品和窗帘，准备以劳动来消耗掉自己内心的不快乐。这一整天都不快乐。

第一拨床品洗好后，她抱到了阳台，调整升降衣架，一件件地挂上去。微风吹起时，这些微湿的棉布温柔地贴到她的皮肤上。

夜色斑斓，住在这样高的地方，望向远处会看到许多平日里看不到的美景。

隔壁阳台传来一声闷闷的狗叫，听得十分真切。两家的阳台中间不过两米的距离，她转过头，就看到隔壁阳台突然冒出一个人。那人手里端着咖啡，另一只手拿着一块糕点，在他自己吃了一口后，便递下去喂给身旁的狗。

祝安妮刻意地清了清嗓子："咳……"

另一个阳台里，一身柔软米色棉麻家居服的明沧转过身。他的阳台没开灯，身上映着的是室内的明黄色灯光，这样的明暗对比衬得他更加眸深眉重，他疑惑地抬头，问道："有事？"

祝安妮走到距离他最近的一侧，手肘杵在阳台上，身体微微弯着，有些期待地看着他，问："你会吵架吗？"

说实在的，明沧长得可一点不像会吵架的样子，他的身上有一股自然散发的贵气，仿佛一切不美好的东西都不会出现在他的周身。

"会。"他果断地说道。

祝安妮难以置信地偏偏头："真的？"

"真的。"

"可是之前你败给我了。"她说，"在我们还不熟的时候。"

明沧喝了一口咖啡，意味深长地笑了笑，眸中的星辉因为双眼微弯而暂时隐匿："所以，你觉得现在我们是熟人了？"

"比之前熟一点。"祝安妮坦然地笑笑，"你吵架的时候会骂人吗？"

明沧点头："会，谁都会。"

"怎么骂？你教教我，特别解气的那种……"

"我教你你就能学会吗？"他笑。

"没有我学不会的东西。"她说。

祝安妮住的这个小区的档次在 G 市算是数一数二的，她能住在这里，全都仰仗于她有个了不起的姐姐。可遗憾的是，她了不起的姐姐已经去世了，这是姐姐留给她的遗产。

安妮所在的楼共两梯四户，这个养着一条恶霸犬的帅气男人就住在她的隔壁，说来很巧，她跟这个新邻居早在半年之前于哥伦比亚大学有过一面之缘。

几年前，她曾留学于哥伦比亚大学，中间因为祝君安而不得已休学。

后来她重返那里，去终结一项之前遗留下来的研究项目，在离校之前，她用速写本手绘哥伦比亚大学，准备回来送给祝君安，明沧就是这时候出现的。

他像一道光，从她的画本中间劈了进来，在此之前，她还不相信世界上有这么好看的人。

02

半年前，哥伦比亚大学。

明沧叫了她的名字："安妮。"

"你认识我吗？"祝安妮面色平静地望着突然出现在眼前的英俊的男人，她不是一个喜欢与人搭讪的人，对前来搭讪的人也从不热情回应。

"不只认识，还很了解。"他的声音干净清澈，语速不急不缓，透着稳重和自信，"我知道你的中文名字和英文名字都叫安妮；知道你有 200 件格子衬衣，只穿牛仔裤从不穿裙子；还知道你喜欢喝红酒以及你的净身高和体重，不过你看起来比资料里高一些，清瘦一些。"

祝安妮放下手里的画笔，画纸上的狮子已经呈现出威风凛凛的姿态，这里有沉淀了两百多年的浓厚的人文气息，与第五大道的奢华截然不同，透露着少见的静谧。

"送你的。"他拉开斜垮着的运动包，拿出一瓶红酒递给她。

祝安妮接过来，仔细看了看酒瓶，又仔细地看了看他："很重的见面礼。"

"你喜欢就好，希望你能将这个礼物分享给你的家人，并向他们表示我很有诚意地来和你相过亲，但很遗憾我们双方没有进一步交往的意愿。”

祝安妮笑了笑，无意间注意到他戴着的运动腕表以及腕表上的时间，她这才想起来自己预约的车马上就到了。她回过身匆忙收拾好画具，拉起行李箱的同时对他摇了摇手里的红酒：“谢谢你，这是我在哥伦比亚大学最开心的一天。”

“为什么？”阳光太过刺目，他不得不微微眯起眼眸。

安妮指了指天空，微笑道：“一碧万顷，惠风和畅，免费红酒，还有你。”

明沧蹙眉，思考片刻后抬手：“等等，我重新考虑一下我们此次相亲……”

“晚了，我得走了，有缘再见。”祝安妮挥挥手，提起行李扭头就走，走着走着小跑了起来，束起的马尾愉悦地在背后微微摆动着。

明沧拉开自己松垮垮的运动服上的拉链，一屁股坐在台阶上，看着学生人来人往，脑海里还回荡着祝安妮温和又独特的嗓音。

他开始后悔了，这个声音真想再听一会儿。

他的视线延伸到祝安妮消失的方向，身边突然跳出一个活泼的女孩，扎着和祝安妮一样的马尾，同样的格子衬衫，同样的牛仔裤，甚至都带着一个画板……

“你哪位？”他已经预感到些什么。

“安妮。”女孩笑容明朗地道，“你不是明沧吗？”

明沧偏头皱了皱眉：“那刚刚那个是谁？”

回国飞机上，祝安妮拿出自己的速写本和碳铅条，简简单单地勾勒出刚刚她被当作相亲对象的画面。

画里身材颀长的英俊男人，穿着宽松的运动套装，头上戴着吸汗的运动头巾，肩上挎着运动包，耳机也随意地挂在脖颈上。他的眉眼颜色很深，五官如同被精雕细琢过，好看到令人惊艳。是的，惊艳。以往这么好看的人，只能出现在漫画里。可惜了这么好看的人，脑子却不太好。

这幅画并没有完美地呈现出那位鲁莽先生的绝世容颜，她不满意，所以决定重新画一张。

祝安妮并非艺术生出身，学习绘画还是她19岁那年休学后开始的。休学三年，画了三年，她临摹了几幅世界名作，却没人相信那是她画的。不过她也没争辩。在这三年里，她还学会了意大利语、日语、韩语和法语，在此之前，她已精通英语、俄语和土耳其语。

这一切都没有人相信，因为她的生活中，缺少了一个强有力的人证。而她也并不喜欢炫耀这些惊人的成绩。于她而言，能开心安稳地生活，比一切都重要。

飞机落地后，她坐上机场大巴直奔市区，下了巴士便打车去了闺密家，她的首要任务是把儿子接回来。

已经整整10天没有见到她的小靓仔，见面后的第一件事就是把她狠狠批评了一顿。说她枉顾亲情，说她辜负了他的信任，明明说好去7天，结果去了10天，这不是善意的谎言，是赤裸裸的无情的欺骗，当然这一切最终都被一顿汉堡、薯条给摆平。

遇到需要安抚祝君安的时候，一顿汉堡、薯条就可以摆平的，如果还摆不平，那就两顿。

半个月之后，她和祝君安在自家小区里遇到了明沧。

祝君安小小的身体上挎着属于祝安妮的粉色单肩包，东张西望地跟在祝安妮的身后，直到在四通八达的绿化甬道的转角处看到了正在走路的明沧，他兴奋地瞪大眼睛，兴冲冲地朝明沧的长腿扑去，脆生生地叫了一声："爸爸！"

被祝君安抱了个满腿的明沧一手拎着一袋狗粮，一手按住祝君安的小脑袋，莫名其妙地皱起眉头："认错了？"

祝君安脑袋摇得跟拨浪鼓一样，坚定地回答："没有！你就是我爸爸！"

明沧挑了挑眉，揉了揉小家伙的脑袋，似笑非笑道："那我要看看你妈，漂亮的我才同意……"

“我妈妈超美的！还很聪明！”

明沧不置可否地点点头：“我也是这么看我妈的。”

祝安妮从祝君安的认爹声中回过神，这才发现自己儿子跑丢了，她顺着声音的方向在一簇树丛后面找到了人，刚叫了一声祝君安的名字，就意外地愣住了。

明沧也愣住了，他没有想到会在这里遇到这个假安妮，更没想到她居然有个这么大的儿子。

祝安妮敷衍地勾了勾嘴角，对祝君安招手：“回家。”

祝君安很听话，立即放开眼前的“爹”，扭头便往回跑。

明沧眯了眯眼睛，拎着狗粮跟过来：“很巧，安妮。”

“是啊，很巧。”

“你认识我吗？”他突然驻足问道，满眼的审视意味。

祝安妮牵着祝君安的手也跟着驻足，将他上下来回打量了一番，朗目疏眉，卓荦英姿，和上次观后感没什么不同：“见过，但不认识。”

明沧微笑着点头，似乎对这个答案很满意，他说：“既然不认识我，为什么拿了我的红酒？”

“你给我的啊！”她不可思议道，“而且你认识我，不是吗？”

“我认错人了。”他说。

安妮淡淡地看了他一眼，说：“那好，我还给你。”

“好的。”

“酒瓶。”

“酒瓶？”

安妮认真地点点头：“对，酒已经喝了。”

祝君安在下面接话：“也可能早变成汗水流光了。”

祝安妮点点头：“差不多。”说完，拉着祝君安继续走路。

明沧舔了舔嘴角，发现这个女人没有他看起来那么简单。

三个人一路同行，直到进入电梯，祝安妮按下19楼的按钮而明沧什么都没做，祝安妮才慢吞吞地从包里翻出一个迷你电棍，面无表情地对着电梯里的明沧说道：“我可以徒手劈掉你的脑袋，你信不信？”

“安妮，不要吧，这个爸爸的脑袋很好看……”

祝安妮一把捂住儿子的嘴，继续盯着明沧。

明沧一手插着口袋，一手拎着狗粮，听完她的话，慵懒地靠到电梯角落里。他的举动更像是对女性的尊重，没有任何的畏惧感。

“我相信，但我想知道，你为什么要劈我的脑袋？”

“因为你尾随我。”

明沧不屑地笑了笑，眼角眉梢都流露出一股不屑：“你儿子管我叫爸，我跟我老婆孩子回家有毛病吗？”

“他管很多人都叫爸。”她说。

明沧顿了顿，说：“我能把红酒错送给你，能在你的眼皮底下被你儿子认成爸爸，怎么就不能是新来的邻居？我长得很像坏人吗？你从我的眼神里应该看得出我是个不屑于犯罪的人。”

祝安妮收起手里的迷你电棍，盯着他的眼睛看了两秒，微微一笑，自信地说道，“从你的眼睛里，我只看到了一位魅力四射的青年女性，那就是我。”

电梯门打开，她站在原地不动，等到明沧先下了电梯才带着祝君安跟出去。果不其然，这世上真的有所谓的缘分。

他不仅和她同一楼层，还门挨着门。

明沧用指纹打开门锁，“叮”的一声后，门里窜出一只虎头虎脑的恶霸犬，脖子上还戴着铆钉皮链，兴高采烈地扑向他的腿。

祝君安又兴奋了，指着那条恶霸犬对正在开门的祝安妮说：“妈妈！这条狗长得太有狗样了！我们给它起个名字，就叫爸爸，怎么样！”

祝安妮拎着他的衣领把他推进家门：“爸爸这么难听，怎么能当狗的名字……”

明沧无奈地抱着狗回到自己家里，虽然并不喜欢她所表现出来的疏离和刻薄，但他喜欢她的诚实。她说的没错，她儿子果然管谁都叫爸爸。

03

祝安妮的生活有条有理，她喜欢一成不变。在固定的时间起床，在固定的时间吃饭，在固定的时间睡觉，这令她感觉舒适且安全。

她和祝君安一起洗手，接下来，她要去做饭。而祝君安则有 10 分钟的时间去欣赏种在家里的花草，随后，他要做作业。

当然不是幼儿园的手工课，而是研究大西洋季风。最近他迷上了地理，并且通过自己不懈的努力，已经学习到了高中课程。

祝安妮打开抽油烟机，关上厨房门，几乎与客厅的世界隔绝。反正祝君安不会捣蛋，他从来不捣蛋，仿佛出生的时候他就放弃了这一项幼稚的技能。

君安一个人嘟嘟囔囔了半天，觉得有些无聊，想到邻居家的狗，于是打开自家大门，走到隔壁去敲门。至于门铃，对他来说可望而不可即。

很快，里面传来狗叫声，接着防盗门打开一条缝隙，明沧从门缝里瞄了一眼，这才将门打开，居高临下的与他打招呼：“嗨。”

祝君安仰起头，挥挥手：“嗨，爸爸，我觉得和你很投缘，不知道我们能不能进行一会儿友好的学术交流呢？”

明沧头疼地捏了捏眉心，蹲下身子，与他平视，温和地说道：“可是你妈有一点凶，我不想跟你交朋友和交流。”

“那是假象，自我保护的假象。我妈妈很温柔，你不觉得她长得很漂亮，声音也很甜吗？讲话比幼儿园的老师还好听。”

明沧笑笑：“你想跟我玩什么？”

“我想给你介绍一下我妈给我种下的江山。”

几分钟后，明沧被祝君安搂腰抱大腿哄骗到了自己家里。

祝安妮从厨房出来时，被眼前的情景吓了一跳：客厅里突然多了一人一狗。

“大花盘的这个应该是 Middlemist 红。”祝君安手指着客厅中央的迷你花园自信地说道，“你知道吗？”

明沧坐在地板上，一手搂着狗，认同地点点头：“这确实是 Middlemist 红。”

祝君安半信半疑地看着他问：“你知道的太多了，你为什么会知道这么多？”

“我知道这么多很正常，我反而想知道你怎么知道这么多，你的英文发音也很标准。”

祝君安得意地扬起下巴，说：“何止英文，我还会意大利语和日语。”

“吃饭了。”祝安妮打断两人的对话，如果让祝君安和别人炫耀他的知识储存量，大概一夜也聊不完。

闻声，明沧起身，顺手抱起他的狗。尽管他的狗十分乖巧，祝君安也一直表现出对这只狗有着极为浓烈的兴趣，但恶霸犬的长相并不是很能让小朋友的家长放心，所以他还是避免让狗和祝君安直接接触。

“你儿子一定要我陪他玩一会儿。”他主动交代了自己是如何出现在这里的，并随口问了一句家常话，“你老公也快回来了吧？”

“我没老公。”她淡淡地说。

明沧尴尬地挠了挠眉心，指了指门口，说：“对不起，你的话我有点接不起来。我先回去了，你们慢慢吃。”

“留下来一起吃吧。”她下巴微微扬了扬，示意他坐到祝君安旁边，而祝君安也表现出一副期待的模样。

他正思考着要不要答应，毕竟从她说出“没老公”这三个字以后，他开始同情这母子俩。就在他犹豫不决的时候，祝安妮突然开口说道：“我只是客气客气。”

明沧随即扬长而去。

鉴于明沧还算是个博学的邻居，经常会说出一些祝君安不知道的冷门知识，所以祝君安格外喜欢他，每天“爸爸”长、“爸爸”短的，不知不觉，就叫了半年。

除了偶尔祝君安会直接把明沧带回家里或者干脆跑去明沧家里睡，安妮跟明沧的日常沟通都是在阳台上进行的。

虽然祝安妮看到的明沧是随和且平易近人的，但她发现，明沧的本质并不是这样的，她看到的都是假象。她经常听到明沧在阳台打电话的时候非常凶地教训人——这是一只披着羊皮的大灰狼。

她正跟明沧学着骂人的时候，祝君安跑到阳台来给她送手机。她看到是陈卓的名字，脑袋当即嗡一声，但还是接了起来。听对方讲了几句后才说："我不想听你解释，为什么要跟我解释？这是你的自由，当务之急你应该是解决她和她肚子里的孩子的问题，找我做什么？"

"陈卓，我现在正在学习，很忙。"

"不好，改天我也不想跟你谈这个，我没生你的气，我没有生气的理由。"

她又草草说了几句，就挂了电话。

"男朋友？"明沧问。

祝安妮不乐意地哼了一声："我没男朋友，我上次已经说过了。"

"你上一次说的时候是两个月前。"

祝安妮看了他半晌，扭头回到房间里，这一晚都没再出来过。

明沧只觉得莫名其妙，跟狗在阳台玩了一会儿，也进了房间。父亲的电话像催命符一样打进来，他听得耳朵都要长茧了。无外乎又给他相中了谁家的千金，让他赶紧回去相亲，早日成婚，传宗接代。

搞得好像家里有皇位要继承一样。

次日，祝安妮早早起来做早餐练瑜伽，吃完早餐后送祝君安去幼儿园，她已经做好了准备，如果那个家长仍叽歪个没完，她就用新学到的知识跟她吵一架，可惜那个小胖子今日没去幼儿园。

她只好开车去学校。

祝安妮所教的这门课程，是生命科学学院所有专业的必修课。除了要纳入学分计算之外，对其他课程的学习也有触类旁通的作用，所以还是挺重要的。

她才出现在实验室，就被一声声浮夸的“我想死你了”给轰炸一番。未见其人先闻其声，说的就是她的好友祁珊。

祝安妮拿起手里的记录册挡住她的熊抱：“我怀疑祝君安是你生的，你们两个一样，每天都能看到我，却还要每天想我一万遍。”

祁珊笑嘻嘻地用肩膀顶了她一下：“那我怎么不想别人呢？”

“好了，别闹了。”她扬了扬手上的记录册，这是实验室的规矩，任何操作和培养液的配方都要记录在案，力求实验的严谨性和可重复性。“你看过试验记录没？我看了一下，上午需要配组培，我已经用小推车运了一百个锥形瓶去蒸汽灭菌了。”

“安妮，你真好，我想嫁给你当老婆。要实在不行，我嫁给你儿子也行，给你当儿媳妇应该也很幸福，有你在我可以不用带大脑了。”

祝安妮嫌弃地瞥了她一眼：“你得有大脑可带才行，根本不是需不需要的问题。”

如果是别人这样说她，以祁珊的性格也许会一个鞋底拍在对方的脸上，但是祝安妮这样说，她无从反驳。

祝安妮是个天才，学业生涯中各种跳级，九年义务教育外加三年高中在她身上被浓缩了。大二的时候做交换生出国，休学好几年还拿下硕博连读，早早拿到了博士学位，作为人才引进回母校，国家重点课题傍身，26 岁就已经评上了副教授。

祁珊大她两岁，除了做辅导员带班外，科研任务是给祝安妮打下手。虽然事实上，她在祝安妮的实验室里做的最多的是看剧和吃零食，有祝安妮在，她连呼吸都显得多余。

“今天早餐吃什么？”祝安妮问了一声，扫了一眼祁珊的桌面，又打趣道：“法式松脆芝麻小烤饼配墨西哥特制油煎香面卷？”

祁珊表示有些跟不上她的节奏，思忖半天，说：“不过就是烧饼和油条，说得这么有格调。”

安妮笑笑，交代完实验室的事情，起身前往公共教学楼。

在操场上，她听到有人跟她打招呼：“嗨，同学！你也去2号教学楼吗？”

祝安妮没回头，她经常被认成学生，已经习惯了。

“同学！我叫你呢！”男孩加快脚步走到她身边，与她并肩，笑容张扬而热烈，“同学，我是生科院的，最近我们院有骑行的活动，咱们留个联系方式吧，到时候我邀请你。”

祝安妮坦然地笑笑：“不需要，既然你也是生科院的，那很快我们就会再见面。”

“也？”男孩继续跟着她，“这么说你也是生科院的，我是大一新生，你呢？同学，你走慢点，咱们萍水相逢也算有缘分，以后在学校里有个照应啊……”

祝安妮抬手看了眼手表，距离上课还有不到半小时，开电脑开投影仪加传课件，时间计算得刚好。

大学里的学生惯常懒散，名校里的学生也不例外。当然，除了这个原因之外，还有部分学生自负自大，在他们的眼中，所谓的专家教授，不过是沽名钓誉的草头包子，还不如自学。

所以，这个点了，教室里只有几个学生在等候，祝安妮估计着，大多学生都会掐着点儿踩着铃声进来。

“哇！不是吧！”

祝安妮正打开PPT，一个略微耳熟的声音突然响起，吓了她一跳。还是那个男孩，男孩惊讶道：“你是教授带的学生吧？这个教授也太压迫人了！让你这么早来干活儿！”

祝安妮回以微笑。

“这是你的水杯吗？我去给你接杯水，然后咱们占个绝佳的座位，靠窗又近门，等会儿咱们可以进行下学术交流。”不待祝安妮反应，那男孩已经自作主张地拿了她的杯子，接完水放在了离门最近的位置。

这算什么最佳位置，不过是方便逃跑罢了。祝安妮挑了挑眉，现在的学生还真是精。果然是如她所料，在距离上课还有五分钟的时候，三三两两的学生有说有笑地走了进来。

她看着时间差不多了，便走回讲台中央，立时，交谈的学生们都安静了下来。她今天穿了一条浅蓝色的牛仔裤，低跟尖头的小羊皮皮鞋，纯白衬衫整齐地掖进裤腰里，衬衫袖口松松的弯起，手腕上的红色皮带腕表是她这一身素淡中唯一的亮点，长发在后脑束成一个松松的马尾，这模样，和大学生真的没什么两样。

慢慢地，教室里传出窃窃私语声——“不会吧？咱们老师这么漂亮！不说是副教授吗？怎么这么年轻？”

“肯定不是咱们老师，应该是负责通知我们这节课取消了的学生吧！”

祝安妮略微清了清嗓子，微笑道：“大家好，第一次见面，自我介绍一下，我是祝安妮。”

04

这名字一出，有学生不自觉地张大嘴巴。

“老……老……老师，请问，您是传说中的祝安妮吗？”一个大胆的女生眨着眼睛，一脸惊喜和崇拜，就差没双眼冒桃心了。

“传说？怎么说的，说来听听。”祝安妮抿了抿嘴唇，勾出一抹笑来。

“传说您十五岁就考入我们学校，十六岁在名校做交换生，之后进入在全世界有超高影响力的冷泉港实验室，是诺贝尔生理学医学奖得主的关门弟子，放弃了在外国科学院做研究员。还有，这次您做访问学者期间拿了大奖！还有还有！您本人比传说中还要漂亮好多！”那女生看来真的是祝安妮的粉丝，或者说她一直将祝安妮当作她的人生指南、奋斗目标。

这个传说一经普及，同学们纷纷发出整齐的感叹：这是开挂了吧！

“谢谢你这么关注我，听你刚刚说的那些事迹，应该就是本人没错了。”

祝安妮淡定地请她坐下，眼角的余光扫到那坐在靠窗又近门地位子上的男孩。他的下巴都快掉到胸口了。

“老师……这是我们班的花名册，需要点名吗？”班长支支吾吾的，见到偶像，一张脸涨得通红。

“没有必要，我不是靠点名来留住学生的老师。我的课不用计算出勤率，我知道大家的生活多姿多彩，如果有比上课更重要的事要做，不必请假，不会扣分。”祝安妮看了看时间，继续开口道：“以后，欢迎大家积极与我进行学术交流。”

那男孩的脸腾地一下就红到了耳根。

祝安妮转身在黑板上写下标题，与她的动作同步，电子屏上也投影出同样的标题。

“以后为了方便大家整理笔记，我会用粉笔在黑板画本节课的思维导图，用电子白板呈现出更多的分支内容。”

整节课上学生们兴奋又认真，她的讲解引经据典，又紧贴科技前沿，两小时的大课结束后学生们依依不舍，不愿下课。

祝安妮收拾着东西，感觉有道炽烈的视线一直紧紧跟随着她。

“老师……”

那个男孩早没了先前跃跃欲试的模样，一脸不好意思地说道：“您的水还是温的。”

“谢谢。”祝安妮点点头。

“我叫秦先佑，以后拷课件、开电脑、擦黑板、帮您接热水，还有收拾讲桌的活儿，都让我来！”秦先佑赶紧将桌上她的教案合起来，和厚厚的专业课教材一起归整好。

她的字娟秀但有力，工整好看，刚才的板书，不仅是他，班上好多同学都拿了手机拍照留存。

“你不是痛恨欺压学生的教授吗？”祝安妮拿他的话淡淡地回他。

“为老师效力是我的荣幸！”秦先佑笑得一脸灿烂。

祝安妮将书本、电脑都装好，提在手里："不用了，谢谢。"

"可是……老师，我有几个问题想请教您！"

秦先佑紧跟着祝安妮往外走的脚步，祝安妮拍了拍他年轻的肩膀，说："和课业有关的可以问，无关的免谈。"

明氏集团总部。

偌大的总裁办公室里放着一张巨大的办公桌，背对通透的落地窗，窗外可俯瞰大半个 G 市风光，办公室内色调简明，高档的黑金配色贯穿始终，房间正中间的白色长毛地毯出奇地干净。

明沧光着脚，裹着一条灰色毛毯，坐在宽大的办公椅上盯着电脑屏幕，眉头紧锁。过了一会儿，他按下通话键，对外面的秘书说："把李姗姗给我叫进来。"

李姗姗姗姗来迟，这让原本心情就不佳的明沧更加不愉快。

"明总，您有事找我？"

"对，没事我找你做什么？跟你聊家常吗？"他伸出胳膊转过电脑显示器，又迅速将手臂收回到毯子里，扬了扬下巴，示意她看屏幕，"你部门做的？"

李姗姗仔细看了看电脑上的内容，迟疑地点头："应该是的，明总。"

"你看过没？"

"看过……"

明沧捂着口鼻打了一个喷嚏，鼻音浓重地说："关于这个降解问题我说过多少次了？从源头解决，从根本解决，我要的不仅仅是利益。企业的社会责任感体现在哪里？我把这么大的项目交给你，你交上来的这是什么答卷？就你们在电脑上敲那几个字，我家狗都能敲。"

与此同时，他家的狗，那只霸气侧漏的恶霸犬听闻自己的主人说出"我家狗"这三个字，很及时地给李姗姗补了一刀："汪汪！"

李姗姗并不是很认同明沧的说法，她觉得明沧并不了解企业，作为一名老板，明沧有些过于“佛系”。

明氏洗化交到明沧手里之前她就在这里工作，这几年来，明氏洗化在整个国际行业内的影响力有了爆发性增长，曝光率和销售额也翻了几十倍。经过几番的合并，现在的明氏洗化在全球范围内虽排不上老大，但也绝对位列前茅。

虽然面子上看起来是明沧上演了一出商业神话，事实上公司的逆转，可不是明沧一个人的功劳。以明沧这种二十几岁的公子哥来说，通常都是拿着试卷回家问老爸的草包。

“明总，您别生气。”李珊珊心里不乐意嘴上还是要哄着自己的老板，“身体要紧。”

“我的身体不需要你关心，你需要关心的是你的工作。”明沧一点好脸色都没给她。

李姗姗确实还是有一点工作能力的，只是有时太容易一意孤行，和其他高管的关系也不是很和谐。

“明总，我觉得关于您说的降解问题并不是我们明年的工作重点，明年咱们有两个高端品牌上线，有跨国合作，明氏洗化将迎接的是各种光环。以我们现在给政府带来的纳税收入，我们做不做公益无所谓，新品牌的大量跨国宣传经费惊人，关于降解，我觉得还是老方法，就像日常垃圾一样焚烧填埋，以前我们一直都是这样做的，从没有人讨论过我们的社会责任感。况且，我们之前真的联系过相关专家，关于无害降解这方面，投资也不小，我确实是为了企业考虑，才签了这个计划书。”

“专家？哪里的专家？你问过几个专家？难道一定要找专家？普通的环保机构普通的技术人员你问过了吗？”他努力克制着不让自己咳嗽，脸色憋得有些发红，看起来很不舒服，“难道我做个无害降解都需要聘请国际一线环保科技公司吗？”

李姗姗被他问得一时语塞，好一会儿才说：“或许我们可以考虑一下G大的人。”

明沧敷衍地点点头，挥了挥手，让她赶紧走，本来就不舒服，自打她带着一股浓郁的香水味进来后他就更不舒服。

李姗姗离开后他就趴在了桌子上，不知不觉就睡着了。临近天黑的时候，才被一个电话吵醒。

“妈。”

“你都好久没来看我了，什么时候过来？我跟你叔叔还说给你做点好吃的。”

明沧抬起手腕看了一眼手表，皱着眉头揉了揉太阳穴：“什么叫做点好吃的，我平时吃的也挺好。”

“你吃的和你的狗一样，狗吃什么你吃什么。”

明沧想起自己的狗，对着肥头大耳的小家伙吹了一声口哨，狗顿时从睡梦中起来。他拿起桌上的苹果咬了一口，剩下的都塞进狗的嘴里，闷声道：“那不叫狗吃什么我吃什么，是我吃什么狗吃什么。”

“这不一样吗？”

“这能一样吗？”

“你是不是感冒了？”

“没有，我喝多了。”

妈妈叹了口气，说：“大白天的你喝什么酒？”

“我成年了，只要不开车，想什么时候喝就什么时候喝。”

“我在教育你，你什么态度……”

“在我需要你教育的时候，你应该多教育一些，现在的我油盐不进。”他站起来，准备回家休息，“好了，不跟你说了，我过两天去学校看你。”

挂断电话，他随手拿起桌面上他和母亲的合影擦了两下，又放了回去。这还是他4岁的时候，母亲在自家客厅抱着他照的。

他很爱母亲，不过很遗憾，她一直都不是父亲明媒正娶的女人，也没有成为过明家的女主人。尽管她最后抛弃了自己，和别人组建了家庭又生了小孩，可他还是爱她。

他拿起挂在一旁的狗绳，弯腰给狗系上，拍了拍它的头。

自从和祝安妮成为邻居之后，他都没在家里大声喊过自己的狗，只能在没有祝安妮的地方叫一叫：“回家了，安妮。”

他忽然觉得，祝安妮有孩子是一件很遗憾的事情。

01

G 大的秋色在 G 市的美景里当属别具一格，皇家园林的格局与神韵和充满人文气息的校园相得益彰，成为最完美的搭配。被秋风吹起波动的潾潾湖面映着高阔的碧空白云，渐黄的树叶稀稀落落地飘零；日光灿烈地投在皇家园林格局的校园里，为这份静谧与恢宏平添了一份明媚的金色。

明沧在来 G 大之前让李姗姗给他查了一下关于这方面的人才，因为是生物与材料化学的交叉综合学科，所以精通的专家也不少。不过有几个正在国外或边远地区做研究，剩下的有名气的当属生命科学学院的两个女专家，一个是黄霁月，另一个是祝安妮。

而祝安妮的名气似乎更大一些，他对祝安妮了解得不够多，但李姗姗的那份资料已然是令他对这个单亲妈妈刮目相看。他总是对聪明的女孩子刮目相看。

而那个叫黄霁月的专家一直在国内与众多上市大公司做科研合作，在这方面的商业经验要更加丰富。

G 大他经常来，因为他的母亲就在这里上班，不过是在艺术学院。生命科学学院他还是第一次来。

他被学院大厅里的一面玻璃墙吸引了目光，上面有一些知名校友的名字，正看得入神，就被一个从旁边楼梯跑下来的男学生给撞了一下。

“对不起！”男生抱着书就要跑。

“没关系！同学，请问一下，你知不知道黄霁月和祝安妮老师的办公室在哪里？”

男生无奈地苦笑了一声：“又是打听我们祝老师的，你还是请回吧。我同学说十分钟之前，三百人的教室都已经满了，全是来蹭课的，搞得我本专业的都要蹲小马扎。我看你是大四的吧，还不出去实习，来这里蹭什么课啊学长，给我们年轻人留一点活路好不好。”

“我不是学生，我是有工作问题找她们。”明沧并不喜欢别人把自己当成学生，毕竟自己不是女孩子，被人当成学生似乎显得他太幼稚。早知道就应该穿得正式一些再来，而不是穿简单的衬衫和休闲裤。

“黄老师我不知道，很少见到她，每次讲完课她都走得匆忙，看起来挺忙的。祝老师在 307 室，整个三楼南面都是她的实验室，她不在办公室就是在实验室，不在实验室就在 G 大后面的幼儿园。不过你要等一会儿了！我正要去上祝老师的课！”说完，他抱着书一溜烟似的跑了。

明沧对着空气点了点头：“谢谢……”

祝安妮上课的教室确实是可容纳三百人，但现在看来，应该不止三百人，祝安妮自己也没想到会发展成这样。

起初，她只是带生物技术专业的其中一个班，接着就有另外的班和其他专业的学生纷纷在校官网、院官网还有各大校内论坛上留言，甚至还有人去院领导那里请愿。

虽说能者多劳，但也不能操劳过度。祝安妮的科研任务也很多，教学任务太繁重，她一个弱女子实在是吃不消。

祝安妮迎着满满的崇拜目光走进教室，坐在第一排的秦先佑第一个站起来，规规矩矩地叫了一声“起立！”接着浩浩荡荡的几百人站起来，笑嘻嘻地喊道：“老师好！”

祝安妮站在讲台上，为表尊重，她弯了弯腰：“你们好。”随后，她飞快地扫了一眼调皮的秦先佑，对大家说：“你们真爱配合秦先佑啊，搞得我以为自己到高中来教书了。”

“我们是发自内心地喜欢你！”秦先佑笑道，“反正我是，要是让我知道谁不是，我就打到他说是。”

教室里的同学都在笑，祝安妮只说了两个字：“闭嘴。”

祝安妮的课讲得很生动、幽默，虽然她并不认为自己是个幽默的人，但这不妨碍别人这样认为。

她如往常一般将教室巡视一遍，在众多熟悉面孔中发现了一位特别的学生。她意外地挑眉，直视坐在教室中段边缘位置的明沧，得到的回应是明沧特有的微笑。

她不知道明沧来做什么，但总不能影响她讲课。她收回目光，声音温柔地向学生们提问道：“上节课我们聊过关于在当代社会中每天产生的千万吨垃圾处理问题，这个作业谁做了？来告诉我常用处理手段。”

前排一个女生举起手，落落大方地回答：“因为很多无良制造商所用的材料难以降解，所以焚烧填埋回收再利用，是最普遍的处理手段。”

“不错。资源、环境与能源之间的矛盾日益凸显，我们今天就来说一说，关于美国 ASTM 的生物降解材料。希望在座有此志者研制出更多的环境友好型材料；无此志者，在开创自己的商业版图时，别忘了我们所处之地除了社会经济，还有自然。”祝安妮在黑板上认真有力地写下标题，电子屏上照例滚动出相应的概念和背景资料介绍。

满满当当的两个小时，中间不乏几次精彩讲解之后的鼓掌声。

明沧的大学专业与这门课毫无关联，但是他一点也没有觉得无聊，旁听了祝安妮的课，他觉得确实是不虚此行，甚至觉得意犹未尽。

在明沧听课的过程中，李姗姗打来了几个电话，他都没接。这会儿下课了，他才给对方回过去。手机贴在耳朵上的时候，他看到祝安妮远远的跟他打了个招呼，还指了指手腕，随后便匆忙离去。

这直接导致他和李姗姗的对话没好气："什么事？"

"明总，我们公司已经请到黄雰月教授了，她在办公室等您挺久了，您现在过来吗？"

明沧周围的学生有些吵闹，他捂住一侧耳朵，皱眉道："谁让你约的？什么时候约的？你现在都能随便安排我的行程了吗？"

"不是我约的，明总，是我将您昨天提出的意见做了修改，交给了董事会。这事儿董事长知道了，是老爷子请过来的。"

"报告给董事会？"明沧冷笑一声，敢情李姗姗这么有底气，原来是做了他爹的狗腿子，"那既然黄教授已经到了，你带上研发部的几个人，务必要尽到地主之谊，好好招待。"

"那明总……"

"我没空。"说完他直接挂了电话。

他不是在跟自己父亲置气，他是真的没空，他中午约了母亲在学校附近吃饭。他将车扔在学校门口，徒步向约好的西餐厅走去，母亲已经提前到了。

"你瘦了一些。"母亲说。

明沧咳嗽两声，点点头："这几天胃口不好。"

"我说你感冒了，你还撒谎。"母亲从随身带来的手提包里掏出一个饭盒，"我在家给你做的蒸饺，要不要让服务员拿去热一下。"

他摆摆手，喝了一口水，随便点了一份牛排、一份沙拉、一份意面，上菜前先打开饭盒吃了两口蒸饺。其实并没有很好吃，但这大概就是妈妈的味道。

"又背着你这破包，我给你买的那几个包怎么不用？"他拿起餐巾纸擦了擦嘴角，“你再这样我会怀疑我叔虐待你了。”

“哎呀，你别这样说，你叔叔对我挺好，当初我那么惨还不是你叔叔肯帮我一把。是你买的包太贵了，我一个老师每天背这些上课，像什么话。再说我用不习惯，怕脏怕碰的，我现在这包用了很久，怎么就不好了。”

明沧没再纠结她的包，也不想过多地去过问她现在的家庭情况。

母亲见他不怎么说话，又自顾自地说：“你就别操心我了。倒是你，也老大不小了，没见你身边有过女孩子。你可不要学你那个大哥，三十几岁还到处拈花惹草。前段时间我还看到他开着一辆跑车到我们学院门前接走了一个打扮得花枝招展的女大学生。”

明沧笑了两声，低声道：“他就那德行。”

丁零一声，西餐厅的玻璃门被人从外面推开，属于男童的独特清亮声音脆生生的响起：“安妮，你想坐有秋千的位置吗？”

明沧的身体微微一怔，他自然地转身望过去，恰巧与祝君安的视线撞个正着。

祝君安顿时忘记了秋千这码事，兴奋地大叫了一声：“爸爸！”

明沧笑着抬起手，跟他来一个愉快的击掌，倒是明沧的妈妈惊得合不拢嘴。

“爸爸，你说这是什么特别的缘分，让你和我还有妈妈在这里相遇？”

“是饿吧。”明沧揉揉他的脑袋，给祝君安拿了一个母亲带来的蒸饺。

祝君安看了看，一本正经地问：“你摸完狗洗手了吗？我怕你的手上有细菌。”

“我的手特别干净，你尝尝。”他说。

祝君安张开嘴巴，等到明沧将蒸饺塞进他嘴里后仔细品尝一番，他满意地点头：“哪里买的？”

“我妈做的。”他指了指坐在对面的母亲。

明沧妈妈一时不知该如何面对这个突如其来的“小孙子”，只好尴尬地笑笑。

祝君安朝她竖起大拇指："奶奶的手艺真好，这是我吃过的这个世界上最好吃的饺子。"随即，他又看向明沧，"爸爸，能成为奶奶的小孩简直是世界上最幸福的事，你很幸运。"

这个马屁技能一流，听得祝安妮都跟着不好意思了。她也不知道祝君安都是跟谁学的，明沧将手掌放到祝君安的背后，对祝安妮比了一个大拇指，夸赞她教子有方。

祝安妮对他笑了笑，拉着小家伙走到另外一张桌子旁坐下。

明沧的妈妈故意压低了声音，问他："这是怎么回事？"

"哦，这是我的邻居，单亲家庭，这个小孩总乱管人叫爸爸。"

母亲点点头："她妈妈我怎么看着眼熟呢。"

"你们学校的老师。"

被他这样一说，母亲似乎想起来了："儿子，妈妈多句嘴，你谈恋爱尽量还是找个跟你门当户对的，我是担心你不好过你爸爸那关。"

明沧嗯了一声，视线淡淡地扫过祝安妮的侧脸。她认真安静地看着菜单，模样和气质像极了 90 年代的明星，美得不可方物。

他忽然觉得，祝安妮有孩子是一件很遗憾的事情。他回神看向母亲，挑了挑嘴角，说："我知道，我会珍惜自己来之不易的现在。"

02

明沧和他母亲没有聊太久，吃完饭后，就目送她回了学校。他站在路边抽烟的时候，祝安妮带着祝君安从西餐厅走了出来。祝君安的手里还捧着一个很大的纸袋，小家伙十分不满意，板着脸问道："安妮，为什么我们每次出来吃饭，都要帮那几个阿姨带饭呢？"

"举手之劳而已。"

"你和她们是好朋友吗？"

"是同事，只有祁珊阿姨算是我的好朋友吧。"

"可是祁珊阿姨好蠢……"

“你才蠢！”祝安妮弹了弹他的耳朵，“你看谁都蠢！”

祝安妮走到路边，驻足在明沧面前，温和地笑道：“跑来 G 大怎么不去你妈妈那听课，听我的课不无聊吗？”

“你认识我妈？”他有些意外。

安妮撇撇嘴：“我认识她，她不认识我，之前在学校的名师介绍上看到过她的简介。”

明沧佩服地点点头：“过目不忘。我还有机会学会这项本领吗？”

“应该没有。”

祝君安抬起头看看明沧又看看祝安妮，插话道：“你学不会，但你儿子或者女儿很容易生下来就会。前提是你的儿子或者女儿是我妈妈生的。”

祝安妮忍不住翻了个白眼：“你这个小孩，我真想掐死你。”

“也好，旧的不去，新的不来。掐死我你就有理由和爸爸生新的了。”

明沧低笑出声：“你儿子很关心你的终身大事，挺好，这么小就懂得孝顺他母亲。”

祝安妮又忍不住朝他翻了个白眼：“我回学校了。对了，下次你来听课自带板凳，不要抢学生的位置。”

明沧随着她的脚步一起往前走，顺手帮祝君安提起纸袋：“我没抢，那是我花 50 块钱买的位置。”

“你可真行。”

“小孩子中午不用在幼儿园午休吗？”他问。

祝安妮耸耸肩：“看他需不需要，他不需要的话，会叫老师给我打电话。”她突然转头，有些严肃地盯着他，“你是不是感冒了？鼻音很重。”

明沧咳嗽一声，回答：“算是吧。”

原本明沧想直接跟她谈一谈和她合作的问题，但公司那里还有一个黄霁月，他现在不能太过冒失地提这件事。

三个人一同回到学校后，明沧直接驱车离开了。

生科院的大楼分南北两面，每一层中间都有玻璃连廊。所有教师的办公室都设在三楼北面，北面的其他楼层都是专业课教室或是标本室，有科研任务的教师都会分配实验室。学校领导为了照顾祝安妮，给了她特别的优待，三楼南面的实验室都是她的，甚至还分了一间空余的房间，单独给她做休息室，而其他老师则安排在南面剩下的楼层。

祝安妮将带回来的午餐放在三楼茶水间，祁姗早就等候多时，照例是由她去叫其他几个同事过来“领口粮”。等到祁珊领走自己的那份，祝安妮就带着儿子跟祁珊一起去休息室休息。

祝君安翻到一本感兴趣的书，埋头苦读起来。祁珊则靠着祝君安，看剧吃午餐。

“安妮，我想喝水。”祝君安眨着闪亮亮的大眼睛看她。

“我去倒。”屁股还没坐热的祝安妮又起身去茶水间给他打水。

午休时分的教学楼很安静，不过这个小小的茶水间却热闹得很。

“你们看到没，她今天穿的是刚过膝的裙子，你们猜我看到了什么？”这是她的同事姚琳的声音。

祝安妮下意识地停住了脚步，但偷听墙角非君子所为，她也不想卷入讨论别人的八卦会议当中，遂又迈步向前。正准备转身去四楼接水，忽然又听到她另一个同事的声音：“整天带着个野种儿子来上班，那些听她课的学生们要是知道她水性杨花，会怎么想啊……”

祝安妮回过身，在原地站住不动了。

“别打岔！我还没说完呢！”姚琳有些兴奋，继续说道：“她的膝盖上有好几块青紫，真是让人忍不住浮想联翩。”

祝安妮低头看了看自己膝盖上的痕迹，这都是照顾祝君安时留下的。孩子都是需要平等对待的，因为他矮，有时候为了给他足够的尊重，祝安妮直接单膝跪着与他交流，加上她的皮肤敏感，自然而然地就会留下伤。

现在她可以确定这些人讨论的就是自己，而不是别的人。

“还有她和陈卓的事儿，嘴上说她和陈卓是普通朋友，真是普通朋友的话，那怎么别的女人怀了陈卓的孩子却要跟她谈判？我看她背后指不定有多少个陈卓这样的男人。再看看她那清高样，看人都不抬眼皮，指不定背后多么的龌龊不堪呢！”姚琳鄙夷地说着。

祝安妮两步跨进茶水间，抓起姚琳手里的饮料杯直直地扣在她的头上。这杯橙汁也是她刚刚打包回来的。

姚琳尖叫一声，站起来吼道：“你有病啊！”

她的尖叫声引来了祁珊和祝君安，其他几个老师怕姚琳冲动，赶快拉住她，又帮她擦脸又帮她擦衣服，嘴里却说着“大家都是同事，自己优秀也不能这样欺负人啊……”

祝安妮很淡定地给自己接了一杯水：“优秀的人突然想起来有一笔账跟你们没算清楚。最近这段时间我行善积德帮你们带的饭一共是778元，一会儿记得把钱转一下，以后自己吃的饭自己买，我看你们手脚和嘴皮子一样利索，生活自理应该不难。还有，以后不要把别人的帮助当作理所应当，既然为人师表，自己的品行怎么也要说得过去才行。”

姚琳被当众教训了一顿，面色铁青：“你什么意思？我不配为人师表吗？你的品行配为人师表？”

“我问心无愧，当然配，你摸摸自己的良心你是否配？像你这样毫无事实依据地去恶意揣度别人，我真怀疑你在学术上的严谨性。”

“祝安妮！你有什么好骄傲的！男人多了不起是不是！男人多你不也没给你儿子找个爹！”

祁珊捂住祝君安的耳朵，拖着他往外走：“这帮恶毒的坏女人……”

祝安妮目不转睛地盯着姚琳，目光如覆寒冰，看得一群人都跟着发毛。她冷笑一声，端着水杯往外走：“你记住了姚琳，我的记忆力超乎你想象的好，你说过的话，我一个字都不会忘。”

祝安妮回到休息室，祁珊正在给祝君安撕饼干包装袋，见她进门，祝君安“噌”地从椅子上跳下来，走到她身边抱住她的腿：“妈妈，祁珊阿姨说，我爸爸是个坏人，所以才不要我们的。”

“祁珊阿姨说得很对。”

“妈妈，你不要因为讨厌爸爸而讨厌我，我不是坏人。”

“当然不会，你姓祝，是我的孩子，跟你爸爸无关。”

“那你不会把别人欺负你的气转移到我身上对吗？”

“不会，我才不是那么无能的妈妈。”

祁珊倒是不怎么担心祝安妮，只说了一句：“你收拾姚琳的时候一定要手下留情，毕竟你是个天才，她只是个普通人。”

下午下班后，祝安妮抵不住祝君安的请求，带他到G市最大的书店去选了一堆原版的外文书籍，还顺便去超市买了一些日用品。

回到家后，祝君安第一时间去敲明沧家的门。

祝安妮在做饭，并不知道隔壁发生了什么，明沧就很惨了，陪这个小朋友做游戏实在是累。他的游戏和一般人的游戏不一样，此时此刻，他在和明沧讲兵法，什么瞒天过海、兵不厌诈、暗度陈仓，一大堆四个字的成语听到明沧怀疑人生。

“爸爸，你为什么不追求安妮？”

趴在地上的狗听到自己的名字，摇晃着站起来，却被明沧一脚放倒。他思忖片刻，回答：“不会追，我不会追女孩子。”

“你为什么不用美人计？或者应该说是美男计。”

“你妈妈会优待俘虏吗？”他故作担心地摸着下巴说。

“她很温柔，今天有人欺负她，她都没有动手。如果是我，我肯定是要打人的，毕竟我是个男人，不会允许别人轻易触碰我的底线。”

他一本正经地说着他是个男人的样子实在有些好笑，明沧刚要伸手去摸他的脑袋，就被他利落地躲开：“安妮说你感冒了，不要传染给我。”

“不碰就不碰，你也别碰我。”他说，“不过，你妈妈这么温柔，为什么会被欺负呢？”

祝君安有些大嘴巴，该说的不该说的，只要他想说，哪一句都落不下。他把事情原原本本地全告诉了明沧，末了，还附加一句：“你说女人多可怕！”

祝安妮来明沧家按门铃，明沧起身去给她开门，她在门口朝君安招手，祝君安没有要回家的意思，不过还是被她一个瞪眼珠、抿唇角的表情给吓到起立，随后乖乖地往外走。

明沧扶着门框安静地打量着她，经过再三思忖，终于在她转身的一刻鼓起勇气，主动开口安慰道："我听君安说你在学校偶尔会遇到麻烦，如果有解决不了的事，你可以来找……"

祝安妮飞快地转身，平静地打断了他的话："我能解决，谢谢。你记得吃祝君安带给你的药，一天两粒。你今天夜里十点吃，十二个小时之后，也就是明天早上十点再吃一粒，勿饮酒多营养，少油腻多清淡。依此吃三天就好了。"

明沧不解，皱眉问："为什么是十点？"

"因为夜里十点吃完药你要休息，白天十点新陈代谢旺盛，药效发挥得好。"祝安妮解释着，她做什么都一定是有道理的。

明沧点点头，"砰"的一声关上门，他对着跟在自己脚边呼哧呼哧喘着粗气的狗安妮说道："她这人有时候也没那么讨厌，是不是？"

狗安妮打了个喷嚏，继续喘气。

03

明沧没什么胃口，不过人是铁饭是钢，他随便撒了一把白米进锅，再倒半锅水，想到养生，又扔进去几粒枸杞，按下煲粥键后回到了客厅。

他拿起茶几上没看完的材料，正准备翻看的时候，手机突然响了起来。

上面显示的是陌生来电，这是他的私人号码，外人几乎不知道。他没拿起来，只是在接听后按下免提键。

"你好，明总。"听着声音，是个年轻的女人。

明沧努力回忆这个声音，搜索无果后，冷淡地问道："哪位？"

"我是黄霁月。"对方笑笑，"很冒昧在非工作时间打来电话，我想和明总讨论一下贵公司降解方案的问题。"

明沧对这个黄霁月没什么好感。说来黄霁月是有些无辜，因为原本他是想亲自去接触黄霁月和祝安妮，对比过后再做决定，所以才有他跑去G大找两位老师这一说。但父亲却直接安排了黄霁月来对接这件事，甚至没有提前知会他一声，也正是因为这样，他迟迟没有跟祝安妮谈合作上的事。

明沧敷衍地“嗯”了一声：“看来黄教授是已经做好解决方案的计划书了？”

“还没有，不过很快就会有。”

“那好，期待黄教授能提供一份完美的企划书，希望你竞标成功。”

“竞标？”黄霁月意外极了，“我是贵公司董事会特聘的专家，没有人告诉我需要竞标。”

他将手里的资料翻了一页，边看边说：“董事会那个不叫特聘，叫走后门。”

“明总，您这话说得我不是很明白。”

“黄教授最好明白，如果这么直白的话你都听不明白，我真要怀疑你的实力了。”

黄霁月也是个不卑不亢的厉害角色，明沧的话并没有让她跳脚，而是很有礼貌地笑了笑：“真有实力不怕较量，那就请明总拭目以待吧。”

“期待与你的合作，再见。”明沧说。

挂了电话他就立马拨到助理那里，助理接起电话直接磕头认错：“明总，我错了，我不该把你的号码给黄小姐，不是我想给的，是董事长让我给的，我错了，我真错了……”

明沧知道小助理肯定不敢给，他自然想得到是谁交代的，压根不理会助理的忐忑，直言道：“黄霁月的资料给我汇报一下。”

半分钟的等待后，助理在电话那边开始念起来：“黄霁月是G大生命科学院的招牌，和祝安妮一样是学霸级的人物，祝安妮因为跳级加休学更具有传奇色彩。另外一点是我私下里给你查到的，她是黄家的外孙女，所以老爷子这么给面子，可能也是想撮合你们两个。”

明沧生平最讨厌的一件事，就是别人撮合自己和某某某。虽然说他已经年近三十还没谈过一个正经八百的女朋友，但这并不表示自己在性取向上是有问题的。他应该自己选择女朋友，自己选择老婆，除了他自己，因为没人能为他的一生负责。一旦别人给他选得不好，以他的性格，肯定要给那人定罪。

这样一来，他更看不上黄霁月了，因为她似乎很喜欢这种安排。

他靠在沙发上发了一会儿呆，倏地起身，打开家门走到祝安妮家门外，按响了门铃。

很快，一身家居服还系着花边围裙的祝安妮打开了门，她手里拿着半个馒头，呆呆地问道："蹭饭吗？我没有做很多……"

"我想和你谈谈为什么去听你的课。"

"现在吗？"

"嗯，现在，我迫不及待地想谈。"

"可是我想吃饭。"

"你吃你的，我不抢你的。"

"真的这么着急？"

明沧一本正经地点头，抬手撑开她的大门，大方地往里走："是的，我已经说过了，迫不及待，现在的我视线一秒钟都不想离开你。"

祝安妮慢吞吞地关上门，一脸茫然。她咬了一口馒头，没搞明白今晚的明沧犯了什么毛病。

明沧大概怎么都不会想到，在他跟祝安妮提出合作的事宜之后，她没有询问和工作有关的任何问题，只问了一句"给多少钱？"

"我还以为你不食人间烟火。"

祝安妮举起手里的汤碗，笑眯眯地说："怎么不食？"

原本明沧是要回家的，可她这样一笑，他便想多待上一会儿，多和她聊聊天，说些有用没用的都好。但一想到他们之间不应该有什么发展，他就只能起身了。

第二天一早，祝安妮早早将祝君安送到幼儿园，她要开车赶去隔壁市里参加一场学术讨论会，会上她还有一场报告要做。来回的路程并不短，她跟祁珊打好了招呼，如果晚上赶不回来，让她帮忙接一下君安。

祝君安对此表示极度地不满，他觉得自己也可以去参加学术讨论会，他也是个有学问的人。但祝安妮担心自己无法分身照顾他周全，只好以一顿汉堡薯条作为交换，让他在这里做“留守儿童”。

因为是出席正式场合，祝安妮今天穿得也很正式。水蓝色的西服套装，裤长九分，搭配一双白色高跟鞋，让原本身材就很高挑的她更是气质出众。长发束成利落的低马尾，妆容清婉而知性，她带着君安下楼时，正巧遇到了遛完狗回来的明沧，明明都已经擦肩而过了，他还是忍不住回头多看了她几眼。

平时的祝安妮虽然也很漂亮，但今天似乎更漂亮。

他突然叫住祝安妮，单手插着口袋一副闲聊的姿态，问：“你今天不上班了？”

祝安妮拎着君安的小书包，转过头，为他的问题愣了一瞬：“不上，我有事情。”

“有约？”

安妮犹豫了一下，点点头：“也可以这么说。”

明沧不屑地挥挥手，牵着狗走了。

“安妮，爸爸看起来一副不爽你有约的样子。”祝君安仰头道。

“我有约他有什么不爽的，别胡说八道了。”

“那他就是不爽你不带我去赴约。”

“……”

这次学术讨论会的主办方是B大，G大来的老师也不止她一位，等她驱车赶到B市后，等在B大门口的除了主办方的行政处负责人，还有她的同事陈卓。

自打祝安妮被陈卓的小野花给找上门以后，她已经对他刻意避而不见许多天了，不过这会儿倒没有很尴尬，因为还有B大的人在。

这样级别的学术讨论会祝安妮不是第一次参加，完全可以应对自如。

整整一个上午，她都在认真听讲，完全不理会三番五次想要跟她搭话的陈卓。只是到了中午，就没办法避开了。

B大的食堂留出了一整层，给来开会的专家和老师们使用。

祝安妮打了一份很清淡的饭菜和几个B大的朋友坐在一起边吃边聊，陈卓却突然出现了。他是B大的客座教授，B大的老师们对他也很熟悉。这年头，年轻有为、天资过人的男老师不少，但像陈卓这样具备前两者又器宇不凡的并不多见，所以当他一出现在祝安妮身边时，B大的女老师们就先与他打了招呼。

他很绅士的和几位老师寒暄，最后说："我能不能借走我的同事安妮？有些机密话题要和我们G大的人聊。"

他知道祝安妮会答应的，她是一个很顾及朋友感受的人。

两人移步到靠窗的空位上，祝安妮一边吃着东西，一边淡然地看着他，说："不要以为离开了G大你就可以为所欲为了，没准你的女朋友下一次发送给我的就是死亡威胁。"

陈卓将自己打来的热汤放到她手边，目光灼灼地直盯着她，仿佛要将她生吞了一样。"她不是我女朋友，我跟她什么都没有发生过，那只是一个误会。你知道，只要你一天未嫁人，我就绝对不会让别人有机会成为我陈卓的女朋友，更不可能让别的女人怀上我的孩子。"

祝安妮舀了一勺他送来的汤，轻笑两声："你什么时候这么肉麻了，我鸡皮疙瘩都起来了。"

"从你开始不愿意见我以后，我感觉你生气了。"

"屁。"祝安妮十分难得地讲了一个脏字，"我生你什么气？我要是生你的气我还会跟你坐在这里吃饭？还会喝你递给我的汤？那太不像我祝安妮做人做事的风格了。”

他当然知道祝安妮的做人做事风格，她是一个可以做到绝对无情的狠女人。

陈卓只觉得祝安妮秀色可餐，完全忘了自己面前还有一盘饭。祝安妮用饭勺敲了敲他的餐盘，不悦道：“光盘行动，浪费可耻，为人师表要以身作则。”

“安妮，我还是想和你在一起。”

他突如其来的表白没有吓到祝安妮，她似乎对此习以为常。安妮半开玩笑似的挖苦他：“是谁喝多了对着自己的车灯发誓来着，说这辈子绝对不会再看祝安妮一眼，再喜欢祝安妮一分钟就不是男人。”

这话是陈卓说的，祝安妮的记性很好，一字不落地重复了出来。陈卓不好意思地捂了一把眼睛，无奈道：“那不是喝多了吗？再说换成谁也不能马上就接受，你一走就是好几年，也不告诉我在哪里，回来突然就多了个儿子，成了个没有老公的单亲妈妈，我没让你气疯了已经很好了……”

“我有没有老公，生没生儿子是我的自由，你操哪门子心？”

“嗯，话是这样说没毛病，可我喜欢你，喜欢你很多年，所以我自己过不去我心里这道坎。”

“何苦为难自己，在哪跌倒就在哪躺下。”

祝安妮不是个话多的人，但一旦开启伶牙俐齿的模式以后，也是非常难对付的。

陈卓深吸一口气，说：“之前的事我都不管了，你就是生了孩子，我也喜欢你。我喜欢的又不是你的身材，腰身粗一点细一点无所谓……嗷！”

不等他说完，祝安妮抬起高跟鞋狠狠给了他小腿一脚，疼得他忍不住低呼出声：“为人师表，你怎么使用暴力？”

祝安妮不屑地哼了一声：“你攻击我的身材，我就攻击你的身体，你又不是我的学生，我怎么不能使用暴力维护自己了？”

两个人你一句我一句，争执了一整个午餐的时间。祝安妮实在想不明白，陈卓到底喜欢自己哪里，要说漂亮和气质，她是不差，但比她优秀的人也有大把。要说智慧，虽然她在普通人里稍显特殊，但也不是这世上独一无二的，难不成是喜欢和他永无止境的争执、辩论？

可是祝安妮不喜欢，她不想以后一辈子生活在争辩里，日积月累下来，会厌倦的。

04

用完餐后，她拿起手机给幼儿园老师打了一通电话："陈老师，君安今天有计划午睡吗？需不需要我叫他阿姨把他带回去读书？"

"君安？"陈老师似乎很惊讶，"他被他爸爸接走了啊！"

"爸爸？"祝安妮愣了一下，"我是单身，他哪里有爸爸？哪个爸爸？祝君安自愿跟他走的吗？"

"不是，是那男人开车路过这里，下来给他送了两本书，君安就抱着那男人的大腿不撒手，非要跟着他走。是祝君安口口声声叫'爸爸'的，我以为真的是他爸爸。怎么办？君安妈妈，我不知道你们家的具体情况，我想着君安这么聪明不会是不认识自己爸爸的孩子，他们两个也很亲密……是您认识的人吗？不是的话我们现在就报警！"

祝安妮深吸一口气，让自己冷静下来："我知道是谁了，我现在联系一下他，等会儿我再给你消息吧。"

"怎么了安妮？你小孩出什么事了吗？"陈卓看她焦急的样子也跟着紧张，这个陌生小孩对他来说并没有值得牵挂的地方，他是为了祝安妮而不安。

祝安妮皱着眉头瞥了他一眼，敷衍地说了一句没事，就开始翻自己的通讯录，找到祁珊的名字直接拨了过去。

她没有明沧的号码。百密一疏，她应该早早留下他的号码，可是谁能想到会有今天这一出呢。她只能麻烦祁珊跑一趟，先回家里去看看明沧是不是把君安带回了家。

焦急地等待了半个小时，祁珊给她回了消息，明沧的家里没人。这下祝安妮坐不住了，她让祁珊联络一下艺术学院的时夏老师，她是明沧的母亲，应该有明沧的私人号码。

挂断电话后，她还是觉得有些不妥。下午的研讨会根本没心思参加，无论陈卓怎么安慰都沉不下心，她直奔自己的停车位，刚摸到车门，就看到祁珊的来电："喂？找到了吗？"

祁珊很激动，仿佛丢的是自己的儿子："我的妈啊安妮！找到了！找到了！祝君安在G大，刚才咱们办公室的同事给我打来电话，说君安被一个男的送了过来，要找我。我现在马上到G大了，你别担心了，应该就是赖着你邻居出去吃汉堡、薯条了，吃完就想回来看书了，没事儿。一会儿我看到他有没有被虐待，被虐待了我先帮你砍那男的两刀！"

祝安妮长出一口气，扶着车门的手腕都没力气了，如果君安有事，她真的是没有活下去的动力了。

没一会儿，祁珊就发来信息：一切安好，勿念，孩子我帮你带到回来。

祝安妮无处安放的心脏终于回到了胸膛里，她以为明沧把孩子送回去，孩子就是彻底的安全了，自然想不到，明沧带着孩子来到G大以后，连明沧都变得不安全了。祁珊硬是拉着明沧扯了一个小时的家常才放他走，如果不是祝君安说了一句"你是不是要跟安妮抢男人"，明沧可能会直接被祁珊扑倒在地。

当然，祝安妮同样想不到，就在她下午准备进行学术演讲的时候，原本应该在G市的明沧却突然出现在会场，还以极其高调的方式出现：一群人起身迎接他，并安排他入座。

视线由明沧的身上移到别处，祝安妮开始了她的演讲："谢谢大家如此隆重地欢迎，我知道大家的掌声不仅仅为我一人。"祝安妮稍微停顿，自信而随和地继续说道，"大家是为这次的生物学大奖花落G大而喝彩，只不过我很幸运成为获奖者而已。我们G大和B大同宗同源，要细数渊源，本就是一家。我的荣誉就是G大的荣誉，G大的荣誉就是B大的荣誉，我们同乐同喜。接下来，我会用一个半小时的时间展示整个课题组的所有图片和文字资料，与大家一起分享……”

她的演讲，历时一个半小时，分秒不差。

这是她用自己惯常的语速再对照着文字解说量精心计算过的，绝对不会延后，耽误到后续的研讨会进度。

今天的明沧，看起来人模人样，一身笔挺的黑色西装，头发也梳得一丝不苟，看起来是个十足的商界精英，和祝安妮平时见到的他有些不一样。

直至研讨会结束，他再一次被各种领导热络地招呼一番后，才倒出时间来和祝安妮说话。

“平时我们都是穿着睡衣见面的，今天这么正式，我还挺不习惯。”她主动开口和他说话，脸上却没表现出半点喜悦之色。

明沧垂眸微微一笑：“穿着睡衣见面？我听着仿佛是你想调戏我。”

“我想砍你。”祝安妮挤出一个假笑，“你干吗突然把君安接走？至少和我打个招呼，你又没带过小孩，万一出现紧急情况你能负责吗？”

“我可以负责。”

“你怎么负责？”

“我可以再让你生一个。”

这是明沧第一次和她开这样的玩笑，这个玩笑有些过于熟络，也稍显侵略性，好像他们之间真有什么似的。安妮脸红了一瞬，但她不觉得脸红丢人，因为像明沧这样好看的男人，无论对哪个女孩子说这句话，都是可以让对方脸红的。只是她的皮肤白，红起来也特别明显。

“这是一件很严肃的事情，我没有跟你开玩笑。”

“好。”他点头，“那我就为今天中午的事情给你说一声抱歉，因为我本人没有小孩，所以我忽略了一个做家长的心情，我不会再让这种事发生了。”

他如此痛快且真诚地向她道歉，反倒让她不知该如何应对。总不能一直揪着人家不放，只好大人有大量地说了一句：“下不为例。”

“道歉归道歉，但我还是要告诉你一下，不是我想要接走祝君安，是他用老师的手机给我打电话，让我给他送两本英文书。我送过去的时候，他就抱着我不肯撒手，非说肚子疼，要去看医生。我担心他真的肚子疼，才带走的他，我还在路上约了认识的儿科专家，结果他说如果能吃一顿汉堡和薯条就不疼了。”他无奈地撇撇嘴，“我被他骗了，只能带他去吃汉堡、薯条，吃完了他又要找祁珊阿姨……”

听起来，他是完全无辜的。

祝安妮挺起胸脯，严肃地教育道：“好歹你也是个成年人，居然被他一个小不点给骗了。”

“你这是道德绑架啊，明明我才是受害者，我还给你道了歉。”

祝安妮哼了一声，扭头就走：“我又没逼你道歉。”

“你怎么这么霸道？”他跟上去，与她同行，“我又不是你老公，你对我应该客气一点。”

祝安妮立刻扭过头，将他上下打量一番，不屑道：“确实，你不是我老公。我老公是不敢说出我很霸道这种话的。”

“原来你是这样成为单亲妈妈的。”

两人你一言我一语地开着玩笑，祝安妮时不时地弯起嘴角，这让在远处一直默默关注着她的陈卓很不是滋味。

大会结束以后原本是有晚宴的，陈卓作为G大的代表必须留在这里，他在走廊上拦住了祝安妮和明沧，礼貌地向明沧伸出右手：“你好，我是G大代表陈卓。”

陈卓。他就是陈卓。如果不是这个陈卓，他今天也不会来到这里。

他把祝君安送到G大后，祁珊拉着他聊了很久，祝君安提到了陈卓，祁珊也跟着聊起来。从祁珊的话里话外来分析，这个陈卓是个一直对祝安妮图谋不轨的有为青年，也不排除有成为祝君安后爸的可能。祁珊说了不少他和祝安妮险些成为情侣的曾经，听得明沧心惊肉跳。

祁珊的故事会结束以后，他只有一个想法，想一脚把陈卓踢出祝安妮的世界。

他不得不承认，自己对祝安妮是有好感的，她漂亮、聪慧、温柔又很贤惠。他是一个正常的男人，会喜欢这样出色的女人也在情理之中。但喜欢不代表就一定要拥有。

明家二少爷的世界，或许不会与这样一个单亲妈妈重叠，但偶尔来叨扰一下这个单亲妈妈，他还是可以做到的。

也许是出于冲动，也许是经过深思熟虑，总之当他想见到祝安妮并想将她从陈卓身边带回来的时候，他已经西装革履地站在她的演讲台下了。

面对陈卓的主动招呼，明沧没有失了礼节，他展露出疏远式的微笑，视线像带毒的钉子一样扎到陈卓的脸上。说实话，这个微笑着实令人不舒服，似挑衅也似警告，他伸出右手与陈卓轻轻一握，声音沉着地说道：“你好，明氏洗化，明沧。”

陈卓似乎有些意外，这样一家跨国大企业的总裁怎么会来听这么无聊的学术研讨会，而且原本这次的大会名单上没有任何企业的名字。

陈卓：“幸会，明总，没想到这种枯燥的学术讨论大会，会有企业家愿意来参加。”

他说的没错，一般的企业家确实对这种学术讨论会议没兴趣，毕竟企业家更关心的是企业的利益，就算感兴趣，也鲜有人会亲自到场听这些讲座，所以他为什么来呢？经过短暂的自我反思，明沧决定实话实说：“陈老师想的没错，作为企业负责人我确实对这个会议不感兴趣，不过我也不是为会议而来。”

此话一出，连站在一旁的祝安妮都跟着意外了，她诧异地看向明沧，也好奇他来这里的缘由。

“听报告是次要，主要是不放心安妮，我来看看她。”他泰然自若地说道。

祝安妮的脸忽地一下红透了，慌乱地看看他又看看陈卓。她倒不是怕陈卓误会，只是没想到明沧会突然来这么一出。

陈卓目光也变得犀利起来："是吗？看来明先生和安妮也是熟人，我倒是没听她提起过你。"

"我倒是听安妮和她的闺密提过你，听说你快当爸爸了，恭喜。"

陈卓淡淡地瞥了一眼祝安妮，又转回视线对明沧笑了笑："可能是误会，我还是单身。"

明沧点点头："那就祝你早日脱单。"他偏头看向安妮，轻声道，"我们先走，君安还在等着你吃晚饭。"

"抱歉明总，祝教授可能要留下来同我用餐了，主办方已经订好了酒店，几位校领导和专家都在等她。"陈卓并没有让路的意思。

明沧眉头微微蹙了蹙，看向有些犹豫的祝安妮，表现出十足的理解与大度："这样，刚刚主办方也邀请我了，不过我拒绝了，你也拒绝就不好了。不如你去参加晚宴，我先回去带君安出去吃东西再找个儿童乐园玩一会儿，把助理和司机留在这里等你？"

"不行！"祝安妮果断地拒绝了他的提议，"你留在这参加晚宴，我要回去陪君安！"她绝不会相信一个没养过孩子的大男人可以带好孩子，可她绝对相信明沧能很容易地就将祝君安拐走。

"我已经回绝了，我想回去陪君安。"明沧说。

祝安妮听了更急，直接告诉陈卓自己不去了，没有任何迂回的余地，非常决绝。

她瞪了明沧一眼，抱着公文袋踩着高跟鞋急步离开。

明沧露出得逞的笑容，准备随她一起离开。在与陈卓擦肩而过的时候，他听到陈卓用刻意压低的声音问道："你真的是祝君安的爸爸吗？"

明沧低笑一声，没有回答。

"如果你不是，如果你只是抱着玩弄女人的想法接近安妮，我不会放过你。"

"那你听好，像你这种喜欢玩弄女人的人，再敢对祝安妮意图不轨，我也不会放过你。我们可以试试，看谁的'不放过'更可怕。"

这样的女性是不可能和明沧并肩到白首的，
秘书不能，祝安妮也不能。

01

祝安妮才不管身后的两个男人到底在说什么，一个人急匆匆地就往停车场走去。这是人生头一遭，有人让她在祝君安的身上找到危机感。

明沧可真不是个好东西。她心想。

她前脚到了停车场，后脚明沧就追了过来："我来开车吧，你今天开了一天会，在车上休息一会儿。"

祝安妮一脸戒备地看着他说："别告诉我你没开车来？难道堂堂明总会坐巴士来？"

"我没开车，司机开的，他和助理会把车开回去。我来开你的车，有什么问题？"

"有问题。"她说。

明沧突然顿悟："我也觉得有问题。"他拉起祝安妮的手腕就往自己的停车位那边走，"你的车这么破，让司机开回去就好了，我们去开我的车。"

“你的车才破！”安妮用力甩了甩手腕，于事无补，这家伙力气大得惊人。“我跟你很熟吗？明先生，你再拉着我，我要喊救命了！”

祝安妮虽然个子不矮，但体重上没什么优势。明沧拖她就跟拖一个轻飘飘的衣服架子似的，不费吹灰之力。

“你别喊，你要是喊，我就捂着你的嘴抱着你走。还有，我的车可不破，我才买两个多月，开的次数也有限。”

“你！”

“对的，是我。”

祝安妮的气急败坏不起什么作用，最终的结果还是被他塞进他的白色轿车里面，他还十分霸道地帮她扣好了安全带。

祝安妮抱着肩膀一脸的不服：“你这样很没礼貌！好歹你也是青年企业家，在外面这样和普通朋友拉拉扯扯成何体统！”

“我觉得我挺礼貌的，至少比到处宣扬跟你有暧昧关系但是又让别的女人怀孕的男人有礼貌。”他坐回驾驶位，发动了车子，“况且你刚刚在那个真正没礼貌的人面前，并没有拒绝我。”

“我没有拒绝你是因为我顾及你这个青年企业家的颜面，就像我从来不回应别人说我与陈卓怎么样，因为我在顾及我朋友的颜面。”

“可是你刚刚对我偏心了，你顾及了我的颜面，没有顾及他的颜面。”

祝安妮哼了一声：“我怕我伤害你的颜面，你回到家里伤害我儿子，这样说你满意了吗？”

明沧打开音响，悠扬的交响乐响起，应该是司机在等他散会时调的，他又立马关上了，内心暗自对司机的品位感到不满，居然高于他这个老板。“我对结果表示很满意，至于缘由和过程，你知道的，我是一个商人，根本不在乎那些，只要最终的结果是我想要的就行。”

她低声骂了一句。

难得她骂人，看来真是气到没话可说。

“对了，你怎么知道关于陈卓的事情，是不是祁珊那个大嘴巴跟你说的。”

明沧的车速平稳，祝安妮问这话的时候正值红灯，他想抽烟，想到车里还有位怒火中烧的女士，就放弃了这个想法：“祁珊不是大嘴巴，最多是个大喇叭，你儿子才是大嘴巴。”

“我就知道……”

这一天下来确实很乏累，祝安妮闻着他身上的香水味，靠在座椅上没一会儿就睡着了。等她醒来时，车已经停在自家小区的停车场，四面的车窗都半开着，车子已经熄了火，她身上盖着明沧的西服，明沧则靠在驾驶位上睡着。

她抬起手腕，借着外面的路灯的灯光看时间，这才发现已经将近十点了，肚子也饿得响起来。

她翻找手机的声音弄醒了明沧，他揉了揉眉心，声音喑哑地问道：“你怎么这么能睡……”说完他就咳嗽了好几声，他本能地摸了一把自己的额头，低低地咒骂了一声，祝安妮放下电话也摸了一把他的额头，滚烫滚烫的。

“你这么大个子怎么中看不中用，才好几天又生病。”

明沧不以为意地解开两人的安全带，似笑非笑道：“你怎么知道不中用，说得跟你用过一样。”

祝安妮猛地抬眸，恶狠狠地瞪着他，明沧立马认错：“对不起，开个玩笑。”

她拨通了祁珊的电话，等待接通的过程中，又抬眼瞪了他两次，明沧像个大孩子一样趴在方向盘上，淡淡地笑着。

“珊姐，我刚回来，君安睡了没？”

“你可拉倒吧！”从祁珊的语气来判断，她似乎是在翻白眼，“你不是八点四十就到了吗？不是在帅哥的车里睡觉吗？君安好着呢，没睡觉，在看帅哥给他的英文书，我看你还是别来接他了，我怕他回家会耽误你谈恋爱。”

车内太过安静，以至于祁珊的话一字不落地全被明沧的耳朵捕捉到了。祝安妮转头冲他咬牙的时候，他抿起唇角，眼睛里还是带着笑的。

挂了电话，她又开始对着他生气，“你看，我被笑话了，你刚刚怎么不告诉我你跟祁珊联系过了。”

“我还没来得及说。”

“我要去接君安了。”

“不用了，他在楼上。”

“他在祁珊家，我刚通过电话。”

“祁珊在我家。”他升起四面车窗，打开车门，先一步下车，然后走到祝安妮那边替她打开车门，“还不下来，想让我带你兜风吗？你又不着急见你儿子了？”

祝安妮浑身酸疼，抱着文件夹下了车。明沧轻轻扶了她一把：“需要我抱你吗？”

安妮推开他的手，疲惫地朝家的方向走：“你要是有个轮椅我倒是很愿意坐上去。”

明沧为她打开自家电子防盗门，客厅里两大一小都老老实实地趴在沙发上。一个穿着西装裙的陌生女孩是明沧的秘书，见到明沧，几乎是从沙发上弹起来：“那个，明总你回来了，菜都做好了，祁小姐和小朋友已经吃过了。饭在锅里，汤在煲里，我先下班了！”

祁珊倒是想动，祝君安一翻身坐在她的屁股上，举起小手跟祝安妮和明沧打招呼：“嗨，安妮，今天真是我人生中最漫长的一天，我非常非常想你。嗨，爸爸，虽然只有半天，但我觉得已经几年没见过你了。还有，你的秘书姐姐不仅长得漂亮，做的饭也非常好吃，谁娶了她真是很有福气。”

明沧和祝安妮相互对视一眼，两人均是一脸的无奈，这个小朋友到底在哪里学得这么油滑，真是可怕。

不过，拍马屁归拍马屁，这并不能让祝安妮轻易原谅他。

她站在门口，一手叉腰，一手朝着沙发方向勾手指：“祝君安小朋友，你来一下，我有话要和你谈。”

祝君安感觉不是很妙，一手抓住祁珊背后的文胸带，一手按在祁珊的屁股上，坚决地摇摇头："祁珊阿姨腰痛，我帮她压一压。"

明沧尽量地控制自己不要笑，他换好鞋子，用脚丫子敷衍了一下趴在他脚边的恶霸犬安妮，走到餐桌旁坐下："安妮，我邀请你共进晚餐，过来吃口饭吧，你不饿吗？"

祝君安小鸡啄米一样点头："对，人是铁饭是钢。安妮，去吃饭吧。"

祝安妮规矩地脱下自己的高跟鞋，光着脚丫飞快地走到沙发旁，一把将他从祁珊的身上捞起来。祝君安看起来慌乱又无助，可还要佯装坚强，粉雕玉琢的小脸也跟着僵硬起来。

祁珊是个很明事理的好朋友，从不会在祝安妮教育孩子的时候插嘴，更加不会给孩子求情，得等到差不多的时候，她才会伸手拦一下。

祁珊坐到餐桌旁去跟明沧聊天，丝毫不觉得尴尬。

母子二人坐在沙发上，祝君安抱着肩膀赌气，祝安妮也抱着肩膀赌气。明沧往这边看了一眼，还是觉得祝安妮生气的样子比她儿子生气的样子要好看一点。

好看的女孩子做什么都是好看的，这点毋庸置疑。

"祝君安，你三个月都不会有汉堡薯条吃了，我也不会让祁珊和明沧带你吃，这就是你今天私自逃学的代价。"

"我没有私自逃学，我是跟大人一起走的。"

"大人是谁？"祝安妮冷着脸问。

"我爸爸。"

祝安妮气得直咬牙："你哪里来的爸爸，爸爸是你自己随便认就可以的吗？那还要我干什么？要法律干什么？"

"可是我并没有出什么意外！我只是陪他吃了一个午饭就去找祁珊阿姨了！"

明沧听到祝君安小小的嗓门提高了音量，还不忘捅自己一刀，什么叫"陪他吃饭"，明明是祝君安讹了自己一顿饭。他视线幽幽地望过去，看到的居然是小家伙掉眼泪了。

“没有出事是你幸运，如果有呢？谁来为你负责？我要报警抓明沧吗？我告诉你，在任何时候别人没有经过我的允许，把你带走了，我都可以报警说有人诱拐我的孩子，这也是你对你好朋友的不负责，你会把你的好朋友推向不仁不义的坏人的位置上！”

明沧压低声音问祁珊：“她这么讲道理，小不点能听懂吗？”

祁珊点点头，低声回道：“换成英语都可以，别说中文了。”

明沧佩服地点了点头，不理解这是什么基因。

祝君安的呼吸变得有些急促，鼻孔一张一张的，似乎在酝酿一场号啕大哭，但还是被他理智地控制住。他一边无声地流着眼泪，一边向安妮咆哮道：“是我不对可以了吧！我很抱歉让你担心了！但我真的不是调皮！是他们总是说我没有爸爸，我只是要给他们证明我真的有爸爸！我知道你不需要老公！可我需要爸爸！除了汉堡、薯条和书我没跟你要过任何东西！我现在要一个爸爸过分吗？我还不到5岁！我承受着这个年纪不该承受的压力！你们大人的错误，为什么要我来买单？你有理解过我吗？”

吼完，他跳下沙发，抱着肩膀走向明沧的卧室。临开门之前，终于忍不住抬起小胳膊抹了一把眼泪。

02

这是祝君安第一次和她发这么大的脾气，祝安妮又生气又心酸。祝君安太早熟了，根本没法像普通小孩子一样随便骗一骗就过去。她手肘支撑在膝盖上，手腕撑着下巴，偏着头对着明沧的房间门发呆。过了好一会儿，才站起来走到明沧这张华丽的长方形大理石餐桌旁，拉开祁珊身边的椅子坐下。

祁珊拿起他们两个人的碗，给他们一人盛了一碗饭，露出老母亲般欣慰的笑容：“要我说你们两个男未娶女未嫁的，要不要考虑一下对方？”

祝安妮抬眸瞪了她一眼，明沧只是笑笑没说话。

他知道祝安妮现在一定没心思考虑这个问题，而是在为自己的儿子发愁，不过他有心思考虑。

在遇到祝安妮之前，他没有明确过自己喜欢什么类型的女孩子。当然，遇到祝安妮以后，也不代表他就明确了。只是刚好看祝安妮顺眼，虽然这所谓的顺眼已经达到了怦然心动的地步，但他早已过了只要喜欢上谁就要茶饭不思的年纪。

他是一个理性的成年人，如果祝安妮是个普通的单身女性，他会考虑追求，可祝安妮不是。她带着一个捷足先登却又不负责任的男人的小孩。

就当他是个世俗的普通人好了，他要在明家立足，要为自己在明家挣一席之地。他身上有明家二少爷的光环也有与生俱来的私生子的污点，他需要的太太不仅仅是要被他喜欢那么简单。

这种克制的感觉非常不好，毕竟他还是习惯了当少爷的。通常来说，他想得到的东西，只要他哥明洋不出手抢，他都是可以拿到手里的。

但祝安妮不行，她的身份太特殊。再说，人家是不是对他有好感还难说，毕竟祝安妮的大脑构造应该和一般人不同，谁知道她的眼光会不会也跟一般人不同。

祁珊没有揪着这个当事人都不想谈及的话题聊下去，随便跟他们两个人扯了一会儿就准备回家了。

临走之前还逗了逗明沧的狗："你家狗挺好玩的，就是打呼噜有点响，叫什么名字？"

明沧看看祝安妮又看看狗安妮，抿了抿唇，随后瞎掰道："没名字，随便叫叫，小狗，狗，什么都行。"

"养这么大了还没名字吗？"

"嗯。没有，你给起一个。"

祁珊挎着包，抬头笑眯眯地看了一眼祝安妮，随口说道："叫安妮算了。"

感天动地，这狗终于听到有人叫自己的名字了，朝着祁珊好一顿扑。

明沧嘴角微微一挑，视线飞快地扫过祝安妮的小脸，水晶灯下，他和她有着一样清冷且温柔的笑容，像初冬的湖面上空撒下正午的暖光，既萧条又繁盛。

在此之前，他一直以为自己是名校毕业，才华横溢，并且见多识广。直至此时，他才发觉自己才疏学浅，他搜罗遍了脑海里可以用来形容美的词汇，似乎都没有哪一个可以精准又完美地表达出这一刻安妮美好恬静的模样。

只能是：真好看。

明沧的秘书十分全能，不过三十出头的年纪，做饭的水平堪比职业保姆，一桌子菜做得色香味俱全，可把祝安妮羡慕坏了。

如果非要挑一个什么技能是祝安妮不能一学就会的，大概就只剩烹饪了。虽然她做的也不差，但也要看跟谁比。

“你的秘书太全能了，她在哪里学的做饭？报了烹饪班吗？”

这种对自己秘书的厨艺的夸奖，并不是明沧想从别人嘴里听到的。毕竟他高薪聘请的是文秘，不是厨师。不过他也不能否认，他的秘书的烹饪技术确实不错。当然了，这都要归功于他这个老板。

“我教的。”他自信地说道。

祝安妮以为他在开玩笑，并发自内心地觉得这个玩笑没什么意思，她只敷衍地“哦”了一声。

“你相信？”由于祝安妮没有按常理出牌，他不由得反问。

“不相信。”安妮喝了一口汤，直白地回答他。

“为什么不信？”

“直觉告诉我，一个事业有成的青年企业家应该是十指不沾阳春水的。按照常理，年纪轻轻事业有成，你应该有强势的家庭背景，绝不是什么自食其力、白手起家的商业传奇，理当养尊处优，也理当不会做饭、做家务。”她说得头头是道，仿佛对明沧这一类人有多了解似的。

明沧觉得她的话还是有一定道理的，于是佩服地点点头：“说得还挺像那么回事儿。”

祝安妮从容地笑笑，只听他又说：“但你也说了，按照常理。”

安妮做出一副洗耳恭听的表情，明沧说：“按照常理，你这个年纪应该在读研或者读博，就算参加工作进入教育系统，也不应该这么早评上副教授这个职称，尤其你曾经还休学几年。而且，你这个年纪的高级知识分子，不应该有个这么大的儿子，不应该独自一人住在这么繁华的地段里的高档小区。”

安妮脸上的笑容渐渐褪去，换上一副温润平静的面孔与他隔桌相望：“你是想告诉我，既然我可以是一个不按常理出牌的人，那么你也可以是？”

明沧大方地点了下头。

“你不觉得这个表达过于迂回了吗？直接点不是更好吗？”安妮问。

“这样更有说服力。”他说：“对于一般按常理出牌的女孩子来说，有话直说是没问题的。对于你这种特殊的，就要多动动脑筋。”

安妮绷着脸半天没说话，过了好一会儿，才笑出声：“听起来像是在拐弯抹角地夸我。”

“看来你是真的聪明，这都听出来了。既然听出来了，不打算礼尚往来一下吗？”明沧微微扬起下颌，双眸映着水晶灯照下来的璀璨光芒，难得他会在人前展示如此轻松且快乐的笑容。

祝安妮盯着他英俊的面容看了良久，说：“我不会拐弯抹角地夸人。”

“那你就直接夸。”他说。

“你眼睫毛真长。”

明沧愣了一下：“没了？”

安妮想了想：“鼻子真挺。”

“没了？”

“牙齿真白。”

明沧挑眉：“然后？”

“眼睛真亮。”

明沧下意识地摸了一把自己的脸，皱眉道："直接夸的意思是让你整体夸，不用拆开夸。"

安妮点点头："可是我已经夸完了。"

明沧很意外："难道我只有脸值得赞美一下？"

"哦，对了，你还很高大。"安妮及时补充。

明沧沉重地叹了一口气："看来在你眼里我是个肤浅的人。"

"至少是个好看的肤浅的人，我姐姐常说，一个人如果没有内涵，那么至少他得能靠脸吃饭。"

明沧有些郁闷，难不成她真觉得自己是一个空有皮囊的人。

祝安妮感觉到俩人之间似乎正在生成一种叫作尴尬的气氛，她决定主动打破这种气氛，转移一下话题："对了，明先生，关于贵司有关降解方案的问题……"

"停。"明沧及时打断她的话，"我现在很累，不想谈工作，下班的时间就该休息。"

"可是你找我谈这件事的时候，也是下班时间啊……"安妮不懂为什么他想谈的时候就可以谈，她想谈的时候就成了打扰别人休息。

明沧十分霸道地说了七个字："我说，现在，不想谈。"

"那你想谈什么，我们谈谈。"她好脾气地妥协。

"谈恋爱。"他想都没想，脱口而出。

安妮的脸颊忽地一下就红了，赶忙低头喝汤，明沧也有些不好意思，想喝汤发现汤碗空了。他手肘杵在餐桌上，饶有兴趣地观察着祝安妮的反应，为了缓和气氛，主动开口道："祝君安的爸爸是个什么样的人？"

"嗯？"安妮抬头，嘴唇中间还挂着一丝蛋花，看起来呆呆的。

"我想知道像你这么聪明的女孩子会被什么样的人吸引。"

安妮眼眸微垂，平静道："男的，活的。"

"你对人生伴侣的要求还真是低。"他说。

"那你呢？你会选什么样的人成为你的人生伴侣？"

明沧直视她明亮的双眸，就在她以为他就要说出“就是你这种”的时候，听到他硬邦邦地吐出四个字：“女的，活的。”

祝安妮白了他一眼，他倒是很开心，问：“要不要喝点红酒？”

安妮点头：“好，你上回给我的那个就挺好喝，就是你把我当成相亲对象认错的那回，你记得吗？”

明沧走到酒柜面前，扭头冲她翻了个白眼：“你这个女人，有时候真是挺烦的。你是在嘲笑我的鲁莽吗？已经过去多久了？那时候的明沧已经死了，我现在是全新的明沧，我已经成长了，可以吗？”

祝安妮想起来这件事就有些想笑：“才过去半年而已，你就成长了？你是怎么成长的？看样子你在成长的过程中收获不小。”

“是的。”明沧选好红酒后拿了两支酒杯，走回餐桌前，弯下腰，向她靠近，意味深长地说道，“我的收获是，知道了原来漂亮女人都是骗子。”

安妮莞尔一笑：“我姐姐也这么说过。”

两人吃完饭，聊完天，祝安妮原本是打算帮他把碗筷洗干净再走，明沧却坚决不同意。虽然他家里也没有钟点工来做这些，但是他一个人可以做。

祝君安已经在明沧的房间里睡着了，祝安妮抱着他回到自己家，脚上穿着明沧的拖鞋，而她的高跟鞋则留在了明沧家里。

时间已经过了午夜十二点，她真的累透了，拿温毛巾给君安擦了擦脸和小手小脚，把他放回他的单人床上，自己又去卸妆洗澡，简单的涂了乳液和面霜就睡了，这一觉睡得格外沉，也格外香。

次日清晨，祝君安醒来后光着脚丫走进客厅，发现家里出奇地安静。没有祝安妮做瑜伽的身影，也没有祝安妮精心准备的早餐。他满怀疑惑地推开了祝安妮的房门，看到了穿着白色吊带睡裙的祝安妮正在床上不安地睡着，满头大汗，被子被她踢到了一边。

他走到床边，刚想叫醒她，就看到她腰身附近血红血红的一片，他吓坏了，捂着嘴巴倒退好几步，哆嗦着叫了一声“安妮”。

床上的安妮面色惨白，没有给他一丁点回应，只是痛苦地哼了一声。

他又叫了一声“妈妈”，还是没有回应。

祝君安拔腿就往客厅跑，抓起家里的无线电话打开门锁直奔隔壁，对着明沧家大门一顿乱敲，恶霸犬在里面汪汪地叫个不停，终于把明沧叫醒。

03

明沧赤裸着上身，随意套了一条深蓝色的睡裤，睡眼惺忪地来开门。才一打开门，狗安妮就窜了出去扑到祝君安身上，君安一把甩开狗，猛扑到明沧的腿上，险些没把他宽松的睡裤扒下来。

“爸爸！”祝君安慌乱的举动加上惊恐的呼唤，瞬间就将明沧的瞌睡虫打得魂飞魄散。

明沧紧张地弯腰将他抱起来，关切地问：“怎么了？”

“安妮！安妮！”他紧张的话都说不明白了，“安妮要死了！出了很多血！”

明沧脑袋嗡一声炸开，他知道祝君安不是那种不懂事的、胡乱恶作剧的小孩，他抱着君安一脚踢开挡路的狗安妮直奔祝安妮家里。

无辜的狗安妮一大早就被嫌弃，郁闷地扭着肥硕屁股，跟在明沧身后。

他在祝安妮的房间门口放下了祝君安，惴惴不安地走到她身边，看了看她睡裙上和床单上的血迹，看到她苍白的小脸汗如雨下。说真的，这一刻，他不比祝君安镇定多少。尽管眼前春色旖旎，可是什么花花心思都被这鲜红的血迹给吓没了。

“安妮？”他试着叫了她一声，顺手捡起搭在床尾的睡袍盖到安妮身上，遮住了她胸前的美好景色。

祝安妮倒是没什么反应，不过他的恶霸安妮，倒是挺兴奋地叫了一声。这一嗓子，直接把祝安妮从睡梦中惊醒了。

明沧弯腰靠近她身前，从祝君安手里拿过无线电话，安抚道：“我现在叫救护车。”

祝安妮一脸茫然地看着明沧，又看看祝君安：“救护车……”

“妈妈，你先不要死，我觉得你还可以被抢救。”祝君安红着眼眶去拉她的手。

“我……”

“行了行了，你别说话了。”明沧看她这副气若游丝还打算长篇大论的模样，真怕她一口气没上来直接驾鹤西去了。

“你在我家干什么？你的衣服呢？”祝安妮虽然没什么力气，还是抬手打掉了他手里的无线电话。她看了一眼自己身上盖着的睡袍，稍稍放心了一些，“你们俩发什么神经啊大早上的……”说完，她作势就要起身，明沧赶忙帮她裹好睡袍，从她背后扶了一把。

“你受伤了，流了很多血，为什么不去医院？”他问。

祝安妮莫名其妙地皱了下眉头，脚一落地，才从余光里看到自己的睡裙上和床单上有红色的印记。她惊讶至极，倒抽一口冷气从床上弹起来，一把抓过枕头按在上面，遮住那一片尴尬的鲜红。

她没有受伤，也死不了，只是提前来了例假，并且量不少。虽然肚子疼得要死，但是因为喝了酒睡得沉，所以没有及时发现和处理，仅此而已。

明沧和祝君安以及恶霸犬安妮目瞪口呆地看着祝安妮这一连串出人意料的反应，一时间都没说话。

“出去！”祝安妮红着脸看向明沧，葱白的指尖指向门外。

明沧被她吼得一愣，当即明白她恼羞成怒的原因，二话没说，扭头就走。

不过他人还没到门口，就听到屋子里发出一声巨响，接着就是祝君安的尖叫声，他猛地转身，看到祝安妮已经晕倒在床边，还砸倒了房间里的台灯。

明沧不知道该怎么办，只能跑回家去随便套了一件T恤，拿起车钥匙，抱起祝安妮直奔电梯。在他有限的认知里，真不知道该怎么处理一个因痛经而晕倒的姑娘，只能在开往医院的路上，打电话向自己的医生朋友求助。

他抱着祝安妮出现在急诊大厅门外时，已经有人在等着接应他。

祝安妮被推走，好友拍拍他的肩膀示意让他放松，还打趣道："真难得，上一次看你抱女人还是你 6 岁的时候抱我妹。"

明沧白了他一眼："你妹那时候才几个月大，还不能称之为女人，只能叫女婴。"

祝安妮没有什么大问题，至少没有出现他自我联想的失血过多之类的问题。医生问过了，她月经量一直不小，并且常伴有痛经，只是这次稍微严重了一些。

祝安妮只在医院待了半天就出院回家了，临走之前，明沧的医生朋友送来了许多有利于她身体恢复和缓解痛经的东西。

两个人进一趟医院跟回娘家一样，提着大包小包出来。明沧把这些东西都扔到后座，给她打开门，扶着她上车。

"谢谢你今天早上让秘书去给君安做饭，送他上学，还麻烦你陪我在医院待这么久。"

明沧有一肚子话要说，却在不经意间抬头时看到了他的大哥明洋，此刻他正一脸烦躁地打着电话从医院里走出来，身后还跟着一个漂亮女孩。这个女孩他认识，是陈家的三千金，于是到嘴边的那些调侃就全成了："不客气，邻居之间就应该相互照应，远亲不如近邻。"

明沧并没有非要跟明洋打个照面的意思，但是明洋主动跟他招手了，他只能停下来，跟他聊上两句。

明沧与大哥同父异母，虽说不如同父同母的兄弟长得那么像，但总有那么一丝说不上来到底是哪里的相似之处。他们同样挺拔，英俊程度不相上下，独独气质大相径庭。

明沧的身体同时驾驭着自命不凡与谦和有礼，笑起来柔情万种，不笑又如面覆寒霜。而明洋呢，只有自命不凡和面覆寒霜，看起来就是个与周围格格不入的坏家伙。

至少祝安妮从车里望出去，看到的是这样的明洋。

明洋大概没有料到自己会在住宅以外的地方看到穿着睡衣睡裤的明沧，

他匆忙挂断电话，抬手扯了一把他的睡衣，皱眉嫌弃道："你在这犯什么病？真病了？"

明沧没有生气的意思，伸手抚平被他拽皱了的地方，回头朝祝安妮的方向扬了扬下巴："救人一命胜造七级浮屠。"

明洋半眯起丹凤眼，远远地打量着祝安妮，同时也接受着祝安妮面无表情的审视。他忽然冷笑一声："你不是视爱情为粪土吗？怎么会送个女人来医院看病？"

"随你说。你来医院……陪朋友看病？"说完，他看了看身后的陈家三千金，微微点头算是打过招呼。

明洋倒是显得落落大方，不像明沧那般小心："怀孕了，来看看，明天来做掉。"

这个答案似乎也不意外，自打明洋成年以来，不知道祸害过多少女人和没出生的孩子。明沧不知道该说什么，只能沉重地点了点头："还是要注意一些。"

明洋不以为意地转头看向自己的女友，不耐烦道："你在这杵着干吗？自己不会上车？等我搀你？"

小女友不乐意地甩着包："对，就等你扶。刚你弟都扶他女朋友了，你怎么就不能扶我？"

明洋瞪了她一眼："那你跟我弟好去，你跟他好他也扶你，你也别上我的车了，直接跟他走就完了呗？"

小女友哼着跺了下脚，抱着肩膀扭着腰独自朝停车场方向走去。

女友走后，明洋从兜里摸出一盒香烟，递给明沧一支。兄弟两人，一个西装革履一个睡衣睡裤，一同走到医院外的角落抽烟。

明洋斜睨着祝安妮，手指夹着香烟，用抽烟的姿态掩饰着自己的唇形，靠近明沧的耳边，低声说："这个女人的背景你了解过没？"

明沧撇撇嘴："没什么背景，挺普通的。"

"普通的比不普通的烦人多了。"

明沧笑笑，吐出一口烟：“你的人生经验可能不适用于我。”

“大哥这是给你人生建议。”

明沧点头：“好，洗耳恭听。”

“离这女的远点。”

明沧愣了愣，一时间没明白他是什么意思：“为什么？”

明洋挑起嘴角，冷笑一声：“人生经验。”说完，他拍拍明沧的肩膀，潇洒地一挥手，扬长而去。

祝安妮的视线一直跟随着明洋，直到他的身影消失在她的视线里。她想她不会忘记明洋看向自己时，眼底的不屑与鄙夷。

明沧回到祝安妮的身边，坐进驾驶位，启动汽车的时候说了一句：“遇到我大哥了，怎么样，我们长得像吗？”

“不像。”安妮斩钉截铁地回答，“你长得比较有人样。”

“听着可不像夸人。”他挑眉。

安妮无力地笑笑，黑漆漆的长发从脸颊两侧垂落在胸口，将她的脸色衬得更加苍白了：“是真的在夸你，面由心生，你看起来像好人。”

“我大哥凶神恶煞？”他哑然失笑，“不会吧，据我所知，我大哥比我更招女人喜欢。”

祝安妮偏过头，仔细地打量了他一会儿，说：“你确定？我觉得你看起来更招女人喜欢。”

“你是女人吗？”他狡黠地朝她眨眨眼。

安妮抱着自己的小肚子，转头看向窗外，没有回答这个问题。

她的情绪并不是很好，明沧没有多想。他认为祝安妮也许是觉得尴尬吧，毕竟不是所有女性都经历过这种来月经疼到需要邻居救助的事；又或许她只是单纯情绪低落，不是说女人在特殊时期的情绪都是起伏不定的吗？

04

祝安妮请了一天的假，被明沧的秘书像伺候“老佛爷”一样伺候了一天，弄得她很是不好意思。毕竟人家是个秘书，不是保姆。

祝安妮并不是一个孤独的学霸，她很好接触，这一天下来，她和明沧的秘书感情升温迅速，关系和谐度比她和明沧间的高多了。

安妮喜欢这个秘书，她真的很温柔。尤其是祝安妮看出来这个秘书看向明沧的眼神很不一般，那明显是女人爱慕男人的神情，可她还是听着他的安排，心甘情愿、温柔周到地对待明沧认识的另一个女人。

原来秘书的年纪已经不小了，32 岁，离异，带着对双胞胎。安妮可以理解她那份不敢言明的爱意，可能对她来说，能这样待在他身边，已经很知足了。

这样的女性是不可能和明沧并肩到白首的，秘书不能，祝安妮也不能。

秘书做的饭菜很可口，晚餐做好了，就叫明沧和祝安妮一起吃，自己则收拾好一切，提起包悄然退场。

祝安妮没有问过她，经历了一段什么样的婚姻，不过看起来她是如此温和贤惠，不像是坏女人。

她温暖的笑容，让安妮想起了自己的姐姐祝安娜。她敢用人格担保，祝安娜是这个世界上最完美的女人，她漂亮性感、聪明可爱，还温柔贤惠。

可惜，红颜薄命。这个世界再也没有祝安娜了。

明沧看她直勾勾地看着自己的秘书，人都走了还盯着门看。他拿起筷子敲了敲祝安妮的手背，满眼的探究："你别告诉我你喜欢女人。"

安妮转过头，佯装生气的样子，鼓起腮帮说："喜欢你个头。"

明沧挑眉，不明白祝安妮怎么就突然看自己不顺眼了："小妹妹，你什么意思？好端端的攻击我干什么？是我派的人你不满意？还是觉得我占了你们家的空气影响你呼吸了？"

祝君安咬着一只大鸡腿，在旁边插话："安妮一定是想到今天有你陪伴她吃晚餐，明天就没有了，有些伤感，导致心情不好。"

明沧勉为其难道："如果是这样，我明天还可以来陪你吃……"

"陪你个头。"祝安妮当即打断他的话。

明沧放下筷子，一脸严肃地瞪着她："祝安妮女士，我看你是三天不打上房揭瓦，你想被我揍一顿吗？"

祝安妮抓起馒头塞进嘴里咬了一口，用筷子随意在他面前划拉两下："你是个坏蛋，难道你就不能雇一个钟点工吗？好歹人家也是名牌大学的文秘专业出身，每天给你洗衣服做饭算怎么回事。"

原来是因为觉得明沧在欺压秘书，没看出来，她还挺爱打抱不平。

"你这个人，讲话要先讲道理，要了解事实，我什么时候让她给我洗衣服了？我只让她给我做饭，再说做饭还是我教她的，我还没收学费呢。"

"你没有保姆吗？你的助理呢？"

"问得好。"他也忽然想起了自己的助理，那个干啥啥不行、吃啥啥不剩的助理，是他老爸安排在他身边的眼线，也可以说是他八竿子打不着的远方亲戚。"我没有保姆，我助理是个废物，所谓能者多劳，她干得多，我不会亏待她。你要是知道她每个月在我这里领多少钱，你就不会替她申冤了，不过……"

他忽然顿了一下："我的秘书居然向我的邻居诉苦，这件事我很不满意，我要扣她的薪水。"

"不许扣！"安妮生气地打断他。想了想，这个态度似乎不对，自己又不是明沧的谁，不应该这样对他指手画脚，于是重新调整了情绪和语气，清了清嗓子，温和地说道，"我的意思是说，她没跟我诉苦。既然你给她很多钱，那她是应该多做一些，我觉得还是不要伤了员工的心，随随便便扣薪水不好。"

"好。"明沧用筷子敲了敲盘子边，温柔地笑道，"我就卖你个面子，吃饭。"

第二天一早，祝安妮在喝了一天调理药，靠着中药包睡了一夜之后，终于能像个人似的起床给祝君安做早饭了。给他打理好一切后，先将他送去幼儿园再去了学校。

她的车一直停在学校东侧的停车场，偶尔会因为停车场满了，而停到教学楼前方的空地。

她这辆红色的小汽车是祝安娜留给她的遗产之一，虽然不是什么豪车，在安娜那里也开了有几年，但保养得很好。

安娜还在世的时候就说过，以后自己换了新车就把这辆给她开，所以安娜开的时候很珍惜。后来她开了安娜的车，但是安娜再也没能开上新车。

祝安妮的车里经常会循环播放着一张女声翻唱的粤语 CD，这个清澈的女声就来自她的姐姐祝安娜。只是除了她，似乎再没人知道。

在祝安娜去世的这些年来，除了她的一个远房哥哥祝良辰会在节日的时候打电话问候她，叫她去祝家吃个饭，给她包个红包之类的，也没什么亲戚在意她。

至于别的亲戚，真是一言难尽。由于爸爸的不争气，导致他们家把亲戚得罪光了，人缘败尽。她和姐姐从不指望哪个有钱的亲戚能接济一下，毕竟帮他们是情分不帮是本分，自己爸妈当初在那些亲戚家借了钱又全都输光了，人家不帮也挑不出不是。所以到她和安娜这一辈，就过得要艰辛得多。

祝安娜也是个智商、长相超群的女孩。后来家道中落，被人逼着去卖身为她们老爸还债，吓得她直接出逃。老妈被人抓走，逃跑的路上出了车祸，当场就去世了；老爸的债太大，最后从几十米高的大桥上一跃而下，也没了。

十几岁的祝安娜就成了家里的顶梁柱，在一贫如洗的出租房里，为了能让安妮有饭吃、能上学，安娜干脆不上学了。她想过给学生当家教，可她年纪还小又不是出自名牌大学，没人相信她有那个本事，于是只能去大酒店里弹钢琴，去酒吧唱歌。所有亲戚都认为，祝安娜堕落了，无可救药了。跟她爸一样，没人愿意帮她们一把。只有那个叫祝良辰的表哥偷偷给过她们钱，也都被安娜送还了回去。

再后来，安娜认识了一个了不起的男人，由于出身低微，她只能卑微的给人做见不得光的情人，连“女朋友”三个字都配不上。说白了，仅仅是情人。

有人在副驾驶的车门外敲着车窗，闷闷的声响惊扰了陷入回忆的祝安妮。她皱眉探身，想去看看这人是谁。

黑西裤，白衬衣，干干净净、整整齐齐的样子。不等她看到人脸，外面的人便径直打开她的副驾驶车门，直接坐了进来。

一股陌生的香水味直直撞进她的鼻息，她怔怔地看着眼前的男人，一时间不知道该说些什么。

说熟悉，也不算熟悉，她和这个男人从未正面交谈过。说陌生，却并不陌生，她死都不会忘记他纨绔又嚣张的模样。

车载音响里还缓缓地流淌着安娜空灵的歌声，哀戚戚的，跟她的人生一样。男人大概也注意到这歌声了，直接伸手关掉了声音，他微微侧头，一脸的玩世不恭，嘴角微微挑起，看起来很是英俊："你哆嗦什么？我怎么你了？"

他张口就很不客气，真让人讨厌。

"你有事吗？"她深吸一口气，尽量让自己看起来很平静。

"很显然，我有事。"他挑起嘴角笑了笑，笑容诡异又邪恶："没事的话，我也不会一大清早就出现在这里。我刚交了一个女朋友，是你们学校的，我来送她上学。"

"你昨天不是才带着你女朋友去医院？"安妮不可置信地问道，话一出口，她就觉得自己没有必要关心这个人，于是改口道，"我是问你，你找我有事吗？"

"你对我这么凶巴巴的干什么？你不是知道我是谁吗？"

"我知道。"安妮冷笑，"明家的大公子，明洋嘛。"

明洋的笑容瞬间绽放，仿佛这就是他心中最想听到的完美答案："明可不是一个常见的姓氏。"

"祝也一样。"她说。

"所以你这么聪明，应该不难想到明沧和我的关系。"他冷笑道。

“我知道你们的关系又怎么样？换句话说，你和明沧的关系跟我有什么关系？”祝安妮自始至终目视前方，压根不想多看他一眼。

“真的没关系吗？祝安妮小姐。”他的手指头一下下敲在她的车窗上，发出具有平稳节奏的声响，更像一种威胁环绕在车厢内，“我可还记得当年你在电话里是怎么宣泄对我的恨意的，你说我会得到报应，你不会放过我。怎么？经过你日日夜夜的钻研，终于找到明沧来作为报仇的切入点了？”

良久的沉默后，祝安妮嘴角勾起寒冷的笑意，就如明洋看她一般，带着深不可测的威胁意味：“看来你害怕了？”

明洋笑笑：“哪里可怕？”

祝安妮指了指自己的脑袋，一字一句道：“我的这里。”

明洋没有回应她，祝安妮知道自己说对了，便继续说道：“你见识过安娜的聪明，也一定听她说过她的聪明远在我之下。原本我对你是构不成任何威胁的，但有了明沧，结果就会变得很不一样。”

明洋的双眸晦暗了几分。

“当然，如果不是令堂近两年身体抱恙，那么明沧压根也不会对你构成什么威胁。”

明洋笑了笑：“你还调查过我。”

“你知道明沧勤奋上进，珍惜在明家得到的一分一毫，他在事业上的用心让明家人对他另眼相看。不过他在明家势力单薄，好像也成不了气候，除非有人愿意帮他。”

“分析得不错。”

“假如明沧有我这样一个无所不通、无所不能的助手，奔跑起来会更快。另外，虽然我现在孤身一人，但好歹也姓祝。”

“明沧永远不可能拿走明家的一切。”

“哪有什么不可能。人只要心狠，什么都有可能。”安妮说。

明洋点点头，似乎在认同她的说法，随即开口道：“以我对明沧的了解，他未来的太太一定是家族势力强大的千金小姐。他是个很有原则的人，他的原则通常都以利益为先。”

祝安妮笑笑：“你以为我是第二个祝安娜吗？那个愿意为了爱情纵身跳下大海的祝安娜？明大少爷，你错了，这个世界只有一个祝安娜。我祝安妮不会为了任何人死，连同归于尽都不会。爱情和名分，从来不是我祝安妮想要的东西。”

“看来明沧的命你是不看在眼里的。”他冷笑。

安妮冷静地说道：“在我眼里，众生平等。”

第四章

·DISIZHANG·

明沧家的门打开了，女孩子被跳出来的恶犬给吓得倒退好几步，安妮从没如此这般喜欢过这只狗。

01

明洋手臂一挥，抓住她胸前的蕾丝衬衣领口，硬生生地将她扯向自己。祝安妮虽然没料到他会直接动手，但也没有像普通女孩那样挣扎、尖叫，她并不是一个多么彪悍的女人，但仇恨和愤怒总会赋予柔弱的人们一些特殊的勇气。

几乎是他将她拉近的同时，她也迅速地伸出左手，一把揪住他价值不菲的衬衣领口，没有任何退缩。他冷漠邪恶，她愤然无畏。

明洋说：“我警告你，离我弟弟远一点，离我们明家远一点，你的仇恨在我眼里一文不值。祝安娜那个女人带着我两个儿子跳海，这笔账我留着到阴曹地府跟她算，轮不到你插手。”

明洋身上的香水味和他的气息都是带着攻击性的，他的霸道仿佛是骨子里的，压抑得安妮很难受。可越是难受，就越想要反抗。她平静且坚定地回应：“那不如，就让我早点送你去见她。”

砰的一声，祝安妮的引擎盖被拍出一声巨响。陈卓怒发冲冠地绕过车头，拉开副驾驶的车门，二话不说架起明洋的胳膊就往车外拽。

明洋低声咒骂两声，站直了身体，一把将他推开："你有毛病吧？"

陈卓又摔上车门，愤怒地说道："你才有毛病！这是学校！你在光天化日下欺负我们的女老师！你几个意思啊你！"

明洋随意地整理好自己的衬衣，皮笑肉不笑地说道："你怎么看出来我在欺负她？怎么就不能是谈恋爱吵架了？"

"谈恋爱？"陈卓感到很意外，"你是她儿子的爸？"

明洋手上的动作顿了顿，点头："是又怎么样？"说完，他没再搭理陈卓，径直走向停在远处的越野车，上车走人。

陈卓等着祝安妮下车，看到她微微垂着头，眼眶通红，跟忍受了天大的委屈似的，可把他心疼坏了："安妮，那男的是你儿子的爸？"

祝安妮摇摇头，拎着手提包闷头往教学楼的方向走。她今天穿了一双中跟的黑色高跟鞋，踩在地上嗒嗒作响。走得匆忙，陈卓跟在她后边都要迈开大步才能跟得上她："安妮，他说你们两个是情侣关系。"

祝安妮还是没理他，他俯身往她的脸上看了一眼，当即都吓傻了："你不是要哭吧？安妮？"

安妮突然站住脚步，红着眼眶怒视他："怎么，我不能哭吗？"

"能！"陈卓可不敢在这个时候惹她，"你当然能哭，只是我想不到有什么人、什么事能把你弄哭，祁珊不是总说，你心大得连整个宇宙都装得下……"

"哦？是吗？"她哼了一声，"我还以为她会说我坚强勇敢、坚韧不拔呢！"

周围人来人往，陈卓想拍拍她的肩膀安慰她，但又不得不避嫌，只好温柔地笑了笑："行了，不管他是谁了，你别再被人欺负就行了。如果有需要，随时叫我。"

"叫你？"她刚说完，就看到那个怀了陈卓孩子的女老师朝这边走来，她挤出一个假笑，“谢谢你，我看你是‘泥婆萨过河自身难保’，还是先学会自救吧！我要去趟实验室，你爱去哪就去哪，不要跟着我。”说完她加快迈步的速度，几乎是一溜小跑上了教学楼外的楼梯。

她不需要任何人救，她一没陷入生活的沼泽，二没有穷到揭不开锅。如果生活中每遇到一点小小的磨难都需要有一个男人向她伸出援手，那她活得也太难堪了。

人生在世，最该学会的本领是拯救自己。不要想着身后会有谁，否则，一旦那人不在了，自己是怎么摔死的都不知道。

这一整天，祝安妮的情绪都不怎么高。当然，教学的时候除外，没有任何事情可以影响她教书育人的热情。

下班后她破天荒地直接给祝君安买了一个汉堡和一盒炸鸡，开车回家后就直接横躺在沙发上。

祝君安吃着汉堡看着书，感觉很惬意。

门铃响起时，安妮只是捞起一个抱枕遮住自己的小腹和大腿，对着祝君安一挥手：“去看看是谁。”

祝君安一刻都不舍得放下他的汉堡，捧着它走到门口，看了一眼可视门铃上的人影后，直接把门打开了：“爸爸！”

“你妈呢？”明沧手里拿着一个文件夹，敷衍地揉了揉君安的脑袋，他跟进自家门似的，换了拖鞋走到沙发旁，居高临下地看着祝安妮：“你怎么了？”

安妮一点起来的意思都没有，嘟了嘟嘴巴：“累。”

“那你什么时候能不累。”他一本正经地问着。

安妮不得不承认，相比明洋，明沧的刻薄显得可爱许多。她打了个哈欠，懒洋洋地问：“那你会等我不累的时候再来吗？”

“不会。”他说，“我会在这等到你不累。”

安妮叹了口气，懒洋洋地坐起来，朝他伸出右手：“有东西给我看？”

“我喜欢和聪明的人在一起，让人感觉很轻松。”他递出文件夹，在祝君安旁边找个了空位坐下，瞄了一眼君安的晚餐。看来安妮的身体还是不舒服，不然不会给他买汉堡。

祝安妮接过文件嘀咕着：“我也是啊，不喜欢跟笨蛋在一起。”她翻开文件粗略看了几眼，这厚厚的一本文稿，要细看下来还是需要一定时间的，当看到落款是黄霁月的名字时，祝安妮抬眸看向明沧，“这是你们的无害降解策划？”

“是。我之前和你谈过的，说好由你来做，但是这位黄老师神通广大、背景惊人，直接找到我老爸来压我，今天开董事会的时候，这个东西直接送到了董事们的眼前。我接触过黄霁月，我个人感觉她不像一个靠谱的学者专家。”

祝安妮挑了挑眉，她从不在人前评论他人，即便这个话题是明沧提出的，她也不会跟他谈论黄霁月到底靠谱不靠谱：“做人有时是要跟着感觉走。”

“什么意思？”明沧问。

“没什么意思。”她说，“我相信黄霁月老师是有真正的实力的，靠耍嘴皮子是没办法在我们这个专业里混饭吃的。不过呢，你这个方案，我还是要帮你看一看，术业有专攻，这个方案你应该不会太懂。”

“专业的问题我确实不懂，但从这份报告里看，排污成本确实节省得非常多。”他说。

安妮在沙发上盘起腿，将抱枕搂在怀里，冲他眨眨眼：“热水一杯，谢谢明总。”

祝君安举起小手：“热水一小杯，谢谢爸爸。”

明沧好脾气地起身去厨房烧水，祝安妮则全神贯注地投入到降解方案文稿当中。

她注意力集中得十分惊人，连明沧倒好热水回来都不知道，等她放下手里的文件时，茶几上的热水已经变温了，旁边还多了几张被她写满了内容的纸张。

“你的脑子真可怕。”明沧见她终于抬头松动脖颈，才开口评价道。

祝安妮伸了个懒腰：“怎么可怕？”

“我刚才问了你四个问题，你一个都没听到。”

“是吗？”她不以为意，“太专注了吧。”

“你谈恋爱的时候也这样？只能看见一个男人，看不见别人？”

她思考了一会儿，说：“不知道，没谈过。”她把文稿推回到明沧面前，撇撇嘴，“这个方案董事会通过了吗？”

“基本上可以说是通过了。”

“我仔细推算过，这里面所谓的节约成本之类的话都是哄孩子的，里面含有大量违规操作，说白了只是换个方式让你们光明正大地违规排污而已。如果这是你们董事会想要的，我劝你别抗争。如果给我做，成本一定会增加，为人师表，我干不出这种损人不利己的事情。”

“名氏洗化是我的心血，即使我是个爱钱的商人，但也得是基于我的良心要过得去。我想让明氏洗化成为真正的一线品牌，流芳百世，而不是为了利益成为昙花一现的企业。”

“你想要可持续发展，并不代表公司的董事们也想要。”

明沧收回黄霁月的方案，垂眸微微一笑：“术业有专攻，这是我该思考的，不是你。我们各司其职。”

“可是我不想成为抢黄霁月饭碗的人，我又不缺这碗饭。”

“你觉得黄霁月缺？”明沧反问。

安妮皱眉想了想：“也对……”

她皱眉的样子有些可爱，像个天真的小孩，明沧忍住去揉一揉她脑袋的冲动，起身拍了拍大腿：“我先回去处理一点事，只要你肯为我做这个项目，股东们我来搞定。还有，我希望这是我们合作的开始，我觉得你祝安妮在研发方面，也会有惊人的成绩。”

安妮一副看透了他精明之处的古怪表情：“别以为我不知道你在打什么鬼主意，我的大脑贵得很。”

02

次日，G大。

明沧约了黄霁月见面，黄霁月把地点定在了G大，出于对女性的尊重，他答应了。他刚刚上到三楼的时候，正好遇到黄霁月。

两人还没来得及开口寒暄，一个男学生匆匆跑过来，叫了一声“黄老师”。

这是黄霁月班上的学生，为了在明沧面前表现自己的随和，她换上温和的笑容：“找我有事？”

“不，我找祝老师。”男学生不好意思地挠着后脑勺。

“她没有带你们班的课吧？”黄霁月尴尬地笑问。

“祝老师是没有带我，但是我们班的学生一直都在旁听她的课，我有些问题想请教她。”男学生看起来很急切，着急地与黄霁月说完后就往楼梯上跑，生怕去晚了，会与祝安妮错过。

此情此景，让明沧居然在内心暗自骄傲了一番，这股骄傲来得非常荒谬，因为祝安妮既不是他的老婆也不是他的闺女，这老父亲般的骄傲着实让他摸不到头脑。不过经过他仔细一分析，他猜想可能是他在为自己看人的眼光感到骄傲。

黄霁月颜面受损，尤其还是在明沧的面前，她又不好发作，只能不好意思地对他笑笑，直接转移了话题：“不好意思，明总，今天要你特地跑一趟。我今天有个实验离不开这边，咱们到我实验室来谈吧。”

“不必了，黄教授。”明沧礼貌地微微一笑，“我认为黄教授的方案不需要讨论了。”

黄霁月也跟着笑了起来，这样的方案她先前替其他公司做了数十个，这次的用心良苦，完全是为了明沧，她说：“看来明总是认同了我的方案，那未来就要劳烦明总多多关照了，我相信我们的合作会很完美。”

她胸有成竹地伸出右手，准备和明沧握手，明沧垂眸淡淡地扫了她的手掌一眼，平和地与她握了握：“我想黄教授是误会了，我约你见面的目的是想当面告诉你，你的竞争方案落选了。我代表明氏洗化，对黄教授在百忙之中抽出时间来参与方案定制感到万分感谢，希望下一次我们可以达成合作。”

他的话令黄霁月十分诧异，不敢置信地重复道：“参与？落选？”

明沧诚恳地点了点头：“既然已经通知到了黄教授，我就先告辞了。”

明沧知道她有满腹疑问，但他不想听，也不想为她解答。他对黄霁月这个人从一开始就没有好感，明沧最讨厌错综复杂的关系户，她是聪明反被聪明误了。

等黄霁月反应过来时，她已经连明沧地背影都看不见了。

正值上课前的几分钟，走廊里路过几个抱着手提电脑准备下楼的老师，她一个人在那暗自发狠，牙齿都咬得“咯咯”响，对几位老师的打招呼视而不见、听而不闻。

在黄霁月的人生当中，从未有过真正的失败，尤其是这般不体面的失败。

祝安妮正在三楼的玻璃连廊上，给那位找她的男学生讲解题目，见黄霁月冷着脸走过来，她连忙将手中印着明氏标志的档案袋卷起，捏在背后。

刚刚她正给学生讲着题，明沧不知道从哪里冒出来，塞给她一个文件袋，说是有资料让她看，接着人就消失了。

“谢谢祝老师。”男学生茅塞顿开，特别开心，真诚地说道，“祝老师，要是你教我们就好了，不像有些老师，每天只会对着幻灯片念词儿。”

这话黄霁月自然也是听到了，她铁青着脸看着祝安妮。

“每个老师的教学方法都不一样，并没有高下之分。”祝安妮对学生笑笑，“幻灯片的内容也是老师们精心提炼的重点内容。”

祝安妮并不想招惹黄霁月，这并不是畏惧，只是不想同事之间出现没有必要的口舌之争。虽说黄霁月确实是个喜欢争争抢抢的人，但好在祝安妮并不是很在意那些，这大概就是所谓的人各有志。既然黄霁月的志向在此，那就让她去争、去抢好了。

她只想当一名合格的教师。

从黄霁月看自己的眼神中，祝安妮便已经猜到刚刚明沧为什么会毫无预告地从天而降了。黄霁月的脑子可不是一般的好使，她肯定能想到明氏如果要找G大的人来合作，当下符合条件的，除了她就只剩祝安妮了。

虽然不是出于本意，但事实上，她确实抢了黄霁月的东西。

男学生也注意到黄霁月走过来了，故意调皮地道："我说的那位老师啊，听说连幻灯片都是助教给做的呢！"说完他就跑了。

祝安妮脑门一排黑线，心想这个学生真坏，以后再也不给他讲题了。

果不其然，黄霁月走到她身边时，明显像个挤爆的柠檬，酸得不得了："祝老师果然是G大的明星老师，好大的魅力。"

"过奖了黄老师，你才是G大公认的美女老师。"

黄霁月是个嚣张自傲的人，但她看不上祝安妮，也就懒得和祝安妮周旋。面对祝安妮的谦逊，她直白地表露出了不屑。

祝安妮不卑不亢地望着她，面带微笑道："黄老师还有何指教？"

"指教谈不上，只是想问问祝老师，什么时候我的学生需要你来指点了？"说话间，她的视线落在祝安妮自然下垂的左手上，一个蓝白相间的文件袋被祝安妮卷成一个卷儿。即便看不到文件袋上写了什么，但这个蓝白相间的文件袋和明氏洗化的LOGO的颜色是相同的，这也证实了她的猜测，祝安妮就是将她打败的G大学者。

安妮撇撇嘴，有些为难地说道："黄老师应该知道我的工作量很大，我是实实在在地忙。所以如果黄老师能带好自己的学生，在忙碌的校外活动中抽出一些时间给自己的学生多辅导辅导，他们也就不会经常来麻烦我。你也知道的，我们为人师表，面对勤奋上进的学生，总是不能拒绝。"

黄霁月气到发抖："那我真要谢谢祝老师对我学生的热心辅导了，不过看祝老师总是东家辅导西家辅导的，应该也没什么时间做正经事，要不要开个辅导班？没准赚得会比在这里当老师要多。"

"我的事就不劳烦黄老师操心了，但还请黄老师记住，德高为师，身正为范，黄老师有在这里和我做口舌之争的时间，不如把助教的幻灯片好好改一改。”

祝安妮觉得没什么可说的了，于是对她点了点头，快步回到自己的实验室。

实验室里飘着一股葱油饼的味道，她知道，祁珊又在这里吃东西了。

祁珊看到祝安妮进来，将自己笔记本电脑的屏幕转向她，用铅笔指着屏幕上明沧参加商业活动的照片，连着赞叹了好几声：“我发现你隔壁那个男人还挺上镜的，你看这个照片，多像那么回事儿……”

祝安妮瞥一眼屏幕，忍不住笑出声：“什么叫像那么回事儿，人家就是那么回事儿，又不是靠喊口号当的企业家。”

祁珊觉得安妮在袒护明沧，不过她没戳穿，她特别好奇地凑到安妮身边，问：“我跟你说，按着明沧这种身价和跟明星似的长相，多多少少应该有点花边新闻可看的吧？他居然没有！你说奇怪不奇怪？”

“这有什么奇怪的？人家只是长得像明星，又不是真的做娱乐产业的，就算有什么花边新闻，也不会让你轻易知道。你知道人家到底有没有公关，到底是不是真的洁身自好？”

祁珊笑得贼兮兮地推了一把她的肩膀：“我听这话不对啊？你们两个在我不知道的时候是不是偷偷发展了感情。”

祝安妮刚拆开手里的文件袋，一脸的不可思议：“什么叫你不知道的时候？还有你知道的时候吗？”

祁珊琢磨了一下，好像是没有：“你俩到底有没有戏？女人的直觉告诉我，他对你有意思。”

祝安妮嫌弃地瞪了她一眼：“就你？女人的直觉？你可以说你是女人，也可以说你有直觉，但女人的直觉跟你根本就不挨边。但凡你对爱情的直觉灵敏一些，至于到今天还没处上对象吗？”

祁珊不屑地挥了下手，把电脑上的新闻关掉：“我还指望你嫁入豪门后再给我介绍一个钻石王老五呢。”

“为什么非要嫁给钻石王老五，普通的王老五不也挺好的。”安妮一边看着眼前的资料一边说着。资料的大概内容都记住了，就把文件放进碎纸机里处理掉，“不是一个世界的人，太难谈恋爱。”

“你和明沧是一个世界的人吗？”

安妮嘟起嘴巴，有些遗憾地说：“不是吧，我是学霸，我跟所有人都不是一个世界的。”

“滚！”祁珊吼道。

03

下班后，祝安妮带着祝君安在小区里遇到了捧着一束娇艳欲滴的玫瑰花的明沧。他边走边翻看标签，看过以后，嘴角嫌弃地抽了抽，随手将标签扔在垃圾桶上。

祝安妮路过时特地看了一眼：爱你。蓉蓉归来。

蓉蓉？安妮也抽了抽嘴角，为什么要用叠字？听起来可爱？那她岂不是要叫妮妮？

祝君安不知道在低头想什么，没有注意到明沧就在自己身前不远处。

明沧也没有注意到身后的人就是祝安妮，直到按下电梯的时候，从镜面的电梯门上看到了身后的母子二人。

祝安妮：“在它们繁殖的大好时节将花摘下来捆在一起，很残忍。”

明沧愣了一下，扭过头，惊讶道：“作为一个女性，你不喜欢花吗？”

祝君安抬头看看明沧又看看安妮，觉得这个话题没什么插嘴之处，选择了保持沉默。

三人一同走进电梯，满电梯的玫瑰香味，根本无法让人忽略，祝安妮道：“我不喜欢，这花捧在你怀里却也确实可以衬得你更加俊朗非凡。你很喜欢花吗？可以自己种，更有成就感。”

什么成就感明沧并不在乎。

“你说怎么办？”他的语气听起来有点烦躁。

“什么怎么办？”祝安妮斜眼看他。

“花怎么办？”

安妮下巴一扬：“我怎么知道，又不是我的。”

祝安妮的脸色一点也不好看，全程绷着脸，就连回到家里做饭晚也绷着脸，洗好菜后，她将青瓜拍个稀巴烂，祝君安只吃了一口就吐了出来：“安妮，你确定拍的是青瓜不是柠檬吗？”

“很酸吗？”她问。

“你尝尝？”

祝安妮夹起来尝了一块儿，是酸：“还可以，多吃醋对血管好。”

“但是这么酸会对胃不好吧？我的胃还没上一年级……”

“你吃不吃？”

祝君安摇头：“不吃。”

“不吃我拿去喂狗了！”

“喂狗我也不吃。”

祝安妮哼了一声，端起雪白的大瓷碗走到家门口，换上出门的拖鞋，开门转弯，来到明沧门外，按了两下门铃。

明沧很快就开了门，看样子他正在做饭，露着胳膊挽着袖子的，而那束刺眼的红玫瑰，正板板整整地立在他玄关的穿鞋凳上。

“你在做饭吗？”她问。

“我在给狗蒸南瓜和紫薯，你要来点吗？”

“谢谢，我不吃狗粮。”

“人也可以吃，我就吃，挺好吃的。”

安妮笑笑：“是吗？只吃粗粮是不是太干了？这个送你吃。”说着，她将大碗递到他面前，明沧不接都不行，这架势是要直接把碗送进他肚子里，他只好接住，没明白祝安妮这是什么套路，只好挑着眉问：“你给我下毒了吗？”

“你吃了就知道了。死了就是下毒了，没死就是没下毒。”说完这句她就扭头回家了。

刚一进门，就听祝君安在那喊："安妮！这个糖醋排骨是不是没有放糖啊，只有醋没有糖！"

"你吃不吃？不吃我拿去喂狗。"

君安气得直踢凳子："你是做了一桌子狗粮吗？都拿去喂狗，我吃什么？"

"你吃狗。"

君安一脸莫名其妙。

隔壁的明沧关上门，端起碗闻了闻："什么味道，醋精？这么呛。"他用手指抓起一块放进嘴里，勉强咽下去。

他郁闷地看看这碗醋精拌青瓜，又看看自己的狗，弯腰把碗递过去。狗安妮一路倒退着躲到沙发后面去了，明沧把碗往茶几上一扔，嘟囔道："狗都不吃。"

这顿饭让祝安妮大失胃口，当然不是因为她看到明沧带了一束玫瑰回来，而是太酸了，酸到她自己都吃不下去。祝君安还一直在一旁碎碎念："安妮，你是不是怀孕了，都说酸儿辣女。"

她怀哪门子孕，难道她还能吸收日月精华怀孕不成？如果怀儿子就吃酸的，那她今天晚上这桌菜简直是怀了七胞男孩的程度。

祝君安也没吃多少，菜几乎都没怎么动，全都被安妮倒进了垃圾桶。收拾好厨房，她又开始洗衣服、拆被子、洗被子、刷地毯，累到满身大汗时才想起来自己的身体不宜这么劳累，但她不开心的时候只想干活儿。

捧着一篮子衣服来到阳台，她一件件拿起来，抖开，穿上衣架再挂起来。回身时，突然看到明沧正端着一个马克杯趴在自家的阳台上，饶有趣味地盯着自己。

月光和灯光相交，一半是暖融融的黄，一半是冷清清的白，他穿着干净的白色圆领T恤，嘴角狡黠地上扬着，好看得跟挂在隔壁阳台的一副水彩画一样。但是这个笑容，看起来好像肚子里在打什么坏主意。

“明总不在家里好好呵护你的鲜花，跑到阳台来看月亮啊。”

“月亮比花好看。”明沧笑道。

安妮抬头看了一眼天边的月亮，不屑道：“就一个饼，有什么好看的，还是鲜花好看。”

“月亮有诗意，还富含哲学。”

“一个饼有什么诗意和哲学……”

“今人不见古时月，今月曾经照古人。我一想到我现在看到的月亮曾经照过过去的山河大江，我就觉得很有诗意。”

安妮更加不屑了：“那你是不是还要当歌对酒，月照金樽……”

明沧对她举了举手中的马克杯：“金樽自备，等祝老师给我高歌一曲。”

“我唱儿歌倒是很拿手。”安妮继续抖着篮子里的湿衣服。

“儿歌与此刻心境不符，不如我给你推荐一首。”他思考片刻，说，“*Lemon Tree*（柠檬树）怎么样？”

“我不会。”

“我会，免费教你，你这么聪明，肯定听一次就学会了。”他说着就站直了身体，轻快地唱出来：

“Yesterday you told me about the blue blue sky,

（昨天你还再给我讲那蓝蓝的天空有多美丽，）

and all that i can see is just a yellow lemon tree.

（但如今我能看见的只有一株金黄的柠檬树。）

I'm turning my head up and down,

（我上上下下摆动着我的头，）

i'm turning turning turning turning turning around,

（我不停地摆动着我的头，）

and all that i can see is just another yellow lemon tree.”

（可我看见的也只不过是另一株黄色的柠檬树。）

唱得还是挺好听的，声音干净，五音健全，祝安妮评价着：“明总真是太有文化了，一会儿跟我聊诗词歌赋，一会儿跟我唱英文歌。”

“哪里哪里，还是祝老师有文化，玫瑰花都能不屑一顾，你的眼睛简直就是为学问而生。”

“过奖过奖，明总的想象力无人能敌，反正我是想不到李白和*Lemon Tree*（柠檬树）有什么关系。”

“确实没关系，李白的诗是我的心境，*Lemon Tree*（柠檬树）是你的心境。”

04

祝安妮露出一副“你是来搞笑的吗？”的表情，自己压根没有注意，手里这件衣服已经反反复复抻了很多遍，还是没能顺利地套上衣服架。

“看来祝老师的想法和我不一样？”明沧喝了一口水，瞥了一眼自家客厅，说：“我还以为祝老师送我一大碗柠檬是在暗示我，想给我唱这首歌。”

“我什么时候送你一大碗柠檬了？我明明送你一大碗青瓜！”

“不可能，我绝对不会尝错的，青瓜怎么会那么酸，一定是柠檬。”

“那是醋酸。”

“我没吃过那么酸的醋，你吃过吗？”他故作无辜地问。

“我的醋就那么酸！”

明沧顿悟似的点点头：“哦……”

发觉自己中圈套了的祝安妮，恨不得把洗衣篮直接扣到明沧头上，干脆不搭理他。

明沧见她恼羞成怒了，只好转移话题：“对了祝老师，关于我们的合作。”

“你下班时间不是不谈工作吗？”安妮没好气地瞪过去。

“我现在突然想加班了。”明沧说。

安妮摊了摊手，仿佛要就地把明沧气死一般回他：“你自己加你的班，我一个单亲妈妈不容易，下班还要伺候孩子，我不想加班。”

“我说的是正经事。”

“我也没说什么不正经的。”她哼了一声，把能自动升降的晾衣架调至最高，在一排飘逸的长裙下看着明沧，板着脸说，“我忽然想起一件事，关于那个合作方案我要过两周才能给你。最近有个省部共建的课题，我已经申请了，方案的事情到时候我会直接发到你的邮箱，你看完之后我们再讨论修改。”

“为什么不打印出来直接给我看？我就在你隔壁。”

“尊重大自然，减少纸制品用量。”

“你知道我的邮箱？”

祝安妮理所当然地点头：“在黄霁月给你的文案里看到过，就记住了。”

“她给我的东西有四十多页。”

“那又如何，每一页每一个字我都记住了，怎么？你认为我的脑子长在这脖子上面是为了显身高的？”说完，她拎着洗衣篮回到客厅，关上阳台门。

明沧在阳台看够了夜景也回到客厅里，正巧放在茶几上的手机响了，他顺手就接起来，是他的好友柯友仁。

“我多买了两份保险。”柯友仁劈头盖脸地来了一句。

明沧坐到沙发上摸着狗头，优哉地问：“受益人是我吗？”

“你是我儿子吗？好意思问受益人是不是你？我这几天可让你那两亩地的玻璃花房给折磨死了，我柯友仁活了小半辈子，怎么也想不到自己有一天居然要跟黑土和化肥打交道。”

“这是给你长知识的好机会，总比流连夜店有益处，多去几次可以强身健体。”

“强身健体你自己怎么不去？我真服了你这灵机一动要种花的想法，种花也就算了，你随便选点玫瑰、月季不行吗？你给我弄的都是什么名字乱七八糟的花，原产地东一头西一头，一会儿南半球一会儿北半球的，还要跟当地人学怎么种，你看我天天在家躺着，你难受是不是？”

“是的。”

“得！白跟你抱怨，挂了，你最好是发自内心的喜欢这些花花草草，要纯粹是为了逗我玩，我弄死你！”

“我是发自内心喜欢的，因为是你帮我种的，我更喜欢。”

柯友仁在那边不屑地冷笑两声，便挂了电话。妹妹柯友蓉抱着他的胳膊不撒手：“哥，明沧哥是不是喜欢花？”

“我也纳闷了……”

“那就对了，我问过他的小助理了，我给明沧哥的花他带回家了。他肯定知道是我送的，才爱屋及乌特别看重，不辞辛苦地捧回家。”

“你得了吧，就算他春心萌动也不会是对你。要是对你，还用等到今天才表露？”

柯友蓉才不管那么多，反正她觉得这是一个好的开始。

连续三天，明沧每天都会带一束鲜花回家，有娇艳的玫瑰自然也有纯洁的百合。明沧宛如正被人追求的大姑娘似的，每天带着鲜花耀武扬威地从小区穿过。

这三天，祝安妮也没怎么和他说话，祝君安倒是一如既往地喜欢跟他啰啰唆唆地谈天侃地。

周六对祝安妮来说是个美好的日子，为什么呢？因为周六不上班，不上班就不下班，不下班就看不到明沧和他的鲜花。

她美滋滋地换上一套简单的运动服，准备去买两个螃蟹回来吃。一出门，就看到一个妙龄女孩捧着一大束鲜花从她门口路过。这一层需要路过她家门口的只有明沧一个住户，无疑这个女孩是去拜访他的。

女孩打扮得很时尚，穿一身名牌，看着年纪不过二十出头，身高加上高跟鞋有一米七，路过安妮时还礼貌地对她微微一笑。安妮故意在门口磨蹭，一会儿抖一抖门口的脚垫，一会儿磕一磕君安运动鞋上的土。

明沧家的门打开了，女孩子被跳出来的恶霸犬给吓得倒退好几步，安妮从没如此这般喜欢过这只狗。

明沧穿着拖鞋出来抱狗，不经意间看到了安妮在那儿瞎忙一通，他抱着狗站直身体，有些意外地看着面前笑容甜美的女孩："你怎么找这来了？看把我狗吓得。"

面对他的揶揄，女孩一点也不生气，一脸天真地扑到他的手臂上，笑盈盈地说道："我想你，就来看看你，什么叫我把你狗吓得？你是怎么看出这么凶的狗有害怕的表情的？"

"你看完了没？看完我就进去了？"他笑着推开女孩，无奈这姑娘跟狗皮膏药似的，又死死抱住他的腰："我不管，你收了我的花，就是我的人了。你在外面我就在外面，你进去我也进去。"

祝安妮砰一声关上门，柯友蓉松开明沧，转身去看，在他身边小声嘀咕着："你这个邻居姐姐长得挺漂亮的。"

第五章

·DIWUZHANG·

她希望是第一种，心动并不是可耻的事情，贪婪才可耻。

01

安妮还是去买螃蟹了，但不是两只，而是六只，还买了一点草莓和哈密瓜，当然不会忘记给君安买鸡翅。

她的沙发背靠着落地式的阳台门，天气好的时候她总会打开门，让阳光和风一起涌进来，给屋子里换换气。今天也一样，但当她坐在沙发上捧着笔记本电脑工作时，时不时就会听到隔壁阳台传来女孩子率真爽朗的笑声，偶尔还有两个人的交谈声和女孩子撒娇耍赖时的尾音。

祝君安在客厅中间摆弄够了花花草草，也听到了这声音，就跑到阳台上去看。回来后站在沙发后面，小手一下下敲着祝安妮的肩膀，小声道："安妮，我爸爸家里多出来个女的。"

"你管那么多干什么？"

"比你年轻。"他说。

祝安妮小脸一绷，扭过头死死瞪着他："什么？"

“但是没你漂亮，也没有你有气质。”祝君安认真且诚恳地夸赞她，顺便挽救一下自己的小生命。

祝君安几次想要冲出家门，去隔壁掺和一脚，都被祝安妮拎了回来。谁知道君安这个大嘴巴会不会到明沧家里告诉明沧：我妈妈因为你不开心好几天了。

她给祝君安一本非常高深的书，高深到让祝君安愁眉不展、茶饭不思，她也屏蔽一切杂念，进入注意力超级集中的学霸状态，手指头在键盘上快速敲打，简直像是飞了起来。

再抬头时，天色已经完全黑下来，她扭了扭脖子，伸了个懒腰，关上电脑去蒸螃蟹。

螃蟹很好吃，可惜祝君安不喜欢，安妮一个人啃了五个，啃到第六个的时候已经撑得吃不进去了。为了避免浪费，她还是咬着牙吃完。

刚一开始，她还觉得没什么，只是有一点撑，随着时间一点点过去，她便开始觉得肚子不舒服。在沙发上躺了一会儿，祝安妮就开始冒冷汗，捧着肚子滚来滚去，这一折腾，就没注意祝君安到哪里去了。

没一会儿的工夫，面色慌张的祝君安就带着面色同样慌张的明沧赶来了，明沧的身后还跟着一个一脸茫然的美人，美人的身后跟着一个常年咧个大嘴的傻狗。

祝安妮捂着肚子蹬着腿，显得有些不知所措：“怎么了？”

祝君安气势汹汹地往她身上一指：“你看，她快死了，赶快人工呼吸吧！”

要不是肚子疼，祝安妮非跳起来缝上祝君安的嘴巴。她发现这个小孩不是一般的人小鬼大，他的成长已经快脱离她的掌控了，越来越喜欢自作主张。

才半天的时间，明沧居然换了一身衣服，那个女孩子也换了一身，身上穿着明沧宽大的T恤和短裤。祝安妮本来是肚子疼，现在觉得有点眼睛疼，眼睛火辣辣的。

明沧表情凝重地看了她两秒，弯腰作势要把她抱起来，她以为他真的要听祝君安的话给自己来个人工呼吸，捂着肚子的手急忙改成捂嘴巴。可惜她会错了意，明沧只是拦腰将她抱起，对身后的漂亮姑娘说了一句“把车钥匙给我拿来”，就抱着她往电梯口走去。

祝君安站在门口对明沧的背影挥挥手：“爸爸，替我照顾好安妮，我会照顾好自己的。”说完他一脚踢开挡在他家门口的恶霸犬，砰一声关上家门。

安妮说过，不可以单独和明沧的狗独处一室。发生危险，没有大人他就完了。他记住了。

电梯狭小的空间，被横躺在明沧怀里的祝安妮占去一半，另外一半是那个叫蓉蓉的女孩占着。

“你不是很聪明吗？需不需要我给你两本《生活常识大全》看一看。”

“我怎么没有生活常识了！”

“你有生活常识就不会乱吃东西吃到翻白眼。”

“夸大其词还绘声绘色的，我什么时候翻白眼了？你看到我翻白眼了？”安妮很不喜欢他在陌生人面前这样不由分说地批评自己，她很不开心，于是把脸埋在他的胳膊上，不看他。

他的手臂可以轻易地感受她暖融融的呼吸，一下又一下，跟挠痒痒一样：“君安说的，说你刚刚翻了白眼，还吐了白沫，一直在忍着。”

祝安妮抽了抽嘴角，心想：难道你和祝君安同岁吗？这么容易就相信小孩子的话？还是三番两次的相信。

她本来可以反驳的，但现在看来只能沉默地接受这套说辞。如果她说自己其实好端端的，只是肚子疼，万一明沧闻言直接把她扔到地上，她会很没面子的。

“你别说话了，电梯晃得我头晕。”她说。

明沧到了嘴边准备教训她的话都因为她这句而咽了回去，他深深吸了一口气，直直地看着电梯上方的数字。

电梯停到一楼，柯友蓉掏出两把车钥匙，不太高兴地说：“你车停得远，要不下负一楼吧，我车在地下，快一点。”

明沧明显感觉到祝安妮的手指头捏了他一下，便直接抱着她出了电梯：“不用，我的车宽敞一点。”

柯友蓉噘着嘴巴，跟在后头，继续嘀咕着：“我又没说我开跑车来，你怎么知道我的车不宽敞，没准我的更宽敞。”

“我说我的宽敞。”

“行行行，你说的都对，你的最宽敞。”她哼了一声。

明沧把祝安妮放到副驾驶，并帮她扣好安全带，他从柯友蓉的手里接过车钥匙，准备绕过车头上车。柯友蓉刚打开后排座位的车门，就被他一嗓子给制止了：“你跟着我干吗？要么上楼待着，要么回家。”

“我想……”

“快走，别跟着我。”明沧命令道。

柯友蓉嘴巴噘得都能挂油瓶了，她一步三回头地往电梯口走，目送着明沧的车消失在小区门口。

车内，祝安妮把整个身体都蜷缩在座椅上，朝着他的方向侧着身体，小声问：“我是不是打扰你和你女朋友了？”

“不是我女朋友。”他看向右侧倒车镜时顺便在她脸上扫了一眼。

“好吧。”安妮抿唇，“不是你女朋友，那是你的莺莺燕燕，你温室里的小花。”

“停，别跟我提花，从你嘴里听到的每一个‘花’字，我都会联想到那盘酸黄瓜。”

“那就去掉最后半句。”她说。

“我没有莺莺燕燕，她谁都不是，是我好朋友的妹妹而已。”

“你和你好朋友的妹妹玩过家家还换衣服的……”

前方十字路口正值红灯，明沧踩了一脚刹车将车停下来，他转过头，冷静地审视着祝安妮的表情。她额头细密的汗珠、幽怨的眼眸和微微嘟起的小嘴，每一样都在无声地诉说着她的不开心。

他转过头盯着前方的路面，沉默了一会儿，说："你都吃了什么东西，看你脸都白了。"

祝安妮没说话，明沧没有回答自己的问题，他不想回答自己的问题，他没必要回答自己的问题，他有权利不回答自己的问题。他的人是自由的，他的灵魂是自由的，他的嘴巴也是自由的。

安妮的肚子突然没那么疼，以前她也有过胡吃海喝的经历，但是疼痛都是可以忍受的。

她开始思索自己为何连续几日这么矫情，她为什么要因为明沧收到鲜花而不开心，又是为什么会因为一个陌生女孩的到来而不开心，是她对明沧的感情有了潜移默化的改变？还是她太久太久没有像个软绵绵的小女人一样生活，一旦有人愿意给予那般的关怀和关爱，她便舍不得撒开手，怕这份关怀和关爱会不复存在了？

她希望是第一种，心动并不是可耻的事情，贪婪才可耻。

祝安妮从没对谁心动过，还不能确定这是不是就是人们常说的动心、动情。从理论上来说，她在与明沧接触的过程中，时常会有脸红心跳的感觉，但在此之前，她一直认为是正常的。因为明沧的长相实在是过分地好看，声音又好听，讲话的时候总是很认真地看着对方的眼睛，换作是谁都会脸红心跳的吧。

可是脸红与心跳就是爱情了吗？书上总是将爱情形容得很玄妙、很深奥，可爱情不是数学公式，也不是生物实验，即便她很聪明，也不能一下子就领会其中的奥妙。

"我好了，想回家。"她说。

明沧没搭理她，继续往医院的方向开，又过了一个红绿灯，安妮在座椅上翻了个身，重复了一遍自己的话："我好了，我想回家。"

明沧打起转向灯，把车停靠在路边，抬手指了指不远处的商场："那我们去逛街。"

“我想回家。”她说。

“我不想。你说回家就回家，我又不是你的司机，你也没付费。车是我的，人也是我抱出来的，我说想逛街。”

祝安妮觉得他在故意刁难自己，她有些生气，气他突如其来的霸道，她抬起裸着的小脚蹬了他的腿一下，很轻但是足以表达自己的不满：“我是被你抱出来的，没穿鞋，怎么逛街？”

明沧垂眸看了一眼她雪白的小脚，不以为意地道：“我穿鞋了。”

“你的意思是我们一人一只吗？还是你打算绅士一把，把鞋子让给我，然后让我陪你逛街？”

这是不可能的，明沧不可能把鞋子给她一只，更不可能都给她，但街还是一定要逛的。所以他下了车，走到副驾驶，用把她从家里带出来那一招把她带进了商场，然后第一站就是买鞋。

02

偌大的专卖店里，祝安妮在一双双试着鞋，他则走了出去，在商场里找到一家卖茶饮的商铺买了一杯热姜茶带了回来。

祝安妮看中了一双白色平底的小羊皮单鞋，明沧回来的时候，她正站在镜子前照着。明沧把手里的姜茶递给她，她闻了闻，眉头皱起来：“不想喝这个，万一和我吃的东西相克，会死掉的。”

“死了算我的，我还没听过螃蟹和姜茶相克。”他说着按住安妮的手，强行把杯子贴到她唇边，“快喝。”

安妮皱着眉头喝了两口，姜味儿实在太浓了，有些想咳嗽：“你刚刚不是还在问我吃了什么，怎么知道我吃了螃蟹……”

明沧低头，在她灰色运动服的口袋旁边捏起一小块螃蟹壳，举到她面前给她看看。看完又给她粘回原位：“螃蟹告诉我的。”

“螃蟹告诉你的就螃蟹告诉你的呗，你还把我不小心粘在衣服上的螃蟹壳给我粘回去，你是可爱还是无聊！”安妮拍掉他的手背，把那一小截螃蟹壳拿下来，扔到垃圾桶。

“我选好了。”她抬起一条腿展示给他，“我喜欢这个。”

祝安妮穿的、用的都是干净素雅的，她长得也干净素雅，声音也清亮甜软，但其实性格里还是有一点张扬。她选的这款鞋子，明沧敢担保，一般像她这个年纪的女孩子都不会喜欢，毕竟祝安妮的心理年龄远超她的实际年龄。

“你应该问问我喜不喜欢。”他双手插着口袋说道。

安妮上下打量他一番，简简单单的家居服，脚上是一双居家拖鞋，看起来好像住在这商场楼上的公寓一样，一副随便下楼买个菜的样子，她觉得她跟明沧喜欢的东西应该是差不多的，可她嘴上偏不这样讲：“我为什么要问你喜不喜欢？鞋子穿在我脚上，我喜欢就好了！”

这个祝安妮很祝安妮，明沧想，聪明、独立、有主见，和他期望中的一样。他喜欢有主见的女孩子。

在柯友蓉出国之前，他陪她一起逛过两回街，她总是不停地问“这两个哪个更好看？”“是白色的更好看还是黑色的更好看？”“你喜欢我穿这件还是喜欢我穿那件？”，明沧会给她提出建议，但心里却对这种做法有意见。难道她自己就没有一个明确的选择吗？看什么都模棱两可的人，大概永远体会不到什么是非它不可的执着了。

“好，你喜欢就买这个。”

安妮点点头，端着姜茶坐下来，对营业员有礼貌地笑笑说：“就这双吧，我穿着走。”

“好的，请这边付款，请问您付现金还是刷卡？”

安妮正扭头看摆在门口的一款包，听到她的询问还以为是在对明沧说话，便没回应。

过了几秒，营业员朝她的视线方向靠近一步：“女士，请问您是付现金还是刷卡？您喜欢哪款包包我拿下来给您试一试？”

安妮愣了一下，她仰头看了看站在她身边的明沧，两个人沉默地对视了好几秒，她说：“她在问你话，付现金还是刷卡？”

“她在问你。”明沧说。

祝安妮的脸腾的一下红透了：“我没带钱……”

“你没带钱还逛商场？”

“是你把我抱进来的，是你让我买鞋的。”

“我只是给你一个友好的建议，有一双好鞋走路逛街更舒服。”

安妮看看他又看看店员，尴尬地说道：“不好意思，我下次再买吧，我今天出门没带钱包……”

明沧挑起嘴角浅浅一笑，对营业员说：“刷卡。”

他弯下腰半蹲在她面前，视线几乎与她平行：“你完全可以跟我借，我又不会不借给你。”

安妮抿了抿唇，下巴微微扬起：“我不想欠别人的，鞋子而已，又不是什么非买不可的东西。”

明沧拿起一只鞋子，握着她的脚踝动作轻柔地给她穿上：“你跟我借就叫欠我的？我送给你的就不算你欠我的了？”

“理论上是这样，你赠予我的是你自愿赠予的，怎么能算我欠你的？”

“你这是歪理。”他说着又帮她穿上另外一只鞋，“你要抱着一颗感恩的心，来看待我赠予你礼物这件事。”

“是你感恩才对，别人想赠予我，我还不收呢……”

“老话常讲，淹死会水的，打死犟嘴的。”他拍拍她的小腿，示意她可以了，便起身去刷卡买单。

他们一起走出这间店铺的时候，安妮问他：“你不赶着回去，你家里不是你的女朋友、不是你的莺莺燕燕的那位会不会等得着急？”

明沧斜着眼眸瞪了她一眼：“难道你看不出来，我不回家就是不想看见她吗？”

“看不出来，白天你们两个聊得多开心，我在隔壁都能听得一清二楚。”

“是她在笑，不是我。她要是在我家里哭哭啼啼才麻烦。”

姜茶不好喝，但是好用，她的肚子舒服了很多，再加上听到他讲的这些话，心情居然好了一些，盯着脚上的新鞋，走路的步伐也轻松了许多：“她穿你的衣服也挺好看的。”

明沧忽地笑出声：“你可以了祝安妮，怎么像个小孩一样，得不到的答案就反反复复旁敲侧击地打探。”

“很明显？”安妮也跟着笑起来。

“傻子都能听出来。”

“我以为你听不出来。”

“我不仅听出来刚才你在打探她到底为什么穿我的衣服，我还听出来这句话你在骂我是傻子。”

安妮顽皮地眨了眨眼：“我可没有。”

明沧没有什么特别需要或者想买的东西，进到哪家店里都是随缘，一直都是跟着祝安妮的脚步和节奏在各个专卖店进进出出。

他们逛累了，就回到一楼的咖啡店坐一会儿。明沧点了一杯咖啡，给她要了一杯热水：“你还难受吗？”

安妮摇摇头：“你不说我都忘记了。”

“看来不止包治百病，鞋也可以。”

这家咖啡店的面积不小，但因为坐落的位置好，常常是人满为患，沙发的位置都没有了，他们只能坐在在一张很长的高桌旁的实木高脚凳上。这个位置，也是仅有的可以两个人挨着的位置。

因为店里有点吵，讲话的时候就要相互靠近些。她的脸凑过来时，他做出侧耳倾听的姿态。

“我还是想旁敲侧击。”她说。

明沧笑笑，感觉自己被她的执着打败了：“那你觉得她为什么会穿我的衣服。”

“洗澡了呗！”她迅速地做出答案。

明沧正在喝咖啡，听了她的话差点呛到，咳嗽好几声：“她非要给狗洗澡，弄了一身水不说，还弄得满浴室都是泡沫，就顺便洗了个澡。她和她哥哥小时候经常在我家睡，穿我的衣服。”

“那她穿过的衣服呢，你是如何英明妥善地处理的。”

“洗一洗接着穿，她又没有传染病，不至于扔掉。”

也是，她看起来干干净净的，没有必要那么矫情。安妮又说：“她很漂亮，还送你很多鲜花。”

“我说了，别让我在你嘴里听到花。”

祝安妮还想说什么。明沧猛一抬手，用手指挑了一下她的下巴，安妮一下子咬到了舌头，疼得五官都挤在一起了：“里……介个坏蛋……”

“就是一个妹妹，别研究她了，研究透了也没人给你发奖状。”

“疼。”她说。

“我不疼。”他说。

她没料到明沧会有这么调皮的一面，并且是调皮得如此坦然自若，仿佛他刚刚挑的下巴不是她的，而是他自己的，还大言不惭地说他不疼。

祝安妮对着他飞快地说了两句话，但却没发出声音，明沧以为是自己一时听不清，便主动把侧脸贴近一些：“再说一次。”

安妮也靠了过去对着他的下颚角狠狠咬了一口。

明沧吃痛了，下意识地躲开，他皱起眉头，一脸凝重地审视着祝安妮，她正因为得逞而窃喜，可随着他的严肃与凝重，祝安妮的神情也渐渐地淡了下来，她似乎意识到自己做错了什么事，她潜意识地觉得明沧会包容她一切奇怪的行为，于是便任性地为所欲为了。

可是这次也许不会。安妮想。

当然不会是因为她把他咬疼了，或许他只是单纯地觉得，他们之间不是可以如此亲密的关系。事实上，他们之间也真的不是发展到了这样的程度。是她被这暧昧的距离的和气氛给冲昏了头脑，她的脑子都用来学习公式和做实验了，那些全都是理性至极的东西，这导致面对感性的问题时，她总是不能轻松地解决。

明沧先移开了目光，他喝着咖啡看向刚刚进来的两名高中女学生，应该是刚刚放学，书包上还挂着保温杯，他们笑容明朗地相互挽着胳膊走进来，不过他只看了几秒，就又看向了别处。

从他视线的方向来看，他应该还看了站在吧台后面排队的一名提着公文包的秃顶年轻人；拿着咖啡在喊“王小姐的摩卡”的咖啡师；还有视线右侧一对趴在沙发上吃甜品的双胞胎。

他好像忘记了身边还有祝安妮这个人。可安妮的眼睛却一直没有离开过他，就这样，他看世界，她的世界却只能看见他。过了许久许久，久到她杯里的热水彻底地冷下来，他终于转过头看向她：“你看够没有？”

“你怎么知道我在看你，你又没看我。”

“你都快贴我身上了。”

“胡说，我们之间至少还有三十厘米的距离。”

“三十厘米很近。”

“是很安全的距离，避免了一切身体接触的可能。”

“是，那不用三十厘米，三厘米就很安全。”他说。

安妮认同他的说法，于是往前靠了靠。瞬间，两个人手臂的距离只剩三厘米：“你说的对，这样你也很安全。”

明沧冷笑一声：“可是这样你很危险。”

“我喜欢刺激一点。”

明沧被她的胡言乱语逗笑了，见他笑了，安妮也跟着放松下来。她不喜欢危险和刺激，这一点明沧很清楚。祝安妮喜欢安稳，如果她喜欢刺激，那么凭她的脑袋，她就不会去做个不起眼的老师。

他们从咖啡店出来后，祝安妮去了一趟洗手间，出来时就看到两个穿着时尚的小女孩围在明沧身边。安妮走过去，听到她们在跟明沧聊什么公益短片，借机要他的手机号码。

明沧板着脸，皱着眉，十分不友好的样子：“谢谢，我不感兴趣。”

祝安妮觉得他对待陌生人的态度不够友好，在回家的路上，她便教育了他一番，说这样显得特别不绅士，明沧则完全不当回事儿。在他看来，绅士都是道貌岸然的，他这才叫真实，看谁不顺眼就给谁脸色看，这样自己会舒坦很多。

03

两个人回到家的时候，已经是夜里十一点多了，祝君安已经自己洗好脸睡下了。安妮半开着家门，在明沧要转身回家的时候，一把抓住了他的衣袖："你家里危不危险？"

明沧低头看了眼她白皙的手腕，纤细的小手把他的衣袖抓出了褶皱，他似笑非笑地靠在墙壁上，模样有些不正经："我回我家倒是挺安全，去你家的话，就不好说了。"

说完他安慰似的握了握安妮的手，安妮也很识相地松开，退到门内，明沧则回了他自己家。

祝安妮换好鞋子蹲下来，用食指戳了戳自己的新鞋，看了很长时间才起身去洗漱。她洗完澡换上睡裙躺到床上，盖着柔软的被子，就跟盖上了一片轻柔的云朵似的，她双手将搁在胸口处的被子攥得紧紧地，琢磨着这是不是爱情。

祝安妮：我的妈啊，我的情窦初开是不是也太晚了，我都快 27 岁了。

明沧家灯火通明，家里的音响终于找到了存在的价值，一人一狗在家里开了个派对。明沧回到家里一看，这偌大的客厅跟被洗劫了一样乱七八糟，满茶几的红酒、洋酒，每样都被打开尝过；冰箱里的东西也都被搬了出来，狗粮撒了一地，茶几边上还有好几罐狗罐头盒子，他顿时头都大了。要知道，他的公寓一直都是自己在打理，但很显然，柯友蓉是被伺候大的，所以她根本不在乎房间有多乱，反正都会有人给她收拾好。

柯友蓉醉眼迷离地抱着恶霸犬，看到明沧开门进来，把身体扭出一个山路十八弯，送了明沧一个醉醺醺的飞吻："人家超想你的。"

狗安妮挣脱开她的怀抱，直奔自己的主人。明沧指着满地的狗粮和罐头盒子对狗说：“你还没撑死，我真意外。”

狗安妮知道自己犯错了，低着头一脸无辜地站在原地不动，明沧在它屁股上踢了一脚，狗安妮便直接躺在地上不动了。

明沧开始收拾茶几上的各种酒瓶，有些无奈地说道：“你和你哥一样，看到酒就不要命地喝，我给他打电话，让他来接你。”

“我不！不回去！”柯友蓉趴在沙发上，抬起双腿抗议，“你这么多房间，给我睡一间又能怎么样？被他看到我喝酒又要念叨我，多烦啊！”

“不行，回你自己家里去睡，我这里不留人过夜。”他说着，掏出手机拨通好友的号码。

柯友蓉跳起来，晃悠着身体去抢他的手机：“你别打别打！我不回去！”

她的抗议没有任何效果，柯友蓉本来个子就没明沧高，哪里抢得到明沧手里的东西，明沧把手机举得老高，开着免提，等柯友仁接起电话以后，特别不耐烦地说道：“你来我这里一趟，把蓉蓉接走。”

“她自己不会走啊？多大了还让我接，又不是幼儿园放学，用不用我带个奶瓶子？”

“你自己的妹妹是什么样你清楚，在这儿喝个烂醉。”

“那就睡你家呗，以前又不是没睡过，睡醒了她自己会走的。”

“让你来接，你就来。你不来接，我就打电话让人给她送酒店去了。”

“干吗？你家不能住？”

明沧嗯了一声：“对，不方便。”

“你又没女朋友，怎么就不方便？”

“安妮不喜欢，就不方便。”他说。

柯友仁在那边抱怨了一句“你家狗真矫情”就挂了电话，看样子是妥协了，应该用不了多久就会出现在他家门外。

柯友蓉醉醺醺地抱着明沧的腰，他走一步她就贴着他走一步，但凡他想用点力气把她扒开，她就想往地上躺，索性最后他也就不管她了。

“明沧哥，为什么你要给你的狗取和你隔壁女邻居一样的名字？”

这个问题问得好，他也不知道自己为什么给狗取这么个名字，导致他现在都没办法光明正大地告诉祝安妮他的狗叫什么名字，误让对方以为自己是个连个名字都不肯给狗取的主人。

明沧不搭理她，继续收拾客厅，柯友蓉的声音变得委屈，似乎还带着些哭腔，她问：“明沧哥，你是不是喜欢你那个女邻居，下午你听说她病了就变得特别紧张，比我病了还紧张。”

“你病过吗？”他冷嘲热讽，“打我认识你，就没听你有过生病这码事儿。”

“那倒也是。”她笑嘻嘻地贴在他的背上，收紧手臂，“明沧哥，我喜欢你，喜欢了很多年很多年，我希望你也喜欢喜欢我，不然对我的青春来说，不公平。”

她喝醉了，力气大得不像个姑娘，跟半大小伙子似的，勒得明沧都快断气了。他拿起一个酒瓶用瓶底狠狠敲了一下她的手背，吃痛的柯友蓉稍微松了一些力气，他说：“你喜欢我，就要我必须喜欢你，那对我来说也没有公平可言。况且我早就告诉过你，不要喜欢我。”

“你是告诉过我，可是我在赌。万一你哪天突然想起来喜欢我了，而那个时候我已经放弃你了，多可惜啊，所以我还是想坚持坚持。”

“那这就是你自己一厢情愿了，和我没关系，你没权利要求我怎么做。”

她在明沧的背上安静地趴了好一会儿，又问：“我是不是没有隔壁的姐姐漂亮。”

“对啊。”明沧一本正经地回答道：“你长得跟个小豆芽似的，人家长得跟选美小姐似的，没有可比性。”

“可是我比她年轻，比她可爱，比她聪明……”

“除了比她年轻，比她可爱还有待考证，比她聪明是绝对不可能的，你有多笨你自己知道，高中的时候连小学生的题都不会做。”

“那，我姓柯，她呢？我一点都不介意你因为我姓柯和我在一起，真的，我一定能帮助你。”

明沧正拿着毛巾擦酒柜玻璃上的手印，听到她的话停了下来，没有任何一个男人喜欢被这样看待。可事实如此，这就是他过的生活，他转过身，拉开两人之间的距离，面色平静地说道：“如果考虑这方面的话，我觉得，你的姓氏还配不上我。”

被说得一无是处的柯友蓉很想撞墙，又舍不得自己的脑袋，只好抱着他的手臂撞个不停，撞着撞着，她突然搂住明沧的脖子，跳起来要去亲他，幸好明沧反应敏捷，偏头躲开了，再一把将她从自己身上推开：“柯友蓉，你再这样我翻脸了。”

“干吗叫我全名！”柯友蓉小姐脾气上来了，对着他的胸口捶了一把。

明沧没理她，把她推到客房锁了起来。

他是喜欢柯友蓉的，但仅限于哥哥对妹妹的喜欢，是不带有性别色彩的喜欢。她从小就像个尾巴一样跟在自己和柯友仁的后面，要说没有感情是假。但他清楚地知道，这不是爱情，也不可能发展成爱情。这个女孩子浑身上下没有一点能让他将他当成女人喜欢的样子。

柯友仁赶到他这里的时候，明沧已经将家里复原了。但狗吃得太多，一直要出门上厕所，于是柯友仁来扛走自己妹妹的时候，明沧跟着下楼去遛了狗。分别时，迷迷糊糊的柯友蓉迷迷糊糊地对他挥手：“我还会再来看你的，明沧哥。”

“别来，烦你。”他牵着狗扭头就走。

第二天上午，晨跑回来的明沧遇到了拎着垃圾袋站在他家门口的祝安妮，他顶着满头汗珠走过去：“找我？”

安妮被吓了一跳：“电梯没响，你从哪出来的？”

“我走楼梯上来的。”明沧说。

安妮“哦”了一声，默默地给明沧让出门口的位置。他的 T 恤被汗水浸透了，身上散发着一股格外迷人的男性阳刚的气息，她下意识地咽了咽口水，明沧边开门边重复："你找我？"

"不找。"她果断地摇摇头，"我下楼扔垃圾，路过你家门口。"

"路过？"他觉得这个答案有些好笑，"你确定？"

安妮认真地点头："我确定。"

明沧没说什么，拉开自家的防盗门，他住的这一间是走廊的尽头，祝安妮要是想路过这里，除非是想从他家穿过去跳楼。

"你真不找我？"他又问了一遍。

安妮点点头，拎着垃圾袋往门里迈了一步，明沧也没有拦着的意思，就看着她像个孩子一样拎着垃圾袋站在自己玄关处向里张望："看来你是想把垃圾扔到我的垃圾桶里。"

安妮回过神，点点头，把垃圾袋递给他："也好，谢谢。"

她今天看起来很精神，黑亮的长发高高束起，挽成一个丸子头，身上是一条有些蓬松的柠檬黄连衣裙，衬得她的肌肤跟刚剥了壳的鸡蛋白一样好。脚上踩着昨天他们一起在商场买的白色平底鞋，裙子不是很长，堪堪盖住臀部，露出一双又白又直的长腿。

平日里很少见到她这样装扮，祝老师似乎更偏爱长裤和衬衫。

"今天有点凉，你穿这么少会冷的。"他接过垃圾袋放到穿鞋凳旁边，打算一会儿和自家的垃圾一起扔掉。

"不怕，年轻人都不怕冷，我才 26 岁。"她话锋一转，问，"你妹妹看起来和我差不多，她多大了？"

"23 岁。"

安妮笑笑："比我小一点点，她的名字挺好听的，蓉蓉，很少见到这个字，我记得我妈妈那个年代挺多人喜欢用这个字的。"

明沧拧开一瓶矿泉水，仰头喝了几口，无奈地笑着看她："是，你的比较洋气。"

"那她叫什么？我听听洋气不洋气？"

"柯友蓉。"他回道。

安妮愣了一下："有容？乃大？"

明沧撇撇嘴。

"她人呢？"安妮诧异极了。

"被她哥给接回家了，不过祝老师想见她，再把她叫来就是了。"

原来那个女孩昨夜就回家了，她歪着头可爱地笑笑："拜拜。"

祝安妮的快乐就是这么简单。

04

她利用星期天的时间给明沧做方案，但这并不是一项轻松的工作，饶是在她擅长的范围内，也需要动一动脑子，写写算算不少，她忙了一整个下午加晚上，离完成还是差很多。祝安妮在把祝君安安顿好了以后，洗完澡又趴在被子里写写算算，遇到一处之前明沧没有交代明白的地方，便给他发信息问一下。

明沧回复得很快，还附加了一句："还不休息吗？明天你还要上班。"

安妮："工作使我快乐，还不困。"

刚点了发送键，明沧的电话便打了进来，安妮接起后夹在耳边问："怎么了？"

"怕你还有其他需要了解的，我陪你熬一会儿。"

他应该也躺下休息了，声音听起来沉稳又温柔，少了一份不近人情的攻击性。祝安妮趴在软绵绵的枕头上，这种感觉很奇妙，她摸了摸嘴角，居然是带着笑的："不用，你早点睡吧。"

"你为我熬夜加班，我自己却呼呼大睡，说不过去。"

"资本家就应该这样啊，压榨别人，舒服自己，我可以理解的。"祝安妮很喜欢听他的声音，有安神的功效。

"行了，废话连篇的，赶紧弄你的东西吧。"

安妮听到电话那边传来了翻书的声音，明沧应该在阅读，她便不再强求，把手机放到枕头边，继续干自己的活儿。

一盏夜灯，明沧与她只有一墙之隔，有他的翻书声，也有她用钢笔划过纸张的摩挲声，这样的夜晚，让安妮觉得静谧又舒心。

深夜一点多的时候，安妮终于觉得有些困了，她打个哈欠，将资料和笔放在床头柜上：“好啦，资本家，晚安吧。”

明沧还没有来得及说话，就听到那边传来窸窸窣窣的声音，她要么是忘挂断，要么是以为自己挂断了其实没碰到挂断键，反正手机仍旧保持着语音通话的状态，并且手机应该就放在枕头边。明沧听到她翻动被子的声音，接着便是呼吸声。平稳的、有节奏的呼吸声，像是有种安抚的魔力，带着祝安妮特有的平和、柔软，一下一下地在明沧耳边回荡。

他感觉自己有点不正常，竟然觉得一个女人睡觉的呼吸声都这么好听，但是为了以防祝安妮半夜磨牙说梦话，破坏了她在他心中的形象，他还是主动挂断了通话。

祝安妮就是祝安妮，和别人道晚安都不需要得到回应的厉害角色，她到底是孤独习惯了，还是压根就不把别人放在眼里。

这一晚上，他的梦里全是安妮。落落大方带走他红酒的安妮；在阳台上悄悄问自己怎么骂人的安妮；B 市演讲台上侃侃而谈的安妮；宁可晕厥也不求人的安妮；没有钱买鞋，红着脸退货的安妮；像一只小狗咬他下颚骨的安妮……

像一只小狗……

第二天，照例是闹钟叫醒了祝安妮，她做了简单的瑜伽伸展身体，然后做早餐，再把祝君安从被窝里拖出来吃饭，给他打理好一切才出门。她要先送祝君安去幼儿园，然后再去上班。

终于是踩着时间点，踏进办公室刷脸打卡。祝安妮盯着打卡机里自己有些惨白的脸，回身问祁姗：“你先前说的那款男人都喜欢的口红，买了吗？”

“当然了，必须买了啊！”祁姗从包里翻找着，拿出那根口红递给祝安妮看，“特别好看，强烈推荐，不过你有钱，可以买一筐回家，当指甲油涂。”

“别说得好像我们伟大祖国亏待了你这人民教师似的。”

“你不提还好，同样是教师，为什么你拿得比我多？”

“因为我做得比你多。想跟伟大祖国伸手要钱，首先你要做出相应的贡献。”

“可是我肚里就这么多货了。”

“好好讲话。”安妮推了她一把。

祁珊重新整理了自己的语言：“我就这么大能耐了。说真的安妮，你为什么不考虑为祖国甚至为全人类做些更大的贡献，科学上、医学上之类的那种可以名垂青史的贡献。”

安妮笑笑：“你只看到了科学家的名声威望，看不到他们为了科学的付出，你以为足够聪明，在探索未知领域时就可以轻而易举的不劳而获吗？你知道多少人为了科学奉献了一生，为了祖国和人类付出了自己的一生？”

“我不知道，你试试我就知道了。”

“我不想试，我只想为我一个人，为祝君安过这一生。我这辈子最远大的志向就是上班、拿工资、养娃。”安妮说。

其实祁珊也只是说说，她还是很了解安妮的，虽然她还是很想看到安妮成为更了不起的人，但谁不是活一辈子。她的选择让她自己快乐，才是最重要的。

祝安妮接过祁珊递来的口红，拧开看了看：“我还以为会是浓郁的鲜红色，没想到是这样的。原来男人喜欢这种，那你有没有吸引到你想要的男人？”

“很显然，并没有，不然我一定会跟你吹嘘的，一雪前耻，谁让你和我妈总是笑话我。”祁姗过来拿回口红，让祝安妮坐好，准备帮她试一试颜色，“明天我要去买个招桃花的手链，有病乱投医，万一招成功了是不是？我怎么也要赶在你有男朋友之前找到男朋友，不然太没面子了。到时候别人会说连祝安妮这块千年顽石都开花了，我这个年过三十的老姑娘还没着落，丢人。”

安妮今天出门的时候只涂了一支唇膏，她肤色白，唇色浅，看起来有些寡淡，被祁珊这样一弄，显得气色好了不少，更有年轻人的模样了。

“祝安妮，不是我说你，你长得是真好看，这个脸型、五官都好，就是吧，太清汤寡水了。”祁珊夸张地“啧啧”两声，“你日常的妆容太寡淡，你要明艳一些，不要暴殄天物。”

“要真是像你说的那么美，还需要其他装扮？真正的美人，什么妆容、装饰都是画蛇添足。”祝安妮抿了抿唇，觉得唇色还不错，她走到自己桌前，准备开始工作。她本来想告诉祁珊，自己可能真的要比她先找到男朋友了，但又怕祁珊郁闷到吐血，只好闭紧嘴巴。

“女为悦己者容嘛。”祁珊叹了口气。“你要是有我找对象的半点热情，哪里至于现在这么冷冷清清、孤孤单单一个人。”

“你要是有我工作上的半点热情，哪里至于我们的课题到现在还没有写好立项书。”祝安妮帮她打开电脑，强行按着她坐到桌前。

祁珊的不情愿是有理由的：“安妮，这次的课题只有一个名额。我听说内定的是黄霁月，我的大好青春不想浪费在做无用功身上，还有好多的剧等着我去看啊。”

“先不管什么内定不内定的，职场的竞争是必然的，不过我们是凭实力竞争，咱们要是真有让人不容小觑的实力，那内定也不是那么轻松的。”她当然也知道这个内定传闻，但她没打算放弃，毕竟传闻只是传闻，距离事实呈现的那一天还有一段时间。

“毕竟这是现实，搞科研的也不能免俗知道不？黄霁月她……”祁珊凑近了些，小声地说道，“她找了不少的关系，而且都很有分量。”

祝安妮就当是没有听见，继续写着可行性论证：“你再给我灌输负面情绪，小心我把你踢出我的小组。”

祁珊无奈地打开立项书：“成，你是老大你说了算，那我就陪你做这无用功吧！到时候你会承认我的人生经验和社会阅历比你丰富的。”

还没动笔，两人就同时接到去会议室开会的通知。如果不是逢年过节，那就是有什么重要事件发生，不然他们院不会轻易开会。

虽说料到会有重要事件发生，但祝安妮怎么也没想到重要事件的主角是陈卓。

今天的陈卓格外俊朗，他穿着一身休闲商务装，还新理了头发，显得五官更加清秀，配上他的金丝框眼镜，祝安妮看了忍不住笑了："好看是好看，就是瞧着有点斯文败类的意思。"

同事姚琳见她笑，忍不住翻了个白眼："见到男人就眉开眼笑，有意思。"

祁珊翻了一个比她还白的白眼："这年头，吃不到葡萄就说葡萄酸的人真多啊。"

安妮在一旁用手肘杵了她一下，示意她不要跟乱七八糟的人争论。

祁姗与祝安妮关系好，自然就跟姚琳划清了界限，她呛了一句："有些人正经事不干，整天在背后讲闲话。"

祝安妮知道祁珊是为上次姚琳嚼自己的舌根打抱不平，但她不想惹事，忙拉着她坐后排："咱别自降格调，成不？"

"看见她就来气。"祁姗撇撇嘴，真想不明白这种人为什么也能当老师，也不怕误人子弟。

两人正小声地聊着，院里的行政助理示意大家静一静，祝安妮看到陈卓正在看自己，对他做了个鬼脸，就将视线转向别处了。

"大家都很忙，我不会占用大家太多时间，只说两件事。"陈卓很大气地开场，终于舍得把视线从祝安妮身上移开，继续说道，"第一，从今天开始，本人正式出任 G 大常务副院长，希望大家以后继续支持我的工作；第二，今晚我请客，大家聚餐。散会。"

众人皆是一副惊喜不已的表情，尤其是女老师们，她们在看器宇轩昂的陈卓，祝安妮和祁珊在看她们。

"陈卓可以去评一个最美……不，最帅院长了。"祁珊说。

祝安妮也替陈卓高兴，但显得冷静许多，毕竟陈卓任职副院长这件事早就在她的意料之中，他此前也一直在为此努力。祝安妮对祁珊说："这会也太短了，屁股还没坐热就要走人。”

“安妮，你现在怎么变得这么冷漠？”祁珊表达了自己的极度不满。

安妮一脸茫然：“我？我怎么就冷漠了？”

“你还不冷漠？你都觉得你屁股坐没坐热比陈卓当副院长还重要了，你说你冷漠不？你这个可怕的、聪明的、漂亮的女人！”

安妮被她逗笑了，一把抱住她的胳膊，开心得不得了：“你一说，我才反应过来，还真的是！”

祝安妮这喜笑颜开的小动作，被陈卓尽收眼底。所有人都说安妮是高冷的、不近人情的，其实只有熟悉她的人才知道，安妮也是可爱的、俏皮的。

第六章

·DILIUZHANG·

爱情这道题太难了，祝安妮又开始晕眩了，
脑子里开始头头是道地分析起来。

01

“全体聚餐吗？”黄霁月提着包站起来，在吸引了所有人的目光之后，不屑道：“有祝安妮我就不去了，我这人性子直，不喜欢跟背地里插刀子的人吃饭，我和祝老师相处不了，不好意思了，陈卓。”

黄霁月是个狠角色，不仅要跟祝安妮叫板，而且要全生科院的人都知道她要跟祝安妮叫板，她这是在告诉生科院的所有人：只要你跟祝安妮交好，就是跟我黄霁月作对。也别跟我提什么祝安妮以前有陈卓老师照应，现在有陈副院长照应，陈卓在我黄霁月这里，就只是陈卓。

黄霁月的背景谁也具体说不上来，但是大家都知道很有背景，毕竟不是每个老师都能开高级跑车来上班，还动不动就换一辆新的。在大家眼里，黄霁月来上班不过是为了消磨时间，虽然她消磨得很认真，也消磨得很有成就，可归根结底，还是与别的老师不同，也有人看到过，她出入学校领导的办公室就跟走自家大门似的。

这样的人，就算骄傲跋扈，也没人敢去挑她的刺，因为黄霁月根本就不屑于与她们产生任何交集。

所以，黄霁月骄傲地以为，在这么多人面前，陈卓也必然是要给她几分薄面的。

但她想错了，陈卓才三十出头而已就坐上副院长的位置，自然也不是什么省油的灯。黄霁月说这番话时，陈卓正跟行政助理低头说话，准备离场。听见她的话后，他很痛快地回身，对黄霁月微微一笑，金丝边框眼镜下的目光带着三分随和七分犀利，他说："准了。"

黄霁月没想到陈卓会来这么一句，她冷笑着走到陈卓面前，骄傲地说道："我觉得我们有必要重新认识一下了，陈……副院长。"

陈卓温文尔雅地微微一笑："没这个必要的，黄教授，我认识你是谁。"他看向会议室里的众老师，提高音量对大家交代了一句："黄教授有事不去，我特批了，其他人都要到场，尤其是祝教授。"说完，带着行政助理大步走出会议室。

整个会议室都炸了，大家嗅到一股不太寻常的味道，陈卓和祝安妮的关系非比寻常是早就传开的，只是陈卓这一句"尤其是祝教授"也太直接了，并且是在黄霁月向祝安妮宣战的这一时刻。

祁珊也显得很激动，抓得安妮手臂都起了红印："安妮安妮！你听到没！尤其是你！"

"他口误，他想说'包括我'不是'尤其是我'。"祝安妮皱眉说道。她本来就不喜欢成为众人谈论的焦点，这下可好，有一个黄霁月摆炮仗就算了，还有一个陈卓来点火。

祝安妮掏出手机准备先发信息给陈卓，教训他一顿，无意间点开通话记录，她看到昨夜跟明沧的聊天时长，居然有 5 个多小时！

这怎么可能？除非是她忘记挂电话，那也不会巧到连明沧也忘记挂电话吧？算了，不管了，五个多小时就五个多小时吧。

黄霁月的宣战让祝安妮觉得自己的职业生涯迎来了最糟心的阶段，很多人都抱着一副看好戏的心态看着她走出会议室，尤其是那些与她关系不好的同事。她们的生活真的很空虚，居然把同事的八卦当成一种乐趣来看待，想来也是可悲。

然而糟心，并不影响祝安妮做她的课题立项书。

行政助理通知了大家可以带家属来参加，有老公的、有老婆的、有孩子的，有空的话都可以带来，这倒是解决了让很多老师发愁的问题。

安妮下班后就去接了君安回来，不过不用她陪着，只要有祁珊在，她都不需要在孩子身上耗神。到了约定的时间，她便和祁珊带着孩子一同前往陈卓定的酒楼。

“我以前还真是小看了陈卓，没想到他还是有两把刷子的。”祁珊说。

安妮还在为陈卓当众点她名的事耿耿于怀：“他刷子多了去了，你好好看看，没准有三四五六七八九把呢。”

陈卓包了酒楼的半个大厅，她和祁珊赶到的时候，人都已经坐得差不多了。令祝安妮意外的是，那个上次谎称怀了陈卓孩子的别院的女老师居然也来了，和她们院里一位新来的女老师很亲密，八成是被当家属带来的。不过她坐的地方离陈卓很远，看样子并没有往陈卓身边凑的意思，没准是怕陈卓发飙。

安妮本来只想找个不起眼的小角落坐，可大家都默契地把她往陈卓的方向拱，陈卓也丝毫不客气，目光灼灼的样子仿佛要给她烫个窟窿。

到底，她还是被推到了陈卓身边。

人都到齐了，陈卓告诉经理可以开始上菜了，顺便站起来对大家说了几句话，表明今天的聚会是私人活动，与职位无关，大家不用拘谨，要尽兴。

祝安妮心想，我怎么觉得我尽兴不了。

“祝老师，连祁姗都带了男伴，你得抓紧了，要是有伴也别掖着藏着，大方地带出来展示展示，也好让咱们院的单身男老师认清现实，展开新的人生追求。”有人故意起着哄道，说到底，还是想借机试探祝安妮和陈卓的关系。

安妮觉得这种小把戏很无聊，她又不傻，当然知道这其中的含义，她故意岔开话："祁珊哪里来的男伴？那是我儿子，我儿子还没到找伴儿的年纪。"

陈卓夹了一只虾放到她碗里，打断刁难安妮的对话："这个酒楼我都快忘记了，你尝尝，和以前还一样吗？他们经理跟我说厨师还是原来那一班，没换过。"

祝安妮抽了抽嘴角，咬着牙，尴尬地小声道："我谢谢你啊，陈副院长。"

在祝安妮看来，这简直就是火上浇油，让她成为众矢之的。但她是真的不想被人认为和陈卓有什么暧昧关系。尤其现在他是领导，以后传出去的话会更难听，虽说她并不是很在意别人怎么评价她，但既然她是无辜的，为什么要成为众矢之的。

再说，陈卓好像也傻了，一个白灼九节虾，换不换厨师谁能吃得出来。姚琳这个趋炎附势又不甘心寂寞的坏女人，笑得一脸灿烂说："要我看，祝老师就跟陈院长凑一对儿算了。"

"你在这儿玩连连看呢？"祁珊突然抬头恶狠狠地呛她一句，接着脸色一换，又变成开玩笑的语气，"还用你看，你要那么会看怎么没给自己跟陈院长看一块儿去呢？祝安妮又不是没有男朋友，你在这瞎安排什么，流言蜚语都是你这种大嘴巴传出去的。"

祝安妮居然有男朋友？连祝安妮自己都觉得很意外，陈卓也微微一怔。

只见姚琳立马回身去问另一桌的老师："祝老师居然有男朋友了，你听说了吗？"

同桌的另一位老师去逗祝君安，笑着问："小靓仔，你妈妈有男朋友了？"

祝君安沉默了两秒，故作一脸天真地说："是，阿姨，我妈妈的男朋友就是我爸爸，阿姨，你妈妈没有男朋友吗？"

那位老师闹了个大红脸，小孩子脆生生的声音逗笑了相邻的两桌人。

"带来见见，安妮，我们帮你把把关，不好我们可不同意。"邻桌的老师在起着哄。

“就是嘛，带来看看，祝老师，连连看我玩得可好了，能不能配上对，我一眼就能看出来。”姚琳又在一旁乱吹风，她这样一说，就有人跟着附和。她代表席间众多同事，祝安妮出丑的场面她们是喜闻乐见的，全都是一副坐等好戏开场的模样。

安妮在桌子下面踹了祁珊一脚，祁珊又踹了回来；祁珊默默地把手机放在桌上，接着又踹了祝君安一脚。祝君安是个人精，很轻易地就明白祁珊阿姨到底在表达什么，他拿起祁珊的手机，一脸认真地看向姚琳：“阿姨，真的可以带爸爸吗？那我要叫我爸爸来了？”

明沧的手机屏幕上闪烁着祁珊名字的时候，他正在办公室里加班，顺便看着柯友仁坐在他的办公桌上忏悔。

他示意好友安静一会儿，接起电话，很意外地听到祝君安在脆生生的叫他“爸爸。”

他应了一声，问：“怎么了，你又想坑我吗？我是不会带你出去的，你妈会生气的。”

祝君安完全不理他，自说自话：“爸爸，妈妈的单位今天聚餐，可以带家属，大家都想看看你，你要来陪我们一起吃饭吗？”

明沧眉头微微一皱，发觉事情并不简单，但还是痛快地答应了：“好，让祁珊阿姨把地址发给我。”

“好的，爸爸，终于可以看到你了。我今天特别想你。”说完，他挂断了电话。

柯友仁眉头皱得比明沧还深：“你要出去？我还没忏悔完呢？你听不听了？”

明沧觉得他特别聒噪，不耐烦道：“你的忏悔不真诚，我不想听了。”

“我真诚！我怎么不真诚！关键我妹也不是小猫小狗，我也不能拿绳拴着她是不是？再说你可怜，我妹就不可怜了？我妹一天真烂漫的小姑娘追着你屁股后面跑了这么多年，没有功劳……”

明沧及时打断他的话：“也没苦劳，少给我讲这些没用的。”

“行。我再一次用我的裤腰带跟你保证，我不会放任她在没有我和你允许的情况下，私自去你家。”

明沧起身简单地整理了一下自己的桌面，冷笑一声：“用你的裤腰带保证，你是出了名的提上裤子就不认人的。你的裤腰带除了能保证是正品，别的什么都保证不了。”

明沧拿起西服走出办公室，柯友仁还坐在他的桌子上，不死心地扯着脖子喊：“你不是要加班吗？说好的等你加完班一起吃夜宵的，你的嘴还是不是嘴了？”

“我是总裁，我说现在不加班就不加了。”

柯友仁终于抬起他尊贵的屁股，跟着明沧一起往外走。反正明沧不在这里了，他一个人在这也没什么意思：“你也是，上午怎么不来上班？难道是昨夜暖帐度春宵，今日君王不早朝？”

明沧呵呵笑了两声，没回他的话，心里只觉得柯友仁这个爷们儿，一旦八卦起来，女人都要靠边。

02

明沧动作向来利落，很快就按着祁珊发来的地址找到了酒楼，他身着高级定制衬衫，开着最上边的一粒扣子，露出干干净净的下巴和形状俊美的喉结，五官深邃英朗，西裤笔挺，没有一丝褶皱。身材高大的明沧步履沉稳地步入酒楼的大堂，立即成为全场的焦点。

“爸爸！”不等任何人做反应，祝君安已经抢先一步用实际行动证明来者何人了。他小跑到明沧面前，扬起粉雕玉琢的小脸，脆生生地又叫了一声，“爸爸，你不来都没有人给安妮剥虾。”

祝安妮一脸黑线，祝君安怕是要成精了，她怎么不记得明沧给自己剥过虾。

明沧倒是表现得很镇定，一看就是见过世面的人，他跟着祝君安一起来到祝安妮的面前。安妮早早就站了起来，她看起来有些害羞，还有些忐忑，简短地向大家介绍了一下：“这位是明沧，君安的爸爸。”

这么介绍似乎没什么问题，本来就是祝君安叫来的，祝君安也确实管他叫爸爸。

周围安静得可怕，大家都静静地看着明沧与安妮，眼神里包含各种意味：有惊讶的，有羡慕的，有嫉妒的，有不屑的，只有祁珊一个人是发自内心地高兴的。

陈卓心里不高兴，可还是大方地起身与他握手：“明总，欢迎，我们见过的。”

明沧当然记得他们见过，并且也知道他就是今晚的东家。祁珊发信息告诉他地址的时候也顺便告诉了他这件事。明沧礼貌地与他握了握手：“我记得，那时候你还是陈老师，现在要叫你陈副院长了，恭喜。”

明沧入座的话，这一桌就显得有些拥挤了，祝安妮拎起包包拉着明沧就要去另外一桌：“有点挤，我带他过去那边坐。”

“不挤不挤！”姚琳赶忙制止了祝安妮，“挤什么，人家那个座位是给李老师和韩老师的两个小孩留的，我这边挪动挪动，位置很宽裕的，桌子这么大呢！”她不想让祝安妮走，祝安妮走了，她就没有戏可看了。

明沧入座后，祝君安直接爬上他的腿，把祝安妮面前的碗拖到他面前，这里面装了两只未剥的虾，是陈卓夹给祝安妮的。

明沧很优雅，只用筷子和勺子就把两只大虾剥个精光，然后祝安妮就在一桌人的注视下，吃了虾。

“祝老师怎么看着这么拘谨？”姚琳怎么看都不觉得这个男人像祝安妮的男朋友，两个人一点都不亲密，不过祝安妮的儿子倒是真的跟他很亲。

祝安妮特别想拿起针线盒把姚琳的嘴巴缝起来，跟这种女人成为同事，简直降低了自己的格调。明沧倒是不以为意，只是抬眸对安妮暧昧地笑笑。

这个笑容就足以说明一切了。

陈卓指着其中一道菜，叫了一声安妮：“这个菜看着跟原来的南食堂有异曲同工之妙。”

明沧没懂这话什么意思，便等着安妮解答，可是祝安妮什么都没说，倒是陈卓主动开口：“安妮上大学那会儿，学校食堂经常出创新菜，蔬菜水果混搭不说，粽子油条和月饼都要掺和。”说完他笑笑。

安妮本来不觉得好笑，但是为了不让陈卓太过尴尬，也就跟着笑笑。这一笑可不得了，酒店里的灯光十分柔和，仿佛给人和菜品都加了一层温暖的滤镜，在喧嚣的酒桌之上，祝安妮的笑仿若初落凡尘的仙女似的，万丈红尘尽在她的裙摆之下。

明沧觉得太好看了，他发现陈卓也注意到了这份好看，就有些不高兴，故意呛了安妮两句：“你像个猫一样吃这点东西，夜里饿了怎么办？”

安妮愣了一下，说：“饿了再吃呗！”

这副傻愣愣的表情还凑合，明沧很满意。

有人给明沧倒了一杯白酒，又给陈卓的酒杯满上，陈卓对明沧举起酒杯，说了两句客套话，可明沧并没有举杯的意思。祝安妮以为，他是不屑于和陈卓喝酒的，可明沧想的则是，我为什么要跟情敌喝酒？

是的，情敌。明沧给陈卓一个明确的定义，是情敌。他感觉陈卓的眼神似乎是在挑衅自己，于是便也用同样的挑衅眼神望了回去。

祝安妮在桌子下面轻轻拉了一下他的衣服，明沧转移视线，看她：“嗯？”

“可以喝一点，没关系。”她说。她的本意是他可以随便找个借口搪塞，不然什么都不说也不搭理陈卓，有些失礼。但在外人看来，这似乎是另外一种意思。

明沧勾了勾嘴角，端起酒杯与陈卓的酒杯碰了碰，看着陈卓非常豪爽地一饮而尽，明沧也跟着干了，酒杯不大，不过一两的量。

“祝老师管教有方啊，喝酒还要看你的眼色。”一位男老师说。安妮笑笑，没说话，想到明沧来了以后还什么都没吃，就先喝了一杯白酒，赶快给他夹了一口菜。不过还是慢了半拍，祝君安把自己啃了一半的点心直接塞进了明沧的嘴巴里，他也没有任何嫌弃之色，就这样吃掉了。

看起来，这就是一家三口，没有什么值得怀疑的。况且真细看起来，祝君安的鼻子和嘴巴，长得还挺像明沧的。

陈卓看似并不关注这一家三口的动态，可余光始终没有离开过祝安妮。

大家看到明沧是可以喝点白酒的，就开始了轮番轰炸。这就是酒桌文化，但凡桌上会喝酒的，没有人可以清醒着来清醒着走。

慢慢地，明沧也有些微醺，他肚子里几乎没有什么食物，只有祝君安塞进来的各种甜点和安妮夹过来的几筷子菜，其余的都是白酒。他不喜欢喝白酒，一直都是在硬着头皮喝。

其间，安妮不过咳嗽两声，陈卓马上让服务员将温度调高，整个空气里除了充斥着他明目张胆的关心，更多的是两个男人的明争暗斗。

晚餐接近尾声的时候，很多人都提议继续发扬生科院的老传统——“吃完不散场，唱歌续摊子”。

姚琳也喝了不少酒，举着酒杯告诉大家，她定了歌厅的包厢，距离不算远，打车只要一个起步费而已，有车的可以叫没喝酒的同事帮忙代开一下。

祝安妮有车，明沧也有车，但是他们都喝酒了。事实上，没有几个滴酒不沾的，除了祝君安这类压根开不了车的。

“把车都放这边吧，咱们打车过去。”安妮说。

“我来的时候叫了司机，在外面等着呢，走吧。”明沧说。

一群人浩浩荡荡地走出酒楼，开始站在路边打车。明沧牵着君安的手走在安妮和祁珊的前面，刚一出酒楼的大门，四个站在一旁说笑的西装革履的中年男人立刻上前来打招呼：“明总。”

这阵势，就连知道明沧底细的祁姗都张大了嘴巴，不就他和安妮一人一台车吗？叫四个司机来干什么？两个开车两个推车？再说这几个司机穿的也太……一个个跟楼层经理似的。

“明大总裁，我和安妮就开一台车来，别告诉我你自己带来三辆？你出门还配两车保镖吗？”喝了点酒的祁珊已经控制不住自己的嗓门了，瞬间吸引了所有人的目光。

安妮捏了她的胳膊一把，示意要她控制自己的音量，就连祝君安都说："祁珊阿姨，你不要一副没见过世面的样子。"

祝安妮也疑惑，这大老板出门带司机是可以理解的，带这么多司机就不太懂了。

明沧不以为然道："一个司机开你的车，一个司机开我的车，另外两个，看你的哪位同事需要，帮忙开一下车，安全第一。"

司机们纷纷从口袋里掏出白手套，一个走向明沧的车，一个接过祝安妮的车钥匙走向祝安妮的车，另外两个站在明沧身边等待他的安排。

大家伙都不太好意思麻烦别人，倒是姚琳，替明沧把这两个司机解决了："那就帮我们陈副院长开一辆吧，我就坐陈副院长的车了。然后李老师那辆商务车装的人多，去个司机开那辆。"说完又拍拍明沧的肩膀，笑着问："行吗？"

明沧没回复她，安妮看了一眼醉醺醺的姚琳，点头道："就这样安排吧，麻烦两位司机师傅了。"

明沧的司机很专业，接车钥匙之前，将自己的驾驶证出示给陈卓和李老师，以示自己是有证驾驶。

明沧则带着君安和安妮、祁珊一起上了自己的车。他们上车后，后面的人都在窃窃私语，难怪祝安妮对哪个男老师都很冷淡，原来是交到了这么一位优质男友。

姚琳抱着肩膀靠在自己同事身上，冷嘲热讽道："一看你们就没有社会经验，那个姓明的老板，肯定是个演员，从他进门到刚刚，你看他跟祝安妮有肢体接触吗？无论是小两口还是热恋情侣，都不该这么生疏吧，什么年代了，不可能还玩相敬如宾那一套。"

车上，一直还云里雾里的祁珊终于有机会问出自己疑惑了好几个小时的问题："你们俩是真在一起了？还是演呢？我都看不明白了。"

坐在副驾驶位的明沧只是微微侧了侧头，并没有回答这个问题。既然他不回答，那安妮也不会厚着脸皮承认什么，因为暂时她还没找到可以承认的关系和身份。

正所谓“最怕空气突然变得安静”，这会让所有人都很尴尬。于是，祝安妮问自己的儿子：“你明白吗？”

祝君安一心沉浸在手机里的“在线数学题解析”，压根没听他们的对话，只能诚实的摇头：“不明白。”

安妮笑笑，说：“你看，君安也不明白，你的脑袋还不如君安好用，你不明白太正常了。”

“你是说我就是个傻子吗？”祁珊的嗓门又提高了起来，“我这叫单纯！你懂什么！”她伸手去拍明沧的座椅，笑嘻嘻地说：“明大总裁，我看电视剧里还有书里，那些什么富可敌国的大总裁，什么艺术家，什么歌星影星之类的，都会拜倒在傻傻的、甜甜的女人的石榴裙下，我知道你喜欢聪明的，我就不跟安妮抢了，你有没有这种条件好的朋友，可以给我介绍介绍，我，祁珊，标准的傻傻甜甜的女人。”

明沧偏头对她笑笑：“介绍可以，但你和我认知当中的傻傻甜甜的女人稍微有些出入。”

“你认知当中的是啥样？我啥样？”

明沧笑笑没说话，祁珊又来折磨安妮：“我不是傻傻甜甜的女人吗？”

安妮压低声音，趴在她耳边说：“你是傻大姐。”

“我是傻大姐？我的苍天啊！我的大地啊！原来我是傻大姐！心好痛。”这话本来只有她一个人能听到，可被醉酒的她一重复，那就全车都听见了。

安妮一把捂住她的嘴巴：“嘘，把你的伤痛放在心里就好。”

03

明沧的车内很舒适，温度适宜，司机开车平稳，很快到了歌厅门口。下车时，她有些不好意思地跟明沧说：“谢谢你。”

明沧撇撇嘴：“谢什么？”

安妮学他的样子撇撇嘴："所有的事。"

明沧嘴角微微挑起，算是接受了这个道谢，他指了指带着君安走在前面的祁珊说道："祁珊挺可爱。"

夜风微微凉，祝安妮轻轻哼了一声，细软的声音顺着清风就吹入了他的耳朵，她下巴扬起，双手插着口袋，脚下踢起了正步："我不可爱吗？"

明沧上下打量了她一番，她微醺的小脸红扑扑的，因为刚刚在餐桌上有些热，头发被束成了马尾，淡粉色的花边衬衣，白色的九分裤，脚下踩着他们一起在商场买的白色平底鞋，拎着一个浅灰色的大号手提包。

是好看的，也是可爱的，尤其这个包，给她加了不少分。这手提包不是便宜货，却也不算很昂贵。她并不是一个奢侈的女人，但她身上不管是穿的还是用的都很精致，看起来既低调又华丽。

这是一个在物质上很懂得爱自己的女人。

一行人走进富丽堂皇的歌厅大厅，由于两部电梯刚刚已经升上去，大家都在一楼等电梯，安静的大堂里突然传出一声震耳欲聋的呼唤："这不是明总嘛！大驾光临啊！"

柯友仁一看就没少喝，兴高采烈地就过来了，一把抱住明沧。两人不过分开几个小时而已，被他这样一抱，抱成了阔别三十年的老友重逢的德行。

"你可以啊明沧，来我的地盘都不跟我说一声，你什么意思？怕我灌你吗？"

明沧被他抱着拍了两下背，差点被拍得吐出来："我跟安妮的同事们一起来的。"

"安妮？"柯友仁愣了一下，安妮不是明沧那只恶霸犬吗？他又重复了一遍："安妮？"

柯友仁的高调出现，吸引了所有人的注意力，这两句疑问更是让大家都挣着眼睛等戏看，祝安妮往明沧的身边靠近一些，虽说没有直接挽胳膊，但她的手臂已经贴在了明沧的衬衫袖子上，尤其是祝君安非常合时宜地由"靠在安妮大腿上"换成"抱住明沧大腿"的姿势。

虽说柯友仁总是一副人傻钱多的样子，但其实他并不傻，脑子转起来也是聪明过人的。他快速地分析了一下，第一，明沧从未跟他提起过任何女孩子，但是跟他提过一个叫安妮的女大学生在哥伦比亚大学拿了他的红酒；第二，明沧从来不会让女孩子贴他这么近，除了在他妹妹柯友蓉死缠烂打下之外；第三，明沧从不会跟这样一群看似普通的人搞聚会，在他柯友仁的眼里，明沧这家伙就是一个势利眼，这不现实。

综上所述，柯友仁立马换了一副顿悟的表情："安妮！安妮今天和同事聚会定的我们这里，那真是巧啊……"

祝安妮已经被这位突然出现的兄台给吓傻了，正想着要不要跟他握一下手，柯友仁当即打了一个响指，拍了拍明沧的肩膀，爽快道："安妮的同事就是你的同事，今天我来安排，这里最大的VIP包厢，今晚就是安妮的！"

老板发话了，经理马上拿起对讲机安排。

祝安妮很不好意思，连忙摆手："不用的，我们大家……"

"什么不用不用的？嫂子你这样就不对了，你跟我见外是不是？你看不起我是不是？你觉得我柯友仁在乎钱不在乎朋友是不是？我跟明沧什么关系？明沧的朋友就是我的朋友，明沧的媳妇就是我的媳妇……"

明沧无奈地拍拍柯友仁的胸膛，打断他的话："收收，可以了，你再慷慨下去可能会失去我这个朋友。"

"我开玩笑的，你看你。"柯友仁醉醺醺又笑嘻嘻的，兴奋地跟大家一摆手："玩得开心啊，诸位！"

柯友仁转身的时候，注意到了站在一旁捂着耳朵的祁珊。她也不知道怎么着，耳朵有些发烧了，便用手捂着。不过在柯友仁这角度看来，还挺可爱："美女，你耳朵掉了？"

祁珊一本正经地把耳朵露出来给他看："这是啥？我隐形的翅膀？"

"哪有这么小的翅膀，有也是畸形的，不是隐形的。"说完他调皮地朝她眨了眨眼，大步离开了。

安妮与明沧低语："你这位朋友很可爱。"

明沧不置可否："说明我很优秀，优秀的人才能交到可爱的朋友。"

姚琳那一小伙人更加嫉妒了，一个个的白眼都翻到了后脑勺。祁珊看到了，就悄悄趴在安妮耳边说："你说她们怎么那样？见不得别人过得好？承认别人优秀很难？我跟你说，她们就是挑你这个软柿子捏，她们怎么不敢捏黄霁月啊？还不是怕黄霁月直接撕了她们。"

祁珊的语速很快，声音虽然不至于让离她们最远的姚琳听到，但身边的几个老师还是听到了。明沧当然也听到了，他是刚刚在酒桌上知道了谁是姚琳。按理来说，咋咋呼呼的女孩应该都是祁珊这样没心没肺的样子，没想到还有姚琳这一款。

安妮敷衍地安慰了祁珊两句，她实在是没有闲心整天惦记着姚琳都在想什么，可祁珊却热衷于钻研这些琐碎的八卦。

有自家老板的安排，这一行人的待遇马上变得不一样。

祝安妮不是书呆子也不是宅女，只是她除了同事聚会，很少来这种地方，对聒噪昏暗的环境也不是很适应，祁珊和两个女老师带着君安和另外两个年纪稍微大一点的小朋友去走廊看锦鲤浴池，祝君安非要拉着明沧一起，明沧拗不过他，只好也跟着去了。安妮喝了酒头晕，想多坐一会儿，就在包房里默默地挑了一个角落坐下来，看着大家点歌、点酒。

陈卓的机会来了，他端来一杯热茶放到祝安妮的手边，目光如炬，没有半点收敛地盯着她看。

"你看什么？"祝安妮问。

"你长得好看，我就想多看看。"

"酒量退步了。"她抱起肩膀，下意识地做出自我保护的姿态。

"是你胆子小了，你怕我干什么？"

安妮哼了一声："你有什么好怕的。"

"本来是有的，原本我想着，趁着酒劲给你一个热烈的吻，你一定会爱上我的。"

他话音刚落，祝安妮就狠狠掐了一把他的胳膊，当时就给他疼得五官都挤到了一起，祝安妮说道：“你怎么不上天？别以为你当了副院长就可以胡闹！”

陈卓疼得冷汗都出来了，抓着安妮的手想让她松开，可是安妮完全没有松开的打算，非要给他一点教训，谁让他喝点白酒就开始撒酒疯。

“为人师表！祝安妮！你要感觉生活不顺你去多唱几首歌发泄发泄，体罚院长是不是过分了！”陈卓说。

祝安妮才不管他那一套为人师表的理论，难道这屋子里就她一个人为人师表？她继续发狠地拧着他的肉皮：“那你就去举报我吧！说我体罚副院长！”

明沧从外面进来的时候，正好看到了这一幕。

从进门开始，他的视线就落在陈卓握着安妮手的那只手上，恍惚之中，竟然有一种想剁掉他的手的冲动！走近了才看明白，原来是安妮掐着他，陈卓疼得鼻子不是鼻子脸不是脸的。

看到明沧回来，安妮立刻松开，陈卓捂住自己被掐的地方，不想在情敌面前输了颜面，强忍着钻心的痛感，对明沧展露出一个示威般的微笑。明沧则直接摆出一张“扑克脸”。

陈卓起身坐到另外一边和大家聊天，明沧则在他刚刚坐过的位置上坐下，整个人的气场都变得很不一样，板着一张脸跟谁欠了他的钱似的，安妮拉拉他的衣袖，问：“君安惹你生气了？”

“我不会跟孩子一般见识。”

“祁珊惹你生气了？”

原本直视着前方的明沧忽地将视线转到她身上：“你怎么不问问我是不是跟我办公室的保洁阿姨生气？”

祝安妮一脸诚恳地问：“你为什么要跟办公室的保洁阿姨生气？”

明沧深吸一口气，心想：我都已经半年没见过我的保洁阿姨，我的保洁阿姨是谁我都不知道，我跟她生哪门子气。这么笨的问题显然不是祝安妮这么聪明的女人会问出来的，真相只有一个，她明知故问。

“祝安妮。”他一字一顿地叫着她的名字，“你是故意的。”

安妮莞尔一笑：“你不也是故意的吗？”

“我故意什么？”

“你故意让我看到有人送你花，故意把女孩子带回家，故意装作不懂我为什么咬你。”她说。

明沧有些意外，他觉得自己是天衣无缝的，他喜欢安妮的聪明，喜欢有人与他势均力敌。他沉思片刻，说：“前两点算你说对了，第三点是错的，我没有故意装作不懂你为什么咬我，我是真的不懂。”

“你撒谎。”

“没有。”他很认真地否定了，“真的不懂。”

“你不仅故意装不懂，现在还故意撒谎。”

明沧继续否定：“我没有撒谎，我就是不懂。我认为如果一个女孩想跟喜欢的人表白，应该是亲他一口，而不是咬他一口，所以我是真的不懂。”

如果是这种不懂，那连安妮也不懂，其实刚刚说的那前两点：他故意带花和女人回家，也是她刚刚灵机一动，信口开河瞎掰的，没想到就猜中了。

爱情这道题太难了，祝安妮又开始晕眩了，脑子里开始头头是道地分析起来。

如果说，明沧是故意做给她看的，那他的目的是什么呢？是他喜欢她，他想让她吃醋？可他如果喜欢她，为什么不回应她的“咬”？

她垂着头，揉了揉太阳穴，实在想不明白了，便以酒壮胆，她转身直接扑进了明沧怀里：“应该怎么表白？”

“你想怎么表白？”明沧接住了她柔软的身体，嗅到了她的头发与脸颊的香味，他是见识过安妮的好身材的，四肢纤长，腰肢纤细，该长肉的地方都长得满满当当的。

“我就想咬你。”她半躺在他的肩上，像个孩子一样耍着无赖道。

04

她扑过来已经让他很热了，现在居然还讲这样的话，明沧搂着她后背的手掌慢慢滑到她的腰间，他微微侧头，附在她的耳边，低哑着声音道："这几个字你只有跟我讲，才能全身而退，换成别的男人，你猜你会变成什么样？"

安妮坐直身体，严肃地求知："什么样？"

"会骨头都不剩。"

安妮顿了一下，又问："那为什么在你这里可以全身而退？我想想，因为你不喜欢我？你喜欢男的？"

明沧的内心感觉有些无力，这是平生头一遭，他觉得他应付不了一个女人，他控制不了祝安妮胡思乱想的脑袋，也控制不了她伶牙俐齿的嘴巴，最让他无力的是，换作别的女人说这两句话，他都会觉得对方是在调情，但是被祝安妮这样一说，就仿佛是科学事实一般。

"祝老师。"他换了个称呼来称谓她，"我觉得你这几句话说得有些不严谨，你有什么证据证明我不喜欢你？你问过我喜不喜欢你吗？你了解过我的性取向吗？"

他不是生物学家，不是科学家，不是老师，他是一个长得好看并且被她喜欢着的男性，在祝安妮听起来，这几句真是又过分又暧昧，又想生气又想笑。

"你别着急，我会有机会验证的。"她说完，赶快端起茶杯猛喝两口。

明沧意味深长地看了她一眼，挑起嘴角，算是笑了一下。不同于安妮的羞涩，他的笑容有些敷衍，有着已经掌握了一切的自信："既然你喜欢我，就别让我再看到那个陈卓摸你的手。"

"摸我的脸可以吗？"她问。

"你觉得可以吗？"

"我觉得可以。"

"不可以。"他果断地说道。

“那摸哪里可以？”

“摸哪里都不可以，他看起来不像个好人。”

“你真霸道，我自己的身体我都不能说了算。”安妮撇嘴。

“对。我就是这么霸道，这就是喜欢我的代价，你有意见就取消你的喜欢。”

“好，那我取消。”

“祝安妮。”他又叫她的名字，他平时都不会这样生硬地叫她的名字，这口吻让她想起来自己小时候不肯吃鸡蛋喝牛奶的时候，姐姐安娜叫她时的可怕样子，通常她姐还会在后面加上一句“我说三个数，一、二、三！”

安妮伸手捂住了明沧的嘴巴：“行了行了，不想听你说话了，哪有你这么不讲道理的，你又不是我的谁，就凭我喜欢你，就可以对我要求这么多。如果喜欢一个人这么麻烦，那我就干脆不喜欢了，反正单方面的喜欢也没有很快乐。”

明沧刚要发作，姚琳就一手端着酒杯一手拿着话筒走了过来：“大家停一停，今天我们结识了这位新朋友，又让这位朋友的朋友破费，我们霸着麦不地道，要给新朋友一些展现自我的机会，让我们听一听来自他的天籁之音。”

大家都喝了酒，气氛很好，姚琳的人缘不怎么样，但这个说法还是一呼百应。

其实按着明沧的性格，是不会迎合这种乱糟糟的起哄的，但是祝安妮居然也跟着说了一句：“唱，我想听。”

他落落大方地起身，走到电脑前面点了一首颇有年代感的老歌，拿着话筒走到包房中央。前奏响起时，他单手插进口袋，帅气的模样一下子吸引了所有人的目光：

有多少人在旁边

我们都视而不见

彼此却忍不住地看几眼

感觉强烈

已经微笑的放电，已经暗示到极限

没勇气的人犹豫的瞬间，幸福就飘过面前

我平凡无奇，而你，像灿烂星星让我担心

明明很爱你，明明想靠近……

他的歌声很动听，跟他的人一样别有魅力。他有一种与生俱来的高贵与倨傲的气质。

安妮脸红了，但是没人看得到，好几个人因为明沧的这句“明明很爱你，明明想靠近”而鼓掌和吹口哨，明明是一群平日里很严肃的知识分子，但被酒精一干扰，就个个不正经了起来。

明沧声音里的温柔像一张绵密交织的大网，触不到、碰不着却又真真切切地将她笼罩。安妮觉得这不是错觉，她敢肯定，明沧的这首歌就是别有用心，他在否定自己的第一个问题——他不是不喜欢自己。

现在她知道了，他是喜欢自己的。她早该知道的，不怪她笨，只怪她在感情上还是太单纯。

她默默地拿出手机，悄悄改了通讯录里他的姓名：明明。

祝安妮还未经历过任何浪漫，她是个表里如一的人，遇山识山，遇水即水，苍穹即天空，碧海则汪洋。可明沧让她觉得这一切都变了，说是山水翻涌、江潮澎湃也不为过。

一首歌的时间不长，明沧唱完就将话筒递给姚琳。姚琳伸手接过来的时候，他并没有松开，而是顺着力道把她拉到自己身边来，他微微低头，在她耳边嘲讽道：“看样子又要让姚老师失望了。”说完，他便松开手，留下一脸尴尬的姚琳，走回到安妮身边。

“你怎么了？”明沧见她一直捧着脸颊，弯腰仔细看了看，没看出来什么特别之处，倒是脸比刚刚红了一些。

安妮摊开手给自己扇了扇风：“热。”

“热？”他并不觉得热，这里空调还是挺足的。

这里的温度并不高，但祝安妮就是热，胸口仿佛有个小宇宙要爆炸了似的，滚烫滚烫的，她继续给自己扇风："我真的热，完了，我可能喝多了！"

喝多？明沧拿起她面前的茶杯，仔细看了看，里面没有酒精味，饭局结束后也没见她再喝酒。

他将茶杯放到唇边，正准备也尝一口，只见安妮飞快站起来，一把抢走杯子，她拿起手机，拎起自己的包包，拉着明沧匆匆忙忙地往外走，连招呼都不跟大家打一个。反正除了姚琳和陈卓也没人时时刻刻盯着他们两个，明日再相见关于今天的一切大家都是断了片的。

明沧觉得她是真的不太舒服，不然不会在二楼的大厅中央遇到和祁珊在看锦鲤的祝君安都不理。君安还很大声地叫了一声"安妮"，明沧一路被她拉着往前走，但是完全不知道她的目的地。

按电梯，下电梯，走出歌厅的大门，她站在门口四处望了望，又拉着他朝着停车场的反方向走去。那是一条歌厅内部专用的车道，车道旁就是一片绿化墙，此时正值营业时间，大家都在自己的岗位上，这里没有人。见她还要往更深的地方走，明沧的手臂稍稍用了些力气，把她拉住停在原地："安妮，车在那边，你要是不舒服我们去医院。"

"我没有不舒服！"她看起来有些着急，额头上居然出了一层细密的汗，面色绯红得如同一块清透的玉石拂上了一层晚霞的光，既带有少女的羞赧，又饱含女人的娇艳。

他抬起手，用温润的指尖拂去她额头的汗珠，有些心疼又有些想笑："没有不舒服你大半夜干吗拉我出来跟你竞走，别告诉我天才的脑袋瓜都是这么代谢酒精的。"

"反正我没有不舒服！我就是喝多了！"

明沧被她凶得一愣："我知道你喝多了，所以你觉得我们应该先回家还是先去医院。"

"不想回家也不想去医院！"她又凶起来。

祝安妮的声音总是甜甜软软、冷冷清清的，她是全校唯一一个在小教室上课都需要带麦克的老师，就算凶起来也有股小女孩撒娇的味道，不过是眼睛瞪得大一些而已。

“好，那你想怎么样？”

夜色和路灯都很昏暗，她的脸迎着光，可以让他看得真真切切，而他背着光，有些看不清。可模糊不清的明沧还是俊朗动人的。昏暗里，他的眼眸似点点星光。

他的问题让安妮沉默片刻，经过一番简单到不能再简单的思想挣扎，祝安妮忽地抬起自己纤细的手，搭在他胸口，吐气如兰地说道：“想咬你。”

明沧的眼神晦暗了几分。

安妮问：“你接过吻吗？”

明沧如实回答：“没有。”

安妮很意外：“没有？”

“没有。”他说。

安妮正想说，真巧，我也没有。想一想这样说是不对的，她都生过娃的人了，怎么可能没接过吻。

“好吧，那你今天有机会了。”她闭上眼睛仰起头，准备迎接他的吻，可是过了半天，也不见他亲下来。不得已，安妮睁开了双眼，迷离又不解，他明明已经看懂了自己的意思，为什么不行动呢？安妮想，难道是因为他从来都接没过吻，不好意思？

“那这样好了。”她伸出拳头放到他面前，“我们石头剪子布，输的主动，你准备好了吗？那开始吧。”她赶快把拳头藏到自己身后，开始倒计时，“石头，剪刀……”“布”字的音还没来得及开口，他的吻就已经落了下来。

他吻得很温柔也很认真，祝安妮很开心，她感觉她的世界天旋地转，她的四季在这一刻混乱了。大地成了宝蓝色的天，天空成了没有土壤的大地，她能听到身后的树叶、花枝沙沙作响，也能感受到雪花落在头顶眉梢，月光普照烤得她脸颊和身体发烫，雨滴又毫不留情地浇透她的衣裳，她感受到肩上有蝴蝶振翅，而她的小腿却在经历着柔情的海浪。

安妮细若无骨的小手摸到了他衬衣上的纽扣，被他一把握住手腕："你干什么？"

"我还没啃你啊。"她双眼迷离地说道。

明沧拍拍她的脸颊，试图拉回她的理智："在这吗？"

"嗯……不行吗？"

"这么着急吗？"

"嗯……着急。"

"着急也不行。"他扣着她的手腕拉着她朝停车场的方向走去，顺便给司机和祁珊一人打了一通电话。告诉司机来开车，告诉祁珊把孩子带回安妮家，一会儿会有司机开着安妮的车去接她们。

他和安妮一同坐在了后座，两人一路无话，各自看着窗外，偶尔回头对视，也是没有表情，不温不火，仿佛刚刚吻得难舍难分的不是他们两人。

第七章

欲望就像洪水，一旦拉开了闸，就会变得一发不可收拾。

01

车子开进小区地下停车场，直接停在他和安妮的单元楼下。通常他和安妮都会把车停在室外停车场，散心一样走几步回家，但今天不可以。

司机停好车，他和安妮分别从两边下车，像正常的晚归夫妻一样，平和安静地走进电梯，按下 19 楼的按钮。电梯在一楼停了一下，上来一个中年妇女，带着一个骑扭扭车的小朋友，旁边还跟着一条狗，中年妇女按下了第 23 层，一切看起来都再正常不过了。

安妮突然问："去你家还是我家？"

"我家。"

中年妇女不可思议地抬了下眼皮，很快又低头看向自己的孩子。

19 层到了，明沧与安妮先后出了电梯走到明沧家门前，他用指纹开门，防盗门自动打开，不等明沧拉开门，他的恶霸犬就已经用自己的大脑袋把门挤开了，准备给主人一场热烈地欢迎。

为了防止它跑到走廊上，明沧一脚把它掀开，狗屁股敦实地坐在玄关的地毯上，爬起来后接着兴奋地喘着气。他把祝安妮拉进门，砰的一声关上门，反锁，单手撑在门上，将她禁锢在门的狭小夹角处："你不是喝醉了吗？"

说完这句话，两人便疯狂地拥吻在一起。

安妮不知道自己的急切究竟来自于哪里，反正就是急得不行，急到她不愿再多浪费一秒钟在坐车、走路这些无用功上面。她好像被下了迷魂药，下药的不是别人，就是明沧本人。不然，这份急切怎么只有面对他的时候才有，只有面对他的时候才难以控制。

两个人从客厅吻到卧室门口，整间屋子都充满了浓烈的情欲气息，甚至愈演愈烈。

恶霸犬并不能理解这种行为，在它看来，这俩人怕是打起来了，不是你侬我侬，而是你死我活。它想制止这种行为，于是对着明沧和安妮猛叫两声，不过这个架劝得很失败，没有起到丝毫作用，它决定再叫两声。

明沧刚刚脱下了安妮的衬衣，他勾在手里没有松开，等到安妮把他的衬衫也扒下来时，他抓起来用力向后一甩，不偏不倚，正好扣在狗头上。

明沧的这条狗的狗生非常安逸，不争不抢，向来是在哪里受挫就在哪里躺下。被明沧的衬衫一扣，它干脆直接趴下来，狗管不了的事儿，它就不操那个狗心。只听到当一声，它知道，这是卧室的门被关上了。在它有限的脑子里，是想不明白为什么今天的明沧这么冷漠的，宁愿和别人打架也不想理自己，它这么可爱，又不咬人，还要被拒之门外。

房间里偶尔会传来女人痛苦的求饶声，憨憨的狗头就立马竖起耳朵听一听，报警它又不会，抢救也不会，只能致以深深的同情。

第二天早上，明沧是被家里的门铃声以及狗叫声吵醒的，他偏过头，看到祝安妮的半张脸埋在被子里，还在沉沉地睡着，肩头和胸口都是他烙下的痕迹。他掀开被子起身，发现自己的身上不比她的情况好到哪里去。

他套上长裤又套了一件长袖的T恤才出去开门，顺便把昨夜脱在客厅的衣服全都捡了起来扔到沙发上，门铃还在不停地响着。

他一手揉着太阳穴一手开门，视线平行的位置里看不到人，往左看，看到祁珊一溜烟钻进安妮家里的背影，再一低头，看到了祝君安蹲在地上整理袜子，明沧主动打了招呼："嗨。"

"嗨。"整理好袜子以后，君安愉快地起身，"早上好爸爸，我是来通知你叫安妮起床的，是祁珊阿姨要求我这样做的。祁珊阿姨说她不好意思来叫安妮，但她今天有两节公开课，会有领导来听，不能请假。"

"好，我去叫她。"他说，"还有别的事吗？"

"我想看看安妮。"君安说，"祁珊阿姨说安妮中了一种毒，需要你才能解毒。"

明沧无奈地扶住门框："现在看不了，一会儿她会回家看你，你先去吃早餐，你吃完早餐安妮就会回家了。还有，告诉祁珊阿姨，我夸她是个人才。"

"爸爸，我还有一个问题。"

"你问。"

"安妮中的是什么病毒，我想翻阅一下资料，看看以后人类是否可以避免这种病毒。我的意思是说，研发一种疫苗。"

明沧当然懂，但是他不想哄孩子，也没祁珊那个顺嘴胡诌的本事："这个病毒对现在的你来说可能有些复杂，大概要等到你十几岁以后才能理解。等你理解了，就可以想办法去研发抵抗它的疫苗。"

祝君安点点头："拜拜。"

明沧关上门，才走两步，家里的防盗门又被砸响，他只好扭头回去开门："嗨。"

祝君安扬起小脸，礼貌道："嗨。我忘记问你了，需要祁珊阿姨把你和安妮的早餐一起做好吗？"

"不需要。"

“好的，爸爸。那我还想问你，今天晚上安妮是睡我们自己的家里，还是睡爸爸的家里？”

“这个待定，我们还没讨论好。”

“也就是说，安妮现在还有可能没痊愈，是吗？”

“……”

祝君安忽然往他身后指了指：“有人高空抛物，你家阳台外面刚刚掉下去一个东西，会不会有人跳楼了？”

就在明沧回头探个究竟的时候，祝君安已经飞快地甩掉自己的拖鞋，一路小跑直奔他的卧室：“安妮！我来看你了！你还好吗？”

这是什么？声东击西？明沧迈着大步往房间走，心想，祝君安看看数理化也就算了，现在居然研究起了兵法。

祝君安的腿虽然不长，但跑得很快，明沧已经来不及拦他了。可惜，他们两个人都没有看到想看的和该看的画面。

偌大的房间空荡荡的，床上没有人，被子被推到地上，床单和床单下面的薄毯都不见了。父子二人安静的你看我，我看你，突然听到流水声，便一起朝主卧的浴室走去。

“你为什么要跟着我？”祝君安问。

“这是我家。”明沧说。

“可是安妮可能在洗澡，你要偷看她洗澡吗？”

“你这不也是偷看吗？”明沧按了一下他的脑袋。

祝君安不服气地推了一下他的大长腿：“我经常看她洗澡，她也看我洗澡，她是我妈，也是你妈？”

明沧又按了一下他的脑袋：“从今天开始，你不许再看她洗澡，她也不能看你洗澡，你已经是大孩子了，应该自己洗澡。”

浴室的门没锁，流水声不是来自莲蓬头，而是水龙头。他揪住祝君安的衣领，不让他往前走，自己则向前探了半步，准备伸头看看祝安妮在干什么，会不会一眼就看到镜子前站着一个尤物。

不过，入目的画面并没有想象中的那么火爆，祝安妮的身上穿着他的浴袍，捂得严严实实，正专注地趴在洗手台前洗床单。

洗床单？

明沧愣了一下，松开祝君安大步走过去，从她手里抢走已经生成厚厚的泡沫的深蓝色床单："哪里来的这么特殊的癖好？直接扔洗衣机就可以了。"

安妮红着脸抢回来继续对着一个地方猛搓，明沧俯身仔细看了看，并没有看到她在跟什么东西较劲，正要说你儿子来了，就见祝君安指着明沧凶巴巴地报怨道："你不是说带安妮来解毒吗？为什么让她给你洗床单！"

明沧忽然觉得，小孩子还是不要太早熟的好。

没有人能阻止祝安妮洗床单，就连祝君安也不行。他非常沮丧，非常懊恼，老气横秋地叹气，边往家走边自言自语："太不可思议了，安妮居然就这样沦陷了，虽然我很希望她能和爸爸在一起，但我并不希望她成为爸爸的保姆。"

当然这都是他一厢情愿的想法，祝安妮这辈子都不可能成为谁的保姆，除了他祝君安的。

明沧拦不住安妮洗床单，便放任她开心，毕竟这个要求还是很好满足的。他给安妮拉开自己放床上用品的柜子，整整一个衣柜的床单："我这里还有这么多，你要是洗得不痛快，继续。"

安妮瞪了他一眼，把刚刚洗过局部的床单塞进洗衣机，用毛巾擦擦手："我饿了。"

明沧也饿了："我去做饭。"

"我要先洗澡。"她说。

明沧点头："好，那你去洗澡，我去弄早餐。"

"可是我胳膊都抬不动了……"她说道。

明沧停下脚步，转过身来慢慢地挑起嘴角，此时的安妮正懒洋洋地看着他，白皙的肩头缠着她乌黑的发丝裸露在空气中，看起来一点也不像想要洗澡的样子。

计划有变，早餐项目需要向后推移了，泡澡项目提上日程。

欲望就像洪水，一旦拉开了闸，就会变得一发不可收拾。

现在的安妮是原来的安妮从未料到过的，她不敢相信也不愿意相信，情欲是如此可怕的东西。

她像一艘漂浮在巨浪里的小船，除了随着巨大的风浪飘荡摇摆，不能向它做出任何反抗。

祝安妮是被明沧抱出浴缸的，最后抱回到床上。明沧给她做了三明治，又热了牛奶，她只想多睡一小会儿，早餐只能在车上吃了。

02

明沧把她送到学校，临下车前，她温柔地对他说道："回去的路上，开车慢一点，安全第一。"

明沧对她比了一个 OK 的手势，顺便提醒她，还有 7 分钟打上课铃。

安妮走后，他从后视镜里照了照自己，宝蓝色的西装内搭白衬衣，半露出他紧绷的胸膛。幸好他的自制力强，不然祝安妮的这两节公开课肯定是要泡汤的。

祝安妮用了三分钟的时间抵达教室，祁珊已经把一切她需要的东西都准备好了，只等她闪亮登场。

调试麦克风之前她喝了两大口水，清清嗓子，和大家说："不好意思，今天有些感冒，喉咙不舒服。我尽量讲得清晰一些，希望大家谅解。"

没有人会不谅解祝安妮的，因为她从不刁难别人，自然也不会有人轻易刁难她。

除了喉咙有些沙哑，祝安妮的思路还是非常清晰的。

她的心情很好，中午下班后请祁珊吃了火锅。祁珊吃得热火朝天，她却只惦记这一家的冰粉，筷子连动都没动。

祁珊怕她饿，火锅店里有自助的水果，给她拿了好几盘："安妮，以后你是不是就要当总裁夫人了？”

“得了吧……”安妮吃了一口西瓜，不屑道，“我怎么知道他对我是不是认真的，你又怎么知道，我对他是不是认真的。”

“开什么玩笑，难道你不是认真的？”祁珊不信。

“我觉得认真与否没那么重要，就算以后不在一起了，至少当时是快乐的。”

祁珊看看四周，没人注意她们两个，她用手掌半遮住自己的嘴巴，小声问她：“明沧真没发现你是第一次？”

安妮伸出手指拍掉祁珊的手掌，又拍了拍她的嘴巴：“你少乱讲，我可是生过孩子的。”

“你生个头。”

安妮当即立起眼睛：“姓祁的！”

“我说的是事实！安妮，凭什么你要这么生活。我就问你，要是明沧……不，咱不说明沧，就说明沧的家里人吧，他也是个有头有脸的人，万一他家里人不同意你这个生过孩子的女人进门怎么办？”

“那我就不进。”安妮不以为意地说道，“他是什么皇亲国戚吗？我干吗非要进他们家门。再说就算是皇亲国戚，也不见得就只有他们挑我的权利。我很优秀，我能自食其力，我有权利决定我自己的生活，决定我到底该跟什么样的人过这一生。我绝对不会因为带着小孩，而去委曲求全，去降低自己对另一半的标准，我是祝安妮，不是祝安娜。”

祁珊本来还想再说点什么，毕竟不是所有女孩子都有机会嫁给一个企业家，很多女孩子甚至连接触明沧这类人的机会都没有。但想想还是算了，祝安妮肚子里的算盘，别人谁都拨不动，她太有主见，以至于她不需要自己以外的人给她的人生提出任何建议。

“我是不想你有一天因为君安而失去爱情，你知道失去爱情是会让人肝肠寸断的。”

“不知道，没谈过恋爱也不知道肝肠寸断是什么滋味。”安妮丝毫不在意祁珊的假设，“就算爱情失去了还会有新的，怕什么？”

祝安妮吃了一肚子的冰粉和水果，等祁珊吃饱喝足以后一起回学校午休。由于心情好，祝安妮看哪都是春暖花开、生机盎然的模样，祁珊睡觉时她就闷头写课题立项书，全然克服了之前的工作瓶颈，完成得非常顺利。到了上班时间，她整理好自己的材料，去找陈卓。

陈卓刚上任，等着他去做的事务着实很多，祝安妮在他办公室里喝了一杯茶的工夫，他已经处理了好几份文件，看样子这个副院长也没想象中的那么轻松。安妮见他终于有喘息的时间，赶快把自己的资料递上去，将自己的课题疾患简要地阐述一遍，坐在沙发上等他发话。

陈卓眉头紧皱，随手翻阅了一下她的材料，问：“这是延续你之前的研究？”

“对，不过也不是简单地重复，是深度地再拓展。”祝安妮的研究项目是不间断的，在研究课题的同时要将相关论文或其他内容完成，在有限的时间内压力还是很大，所以她继续了之前的一个项目，而并非立了新项。

“安妮。”陈卓将立项书放下，深知以安妮对学术的严谨性，这回肯定耗费了她很多的心血，“其实你没有必要将自己逼迫得这么紧，要适当地休息。”

原本这并不是一句值得安妮多想的话，但他闪烁的眼神，让安妮隐隐察觉到不安：“什么意思？”

“没有什么特别的意思，只是告诉你，不要让自己过得那么累。或许对你来说，教学和科研都是信手拈来的东西，但你一个女孩子，才二十几岁，还是要留出适当的时间来享受生活。”

祝安妮面无表情地盯着陈卓，起身从他手里拿回自己的立项书：“所以陈院长的意思是课题负责人已经内定了？”

“我没这么说。”

“我就是这么理解的，我理解错了吗？”安妮有些失望，“我没想到陈院长也是那种可以为关系和利益而摒弃正义的人。”

“安妮……”陈卓摘掉眼镜揉了揉眉心，他中午连休息的时间都没有，疲惫不已，“这件事在我任职之前就已经确定了，也不是我一个小小的副院长就能干预的。”

“好，我明白了。”安妮点点头，既然陈卓的话已经说到这个份上，她也不想为难他。祝安妮想到祁珊早就劝告自己不要做无用功，可她还是一副铁骨铮铮的傻样子，不禁觉得有些可笑。既然是这样，多说无益，她拿好自己的东西准备离开。

祝安妮的失望全写在脸上，陈卓有些于心不忍，但还是叫住了她，公事公办地说道：“还有一件事，安妮，有同事实名举报你参与商业方案的竞争。”

祝安妮愣了一下，按下门把手的手掌缩了回来，她转过身，倔强地看着他：“然后？”

“你没什么要反驳的话吗？”陈卓问。

“真可笑，我要对你讲什么反驳的话吗？你觉得我有问题的话，你可以处置我，不用跟我讲这些有的没的。”

“安妮，你不要仗着我喜欢你，就可以在我面前为所欲为，这里是学校，很多事情的发生不是我一个人就能控制的。”

“我没有为所欲为，我承认了还不行吗？我就是参与了商业竞标，我希望你能代表G大秉公处理我，但也请你代表G大公平地对待每一位老师！”安妮冷眼看着他，丝毫没有面对领导时的谦卑与尊敬。

“我现在只看到了你的骄纵和蛮不讲理。”

“你只看到了我的骄纵和蛮不讲理是因为你瞎，不然你以后能看到的东西就只剩权力和金钱，一切正直美好的东西你都看不见！还有，我并没有因为你是我的朋友才敢对你这么气愤，我祝安妮问心无愧，行得正坐得端，今天就算是G大的校长在这里，我一样会这么讲。”

“我知道你为什么这么生气，因为你猜到了举报你的人就是抢走你课题的人。”敢在陈卓面前戳祝安妮脊梁骨，并且坚持从各个渠道去戳祝安妮脊梁骨的，在G大，也只有黄霁月能做得出来并且做得到。

“安妮，你要知道有的事她可以做，而你不行。她的背景比较复杂，虽说她同样是G大的老师，但她也是G大商业活动协会的成员，在G市为某些公司提供科研帮助是合情合理的。”

看她腰背挺直很不服气的样子，陈卓耐心地解释给她听，继续道：“而这样的机会是你自己放弃的，是你自己心高气傲不在乎进这样的协会。不过，你现在还不是与满身铜臭的商人混在一起。你应该明白，有钱能使鬼推磨这句话是真实存在的。”

“我会谨记陈院长的教诲。”

“你不需要记住我的教诲，但你要记住校纪。除了通过学校批准，在校在职的教师不能参与商业活动。你被举报的事我会想办法在不违反规定的情况下参与，要是有人问起，你只要回答不知情就可以。还有，回去告诉你的男朋友，招蜂引蝶可以，但也要懂得保护他的女友。”

安妮什么都没说，扭头开门就走，她懒得跟陈卓废话。

她是满心期待地走进陈卓的办公室，又满心失落地离开这里。她清楚地知道，尧尧者易折，皎皎者易污，一直自诩清高的祝安妮，在外人看来不过是在惺惺作态。就因为他们认为她表里不一，原来不屑于做的事情，现在却斤斤计较。

她才不稀罕给明沧那个破项目当顾问，也不是非接不可。是因为明沧开口，她才接下来的。所谓的商业合作，她也不过是问了问价格，合作协议她都没提，不过是口头上说了一说。

回到空荡荡的实验室，她给自己倒了一杯热水，坐在祁珊的椅子上对着祁珊的电脑发呆。想不到她一把年纪，居然还能遭到“校园霸凌”。

她拿起手机给明沧发信息：“你们跟黄霁月的合约是怎么谈的？”

明沧回复：“？”

信息发出去的一瞬间安妮就有些后悔了。虽然她与明沧的关系是今非昔比了，但明沧作为公司的掌权者应该有自己的底线，她不体谅明沧这种底线的话，她就真的是骄纵了；明沧没有坚守他自己的商业底线，就是失去了领导者的原则。

她给明沧回复了一条：“算了，没事。”便将手机丢到一边，没精打采地趴在桌子上。没有课题经费支撑的实验室，将会成为一个只能做基础实验的空壳，甚至不复存在，除了会得到大把的空闲时间外，恐怕这几年都不会有新的研究成果出现，她不敢想象那种情况。

03

天色一点一点地暗下去，祝安妮没有开灯，就那么一动不动、静静地待了两个小时，直到听到有人敲门，她才慢吞吞地直起身体来。

实验室的门被人从外面打开了，秦先佑贼头贼脑地探进来半个身体，在昏暗的实验室里叫了一声：“祝老师？”

祝安妮敲敲桌面：“这里，过来吧。”

秦先佑美滋滋地跳进来，他有高高的个子和阳光的笑容，一看就是没有烦心事的小孩子：“你怎么不开灯，黑乎乎的不吓人吗？”

“以前咱们学院这栋楼是医学院，这间实验室是解剖室，你说吓不吓人？”

秦先佑当即吓得身体都僵硬了：“真的假的？”

“假的。”祝安妮笑笑，“一堆破瓶子罐子的，有什么害怕的。你是接受唯物主义教育的大学生，要相信科学。只要这里面没有人为制造地危险，就不需要害怕。”

秦先佑毕竟是个大小伙子，被自己心仪的女老师暗讽、胆小，自然不肯承认，他胸脯一挺，不屑道：“我怕什么？我什么都不怕！我怕你害怕，我一个大男人有什么可感到害怕的！”

嘴还挺硬的，安妮侧身看他：“说吧，找我什么事？今天是想问英语题还是高数题。”

“那个，我今天什么都不问，我是来给你送东西的。”他回头看了看门口，确定没人在偷看偷听，从口袋里掏出一个红包，上面印着金灿灿的“恭喜发财”四个字。

祝安妮愣了愣：“别告诉我你是来给我送红包的。”

“不是不是，不是送红包，我知道祝老师肯定不是那种收红包的老师，我这里吧，是信。”

“信？”

“对！”他赶快把红包打开，将里面的两张叠好的信纸放到祝安妮眼前的桌面上，“我之前是用信封装的，我寝室那帮人总想偷看，我就装在这里面了，还有这个！”他说着，又从口袋里掏出一包含片，“我听你喉咙有些哑，肯定是因为讲话太多累到了，吃这个吧。”

安妮隐隐预感到了会发生什么，但出于对学生的尊重，还是收下含片，并打开信纸。仔细地看了看，果然不出所料，这是一封标准的情书，字迹工整，字体苍劲，文笔优美，语言华丽，可谓情书中的典范。可惜它不是出于安妮的意中人。

“我有小孩的。”安妮说。

“我知道！”秦先佑点头，“我知道你有小孩，我不介意当后爸。”

祝安妮笑出声：“你还好吗？你才多大？要给我儿子当后爸？你不介意我还介意，我可不想养两个儿子。”她将信纸叠回原样，在桌面轻轻敲了两下，“信我可以收下，但是你的感情，还是要请你收回。如果跟你谈恋爱，我的职业生涯就彻底到头了。”

“师生恋多了去了，电影中也有，小说中也有，怎么我就不能谈？”

“你可以谈，但不是跟我，谈恋爱也要讲究一个你情我愿，我也是从你这个年纪过来的，有可能你还分不清崇拜和爱情的区别，也有可能是你现在接触的人太少，所以你觉得我很好，等你再上两年学，想法会改变很多。”

秦先佑不是个胡搅蛮缠的小孩，听得出来老师话中拒绝的意思，也很懂事，他挠挠头说：“那我要是两年以后还没改变，再追你行吗？”

“不行，我只是给你打个比方，我不接受姐弟恋。”她斩钉截铁地说。

她不想给一个无辜的少年留下不该有的希望，万一秦先佑真的很执着，两年后再来一轮这种告白，她可承受不住。

“姐弟恋好，年轻人有朝气。”

“我就是年轻人，我喜欢稳重的。”她说着，并且制止了他还要说下去的话，“今天的事我会给你保密，天知地知你知我知，你可以回去了。”

秦先佑不好意思地说：“那我走了，不过这事不用保密，我会逢人就说你是我喜欢的女人。你这么好看还这么聪明，喜欢你有什么丢人的，喜欢你说明我有眼光。”

安妮点点头：“谢谢你的抬爱，门在那边。”

秦先佑有些舍不得，他不想走，就算不跟祝安妮谈恋爱，他能多看两眼也是好的，他笑嘻嘻地倒退着往门的方向走，刚到门口，实验室的门就被人从外面推进来，撞到他的背上，疼得他一咧嘴。

明沧站在门外，手指按在门把手上，惊讶地看着站在门口的秦先佑，显然，对方比他还惊讶，连说话都结巴了：“我……我问两道题，那……那个我去图书馆。”

明沧冷冰冰地目送他跑开。

这里太暗了，他在门口的墙面上看到开关，全按亮，发觉把空调也开了，就又关了几个，来回两次才找到哪个是空调。

祝安妮看着实验室的灯光骤明骤暗，以及英俊的明沧调整开关的模样，原本低落的心情瞬间好起来：“你怎么来了？”她在椅子上伸了个懒腰，并没有站起来的打算。

“来接你。”他迈开长腿，一步步走到她面前，居高临下地看着她。

安妮不自觉地弯起嘴角，心想能接受这种视角考验的，除了明沧也没有几个人了：“你怎么知道我在实验室，你都没给我打电话。”

“我在楼下停车的时候遇到了祁珊，她说你下午没课，应该在实验室。”

“突然出现，是想给我惊喜还是惊吓？”

明沧挑起嘴角微微一笑，顺手拿起桌子上那两张叠好的信纸：“你收到的是惊喜就是惊喜，你收到的惊吓就是……这是情书？”

“嗯。”安妮点头，“文采很好，是我的学生。”

明沧看着落款上“秦先佑”三个字，感到非常不爽：“所以你不开灯是打算在昏暗的环境里跟你的学生沟通感情？”

“总裁吃醋了？”安妮笑笑。

“一个学生而已，我想你也不会那么‘饥不择食’。”他说完，将信纸团成一团，就要扔进她脚边的垃圾桶，却被她一把抓住手腕，“这样太不尊重人了。”

“怎么叫尊重人，用不用我买个相框把它裱起来放在你的床头？”

话糙理不糙，这东西确实不怎么好处理，以往祝安妮都是交给祁珊的，祁珊怎么处理她也没问过，没准也是这样团成一团直接扔掉。

祝安妮拿起护嗓含片给他：“这个也是学生给的，要怎么处理？”

明沧接过来看了一眼，忍不住笑了：“真体贴，比我还要体贴。”他取出一片往她嘴里塞。安妮不想吃，左躲右躲地闪开，她不喜欢含片的味道，可明沧偏要她吃，她皱着眉头张嘴含住含片。她站起来，一把搂住的他的脖颈，微微踮起脚尖去吻他，明沧明知道她要干什么，还是低头迎上她柔软的嘴唇。

她很淘气，用舌头把含片送进他的嘴里，明沧皱起眉毛，他也不喜欢含片的味道，立马吐了。

安妮收拾好自己的东西，拎起包先他一步往外走：“己所不欲勿施于人，祝老师教你的，记住了。”

正值下班时间，走廊里遇到一些同事，大家都很客气地和明沧打招呼，这和其他家属出现在学校里的待遇可不太相同。毕竟明沧不是一个普普通通的同事家属，他是有光环在身的企业家。

安妮没有向他吐露半句今天的遭遇，她并不是一个软弱到凡事都需要男人给予安慰才能平复心态的小可怜。她和安娜不一样，她要时时刻刻的做好“一个人过完一生”的准备，而不是将自己的心全部托付给他人。

“我觉得你很居家。在我印象里的企业家都是需要各种应酬的，每天有参加不完的酒会和宴会，日子行程都排得满满的。很少有下了班就回家的。”她说。

“每个人都有权利选择自己去过什么样的生活，我觉得在家里跟狗玩儿比跟那些酒桌上的‘牛鬼蛇神’在一起有意思得多。我就想回家，不过我也有推脱不了的应酬，只是极少。我更喜欢在办公室里和别人谈事情，而不是酒桌上。”

“那以后你太太可省心了。”

明沧笑笑，没有接她的话。

两人一路聊到停车场，本来气氛是轻松又愉快的，但却偶遇了黄霁月。她的车就停在明沧的车旁，她站在车外，抱着肩膀靠着车门。黄霁月身穿深色套装，冷艳清贵的样子，看起来就不是很好接触。

安妮不想搭理她，明沧自然更不想搭理她。可黄霁月不是那种愿意看别人眼色行事的人，她将身体换个方向，直接靠在明沧驾驶位的车门上，不给他拉开车门的机会：“这就是明氏集团所谓的契约精神？我还以为是我黄霁月的专业技术不达标，影响了明总对我的判断，没想到是另有原因，难道美色当前就可以无视我和贵公司间的契约？”

明沧拍了拍安妮的后背，示意让安妮先上车，他要独自一人面对黄霁月，可安妮没有听他的指示，沉着而平静地站在他的身侧。

明沧是从公司直接过来G大的，还是一身商务打扮。他双手插进口袋，眉头微微蹙起，看起来有些不耐烦：“黄教授偏要这样曲解，那也没办法。靠脸吃饭的人靠的也是她自己的脸，毕竟一样的实力一样的价格，我肯定要选漂亮乖巧的那个。顺便奉劝黄教授一句，就算你习惯了咄咄逼人，也要选对对象。”

黄霁月嘲讽地笑笑：“明总的话听着不是太对，实力是否一样有待考量。价格方面嘛，有了不一样的关系，怕是要免费了。明总好手段，为企业献身的精神真是可歌可泣。”

明沧也跟着笑了笑："我怎么从黄教授的嘴里听出了怨妇般的口气？"

黄霁月是不会受这个气的，她要反击，可明沧并不想给她反击的机会，他冷声道："黄教授，我再一次跟你说明，关于竞标方案的落选，虽然我公司没有义务单独给你个人发书面文件解释缘由，但考虑到黄教授为人斤斤计较，会不断纠缠此事，所以早在前几日，我司就以信函的形式将通知发到黄教授在G大的信箱中。"明沧的声音有一种特殊的魔力，只要他稍稍严肃一点，就让人有不容置喙的感觉。他很容易温柔起来，也很容易霸道起来。

"是吗？我还没有收到。"

"看来黄教授这几天并不在学校。一个打着G大名号招摇撞骗，不对，应该是打着G大招牌的鼎鼎有名的教授，成日里不为G大的科研事业添砖加瓦，反倒是不知踪向，不知道G大有没有关于教师作风方面的检查组呢？"

"明总说笑了，我所出席的活动都有正式的邀请函，是否在岗也有专门的请假流程。"黄霁月笑了笑，眼中的精光对上祝安妮，"倒是明总，恐怕是成为了我校某些教师牟利的工具。"

04

祝安妮本来就憋着气，听到黄霁月居然开始蹬鼻子上脸地骂人了，便有些忍不住了："只能想到这些，说明你读的书还少。为人师表你能说出这些，说明你不配当个老师。不敢和我光明正大竞争的是你，走歪门邪道的也是你，你愿意活在自己问心无愧的假象里，看来是长期以来的自欺欺人，已经使你分不清什么是现实了！"

"你这么激动干什么？我没有指名道姓，祝老师倒是上赶着来对号入座了。"她一直在这里等祝安妮开口，终于等到了，她的另一个套也随之而来，扣在安妮身上，"讲实话，如果要评论祝老师的裙带关系，我还真不知道从哪位先生那里说起。是祝老师和陈副院长呢？还是祝老师和明总呢？我应该想清楚，然后骂清楚，这样祝老师就不会误会了。"

面对胡搅蛮缠的人，有些问题，真不是靠讲道理就能解决的，还是骂人好使，只是她没骂过什么难听的话。明沧曾经教过自己的话，虽然很解气，可她在黄霁月面前骂不出来，如果骂出来，她就输给黄霁月了。

“其实说到祝老师，在下还是很敬佩的，毕竟不是所有女人都能带着一个不清不楚的孩子在男人堆里混得风生水起；明明是声名狼藉，还故作遗世独立的清高样子，为了成就自己，把男人踩在脚下。我给祝老师一个人生建议，做人吧，要善良，别毁了人家好好一个企业家的声誉，还要拉一个副院长下马。”

明沧忽地低笑出声，仿佛黄霁月讲了一个多可笑的笑话一样：“黄教授真是性情中人，也是我明某人生平见过的说话最不经过大脑的知识分子，可能是我见识浅陋，今天让黄教授给我长见识了。”

黄霁月没说话。

明沧又说：“听说黄教授见过我爷爷，那黄教授也应该知道我爷爷今年是 101 岁的高龄。据我爷爷说，我们家有祖传高寿的秘方，我现在可以把这个秘诀分享给黄教授，当然也可以作为免费的人生建议送给你，这个秘诀就是——少管闲事。”

他抬手示意黄霁月从自己的车门上离开，他要上车了，随后转头低声跟安妮说：“上车，马上。”

祝安妮觉得明沧的处理方式很体面，也没有输了气场，虽然还是想骂她，可鉴于自己的身份，安妮还是乖乖上车。

她上车后，就只剩黄霁月和明沧面对面，明沧就跟变了个人似的，一脸嫌弃地看着黄霁月：“好狗不挡道，没听过吗？”

“你！”黄霁月也没想到明沧居然有两副面孔，刚才在祝安妮面前还人模人样，一副有为绅士的姿态，怎么祝安妮一转身，这人就像是个黑社会的！

“我什么我？你当你是谁？给你一点阳光你就灿烂，不要以为自己有两把刷子就是毕加索。你那两把刷子，在明白人眼里只能拿来刷墙。你真以为黄家的大小姐我不敢惹是吗？我是懒得搭理你，但你记住了，你把我惹急了，我也是可以很勤快的。”

“明总翻脸的速度比女人还快。”

“我打人也比女人疼，你要不要也试试？”他嘲讽地挑起嘴角，“看你这么淡定，应该是没和谁翻过脸。”

“对，这是出身名门起码的礼仪和教养。”

明沧笑了笑，手腕搭在自己的车门上，不过他没有立刻打开，而是狡黠地朝黄霁月眨眨眼：“出身再好、再有礼仪教养的人，也会有翻脸的时候，只有没有脸的人，才翻不了。”说完，他一把拉开车门，坐进自己的驾驶位，“对了，黄教授，鉴于你本人的行为太过泼悍，人品堪忧，以后怕是我们没有合作的机会了。我记得以前我跟你说过期待下次合作这种话，我看黄教授很在意契约精神，如果需要我给你发送信函或者登刊登报发声明来解除我们的口头契约的话，可以打电话给我的助理或秘书。”

明沧启动汽车，带着祝安妮扬长而去，黄霁月气得指甲都快抠进手心里。祝安妮好了不起，有明沧给撑腰，可她也不是吃素长大的，她有明董事长撑腰。

车内很安静，明沧交代过司机不要再听交响乐，这会儿他打开车载音响，居然传出悠扬的二胡声，他皱了皱眉，又关上了。这还不如交响乐，没想到一个司机有这么高的音乐造诣，又是西洋乐又是民乐。

“我要是你，刚才就给她两个耳光。”他说。

“暴力是不能解决问题的。”

“谁说要解决问题了？你有什么可跟她解决的？纯粹为了解气。”

安妮失笑：“多大的人了，为了几句话就意气用事，中国可是讲法律的，打她两耳光也只是暂时解了气，以后就别想睡安稳觉了。我一个穷教书匠，有什么本事跟她斗，她想整我的方法多到可以出一本书。”

明沧没想到她会联想这么多。车子停在祝君安的幼儿园门口，他拍了拍安妮，无所畏惧地说道：“虽然你是一个穷教书匠，没本事跟她斗，但是我有。”

安妮莞尔一笑，似乎已经完全忘记了刚刚的不愉快，她笑盈盈地去接儿子，却被祝君安迎头泼了一盆冷水：“安妮，我今天很想你，但请你不要用傻子似的眼神看着我，好吗？”

“什么叫傻子似的眼神？”

“就是幼儿园外面有所的家长都会这样咧着嘴巴笑眯眯地看自己家的小孩。”

“这是爱的眼神！”安妮生气地强调。

君安耸耸肩：“就是很傻。”他看了一眼马路边，问，“你的车呢？”

安妮收起傻傻的笑容，指了指明沧的车：“今天坐明沧的车回家。”

祝君安看了一眼路边那辆车，华丽异常，他抱着肩膀对旁边的几个小朋友露出一个自信的微笑：“看到没，我爸又开他的车来接我了，真的是我爸，我爸超有钱。”

安妮心想：这么虚荣可不好，回家得教育教育。

祝君安爬上后座，端端正正坐好，给自己扣好安全带，放下车窗，跟外面的小朋友挥手，跟刚刚视察完幼儿园的领导似的。升起车窗后，他又从兜里掏出两张红色的卡片，从座位中间递给祝安妮：“拿着。”

祝安妮扫了一眼，笑着接过来：“你干吗？”祝君安递给她的居然是两张用白卡纸手绘的结婚证封面，红彤彤的两张小卡片，还用烫金的笔写了字。

“这是我给你们两个人颁发的结婚证，我宣布你们结婚了。”

“这是假的，不合法的，也太傻了……”她继续笑。

明沧也扫了一眼，确实很假，字还写得不工整，歪歪扭扭的，除了颜色没有哪里像。

“我知道不合法，我过过瘾不行吗？”君安说。

祝安妮没说什么，但她感觉到祝君安在暗示自己什么。她转过头，指着他威胁道：“你最好跟我说点我爱听的，不然你就完蛋了！”

祝君安点点头，把嘴闭得很严。不一会儿，他改成直接问明沧：“爸爸，你真的会和安妮结婚吗？”

“祝！君！安！”安妮转过身瞪他，“你拿我的话当耳边风吗！”

君安一脸无辜地说道：“没有，你让我跟你说点你爱听的，我想不到你爱听什么，我就不跟你说了。我在跟爸爸说，男人之间的对话，女人不要插嘴，可以吗？”

祝安妮伸手去抓他的小腿，他居然缩了起来，继续朝明沧发问：“爸爸，你还没回答我的问题。”

明沧从后视镜里看了看小家伙，似笑非笑道：“这不是你该考虑的，这是男人和女人之间的问题，小孩子不可以插手。”

君安撇撇嘴，抱着肩膀喝倒彩：“人家不跟你结婚，敷衍……”

安妮：“……”

今天的晚餐是比萨，明沧用家里有的食材亲自给祝君安做了一份比萨，祝君安吃得很开心，他对西餐有着谜一样的热爱，不是很喜欢正经八百的中餐。

祝君安拿着一块比萨，从安妮家走到明沧家，从明沧家走到安妮家，身后始终甩不掉那只馋得口水都拉了丝的恶霸犬。吃完晚餐和水果，到了做作业的时间。今天的作业是在家长陪同下一起用树叶贴两只小动物，这种事情，祝君安特别不屑于去做，但他又不想老师说他不会做，只好硬着头皮完成。

明沧抱着狗问他是否需要帮助时，君安冷漠又嫌弃地看了他一眼，说：“谢谢，不要捣乱，走开。”

终于结束了可怕的手工之旅，祝君安生无可恋地躺在床上，忍不住感慨，人生怎么是这样的，一定要做自己不喜欢的事情，难道人生不应该是随心所欲的吗？

祝安妮的答案是：“不是。没有人可以过随心所欲的生活，每个人生下来都要接受法律和道德的约束、学校的约束、工作岗位的约束，还有父母的约束、伴侣的约束、儿女的约束。总之，人的一生都是在束缚中度过的。一个小小的手工课就让你无法接受，你的人生也太不堪一击了。”

祝君安仔细琢磨了一下安妮的话，觉得很对，于是附和道：“安妮，我忽然觉得你说得很有道理，人生确实不能随心所欲，比如我想要个爸爸，但是却要受你约束，你偏不让我有爸爸，你是魔鬼吗？”

祝安妮选择给他关上灯和门，远离他那张嘴。

明沧一直在安妮家的客厅里摆弄着狗，等安妮从君安的房间里出来时，拍了拍自己的狗，指了指地板，狗安妮很懂事，马上腾出位置给祝安妮。

祝安妮换好睡裙，外面披着一层轻薄的纯白丝质睡袍，黑亮的长发披散在身后。客厅里只开了一小排昏暗的暖黄色小照明灯，看起来就像是在孕育某种奇妙的气氛，她则似一只优雅的天鹅，光着脚，慢慢来到他面前。明沧张开了手臂，等待她小鸟依人地靠进自己的怀里，可他猜中了开头，却没猜中结局。

祝安妮没有小鸟依人，也没有靠上他宽阔又坚硬的胸膛，她葱白的手指捻着裙摆轻轻向上一撩，将一条笔直白皙的长腿横跨在他的大腿，随后轻飘飘地坐到他的双腿上，风情万种地搂住他的脖颈，微微一笑：“月色宜人……”

明沧也笑笑：“你更宜人。”

明沧觉得自己可以考虑金屋藏娇这件事了。

一句话，噎得安妮哑口无言。她深吸一口气，迅速思考着自己如何挽回受损的颜面以及如何拯救自己受伤的心灵。

01

祝安妮虽然最近身体有些乏累，但精神却很好，这大概就是所谓的“人逢喜事精神爽”。明沧就是安妮的喜事，因为喜事，所以安妮连陈卓这个倒霉蛋一并原谅了，原本他也没犯什么大错误，只不过是跟她三观不合罢了。

隔天下午，陈卓只身一人来到她的实验室，跟她提了有关明氏洗化与她合作的方案。祝安妮当时手里拿着一根试管，让他闭上嘴巴，不然就戳他的眼睛，说完佯装动手。幸好陈卓的求生欲来得及时，他提出要帮安妮看看有关工程方面的问题。

祝安妮不可否认，在工程方面，陈卓是专家。关于明氏洗化的降解问题，需要有排污的工程化处理，陈卓是学物理出身的，又是海归，汲取过其他国家的先进手段，是年轻有为的副教授，还兼带有做过工程的经验。更重要的是，他为了保证祝安妮不受校内的处分，降低身价参与到这份合作上来。他同黄霁月一样是 G 大商业活动协会的成员，以他的名义来与明氏合作，安妮是他带的顾问学员，问题就不大了。

陈卓熬了一整夜，把安妮遗留的细节问题全部解决了。第二天他把安妮叫到自己的办公室，把打印好的方案递给她。祝安妮翻开来一页页仔仔细细地看了，确实很巧妙。

有的时候隔行如隔山，处处都有需要学习的地方，有些问题她不是很明白，还要问问陈卓，他一一详细地解释给她听。安妮很满意，她觉得，她能与陈卓成为好朋友，还要归功于他们的一个共同爱好——对于学问喜欢刨根问底，钻研到极致。

安妮用U盘拷贝了一份电子版地方案，然后跟他道谢。在她离开之前，陈卓让她转告明沧，这个方案不接受修改，作为学者，要有对自己专业的坚持。

祝安妮懒得听他的长篇大道理，拿着拷贝好的材料匆匆回到实验室。

她才刚将档案袋和U盘放下，门口就传来敲门声，还有一道胆怯的女声："祝老师，我能进来吗？"

安妮扭头看去，发现是黄霁月的助教，是一个新来不到半年的研究生，除了帮黄霁月备课上课之外，听说还要受黄霁月的压榨，必须随叫随到，买饭、打扫卫生等杂事更是全都要做。

"你好，有什么事吗？"祝安妮很客气，请她进来说话。

"我……"那小女生眼睛哭得红肿，半天说不出个所以然来。

祝安妮仔细看着，这才发现她的半边脸通红，像是被人打过："怎么回事，有人欺负你了？"

"黄老师她，她心情不好，我跟她争执了两句……"她说着说着又哭了起来。

祝安妮有些犯愁，要是祁姗在就好了。说起来祁姗已经请假两天了，祝安妮真是一个脑袋两个大，她把纸巾递给可怜巴巴的小姑娘，不对，已经不是小姑娘了，其实年纪不比她小很多，祝安妮说："别着急，你慢慢说，有什么我能帮你的吗？"

"前天是黄老师的大课，我帮她上的，好像讲错了一个要点。刚才我又替她去502教室上课的时候，她来了，当着全班学生的面教训我。我在门口跟她吵了几句，然后，她打了我两耳光就走了，我实在没忍住，就哭了。这课我也没有办法再上下去了。学生们都喜欢你，别的老师都有课，我知道您这会儿没课，所以，我想请您去帮我上完那节课，不然就真的成了教学事故了。"

那女生好不容易说完因果，抽抽搭搭的，鼻涕眼泪一大把。

这种情况下，祝安妮根本没有办法拒绝，她深吸一口气，嘟了嘟嘴巴，勉为其难道："好吧，你别哭了，我现在过去帮你把课上完。别担心，学生们都很单纯的，不会有什么想法。"

"谢谢你，祝老师，我能在你这歇一会儿吗？我没地方去，黄老师在办公室，她看到我肯定要发飙的。"她见祝安妮有些犹豫，立刻站起来，"要不，我去操场上转转吧……"

女孩的模样实在太可怜了，祝安妮有些于心不忍，她拍拍女孩的肩膀，说："没事，你就在我这休息，一会儿走的时候记得帮我把门锁上，不然下课了老有学生跑到这里来，我怕他们乱动东西。"

"好，我会记得的，祝老师。"

祝安妮把刚刚拿回来的资料放进抽屉里，随后快速地整理了一下桌面，指着祁珊的电脑说："你可以看电视剧，那是祁老师的电脑，里面有很多剧。"

祝安妮赶到的时候，教室里已经乱成一团，讨论什么的都有，毕竟大学老师打人还真是头一回遇见，刷新了大家的认知。好在她来得及时，总算是救了场，将那后半节课顺利完成。

她回到实验室时，那小女生还在，见到安妮有些不知所措，安妮皱起眉头，问："怎么了？"

她垂着手支支吾吾道："刚才陈院长来找您，把您的档案袋和U盘拿过去修改了一下又送回来了。"

祝安妮赶快给陈卓打了电话，得到了"是"的答复，这女生所言属实。

安妮在祁珊的椅子上坐下来，打开陈卓送回来的材料，仔细地看起来。她没有防备女孩的意思，这份材料上没有任何体现相关企业的内容信息，乍一看不过是一个普通的试验。

女孩的情绪好了很多，她帮祝安妮倒了热水，小心翼翼地放在她手边，向祝安妮道谢："祝老师，您人真好，又没有架子，要不是您，我都不知道这节课要怎么办。"

"不用客气。"祝安妮的视线停留在翻开的那页，看到了陈卓改动的东西，沉下心来思考片刻，看起来陈卓是换了思路。她揉了揉额头，看不出有任何问题，不懂他在折腾啥，不过她还是信任陈卓的。

女助教看她一进来就开始忙，有些不好意思待下去了："祝老师，那我就不打扰您了，我看您挺忙的，我先走了。"

祝安妮抬眸看了她一眼，点了点头："黄老师为人有些严格，你也别太往心里去，想开点。"

"我知道，我就是一时没绷住，给您添麻烦了，谢谢祝老师。我回去给她道个歉就没事儿了。"

安妮敷衍地笑笑，没说什么，心里却在哀其不幸，怒其不争。

黄霁月平日里嚣张跋扈的所作所为，整个院系里，从上到下都是有所耳闻的，甚至是亲眼所见。不过她一直没有受到任何的处理，不得不承认她后台的强大。

没了课题研究，明沧交给她的任务也已经完成，祝安妮突然觉得自己很闲。实验室里空气有些闷，她伸了个懒腰，决定去校园里散散步。

G 大的校园占地面积不小，曾有学生编出笑话来，说南边学生食堂里的大妈拒绝了北面餐厅的大爷，理由是不想异地恋。

四季常青的树木在行人头顶上撑着，遮住一方温暖的太阳，安妮惬意地溜达着。

插在牛仔裤后面口袋里的手机忽然响了一声，她正要掏出来看，余光里就看到一辆熟悉的白色轿车，半藏在布满紫藤的小路边。她愣了一下，瞬间忘记了手机有信息这码事，兴高采烈地踏着欢快的步子走过去，那是明沧的车。

还没等到祝安妮走近，车上就下来一个身姿清瘦的女人，戴着一顶简单的渔夫帽，穿着素净的纯白色运动服。女人一直低垂着头，即便是看不清楚面容和表情，也能感受得出她情绪低落。

接着，明沧高大的身影从紫藤后面走出来，他伸手揽住那个女人的肩膀，与她轻声低语着什么。

祝安妮离得还有些距离，只能看到交叠的人影，至于说些什么，她实在听不到丁点。只那么看着，祝安妮呼吸都快要停止了，就跟有人捂着她的鼻子和嘴巴一样，难受得要命。

占有欲是一种可怕的东西，在明沧和她还属于普通邻居的关系时，她就没办法见到他和别的女孩子说说笑笑。现在他们已经发展到耳鬓厮磨的关系，她更不能接受他和别人有肢体接触。

她也天真地认为，明沧不是个花心的男人，他不喜欢应酬，不爱花天酒地，他只喜欢狗，那只狗还那么丑……

可安妮仔细想了想，关于自己的投怀送抱，他不也是欣然接受了吗？万一他就是一个坏透了的花心大萝卜呢？

安妮不走了，内心的欢呼雀跃也消失不见了，她有些茫然，试图理智地去看待自己的感情。她应该想到一切原因和后果，想到明沧与她的不同，也许他只是需要一个女人，并不需要爱情，他从未对她承诺过什么，哪怕是连半个喜欢都没说出口过，更不要提什么天长地久和婚姻。

也就是说，他现在有权利做任何事。

安妮的理性在这样安慰她，可一眨眼，她的感性又占了势头，心里默默咆哮道：凭什么！你就应该是我祝安妮一个人的男人！

她气呼呼地扭头就走，边走边嘀咕着："去他的爱情！"

02

夜晚。

许久不曾回到明家大宅的明沧被父亲三个催命般的电话叫回了家里。

这里是他长大的地方，热爱也痛恨的地方。他的母亲不是父亲明媒正娶的女人，即便他被父亲抱回明家，他的身份也始终有那么一丝不妥。

明家真正的女主人是明沧大哥明洋的母亲，明沧也要叫妈，虽说这个妈没有虐待过他，但也没有对他好到哪里去。冷嘲热讽是家常便饭，处处维护明洋却处处打压明沧。明沧在明家势单力薄，只有父亲一个人对他还算不错，其他的亲戚也都是要给明洋母亲几分薄面的。

不过现在已经到了这个年纪，明洋不会像小时候那样按着明沧揍或是破坏明沧的东西了。现在的明洋虽说仍旧不是一个好东西，但偶尔也会有大哥的样子，只是偶尔。

别墅内灯火通明，父亲一脸和蔼地坐在真皮沙发中央，身边依偎着笑容乖巧的黄霁月，这幅“父慈女孝”的画面显然是他没有料到的。

“爸。”他例行公事地打了声招呼。

今晚的明父心情似乎很不错，竟然没有板起脸问他“你还知道回家”这句话，而是很开心地对他招手：“你可真磨蹭，霁月都在这等你半天了。”

早知黄霁月在这里，明沧压根儿不会回来。他也是很纳闷黄霁月这个女人的脸皮怎么这么厚，两个人已经如此地不愉快了，她还好意思往他身上贴，不知道贴个什么劲儿。

家里没有别人，晚餐就是明沧和他的父亲还有黄霁月三个人一起吃的，挺好的一桌饭菜，却用味同嚼蜡来形容也不为过。他怎么看都觉得黄霁月才是父亲亲生的，自己倒像个陪衬。

席间，黄霁月以茶代酒，要跟他碰杯，他敷衍地碰了一下，全程没有跟黄霁月讲一句话，这是很失礼的行为。他知道等下父亲又会念叨自己，如果被明洋的母亲看到了，还会说他这个没有妈的孩子就是没人管教。可他是真的很不喜欢黄霁月那副虚伪的样子。

父亲借故起身去洗手间，故意给他和黄霁月留出单独聊天的时间，他却掏出了手机看起新闻，黄霁月的嘴脸立刻变了，冷笑道：“明总今天的表现真是让我意外。”

明沧敷衍地笑了笑：“是吗？黄小姐的表现也令我意外，没想到你是个演技派。”

“谢谢夸奖，我今天来，只是想告诉明总一声，我黄霁月从小到大，想得到的东西都会得到，哪怕拿回来被我当作垃圾一样丢在那，也一定要属于我黄霁月。”

明沧点点头：“看得出来黄小姐是个骄纵蛮横、心狠手辣的女人。”

黄霁月露出胜利的微笑，明沧很配合她，也跟着笑了笑。他不想跟一个女人做一时的口舌之争，他知道黄霁月这种性格，也是不会让谁轻易占上风的，辩论起来没完没了，他也不是很有耐心的人，万一等会儿真没控制住把一个女人给揍了……

破天荒的，他活了这么大岁数，第一次想打女人。

黄霁月走的时候，父亲强行拉着他来送，他就跟“地主家的傻儿子”一样站在“地主”身后，在与黄霁月视线接触的瞬间，他十分嫌弃且无情地翻了个白眼。

这应该算是被家长强制相亲了。

黄霁月走后，父亲的脸色就变了。明沧坐在沙发上随手拿起一份报纸，装模作样地看着，父亲走到他身边，一把将报纸拿走，生气道：“看这些没用的干什么？我看你应该重读小学思想品德课本，连起码的礼貌都不懂。人家一个女孩子来你家里做客，你板着脸拽得跟二五八万似的，给谁看？我告诉你明沧，少给我学你大哥那一套，我明家有那一个混账小子就够了，你要也那样……”

明沧抬了抬眼皮，冷漠地说道：“会怎么样？”

“我非打死你！”

“明洋从小就那德行，也没见你打他一手指头，我只是失礼一次，就要打死我。”

父亲被他说得哑口无言，气得拿报纸狠狠在他脑袋敲了一棒子，动静不小，但是不疼，明沧不以为意，说道：“你要真喜欢黄霁月，可以安排她和明洋相亲，他年纪不小了，应该安稳下来了。”

“人家相中的是你！”

“相中我的人多了，我都娶进门给你当儿媳妇吗？我可没相中她，长相性格都一般，没有什么人格魅力。”

“黄家就这一个孙女，未来家业谁继承？你脑子里一天到晚都在装些什么东西？”

明沧撇撇嘴：“如果是为了这个，我觉得姓黄的还配不上我。我不是明洋，一辈子都要靠别人养。想让我在金钱上屈服的话很容易，资产足够庞大，我会考虑的。”

父亲被他气得坐在沙发上：“姓黄的配不上你，姓祝的就配得上？”

明沧愣了一瞬，他不知道父亲是怎么知道祝安妮的，按理说，就算他在外面有几个女朋友，父亲也是不会提的。之所以提，是因为父亲觉得事态严重，那么是谁在他耳边吹的风？

“怎么？你很意外我知道你在外面养了一个女人？”父亲说。

“嗯，意外，这并不是什么值得提的事情。”

“你大哥跟我说，我可能会觉得这不值得提，连霁月都跟我说了，我就觉得有必要提醒提醒你，不是什么人都能进我明家的大门做我明家的儿媳妇的。虽然她姓祝，但是跟现在的祝家早已没什么关系。我听说她还有个孩子，你是不是吃错药了？”

可能吧。明沧想。

也许他真的是吃错了什么药才跟祝安妮搅和在一起。一直以来他最看重的、最想得到的，就是明家的认可和在明家的地位。迎娶一个什么样的女人，对他的人生来说至关重要。

明沧的父亲见他不说话，便觉得自己道听途说的那些事都是真了，更是认为祝安妮是个危险人物。

“我不希望你通过努力才拥有的一切，都毁在一个女人的手里。”

明沧回过神来，冷淡至极地望着父亲。过了很久，他起身准备离开这里了，才低沉着嗓音，似乎是对父亲也似乎是对命运，发出了有生以来的第一次抱怨：“为什么一样姓明，我想得到的东西却要凭自己拼命努力才能得到，每一步都要走得小心翼翼，稍有不慎，就会有人警告我会死得很难看……”

明沧的父亲没有回答他，明沧也没有追究答案，从他懂事那天起，他就知道虽然他是明家的儿子，但是一个名不正言不顺的儿子，是没有多少分量的。说白了，明洋可以胡作非为、放纵自我，他却不能；明洋可以随意支配自己的人生，他也不能。在有利可图时，他是要被拿来牺牲的。

明沧开车从明家离开时，在大门外遇到了刚刚回来的明洋，两个人放下车窗，寒暄几句。明沧很少批评明洋的作为怎么样，因为在他眼里，明洋是朽木不可雕，一个无药可救的家伙，不犯法就已经很好了。但他今天没忍住，眉头一皱，说：“你这么大的人了，怎么还告状？你跟那么多女人乱来我都没跟爸提过，我就认识一个，你乱吹什么风？”

明洋没有料到在他面前一向温顺的明沧会来这么一句。他是喝了酒的，司机开车，自己坐在后排座位，隔着车窗他伸手就要捶明沧，嘴上还不客气地道：“你个臭小子，我还不是为了你好，那女的一看就不是好东西！”

明沧懒得跟一个酒鬼辩论，万一挨了顿揍，自己还要被埋怨。从小就是，每次被明洋揍，家里人都怪他招惹了明洋。他无奈地摇摇头，升起车窗，鸣了下笛，驱车离开了。

明沧回到自己家里，冷冷清清的，安妮没在这里等他。整个晚上，安妮都格外安静，就连祝君安也很安静，没有来叨扰他。他在阳台上看着隔壁是亮着灯的，偶尔门打开时还能传出来电视声，他猜安妮也许在工作，就没打扰她。

第二天的晚上，安妮干脆连家都没回，带着祝君安不知道去了哪里，整晚家里的灯都没开过。

明沧给她打电话，她也不接。这太让人不安了，他给祁珊发了信息，祁珊倒是回复得痛快，安妮和君安都在她那里。他不知道自己哪里惹到了祝安妮，不过她这吊人胃口的本事还真是厉害。

两天没有见到明沧的祝安妮，在第三天早上已经坐不住了，虽然她将手机调成了静音，极力控制自己不去看手机，不去关注明沧是否联络自己，可还是手痒地拿起电话好几次。她左思右想后，将为明氏洗化准备好的方案利落地往包里一塞，抓起车钥匙就出了实验室。

她用车载导航找到了明氏集团的大楼，因为位置在市中心，所以还挺好找的。只是停车场的入口有些绕，这边不让进那边不让停的，弄得她很烦躁，干脆停到了对面商场外面的停车位上。锁车时，她想起祁珊说自己很矫情，没想到学霸祝安妮遇到爱情也会变得这么不可理喻。

学霸怎么了？学霸也不是她想变成的，是被动变成学霸的。学霸就不能矫情了？这个世界对学霸是不是太严格了？

03

明氏的办公大楼豪华气派，整面的玻璃墙壁映照着阳光，晃得人不敢直视，简直是赤裸裸地向祝安妮表露着，她与明沧不是一个世界的人。

她是来送方案的，也是来说分手的。

揣着满肚子的烦心感进到明氏的大楼内，前台的几个接待人员微笑地向她询问："请问您去几楼，是否有预约？"

祝安妮答不上来，不知道要去几楼也没有预约："没有预约，我想找明沧。"

"稍等。"接待员看了看电脑，继续微笑着对安妮说道："很抱歉女士，今天明总的预约已经满了，明天、后天也是满的，要不您把名片留给我，这边如果预约上了我给您电话？"

"今天的预约满了的意思是，他现在在办公室？"

“抱歉女士，这个我不清楚。”

“你帮我给他打个电话，只要提我的名字就可以。”

“抱歉女士，我们打不进总裁办公室的电话，只能接通他的秘书。”

“秘书也行！他的秘书也认识我，我是来给你们总裁送重要文件的。”

前台的接待人员被她磨了好一会儿，只好帮她打了这通电话。很快，电梯里走出来一个匆匆忙忙的女人，对她又是点头又是哈腰的，毕恭毕敬的把她请进电梯，带她去明沧的办公室。

可惜明沧没在。她在办公室里等了四十分钟，等到人都睡着了，明沧才穿着一身打高尔夫球时穿的休闲装出现。茶几上摆着的零食和饮品，安妮一口都没有动。明沧弯腰捏了捏她的脸，她睁开惺忪的睡眼，看到眼前放大的一张脸，瞬间清醒了——天啊，这脸真好看！

安妮坐直了身体，看到他这一身装扮，更加不开心了。不仅因为他和别的女人勾勾搭搭，还因为自己不搭理他，他不仅不难过，还有心思打高尔夫，她猛地坐直身体，一把推开他，说道：“男女授受不亲。”

她这两天脾气反常，明沧也没弄明白自己到底是哪里得罪她了。刚刚一个合作商约了他打高尔夫，他人还在路上，秘书一通电话打来，他只好半路折返，结果她还发这么大的脾气，这算什么？恃宠而骄？

明沧皱了皱眉，捏住她的下巴，强迫她抬头看自己：“你像个怨妇似的干什么？”

安妮拧了拧脑袋，却没有挣脱他的魔爪，脸蛋都被他捏变了形。她生气地捶了一把他的胳膊，待他松开手后，揉着自己的脸颊说：“你给我正经一点！”

“要我不正经的是你，要我正经的也是你，你这么磨人我允许了吗？”

祝安妮惊讶地抬眸，总觉得这话不像从明沧的嘴巴里说出来的。不过她可不打算和他探讨这个问题，她翻开自己的包，拿出U盘和一个文件袋，扔到茶几上：“我今天来，是有两件事要跟你宣布，第一，这是你要的东西，我做完了；第二，我要跟你分手。”

明沧接过她递过来的东西，看都不看就扔到一边：“我们又没有牵手，为什么要分手？”

一句话噎得安妮哑口无言。她深吸一口气，迅速思考着自己应该如何挽回受损的颜面以及如何拯救自己受伤的心灵。

这会儿，她又不觉得自己聪明了，爱情这道难题再次占领了她的智商高地，成功地将她支配成一个傻子。祝安妮内心有一丝丝的凄凉，不对，一丝丝不是很精准，应该是有二斤四两重的凄凉压在心上。

可是下一秒，明沧又忽然牵起她的手，放在嘴边迅速地吻了一下，牢牢攥着她细若无骨的小手，说：“现在牵手了，可以分，你再说一遍。”

祝安妮经历得少，也没有祁珊对言情电视剧和小说有研究，明沧冷不丁来这一下，她不知道该怎么招架，很乖地重复了一句：“我要跟你分手。”

“好，我答应你。”明沧利落地回答，松开她的手，“现在就分，不过。”他站直身体，背着手走到自己的办公桌后面，坐进自己的真皮办公椅，背对落地窗以及灰色的城市，泰然自若道：“下次说分手之前，记得牵上手再说。”

安妮眨眨眼，居然觉得他的话是有道理的。过了好一会儿她才反应过来，当即瞪了他一眼：“你知道我说的分手是什么意思。”

“字面意思。”明沧答。他现在因为她的无故消失也很不高兴，心里也有一笔账想跟她算一算。

“我不想接受我的男人脚踏两只船。”安妮说。

“我也不想接受我的男人脚踏两只船。”明沧说。

祝安妮不可思议地瞪大眼睛，一脸问号，难以相信：“你什么时候喜欢的男人？”

“我不喜欢男人。”他说，“我是打个比方，如果我喜欢男人，我也不想接受我的男人脚踏两只船。”

安妮被他绕了一大圈，有些迷茫，总觉得哪里不对劲：“我觉得你是故意装作听不懂我的话。”

“我听懂了，你在说我脚踏两只船，这是子虚乌有的罪名。我没有踏别的船，就连你这条船也是你生拉硬拽给我拎上船的。还有，你刚刚那句话用了一个‘想’字，你说你不想接受。不想接受的意思是，可以接受但不是心甘情愿地接受，这句话体现了你对我爱得深沉，爱得执着，爱得无悔，我的阅读理解一直都是满分，怎么样？”

“你的脸呢？”

“这里。”他抬手，调皮地点了点自己的下巴，“你失明了？我这么好看的脸以后看不到了，真是可惜。”

安妮站起来，走到他的办公桌前，皱起眉头，双手杵在桌面，黑亮的长发自然垂落在她的身前：“这么自大又无耻，以前我怎么没发现？”

明沧也站了起来，与她的姿态相同，双手杵在桌面，身体前倾，和祝安妮呼吸交缠，目光交融。明沧做出这番势均力敌的画面，似笑非笑道：“以后你会发现更多我的优点。”

“明总，我可是很严肃地在跟你谈论问题。”

“我看起来不够严肃吗？祝老师。”

“我看到你和别的女人勾肩搭背了！你有一个蓉蓉不够，还需要另外一个？你真是把混蛋演绎得淋漓尽致！”

“这个话题，我们可以把柯友蓉摘掉，她在我眼里不算是女的。剩下的我只有你一个，不懂你到底在说谁。”

都被她亲眼看到了，他还死鸭子嘴硬，安妮生气了，气得秀气的鼻孔都忍不住张开，她猛地向他撞去，额头对额头，把他撞得直皱眉，她自己也是满眼金星，气势上却不肯退半步：“你狡辩！我分明看见了！就在学校里！她从你的车上下来！你抱了她！她也抱了你！”

明沧失笑，双手穿过她的腋下，一个用力将她从桌子那边抱过来。安妮猝不及防，以滑翔的姿势趴在了明沧冷冰冰的办公桌上。不给她任何的反抗机会，明沧狠狠地在她屁股上打了一巴掌。

安妮气死了，又没他力气大，像个任人摆弄的玩偶一样趴在那里，尖叫了一声。

明沧把她翻过来，看着她一副“你是刀俎我是鱼肉”的表情，有些想笑，但又很气她因为这点事跟自己无声的冷战三天。

“你说她是谁？”

“那是我妈。”他说。

妈？艺术学院的时夏老师？安妮迟疑地撑起身体，愣愣地问：“真的？”

“废话。你觉得我是那种随便拉个女人就喊妈的男人吗？”

忽然之间，祝安妮的天就晴了，乌云退散，日光万丈，她坐起来，长腿盘在他的腰上，将他紧紧束缚在自己身前，仰着清秀又妩媚的小脸，笑意盈盈地望着他。

明沧蹙眉：“笑什么笑？很好笑吗？我还在生气。”

安妮腾出一只手，摸了摸明沧的头，娇媚地说：“这样就不气了。”

明沧一脸严肃，故意不理会她的风情万种：“你有问题可以直接来问我，冷战并不是一个解决问题的好方式，至少在聪明的成人年看来，冷战蠢透了。”

安妮继续撒着娇说：“不是说床头吵架床尾和？”

明沧眯了眯犀利的双眸，又抿了抿唇，感觉自己实在绷不住了，最终决定再谦让她一次。

祝安妮在明沧的办公室沙发上躺了一天，这是她入职以来，第一次因为私事请假。因为明沧，她已经连续两天没有睡好觉了，这会儿心踏实了，可还是睡不着。

快到下班的时间，明沧接了一通电话，是柯友仁约他去酒店吃饭，位置已经定好，明沧想都没想就答应了下来，挂了电话就告诉安妮晚上带她一起去吃饭。

安妮不是一个百分百的自由人，虽然的她的灵魂是自由的，但她还有个小尾巴需要照顾。她刚刚已经给祁珊发信息，让祁珊下班的时候帮她去幼儿园接君安，自己忙完了再去找她。这就算是约了祁珊，祝安妮有点两难，一边是儿子和闺密，一边是爱情。

明沧给她一个好提议，让她把祁珊和祝君安一起带来，这一顿由他来买单。

两人提前半小时出发，祁珊也带着君安在赶去酒店的路上。明沧开车的时候听到祝安妮在和祁珊打电话，祁珊在那边兴奋地发问："我还没去过这么高级的酒店吃饭，用不用穿个晚礼服，画个妆什么的？会不会不让我进门？保安拦我的时候记得让你的男人护一下啊！我也是有总裁做靠山的人了！"

路上有些塞车，反倒是祁珊带着君安先一步到了地方，一大一小站在路边等他们。

安妮先一步下车，直奔向祁珊和君安，疑惑道："不是告诉你定了位置吗？怎么不上去呢？"

祁珊不好意思地笑笑："没来过这么富丽堂皇的地方，你不来，我这心里没有底呢。"

祝君安有些无奈，长叹一口气："祁珊阿姨，你能不能不要总是一副没见过世面的样子？"

"没见过世面很丢人吗？我一个小小的教师，没吃过五星级大酒店的食物有什么丢人的！"祁珊不服气道。

安妮也觉得君安这样有些不好，正要教育他，就听见他语重心长地教育起祁珊："我没有说你丢人，我也没来过这么高级的酒店，但是我们不要讲出来嘛！安静地跟在安妮身后就好了！"

算了，安妮也懒得跟他辩论了，拎着他的衣领直接将人带走。明沧在停车场停好车，来到酒店大堂，找到安妮他们，大家一起走进电梯，前往酒店最高层的空中餐厅。

04

柯友仁听说见明沧要带个小朋友来，特地拐个弯去商场买了个变形金刚，这会正兴致勃勃地玩着。看到明沧一行人走过来，立刻热情地起身：“嫂子好！”

安妮愣了一下，不好意思地笑笑，倒是祁珊对这个称呼感到很新鲜，露出满意地微笑。柯友仁又对祁珊伸出右手：“你好，又见面了，你还记得我吗？”

祁珊点点头：“这话问的，我又没失忆。”

柯友仁尴尬了一瞬，说：“这话接的，我脑子都转不过来了。”

安妮笑出声来，祁珊是个挺自来熟的人，和谁都能打成一片，但有时候出手太快，别人容易接不住招，这大概也是她总是谈不到男朋友的原因吧。

一行人入了坐，明沧和柯友仁坐在一边，安妮和祁珊带着孩子坐在另一边，柯友仁马上献宝似的将变形金刚送到祝君安面前：“刚刚在商场选的，也不知道小朋友喜不喜欢。”

祁珊刚想实话实说：“他不……”，大腿上就迎来了母子二人重重的巴掌，两人一左一右的用巴掌制止了她即将脱口而出的话。

祝君安笑容甜甜地对柯友仁说：“谢谢叔叔，我很喜欢，其实不用这么破费的，能和你这样优秀的人一起用餐我已经非常开心了。”

柯友仁惊讶不已：“不客气不客气，不破费不破费。”

在明沧和柯友仁交流的时候，安妮小声向祁姗问道：“你今天怎么回事？情商不在线？”

祁珊也觉得自己今天的脑子不好，跟喝了二斤白酒一样，她也小声回答：“我一看到好看的人，嘴巴就跟不上脑子了。”

“你第一次见明沧吗？才发现他好看？”

“不是啊，我是说明沧的这位朋友，长得又坏又帅的，看得我这颗小心脏跟在砸大缸一样。”

安妮抬眸，本想扫一眼这位让祁珊心脏跟砸缸一样的男青年到底有多英俊时，却不小心对上明沧那双清亮的眼眸，他的眼神似有探究，更是有着款款深情。这一眼之后，她再看柯友仁，怎么也看不出好看了，就是普通青年而已。祝安妮认识明沧以后，看到的全世界的青年都是普通青年。

精致的菜品一道一道端上来，只有祝君安一个人埋头认真地吃。四个成年人，天马行空地聊着天，一顿饭下来，祁珊已经和柯友仁打成一片。

祝君安趴在祁珊背后，悄悄地对安妮说："这个叔叔好像跟祁珊阿姨是一家的，笑点那么低。"

安妮拍了拍他的脑袋，不许他在背后讨论别人。

"你是本地人吗？"柯友仁突然问祁珊。

"我不是人。"祁珊马上摇头否定，就在大家都很疑惑她为什么要这么说的时候，她自己把尴尬的情势扭转了，"我是一只本地的单身狗。"

"你没有男朋友？"柯友仁不敢相信，祁珊长得挺漂亮的，工作也好，怎么会没对象。

祁珊特别诚实地摇头："没有，我命里缺桃花，我从前的时候要么认识的男的最后变成我的姐妹，要么最后我成了人家的哥们。"

安妮露出同情的目光，祁珊这话可是一点水分都没有，特别实在。

"那是从前，你从前认识那些男的，生命里不缺你。"

祁珊笑笑，正想说什么，就听到柯友仁一本正经地胡说八道起来："我就不一样了，我刚刚突然发现，我生命里缺你，你看，你的桃花这就来了。"

明沧正在研究祝君安的那个变形金刚，闻言，立刻警觉地抬头看向自己的好友："不要乱开玩笑，她很单纯，会当真的。"

柯友仁笑了两声："没有，没开玩笑，我就喜欢这种真单纯，不是装单纯的女孩。"

两人旁若无人的对话，让安妮和祁珊都显得有些无所适从。安妮是打算去洗手的，并且人已经站了起来，又不好再坐下继续听，只能跟大家打了招呼后去洗手间，留下祁珊一个人更加无所适从。

祁珊的脸红得跟番茄一样，说话都有些发抖："我……我家庭很……很一般的，我听……听说你家境很好，那……那个什么……"

"你的意思是，你不喜欢有钱的？"柯友仁故意逗她。

祁珊脑袋摇得跟拨浪鼓一样！

“不，不是，我是觉得太快了……”

“人生苦短！”柯友仁笑，“谈恋爱这种事，只要你看上我，我看上你，那不就是一拍即合的事儿吗？谈不拢就一拍两散。我不是那种磨磨唧唧的人，我今天看上你了，我不行动的话，没准明天你就看上别人了；今天你要不答应我，明天我就得答应别……”

“我答应！”祁珊一紧张，嗓门又大了起来，“你也是痛快人，我也是痛快人，废话不多说，这事儿就定了！”

明沧和祝君安在一旁目瞪口呆地看着他们俩，跟看俩外星人似的。

一见钟情，再见倾心，然后就这么利落地决定交往，真是两位豪杰！

安妮进了洗手间还不忘给祁珊发信息：“好好把握机会，争取在三十岁之前将自己嫁出去！”

不过祁珊没有回复她，应该是没时间理她。

洗手间在餐厅的最尽头，隔着一小段长廊，她洗完手整理了一下头发，出来时，和对面的男洗手间出来的人猝不及防打了个照面。安妮的身体有一瞬间的僵硬，但很快又恢复自如。

“祝安妮。”明洋一脸痞气地靠在瓷砖墙面上，一脸皮笑肉不笑地叫她的名字，“跟我弟弟在一起以后，生活质量有了质的飞跃啊，一个名不见经传的大学老师，这一顿饭可以吃掉你多少工资？”

安妮瞪了他一眼，并不打算回应他的话，她尽量让自己保持冷静，扭头就走，却听到他在身后说：“看来你是想走祝安娜的老路，以为傍上一个有钱的男人就可以无忧无虑地生活，可惜你打错了算盘，明沧可不会娶你进门，你要跟着他，只能当个玩物被他养着。不如你考虑考虑我，我在明家比他有地位，还不用商业联姻，我想娶谁就能娶谁，你姐害了我的两个儿子，你替她还债好了。”

祝安妮停下了脚步，她今天穿了一双闪银色的尖头高跟鞋，站在黑金大理石纹路的瓷砖上，衬得她一双长腿的肤色格外白皙，她定定地站在那里，似乎在调整自己的呼吸，忽地转过身，原本清冷的神色早已被愤怒冲散。她一步一步走回明洋面前，看着他轻浮的笑容，以及他满眼的不屑一顾，那里面尽是他对死去的安娜和活着的自己的嘲讽。

“你可以找个女人再给你生儿子，生十个，一百个，你都养得起。你的儿子失去了，可以用新的儿子替代，我的姐姐呢？”

“你的姐姐？你的姐姐有我的儿子重要？姐妹情深比得过父子情深？”

“父子情深？”安妮冷笑，“你抱过你的儿子吗？他的尸体你都没看过一眼，现在跟我讨论父子情深？你也配用‘父亲’这两个字！”

“我不配，你就想通过明沧来报复我？”

安妮阴冷地微微一笑，并没有回答他的问题。这个笑容太可怕了，让明洋想起来那时如疯如魔的安娜。可祝安妮毕竟不是安娜，安娜对他的报复是从这个世界消失，谁能料到祝安妮到底在谋算什么东西。

“祝安妮，我给过你机会，让你离明沧远一点，你如果只是缺个男人，我可以满足你。”说完，他一把搂住安妮的腰，将她的身体紧紧地贴向自己。

预期中的羞耻难堪和激动的反抗都没有发生，祝安妮平静得仿佛欣然接受了他的提议一般，顺势将自己的下巴贴在他的肩头。她微微扬起下颌，吐气如兰道：“也好，试试也无妨。安娜应该告诉过你，我有过目不忘的本事，这些年我看过的医学解剖书籍，可以一一在你身上实践，每一个步骤我都会严格按着书上的来，保证你对痛苦的体验极好。”

转角处，正接着妹妹电话的柯友仁正朝洗手间的方向走来，他一直听着妹妹在那头抱怨，连嘴都插不上，刚一越过绿植步入洗手间这条小长廊，就看到不远处这一幕。他错愕了一瞬，又迅速闪到了绿植后面，眯起双眼，视线定格在贴身相拥的两人身上。

柯友仁是明沧的挚交，就算明沧不说，他也知道祝安妮对他来说意味着什么，他更知道明洋对明沧来说是一种什么样的存在。如果明沧知道安妮和明洋是那样一层不明不白的关系，定是不会搭理安妮，可如果明沧不知道安妮和明洋有这样一层关系呢？

他眨了眨眼，暗自低骂：不会是明沧被这女的给玩儿了吧？

他躲在绿植后面看了半天，开始觉得情况和自己联想的不太一样，这两人虽然贴在一起说话，但看起来可不是你侬我侬，而是水火不容啊。

他刚刚分析出水火不容这一层面的意思，就见祝安妮猛地抬起腿，先是用力顶了明洋的裆部，又利落地跺下脚，尖细的鞋跟狠狠踩在他的鞋子上，疼得明洋的脸色瞬间变了。

只有男人能体会到男人的痛苦，柯友仁下意识地捂住自己的裤裆，感同身受一般咧了咧嘴。真是人不可貌相，海水不可斗量，看起来冷冷清清、斯斯文文的祝安妮还是个狠角色。

眼看着明洋要跟安妮动手，他故意清了清喉咙，迈着步伐走进这条长廊，故作惊叹："这么巧！"

明洋脸上的狰狞之色还未收起，双手却已经迅速地插进口袋，摆了一个比柯友仁还要夸张的造型，手腕子一挥，算跟他打招呼了。

柯友仁嬉皮笑脸地点点头，笑着说道："我跟明沧在外面吃饭呢，一起过来吃点？"

明洋摆摆手，整理了一下衣服，换上往日痞气的模样，说道："我带女人来的，不过去了。"

柯友仁笑了两声："女人不是你出门标配嘛，没事儿，一起吃呗，我请客。"

明洋笑笑，斜睨了安妮一眼，大步离开了。

但求一死，不求苟活的人，是懦弱的，却也是强大的。对有些人来说，活着更容易，对另一些人来说，死更容易。

01

此时的祝安妮有那么一丝丝狼狈。她不想跟明洋有任何纠葛，更不想让别人知道她跟明洋有纠葛。明洋是个有钱的无赖，无赖已经很讨厌了，还加上有钱，更是讨厌透了。

可还是被人知道了，并且是明沧最好的朋友。

祝安妮低头整理身上被明洋弄出褶皱的衣服，她知道柯友仁一定有话要跟自己说，所以她没走，好在对方并没有为难她，而是很为难地问道："明沧知道你们认识吗？"

安妮摇摇头。

"前任？"

安妮继续摇头："不是。"

"我刚听到他说的话了……"

安妮抿了抿唇，说："你别瞎猜了，我和他真的没关系，他就一无赖，

这才是我见他的第二面。”

柯友仁点点头：“不是我想多管闲事，安妮，我叫你安妮可以吧？”

安妮没反对，他又说：“你应该知道明洋和明沧的关系，我只希望你不要伤害明沧。明洋是不是无赖我不知道，但是明沧肯定是个好人，我希望你能真心待他。”

“如果你不对明沧打小报告，明沧就不会受伤。”

柯友仁笑笑：“我怎么那么倒霉碰到这个事儿，这小报告打不打我都挺不是人的。不过你放心，只要你是真心待他，这个事儿肯定是会烂在我柯友仁的嘴巴里的。”

安妮心中的石头落了地：“谢谢。”

“都是一家人，谢什么。”

安妮愣了一下，柯友仁恢复了他嬉皮笑脸的模样，说：“你刚刚错过了一段特精彩的内容，一会儿你回去问问你闺密吧。以后呢，从祁珊这里论，我是你姐夫，从明沧那里论，你是我嫂子，你说逗不逗，亲上加亲了！”

安妮瞠目：“你俩谈恋爱了？”

柯友仁也瞪圆了眼珠，“怎么？我不配拥有祁珊吗？”

“不是。”安妮立刻否认，这俩人看着倒是挺配的，性格也配，就是没想到会这么快，“我也希望你真心对她，她很值得被爱。”

柯友仁慷慨地点头：“好说。”

祁珊正在给明沧讲生物实验，安妮老远就听到了祁珊的大嗓门。原本是挺枯燥的东西，但是从祁珊嘴里说出来，就显得有趣多了。她兴奋的时候讲话会有奇怪的调调，听着就跟说相声一样，从此处看来，明沧确实如同柯友仁说的那般，是个好人，因为他正一本正经地听着祁珊乱侃。

“祁珊女士。”祝君安打断她，“我怎么记得这个实验是安妮的？”

祁珊很生气，抱着肩膀说：“我拿来吹牛不行吗？”

君安耸耸肩，明沧抬起手腕摸了摸下颌，不经意间遮住了嘴巴，应该是在笑。

安妮回到座位上，耳朵里是祁珊跟君安争论的叽叽喳喳声，视线则紧紧地和明沧的视线交缠在一起，多一份余光都不愿意给别人。明沧还算是个内敛的人，他领会到了安妮的爱意，隐藏着笑意朝她眨了一下眼。这是一个很吸引人的动作，安妮喝了一口果汁，弯起嘴角笑了笑。

“祁珊，我刚刚听柯友仁说，你们两个在一起了。”她问。

祁珊竟然害羞起来：“哦，是……”

“你可以打电话给你妈……”祁珊一把捂住她的嘴：“行行行，大姐，我不欺负你儿子了，你放我一马！”

明沧在柯友仁回来之前买了单，等柯友仁回来想一展他的阔绰的时候，已经晚了。

柯友仁是个喜欢热闹的人，说白了就是爱玩，他觉得吃完饭就散场太可惜，夜生活才刚刚开始，可是去酒吧又不好带孩子，去看电影君安又拒绝，他和祁珊俩人一合计，那去祁珊家里打麻将吧，正好四个人。

四个成年人，只有祝安妮一个人不会玩，不过不要紧，祁珊一点也不担心，她拍着柯友仁的肩膀说：“一会儿给安妮讲一下打牌的规则就行了，她脑子好使着呢，会好使到让你认为她在使诈。”

等电梯上来的时候，祁珊报了自己的地址，柯友仁一听，立马皱眉：“你住的那是什么地方？那一片全是老房子，就没有正经八百的小区，治安也不好，以前自己过日子就算了，现在你是我柯友仁的女朋友了，我是不同意你住在那的。这样吧，明天我就找人帮你搬家，我在市南那里有一套空房子，离我住的地方也近，就隔一条马路，你以后就住那了。”

祁珊腾的一下脸红了，说话也结巴起来：“不，不，不用了，我……我那个，那边离我学校太远了，上班不方便，油费太高，我那二手车都十几万公里了，我尽量少开一点。”

祝君安在一旁悄悄地拉了拉明沧的衣袖，待明沧低头看他时，他小声说：“你什么时候给安妮一套新房子？”

明沧挑眉，看向祝安妮："你需要？我随时可以给你。"

安妮抬手戳了戳祝君安的脑瓜顶，低声呵斥："再乱说话我让你上八年幼儿园。"

另一边，柯友仁听祁珊这么说，当即掏出自己的车钥匙塞进她手里："开什么二手车啊，还十几万公里，你一女的也不怕那破车坏半路上。以后开我的，我的车就是你的车，这台你开着，油我给你加，金钱是什么？粪土！粪土你懂吧？没必要为了粪土发愁，钱的事儿交给我来办。"

祁珊语无伦次地摆手："不是，我没有要车的意思，你别，那个我不敢开我怕给你刮了、蹭了。"

"随便刮，咱们家让车剐蹭的条件还是有的，只要你能保证自己安全就可以。"

"不是，这个车吧，我不熟悉……"她向安妮露出求助的眼神，她只看到了柯友仁是个很热情的人，没想到他对女朋友的热情是这样让人难以招架的，安妮看懂了她的眼神，故意当祁珊是空气，看着这一对儿，还觉得挺有意思。

这时，祝君安又拉明沧的衣袖，这个小动作被安妮看到了，为了防止他又替自己向明沧要车，她先一步伸出手，捂住了他的嘴巴，只留两个鼻孔呼吸，祝君安只能干瞪着一双圆溜溜的天真的大眼睛。

可是这一次，已经不用言传，明沧已经意会，他掏出自己的车钥匙递给安妮。但是他说不出柯友仁那一番话来，思忖片刻，说："拿着。"

安妮有些想笑，觉得这样学着别人的样子讨好她的明沧有些可爱，一点也不像他能做出来的事情，毕竟两人之间，一直是她处于主动地位。不过她比祁珊胆子大一些，一下子就接了过来，淡淡地说了一声："哦。"

电梯来了，从里面出来的人，很大声地讨论着酒店外面有个女人要跳楼，消防和公安还有救护车都来了，那女人好像还是个孕妇。

安妮的脑子嗡一声炸开，脚步轻飘飘地迈进电梯，她感觉电梯里的空气很差，差到她快要窒息，她扶着厢壁上的扶手，微微弯下腰。

“安妮？”明沧在她身边，第一个发现了她的异样，站在安妮前面的祁珊和柯友仁也转过头来，祝君安直直地看着妈妈，也叫了她一声，“安妮？”

“这里空气不好，我有些喘不过气，好难受。”

柯友仁马上按下1层的按钮：“那就别去地下停车场了，去外面呼吸一下新鲜空气，一会儿我跟明沧开车上来接你们。”

“我们去医院？”明沧握着安妮手腕的大掌微微收紧，温润而有力。他有些担心，不想让安妮和祁珊两个人出去，“我的车扔在这儿，一会儿叫司机来开。你去开车就行了，我陪她一起去外面走走。”

一层到了，电梯门开的瞬间就有了新鲜空气，安妮深深呼吸着，直起了身体。明沧的手臂横过她的肩膀，打算把她抱起来，却被她拒绝了：“我想走一走。”

祁珊在一旁以手当扇，拼命地给她扇风，满眼的担忧。

“你确定你可以？”明沧皱眉问。事实上他更想霸道地直接把她打横抱起，送到医院。但如果这样走路可以让她舒服一些，他不会强迫她做别的。

安妮觉得自己可以，她不是弱不禁风的人，别的独立女性只是可以自己换电灯，可以自己修水管；祝安妮则是可以自己换配电箱，可以自己改下水管道，动不动就像纸糊的人一样被男人当街抱起来可不是她想要的。

本来就没那么可怜，硬生生把自己装可怜了，会显得矫情。

大堂里有人举着手机走进来又走出去，有人在讨论跳楼的女人，他们走到酒店门外，就看到对面大楼的不远处，救生气垫已经准备好，救护车、消防车和警车都停在一旁。原本是夜里，应该是看不清楼顶的人，可是酒店这里太过繁华，整条街都灯火通明，加上对面那栋楼是一栋老建筑，本身不过六七层的高度，被酒店外面的装饰灯映个正巧，导致大家都看清了要跳楼的人。

夜里的风有些凉，这会让人不清醒的脑子舒服很多，安妮抬头看了一眼楼顶的人，转头对祁珊说：“这个高度下来，有安全气垫也不好说，孩子是保不住了。”

她不知道要承受到什么样的压力才连最后一根救命的稻草都抓不到，是什么样的绝望，能让一个好好的人放弃这个有无限可能的世界。一个人，要经历什么，才能做到毫不留恋地离开。

但求一死，不求苟活的人，是懦弱的，却也是强大的。对有些人来说，活着更容易，对另一些人来说，死更容易。

祁珊点点头："现在的人真脆弱，希望警察的劝服工作能有效吧，毕竟是一条人命，肚子里……"话还没说完，她忽地倒抽一口凉气，捂着嘴巴尖叫出声。

那个女人跳下来了，她决绝地放弃了自己。

安妮也看到了，她没有像祁珊一样尖叫，她第一时间捂住了君安的双眼。随后，似有一股奇怪的力量，抽走了她身体里所有的力气，她软绵绵地倒下，倒在了想要在那惨烈的一幕下把她抱进怀里的明沧的身上。她双目努力地想要睁大，努力地想要跟这股怪力抗争，却无法控制它缓缓地紧闭起来。

她能听见明沧和祁珊紧张且急促地叫着她的名字，能感受到有人在按她的人中，甚至还能听到祝君安惊慌失措的哭声。但是很快，这一切都消失了，取而代之的是一片黑暗。

02

安妮站在黑暗之中，可以清晰地感受到自己的身体。她的长发垂在身后，她的高跟鞋踩在黑暗里会发出"嗒嗒"的声音，她试着往前走，每一步都很小心，生怕自己会一不小心跌进另一个黑暗的地方。

忽然之间，她看到眼前有一个白色的小圆点，像地平线上的月亮，发着微微的光，她小心翼翼地朝着光的方向走。越靠近它它就越大，它的样子开始像一扇窗，又变得像一扇门，门的外面是一望无际的天，是斧削四壁的悬崖，她加快脚步，迈过这一道光圈一样的门，看到了小腿垂在悬崖之外的安娜，她挺着肚子，怀里还抱着一个漂亮的小男孩。

"安娜！"她叫了安娜的名字，飞快甩掉脚上的高跟鞋，忍着脚底的刺痛，朝安娜跑过去。她跪在安娜身后，听安娜迎着海风哼着儿歌，她不相信眼前看到的一切都是真实的，安娜已经死了很久了，君安也不再是安娜怀里抱着的模样，她想伸手去摸一摸安娜，可是安娜却向前挪了挪，躲开她的手，她只能抓住安娜身后宽大的裙摆，不敢再上前，生怕安娜再在她的面前死一次。

“安娜，你不要坐在这里，很危险的。”

安娜扭过头，淡然地望了她一眼：“是很危险，你回去吧。”

“我们一起回去吧。”她商量着说。

安娜决绝地摇摇头：“我回不去了，安妮。”

眼泪一下子流了下来，安妮哭着哀求她：“能回去，能回去的，安娜。你过来一点，你不要坐在那儿，你往后一点。为什么要想不开呢，活着多好，你不想看到你的小宝宝出生吗？不想看他们长大吗？不想听他们叫你妈妈吗？”

安娜摇摇头，看着远处的海天，说：“不想，我什么都不想了。我好累，我再也不想一个人抱着孩子等他回家了，他再也不会回我的家了。”

“他会回家的，安娜，明洋会来找你的，你再等一等，我就去找他，他很想你的，真的，我不骗人的，你相信我！”

安娜还是摇头，她才二十几岁，可眼里却装着经历过一生才能有的沧桑和绝望。她没有回应安妮的话，只是往悬崖下望了望，安妮的心脏都要蹦出来了。她扑到安娜身后去抱安娜的腰。安娜倔强地挣扎起来，安妮开始后退、开始妥协：“我不动你！不动你！你也别动！孩子给我！你把君安给我！给我啊！”

安娜把孩子往身后一扔，拉开安妮的手臂，纵身向下一跃，就消失了。

安妮不敢向下看，她哭着抱着小小的祝君安，此时的他还不懂自己失去的是什么。安妮抱着君安一路向下跑去，她跑了很远很远的山路，满身狼狈地跑到了礁石遍布的海滩上，却看到了明洋的背影，他站在一处礁石上看着远方，周围搜救队的人员在忙碌着。她不敢大声哭，怕有人听到，抱着孩子一步一步往后退，退到别人看不到的地方，开始狂奔。

她不知道自己为什么会重新见证一次安娜的死亡，她知道这一切都是假的，安娜跳海那天，海滩上只有她一个人在找她的尸体，明洋是两天以后才出现的。那时候她已经带着君安躲起来了，她给警方的说辞是，她姐姐抱着孩子跳海了，并拿出祝安娜患严重抑郁症的诊断证明。

她仍在梦里重复历史。梦里的她被人发现了，那人用对讲机叫了明洋。他走过来，一副全然不在意安娜死活的模样，硬生生从她手里抢走了君安，安妮疯了一样扑打，可她根本不是明洋的对手，她歇斯底里地哭着喊着，痛苦到快要不能呼吸。但在绝对的力量面前，自己毫无抵抗之力。

“还给我！还我！”祝安妮猛地睁开血红的双眼，从病床上弹起来，身体紧绷着，手掌四处乱抓，甚至将试图安抚她的明沧的下巴刮出了一道血痕。祝安妮全然没有发现自己手上还打着针，针头滚动，后手背慢慢肿起来，“还给我！”

别说明沧了，就连祁珊也没见过安妮这幅狼狈又崩溃的样子，简直就是精神失常，从坐在另外一张床上捧着水杯喝水的祝君安惊讶的表情中就能看得出她此时的样子有多可怕。

“安妮！”明沧一把搂住她，任她陌生地撕扯着他的衣服，又是抓又是打，“安妮，你别这样，你要什么你告诉我，谁拿了你的东西，我帮你拿回来，别这样，你别吓我。”

“儿子呢？君安呢？把他还给我……”她抓着明沧悲痛地大哭，“还给我……还给我……”

“妈妈。”君安放下水杯，从床上跳下来，瞪着犹如惊鹿般的大眼睛走到明沧身边，小手轻轻搭在安妮的手背上，“妈妈，我在这里。”

就在此时，明沧迅速地握住她的手腕，动作十分利落连贯地撕开贴在安妮手背上的胶布再拔掉针头，看着她鼓得高高的手背，沉默地皱起眉头。

透过模糊的泪眼，安妮缓缓握住君安的小手，慢慢把他拉倒自己面前，她抬起头，无助地看向明沧，又看看祁珊，她松开了祝君安，蜷缩起身体，不安又无措地抱住自己的膝盖，开始小声地哭泣。长发顺着她单薄的肩头垂落，像黑色的绸缎外套一样盖在她清瘦的身体上，脸颊两侧的碎发和眼泪一起混乱地黏在她苍白的脸颊上。

有那么一瞬间的恍惚，祝安妮分不清到底刚刚那个梦境是真实的，还是现在才是真实的；她到底是在跟明洋抗争，还是在这里受人安慰；君安到底是襁褓中的小宝贝，还是这个善解人意的小可爱。

这样的安妮太让人陌生了，祁珊看君安快吓傻了，赶快把他抱出病房，骗他一起去给安妮买一束安神的花。

自始至终站在她身边的明沧，看着安妮的情绪由疯狂转为低落，长叹了一口气，他坐到安妮的病床上，用温热的手掌揉了揉她额头上方的美人尖，没有帮她擦眼泪，只是用指背轻轻碰了碰她被泪水打得冰凉的脸颊，沉默且深沉地望着她。

明沧从未见过安妮这么无助、可怜的模样。在他眼里，祝安妮具备了一个完美女人该有的一切特质。她拥有内敛的美艳，聪慧的头脑，她独立又十分有主见，成熟又可爱，发脾气时可以和他硬碰硬，大不了就是要和明沧“分手”。她像一朵不与花丛为伍的小花，无畏日晒雨淋，独自开得津津有味、朝气蓬勃。在此之前，他一直认为安妮是迷人的，是她用她独特的气质一步一步将他吸引过来，他一直在为安妮心动。

这是第一次，他在为安妮心疼。

他不知道安妮为什么会这么难过，但一定不会是可以随意忘记的小事情，或许与别的男人有关，因为她提到了君安，这多多少少让他有些吃醋，但在心疼面前，这一丝丝醋意已然不值一提。

“如果有人欺负你，让你受了委屈，你可以告诉我。”他握住安妮的小腿，温热透过掌心递到她柔软的肌肤上，他的语速和声音又稳又沉，让人听了就心安，“我说过，你做不到的事情，不代表我做不到。”

安妮吸了吸鼻子，没说话，眼泪还是像断了线的珠子一样往下落。

“你要哭也可以，但不能想祝君安的亲生父亲。”他抬手摸了摸自己的胸口，坦承道："想到你为他哭成这副样子，我这里也不舒服，也想要住院。"

片刻的沉默后，安妮慢吞吞地往病床的左边挪了挪，给他空出半个床位，示意他躺上来。明沧一点都没客气，直接脱了鞋子上床，靠在床头上，把她搂进自己的怀里，让她趴在自己的胸口哭。

"待会儿医生来问我为什么趴在病床上，我就说我遭人害了。"他说话的时候手掌放在她细软的腰肢上，轻轻地揉捏着，"嫌疑人就在这里，就是这个坏女人害了我。"

安妮觉得自己冤枉，扬起小脸无声地控诉。

他说："看什么看？难道不是你害我这么心疼的？"

安妮紧紧搂住他，他也用力，恨不得把她揉进自己的身体里。安妮鼻音浓重地嘀咕了一句，他没听清，偏着头靠近她追问："你说什么？"

"我说。"她吐字清晰地重复了一遍："你太用力了，挤得我胸疼。"

"……"

柯友仁在医院外的角落抽烟时看到祁珊带着君安下来，祁珊大概跟他说了一下安妮的情绪不太好，柯友仁直接想到了这事儿和明洋有关系，但他没跟祁珊提这个事情。虽说谈恋爱时，两个人应该坦白，但此事不是他私人的事儿，不坦白也关系不大。

在祁珊看来，祝安妮今日的反常与看到那个孕妇跳楼有直接关系，一定是她绝望纵身跳下的样子让安妮想起了安娜，毕竟安妮曾经亲眼看见安娜的死亡。

再坚强的女人偶尔也会有那么一段时间是脆弱且敏感的，当初安娜离世，安妮硬生生地把眼泪往肚子里咽，一个人抱着孩子带着安娜的骨灰回老家，再然后就消失了。

她一直以为，扛得住父母去世又扛得住安娜去世，一个接一个安葬自己挚亲的祝安妮，已经变得没有什么抗不住的，如今看来，是她以为错了。

没有谁的生活是真正的无忧无虑、无所顾忌的，有人心系国家的生死存亡，就有人为愁苦柴米油盐发愁；有人经历爱恨两难，也会有人经历生离死别。再了不起的人，再聪明的人，一旦沾染了人间烟火，就再也别想逃掉这人间的满盆满钵倒也倒不完的烦恼。

安娜是，安妮也是。

03

祝安妮休息了整整有一周的时间，返校上了三天课，因为一点小感冒，又被迫请假了。

感冒而已，她觉得自己根本不需要休息，她是“辛勤的园丁”，是“燃烧自我照亮孩子们的蜡烛”。她喜欢上班，上班使她快乐，可明沧不这么觉得。

明沧坚持声称她病入膏肓，需要靠在自己身边吸收足够的阳气，才能安然度过这危险的两天，连病假都是他亲自打电话请的，并且是将她关在房间时，给陈卓打的电话。

言简意赅，陈卓倒没听出什么端倪，倒是安妮很生气，觉得这种做法很霸道。她觉得是就是，明沧懒得跟一个女人讲道理，听她念叨几句，转身亲自下厨给她做饭吃。

安妮吃着饭，还在埋怨他，明沧放下筷子，一本正经地教训她：“食不言，寝不语，才是淑女，是我的饭不好吃吗？堵不住你的嘴？”

“好吃啊。”安妮无比真诚地夸赞，“不过再好吃的饭也是堵不住嘴巴的，你拿别的东西堵一下试试。”

“什么？”他一时没反应过来，“毛巾行吗？”

安妮笑笑：“现在的总裁都这么单纯可爱的吗？”

“不然呢？”

“你再想想……”

明沧发现自己有时候真是跟不上祝安妮的脑袋瓜。

“我吃饭的时候很专心，没想那些。”

安妮“哦”了一声，手肘杵在餐桌上，她咬着筷子笑盈盈地看着他：“我也觉得你专心吃饭的样子好好看。”

“我现在不想吃饭了。”他放下筷子，拿起一旁的纸巾优雅地擦了擦嘴角，“我想吃点别的。”

“哦。”安妮继续笑着，明知故问道，“你想吃什么？”

“你过来，我告诉你。”

“你想让我怎么过去？”她也放下筷子，风情万种地问，“想让我从旁边绕过去，还是想让我从桌子下面就近，还是从桌子上面爬过去？”

明沧快速地将桌面的盘盘碗碗推到一旁，对她勾了勾手：“过来。”

安妮起身，身体刚刚前倾，明沧的手机就很不合时宜地响了起来，打断了祝安妮还没说出口的话。

电话继续不停地响着，这是明沧的私人手机，他看了眼沙发的方向，起身，低头吻了吻她的锁骨，低柔道：“我接个电话。”

“好。”安妮在桌子上坐下，因为刚刚的动作已经变得衣衫不整，可她并没有整理的打算。

号码显示是他的秘书，明沧接起电话，不等他开口，对方便急切地主动说起来：“明总，工厂这边出问题了，就是降解这里出了岔子，我们都是按着祝教授的方案做的，但现在技术部门那边说实际数据有很大出入，相关内容我发到你邮箱了，咱们的新品已经上流水线了，昨天相关部门去过工厂，当时我们都以为是例行检查，现在看来是被人‘别有用心了’。更麻烦的是董事会那边比我先知道这个消息，技术那边说实际排放的指标其实根本没有达标，这直接推翻了咱们之前做的环保宣传。现在信息渠道这么发达，我担心会影响咱们的社会信任度，一旦有了这些负面消息，咱们怎么去和那些已经在市场占了大份额的老牌子拼啊！”

秘书说得头头是道，压根不给明沧插嘴的机会。明沧有时候觉得，他这个秘书比他那些个拿高薪的经理有用得多：“我知道了，回头给你电话。”

“明总，董事那边现在通知你去……”

“说我出国了。”说完他直接挂了电话。

挂了电话，他直奔书房，打开电脑去查看秘书发来的邮件。

安妮知道他这是有急事，没有缠着他，而是去厨房给他倒了一杯温水送进去．“公司出什么事了？”

明沧深深地看了她一眼,没有将实情告诉她:“我现在要处理一点公事。”

“和我那个方案……”

“没关系。”不等她说完，明沧就已及时打断。安妮点点头，反正明沧有事忙也很正常，并不打算腻在他身边，她一个人去了阳台，把被明沧强行关进阳台的恶霸犬放了进来，给狗弄了一点吃的。

明沧仔细看了一下邮件，技术部很明确地指出了会出现问题的一些环节，而这一部分，正是别人协助安妮一起完成的。

其实最开始，他只想到了黄霁月，不过仔细一琢磨，黄霁月就算有心折腾祝安妮，也断然不会在明氏的方案里动手脚，不然一旦真相大白，她会死得很难看。她自小就在那样的富有家庭里长大，她清楚他们两家企业之间的利益关系，不敢玩得这么大。

所以，他想到了另一个人。

书房门被安妮关上了，隔音非常好，他一通电话拨到柯友仁那里。

“陈老爷子最近怎么样？”他开门见山地问，倒是柯友仁，不知道在忙什么，被他突如其来的一个问题给问懵了，琢磨了好一会儿才反问，“哪个？哪个陈老爷子？我认识好几个呢！”

“卓然重工的陈老爷子。”

“前天还跟我爸喝茶呢，走路健步如飞，估计还能活个二三十年，你怎么关心起他了？我记得你们家挺不待见他们家的，你大哥见了人家陈老爷子都不打招呼……”

“过几天你帮我组个饭局，叫上他小儿子。”

柯友仁又沉默了很久，似乎在回忆陈老爷子的小儿子是谁：“我想想，我琢磨琢磨，我想起来了，他小儿子叫陈卓是吧！叫他干什么？我只听过这人名，没见过人，估计不好搞。我认识他那几个哥哥十来年了，都没见过这人，据说是高才生，挺清高的，不怎么掺和家里的事儿。我听他哥说他志向特远大，又是要当科学家，又是要探索宇宙啥乱七八糟的，反正说了一大堆我都觉得特傻，跟我四五岁时的人生理想似的。”

“其实这人你见过。”

“不可能。”

“上回在你的歌厅，里面就有他，不过你当时看见祁珊，两个眼睛都冒泡了，自然不会记得他是哪位。”

“你要这么说我也不知道怎么替自己辩解了。”

“约他出来。”

“我尽力，我那几个朋友跟这个弟弟关系都不好。我听说他因为一个女人跟家里闹得挺不愉快的。他们说这个弟弟因为家里惯着，在家无法无天的，我尽力约啊！”

“你话真多，我挂了。”

“你这家伙！我……”

明沧不想听他絮絮叨叨，直接挂了。柯友仁是个怪人，一个大男人，可以给他打三个小时电话，说不够还会开车到他的办公室或者家里继续说。他现在没有心情跟他闲聊，对着电脑屏幕抿起薄唇，视线冰冷地看着那一行行数据。

他静坐了一会儿，起身走出书房，既然对方已经出招，他总要见招拆招。坐以待毙，不符合他明沧的性格。

明沧走到客厅里时，安妮正拿手机准备接听陈卓的电话，看到他出来，便坐到他身边光明正大地调高音量给他听。

“安妮，院里有个公派出国的名额，我觉得你合适，你考虑一下。”

从工作的角度来讲，这确实是个很好的机会，课题申请败给了黄霁月，陈卓这是在另辟蹊径给她一个天大的福利。出国学习、访问，相当于给祝安妮的身份再次镀金，对她的事业有绝对的好处。

安妮侧目看了看身边的明沧，想也没想就拒绝了："我不想去，我喜欢在国内。"

"不用急着给我答案，你再考虑两天，这不是叫你去茶楼喝茶，不想去就可以随便拒绝的。"

"我说不去就不去，不过我会认真考虑两天的。两天以后我会给你打电话，告诉你我不去。"

她和陈卓继续聊了几句，聊公事还好，陈卓一问到她的感冒怎么样了，明沧的脸色马上就变得不好看了。

安妮敷衍了几声，挂断电话，并把手机扔到老远。她将他抱住，软绵绵地撒着娇说："我才不要去国外，在国外吃不饱。"

"只是因为吃不饱？"他拉开两人的距离，不悦地审视她，这个说辞并没有讨来他的欢心。

"嗯，不饱。"她认真地点头，"只要肚子饱算什么饱，我需要你的爱情来喂饱我的心。"

原本是请了两天的假，第二天因为明沧有重要的事回公司，她的病假也自然取消了。

祝安妮的一只脚才跨进实验室，整个人就被眼前的情景惊到了，她没再迈进另一只脚，而是退到门外，重新仔细看了一遍门上的标识牌，确认一下自己没进错地方。

确定没错以后，她将门敞开，满心疑惑地看着满实验室的玫瑰花。这是实验室，不是花房也不是花店，哪里来的这么多玫瑰。应该不是明沧送的，明沧不会做这么蠢的事情。因为柯友蓉送的那几束花，明沧在祝安妮面前连提都不会提送花这码事。

她在祁珊的电脑旁边看到一张红色卡片，走过去拿起来看了看，眉头立刻皱起来——居然是明洋送的！

祝你开心。明洋。

我开心你个大头鬼，你个阴魂不散的家伙，你要是与世长辞我才开心，我买几挂鞭炮站在你坟头放！祝安妮在心里咆哮。

实验室门口来了两位凑热闹的老师："哇，真好看，我们听说你这里收到一实验室的花还不相信，这果然是填满了一整个实验室，不知道的还以为是你在实验室里种的呢！"

安妮放下包包，有些无语。

"安妮，你这花这么多，天天就在这摆着啊？过几天扔的时候会挺累吧？"

这个问题真是现实，过几天该扔的时候确实是个体力活儿，祝安妮也发愁，因为她压根就没有摆几天的打算，她想马上就扔了。正巧祁珊一手拿着煎饼一手端着豆浆回来了，看到门口站着两位看热闹的同事，慷慨道："喜欢吗？喜欢就拿去，这种小花小草什么的随意拿，安妮肯定不介意。"

"哦，对了。"安妮忽然想起是什么似的，"你们可以拿回去做玫瑰精油的萃取，随便拿。"

"不好不好，这是别人送安妮的。"

祁珊把煎饼和豆浆往桌子上一放，捧起一大束花就塞给门口的两位老师，"旧的不去新的不来，别客气，拿着拿着。"

大家都是有技术的人，再加上提取玫瑰精油这种操作很简单，两位老师收下花时自然是很开心。

04

送走两位老师，祁珊关上门，踢了一脚门口的花束，对安妮撇嘴："送花的说是明先生，我以为是明沧，就替你收了，等我看到卡片的时候已经晚了。"

安妮不会怪祁珊为她收了这个麻烦，她抱着肩膀思忖片刻，随即决定：

“一会儿你帮我准备一下水蒸气蒸馏瓶，冷冻一下压缩萃取的实验材料和用具，今天的试验改了。”

祁珊比画了一个“好”的手势，吃好早餐开始干活儿，把玫瑰花束全部解开，分到隔壁学生实验室里，一组组地码放好。

原本祝安妮上午的课是在大教室，不过她临时改成实验课也不麻烦，只需要通知班长一声就可以。祝安妮粗略地算过，这个班级三十人，这些花足够他们尝试多种萃取实验，至于别的旁听生，她就没办法一一照顾了。

等学生到齐，她在黑板上写下标题：“临时改课，希望你们会喜欢我的出其不意。”

“可喜欢了！”秦先佑在下面很大声地喊了一句，大家都跟着笑起来。

安妮看了他一眼，示意他老实一点，又看向别处：“这节课我们主要尝试利用化学方法来进行芳香植物有机物的提取，这不仅仅是实验课，也非常有实际意义。比如男孩子想追个女孩，送花多没意思，可以送精油，自己做的，又好保存又能美容养颜，技术再上一层楼的话可以弄成香水。对于女孩儿而言，别人送了花，觉得无法退还又扔了可惜的时候，可以拿来变废为宝。”

原本对这个实验缺乏兴趣的同学们，马上就积极了起来。安妮开始讲解实验流程，实验室安静下来，没有交谈声，只有零零散散的玻璃器皿敲击声。

她在实验室里来回转着，查看他们的实验进度，如果有学生卡了壳，她会小声地提醒。两三个小时之后，大家都纷纷有了结果，淡色的玫瑰精油装在透明的小玻璃瓶里，带着天然的芬芳。

“滴上两滴拿来泡水喝也可以。不过，我建议大家还是外用比较好，吃完火锅之后喷到衣服上，或者是用来护肤都是不错的选择。”祝安妮将讲台上的东西收拾好，又安排了几个学生值日，打扫和处理排风口。

“老师，这是不是你男朋友送你的花啊。”秦先佑闷闷不乐地问道。

“当然不是，我没这么俗气的男朋友，这花很新鲜，不想浪费了所以才让大家练练手。”祝安妮往隔壁自己的实验室走去，秦先佑跟在后面。

秦先佑比祝安妮高出了一个头来，也是个高大帅气的男孩，他支支吾吾道：“既然不是，那明沧……你跟他是什么关系。”

“明沧？”祝安妮很意外，他怎么会认识。

“我……我只是听到院里其他老师说的，好像你们走得很近。”秦先佑眼神躲闪着，很明显，他认识明沧。

“他人不错。”祝安妮很客观地评论着，“如果以后你有意向去他的公司工作，这个老板是可以考虑的。”

“哦？是吗？”

秦先佑没有继续跟着祝安妮走，他呆呆地站在原地，祝安妮对明沧的夸赞在他耳边回荡着。

安妮没有回头看他，她知道秦先佑是有情绪的，但她不适合安慰，怕他会有别的想法。

一整个上午祝安妮连喝口水的工夫都没有，午餐是祁珊帮她打好的，她在实验室里吃好就直接休息了。

下午一点半，她提着笔记本电脑去教学楼上课。

不过，她总觉得哪里怪怪的，她今天穿着很普通的白衬衫和牛仔裤，发型也是简单的马尾辫，没有任何特别之处。可是走在校园里，似乎吸引了比平时更多的目光，直到她听见有人在她背后窃窃私语。

“说什么生科院的完美女老师，去蹭课的大部分都是男生吧？这种人当老师，挺恶心的。”

“对啊，当老师就应该有当老师的样子，把学院的风气都带坏了，真是好事不出门，坏事传千里，我看没几天，别的院也得传开。”

安妮并不知道到底发生了什么事，但是总有些隐隐的不安。她加快脚步，踩着上课铃来到教室，在将课件拷贝到教室的多媒体放映机之后，满怀歉意地说：“对不起各位，老师今天有点感冒，午睡过头了，没提前来准备这些，耽误你们两分钟。”

有个极为刺耳的声音从后面传来，祝安妮微微一愣，没有找到发声的来源。那个声音发出鄙夷之后，就再也没有动静。

祝安妮还没有遇到过这样的事情，她不会强求学生来听她的课，带着情绪更是不行："如果有同学认为上我的课是浪费时间，现在就可以离开，我没有任何意见，我希望在我的课堂上，我们是相互尊重的。"

没有人作声，也没有人起身。

祝安妮怀疑那一声鄙夷是自己幻听了，她没再追究："切入正题，这节课我们讲一讲怎么利用电泳技术来进行大分子的测定。"

课程按照原本的计划进行着，尾声是她留给学生们随机提问的时间，安妮希望大家发散思维，进行头脑风暴。

有个学生站起来问道："因为今天您讲到的电泳条带都是有规律或者是形成梯度状，所以我想知道有没有可能我做出来的电泳条带是一团模糊的，看起来没有任何规律的？"

"很有可能，如果细胞受到外界损伤，达到一定程度之后，DNA（脱氧核糖核酸）就会发生随机断裂，在电泳的时候表现为从大到小连续分布的弥散条带，我们看到的时候就是一片模糊，分不清楚条带。"祝安妮解释着。

"那就不是细胞凋亡了？"

"不是，这一种属于细胞坏死。所以我们可以从电泳结果来判断细胞的死因。有规律的是凋亡，无规律为坏死。"她看了一眼时间，距离下课不到五分钟，"还有其他的问题吗？"

"老师。"有个女生站了起来，她架着一副框架眼镜，因为度数太深，那眼镜镜片很厚，将她的鼻子压出一个深凹。

祝安妮没见过她，确定不是她班上的学生，那看来应该是外专业的。"有什么问题？"

"听说您替外面的公司做方案，还利用专业知识钻环保的空子，教公司怎么背地里去排污而不交治污费，您觉得您这样做对吗？"那女生说的话很尖锐。

祝安妮愣了一瞬，她从来没有在课堂上被提到过这样的问题："道听途说。"

"您口口声声讲要寻找环境友好型材料，实际上却是这样操作吗？"那女生的问题比之前更加犀利，"咱们论坛上都传疯了，这有可能是空穴来风吗？"

安妮沉默了几秒，不妙的预感正在疯狂扩张，直觉告诉她，是明沧那里出问题了，并且问题在昨天就出现了，是他故意对自己隐瞒了。这让她变得有些紧张："谢谢你对我的关注，不过我希望你，包括在座的很多同学，都要理智理性地看待网络上的新闻和传言，耳朵听到的不一定是事实，这件事就到这里。还有没有和课程有关的问题要问了？"

"老师，我还有问题。"这次提问的女生没有站起来，但是大家都寻着她的声音看过去，她并不是这所学校的学生，安妮却一眼认出了她是谁。

柯友蓉，那个在明沧面前活泼可爱、娇滴滴的女孩子，也是柯友仁的妹妹。

今日的柯友蓉不像往常打扮得那么时尚前卫，她穿着简简单单的白色卫衣，画着淡淡的妆容，看着除了比别的学生漂亮一点，也没有什么不同。是祝安妮太粗心，没有注意到她的存在。

"我想问问，您除了擅长利用专业知识来帮外界公司盈利之外，是否还使用了个人的魅力获得某些方面的好处？网络上有照片为证，配文写得绘声绘色，很有说服力呢！"柯友蓉笑了笑，很直白也很大胆地说了。"毕竟在座的很多男同学，也都是被祝老师的外貌所吸引才来这里听课的，这一点是我们有目共睹的。"

整个教室里极为安静，有学生一脸担心地看着祝安妮，也有学生满脸都是八卦之色，还有学生带着不明的复杂情绪瞧着事态的发展。

果然是，皎皎者易污，尧尧者易折。

在此之前，祝安妮是所有学生心中一卷素白的上好丝帕，稍稍沾上一丁点污渍，就会十分显眼。在一片白色中，一眼看过去，人们的视线就立即会聚焦在那污点上，以至于忽略了这丝帕本身质量好坏的问题。

不论祝安妮作为老师是多么敬业、专业，一旦她隐藏的私生活露出一点缝隙，立时就会被无限放大，各种各样的污水都开始朝她身上扑来。

祝安妮第一次感觉在讲台上下不来台，她知道学生们都睁大双眼等着她的解释，可是她一点也不知道那些谣传是什么样的，她根本不可能一一破解，只好开口道："我只能说，流言止于智者。"

"老师！"秦先佑脸色憋得通红站了起来，语气很急，似乎刚刚经历了一场耗费脑力地战斗，"那个我想问一下琼脂糖、凝胶电泳跟聚丙烯酰胺凝胶电泳之间的区别。"

"我还没有问完呢，这位同学。"柯友蓉一点也不谦让，冷着脸说，"排一下队。"

"这是课堂时间，当然是要问知识上的问题，你那么愿意看那些乱七八糟的八卦新闻你回家看呗，我们祝老师的课一座难求，你别在这浪费资源行不行？"秦先佑维护祝安妮的心思很明显。

"可是作为一个老师，除了要教我们知识外，还要以身作则，以一定的道德标准来约束自己，成为学生们的楷模。有作风问题的人就不该当老师，这一点有错吗？"柯友蓉说得义正词严，好像她真的很在乎祝安妮是不是一位好老师一样。

祝安妮深吸了一口气，这是她的课堂，她要占据绝对的上风，即便是心中忐忑，也一定要把这最后几分钟撑过去。

"你们两个不用争论。我比在座的各位更清楚作为一名老师不仅仅是要传道授业解惑，如果你觉得你的教师素养比我高，可以私下里跟我聊，我很愿意学习进步。但如果只是别有用心地想让我这位老师难堪，就没必要了，即使我只比你们大几岁，你们在我眼里也不过是一群孩子。你们所认为的犀利诘问，在我看来就是孩子般的调皮而已。"

她手指反复地摩挲着笔记本边缘，故作镇定地笑了笑：“今天的课就上到这里，不愿意再来听我课的同学，我祝你能遇到符合自己心意的良师益友；觉得我这位老师的课确实不错，还愿意继续听我课的，我们下节课见。”

明沧捏了捏她微凉的指尖，没有回答这个问题，
也没有再与她探讨下去。

01

祝安妮的话音刚落，下课铃就响了起来。她冷静地收拾电脑和课本，同学们陆陆续续地往外走，她是一个见过大世面的老师，绝对不可以让那一两个有备而来的学生给刁难住。

当然这一切，都是祝安妮高冷外表下展现出的优雅坚强的假象，她的内心其实很慌乱，也有一丝丝的难过。她真心实意对待的孩子们，就这样很轻易地被舆论带起了对她的偏见，用奇怪的眼神望着自己。

秦先佑跑到讲台上来，似乎想安慰她，安妮却冷眼抬头，皱眉说道："你想挂科吗？"

"我学习这么认真，为什么要挂我的科？"

"我看你只学我的课时认真，天天跟着我的课，别的课你不用学了？"

"学啊，我私下里偷偷学。"

“要是靠你自己什么都能学会，还需要老师干什么？再逃别的课过来，小心我把我这一科给你挂了。”

秦先佑“哦”了一声，不好意思地笑笑，见她情绪挺好的，就夹着书跑了。

祝安妮在走廊的转角处遇到了柯友蓉，她看起来是专门在等自己，安妮停下来，面无表情地看着她：“我认识你。”

柯友蓉插着口袋笑了笑，露出整齐洁白的牙齿：“说明我上妆卸妆的区别不大，是个天生的美人坯子。”

安妮莞尔一笑：“你是想让我夸你吗？”

“那倒不必，我不缺夸我的人。”她说，“安妮姐姐，我是个直性子的人，我们敞开天窗说亮话，我喜欢明沧。”

“明沧不喜欢你，也不会喜欢你在我的背后搞这些小动作。”

她摇摇头：“对象可以乱搞，话可不要乱说。我并没有在你的背后搞小动作，网上那些东西与我无关，不过有人这样做，我倒是对此喜闻乐见。如果可以，更加愿意顺水推舟，毕竟你是我的情敌嘛！”

“你的爱情听起来很伟大。”

柯友蓉自信地笑笑：“我是昨天晚上才听我哥说你和明沧在一起了，然后查了查你的资料，来见识见识你的魅力，原本我对你的介入还很担心，不过现在看来没什么必要了。就算你真的很不错，也不过是单枪匹马的女战士，明沧不需要一个女英雄，他需要的是我这种有背景的女人。”

安妮背脊笔直地冷笑一声：“祝你美梦成真。”

柯友蓉离开了学校，直奔明沧的公司。虽然被明沧的秘书拒之门外，但她一口一个“明沧哥哥”，明沧实在不忍心让她一直在外面杵着，只好把她放了进来。他东奔西走一整天，刚刚回来公司开了个会，累得不行，只给她几分钟阐述问题的时间。

她倒也争气，一分钟不用就把自己要说的话说完了："我今天去了一趟G大，听说了一件很有意思的事，祝安妮早上收了一个男人的玫瑰，数量之多足够她给全班上一堂萃取实验课。我记得你说过送花的行为很俗，这么俗的事情，一定不是我的明沧哥哥做的喽？"

明沧原本是看着手里的资料，仅仅腾出自己的耳朵来听她啰唆的，柯友蓉说完之后，他极其冷漠地抬起头，淡淡地看了她半晌，平静地问："你去G大做什么？"

"就是去旁听一下她的课，听说她和你关系匪浅，知己知彼方能百战百胜。"

明沧的眉头几不可察地皱了皱："他是我的女人，你跟我的女人为敌，就是要与我为敌。"

柯友蓉不屑地说："我还是你妹妹呢！"

"既然你知道自己是我妹妹，就应该尊重你的哥哥。"他顿了一下，语重心长地说道，"还有，我觉得你这种行为不太好。"

"哪种？"

"在别人背后搞小动作的行为，打小报告这种行为都非常小人。你这副小人得志的德行让我觉得过去二十年白认识你了。"

柯友蓉嘟了嘟嘴，感觉比被自己亲爸训了一顿还难受。从小到大，她哥都不会给她讲这些大道理，只有明沧总一派说教的模样。她委屈地噘嘴说道："我这都是为了你好，免得你戴了绿帽子都不知道，换做是别人的闲事我才不管。"

"谢谢你的好意，但我不喜欢听别人在我面前说她任何的不好。就算她有问题，也由该我自己去发现，而不是从别人口中得知。你呢，最好改掉这个嘴欠的毛病，不要学得那么讨人厌，多看看你哥是怎么做人的。"

"我做人有问题？"

"有，如果你觉得我说的不对，回家问问你哥，看他是赞同我的说法还是赞同你的说法。有理不在声高，不服气你也不用跟我叉腰，对的就是对的，错的就是错的，这你都想不明白，活该我看不上你。”

“明沧！”柯友蓉狠狠跺了一下脚，甩着包扭头就走。

明沧没拦着，也没让秘书拦着。她就是小女孩的性格，可爱的时候特别可爱，不可爱的时候让人特别想踹一脚。

虽说他不认同柯友蓉打小报告的行为，但他确实很想知道，安妮收了谁的花。他打了两通电话，要查一查是谁送了安妮花。在等对方回消息时，看着时间差不多，便下班了。

晚上有个慈善拍卖会，邀请了不少本地的知名企业，原本明沧是可以出席的，可就在刚刚通完电话后，他不想出席了。实在也没那个狗屁闲心去那看一群道貌岸然的“才俊”凑在一起装模作样地聊天。

他要回明家一趟。去见明洋。

明家的别墅一如既往地清净，因为明洋的母亲喜欢清净。明沧的父亲并不在家，他也无心问他的去处。他直奔明洋的房间，推门而入时，明洋刚洗完澡，围着浴巾从浴室出来。

房间里没有别的女人，明沧不用顾忌什么，他知道明洋不会把任何女人带回家。明洋一边擦着头发一边端起搁在桌上的冰水，仰头喝了一大口：“说吧，什么事，我八点约了人，一会儿要出去。”

明沧也并没有慢慢说的打算，开门见山道：“为什么送祝安妮花？”

明洋特别不正经地笑了笑：“你怎么不问问她为什么收？”

“你怎么知道我没问？”明沧双手插进口袋，靠在他的酒柜旁边。

放下水杯，把毛巾随意往床尾一扔后，明洋说：“我想旧情复燃，想跟她破镜重圆，不行吗？谈恋爱也要有个先来后到，你这是插队，弟弟。”

“什么意思？”明沧皱眉，他从不知道安妮和明洋之间是有关系的，上一次在医院门口偶遇，他还以为明洋终于是有哥哥的样子，愿意跟自己分享一点他并不需要的人生经验，如今看来是自己太天真了。

“明沧。”他难得露出如此正经的表情，用一副好似真情袒露的诚实模样看着他，说：“我记得之前提醒过你，这个女人不简单，是你把我的话当耳边风。我现在不是十几岁的小孩，没事就捉弄你。我是你大哥，以后我们是要相依为命的，我对你讲的都是真心话。”

“所以呢？”明沧沉声问。

“所以，祝安妮和你在一起就是有目的的，她的目的就是我。我把她抛弃了，她想利用你来报复我，我送她花，她接受了，这就足以说明，她对我还是有心的。如果不信，你可以听听这个。”说完，他拉开床头的抽屉，拿出一只录音笔，按下播放：

“所以你这么聪明，应该不难想到明沧和我的关系。”

这个声音他熟悉得很，正是明洋的，另一个声音，明沧也不陌生，那是属于祝安妮特有的清甜、温和的嗓音。

“我知道你们有关系又怎么样？换句话说，你和明沧的关系，跟我有什么关系？”

“真的没关系吗？祝安妮小姐。我可还记得当年你在电话里是怎么宣泄对我的恨意的，你说我会得到报应，你不会放过我。怎么？经过你日日夜夜的钻研，终于找到明沧来作为报仇的切入点了？”

“看来你害怕了？”

“哪里可怕？”

“我的，这里。”

“以我对明沧的了解，他未来的太太一定是家族势力强大的千金小姐。他是个很有原则的人，他的原则通常都以利益为先。”

“爱情和名分，从来不是我祝安妮想要的东西。”

“看来明沧的命你是不看在眼里的。”

“在我眼里，众生平等。”

录音到此结束，明洋晃了晃手中的录音笔，问道：“如果你没听清，我可以给你重播一遍。”

明沧没回他的话，他看起来需要时间来消化这段对话。良久的沉默以后，他低沉着嗓音问：“所以，那个孩子是你的。”

“哦，孩子。”明洋倒是听说她有个儿子，不过没兴趣当这个爹，他犹豫了片刻，否认了，“不是我的，她和我在一起的时候还没有这个孩子，所以，她并不是一个安分的女人。”

明沧不想相信也不愿意相信明洋所讲的每一个字，可他找不到一个明洋会挑拨自己和安妮关系的合适理由。

祝安妮的出身对于明洋来说不值一提，她没有显赫的背景也没有强大的交际网，每天只是上班上课，下班带孩子，和明洋这种花花公子完全不在一个交际圈里。这样普通的祝安妮，可以成为明洋万花丛中的鲜亮的一朵，但不会成为值得他耗费心血从自己身边推走的人。倘若祝安妮真是某个大财团家族中很有地位的女性，或许还值得他那样做。

“明沧，很抱歉，一不小心又抢了你心爱的东西。”明洋拍了拍他的肩膀，“好女孩很多，因为我自己在感情上过得很糟糕，我才不希望你被人骗。明家这么大，我一个人花不完的，我要真是有心跟你争，你现在……”

“我不信。”他突然出声打断了明洋。

“这有什么不信的，你别老想着小时候的事儿，你摸着良心说，这几年我对你不好吗？明氏洗化总裁的位置是不是因为我极力推荐，你才有机会坐上的？”

“我不信你和安妮有关系。”他说。他忽然想到安妮与自己亲密时的模样，如果那个时候她心里想的不是自己，而是明洋……

心底那团嫉妒的火焰快要烧透他的肌肉，寒气覆上他俊逸脸庞，眸光狠戾了好几分。明洋并没有注意他的表情变化，还在自恋地摸着自己的腹肌，说：“倒是缠绵过很多次，不知道算不算有关系。”

02

下一秒，明沧挥起拳头狠狠砸在他的脸颊，明洋闷着哼了一声，趔趄地栽倒在一旁，狼狈地爬起来，大吼道:“你疯了！为了一个女人跟我动手！”

明沧也觉得自己疯了，从小只有明洋和自己动手的分，这是他第一次主动跟他动手。他是反对暴力的，因为暴力低级，暴力不能解决问题。可就如同他曾对安妮说的那句话一样，仅仅是为了解气。

如果有人说他年轻气盛，他也无话可说，此时他根本想不到一个沉着且稳重的解决方法，也做不到沉着且稳重地听着明洋在他面前说安妮是个水性杨花且别有目的的坏女人。

明洋的房门没关，他住在明父明母隔壁，很快，这个家里的女主人就出现了。她这几年身体都不是很好，虽说没有瘫痪，但总是坐在轮椅上，听到自己儿子的叫喊声后，她斗志昂扬地驾驶着轮椅就来了。

“怎么回事？你被打了？”说完，她看向明沧，气得嘴巴都在发抖，“你居然敢打你大哥？明沧，你在这个家里是不是太放肆了？是不是忘记了你自己的身份？需不需要我提醒你！”

明沧冷眼斜睨着她，一字一顿道：“是我忘记了，还是你忘记了？”

在此之前，明沧对明洋的母亲一直非常客气，也会叫她“妈”，尤其是父亲在家的时候，尽是母慈子孝的美好画面。这么多年，他也从未顶撞过这个女人，他时刻谨记着母亲的话，明沧永远都是明洋母亲眼里的沙，他想要在明家生活下去，就要对她友好一些。

这么多年他也确实是这样过来的，他不做任何让她不舒服的事情，他听从她的每一次安排，她偏心明洋，帮着明洋欺负自己的时候，他也从不去告状。明沧十八岁后去国外读书，再也没回来这里碍过她的眼，只是偶尔回来看看父亲。他深深地懂得，虽然自己无辜，可这个女人同样无辜，是自己的母亲介入了她的家庭，她讨厌自己也无可厚非。

这句话，是明沧第一次直面回击她。

“我不会忘！我死都忘不了你是怎么进到我家里来的！你就是我老公的私生子，外界叫你一声‘明少爷’你就认不清自己到底是什么身份了吗？你母亲是第三者，三观不正，生了孩子又不要，把你扔到我们家。这些年我花这么多钱供你读书，也没教会你怎么做一个真正的人！你跟你妈一样！根本不值得同情！我告诉你，明沧，我还没死，就算我死了，也绝对不会给你机会骑到明洋头上。你一天是私生子，一辈子都是！你永远别想从我手里分走明家！”

还是这一套话，他都快背下来了，明沧嘲讽地冷笑了一声，不想在这里待下去，一步步朝着她的方向走去。但只是为了越过她和她的轮椅，走向楼梯。

他说：“我也不会忘记，我姓明，这个家的主人是我的父亲，明氏的主人是我的爷爷，只要他们认我，真心对我，这里永远是我明沧的家。”

他是明家的儿子，但又不是明家光明正大的儿子，他没有明洋那么受宠爱，但他也是在父亲和爷爷的怀里长大的，他不是狗皮膏药一样死赖在明家的。他不能选择谁来生育自己，可事实已经生成，尽管他的母亲不够光彩，他也还是明家的血脉。

这一番羞辱并不会让明沧多难过，他经历得太多，太习以为常，让他心生恨意和苦涩的是明洋与安妮的关系。

他无法想象，祝安妮恰到好处的单纯与天真，全都是假象。他头痛的毛病犯了，痛到他无法完全集中注意力，开车回去的路上，好几次差点出了事故。

他回家时，他的房子里灯火通明，祝君安趴在沙发上跟狗玩球，是那种祝君安扔出去，狗安妮叼回来的无聊把戏。桌上摆放着安妮给他留的饭菜，祝君安一声嘹亮的“爸爸”，召唤出了正在洗碗的安妮，她飞快地擦干手，端起桌上的菜就往厨房走：“热一下，有点凉了。”

这幅画面有些陌生，原来他以为，只有儿子不是自己的。现如今，就连女人都不是自己的。可他居然如此坦然地跟她生活了这么久，过着行云流水一般顺畅的小日子。

“不用热了，我头痛，不想吃。”明沧说着径直回到房间，换下衬衫西裤，灯都不开便仰面躺到了床上。

安妮放下手里的东西，解开围裙，也来到了卧室，她坐在明沧身边，看他实在难受，便用拇指按住他的太阳穴，准备帮他按一按：“是不是排污处理的事情让你头疼了，很难处理吗？”

“我不想谈工作。”他情绪淡淡地说。

安妮忽然低头亲了他一口：“那谈情说爱，怎么样？”

他全然不感兴趣，连敷衍的话都没说，安妮感觉到有些不对劲，不知道怎么能让他舒坦一些：“方案的事情我会负责的，你别这样，好不好？”

“没。”他翻了个身，对着安妮的方向躺着，“我刚刚回家了一趟，和我大哥吵了几句。”

安妮哦了一声：“原来是兄弟俩吵架了，看来你大哥很厉害，把你气到不想吃饭。”

“你见过我大哥的。”他说。

“没有！”安妮立刻否认，速度快得令人意外，如若没有问题，她干吗急着否定他的说辞，他继续语气低沉地说道，“见过，在医院门口，你忘记了？”

安妮不自然地扭头看了一眼客厅的方向：“你不说我都忘了。”

“我大哥说他认识你，你不记得以前见过他吗？”

“认识我？”安妮看起来有些紧张，“他怎么说的？”

“只说认识，简单地聊过几句。”

“也许是某个场合见过面，但是我不记得了。”她笑笑。

明沧也笑了笑，看起来疲惫不堪，他又问了一遍：“真的？那么巧。”

“真的。”安妮信誓旦旦地点头。

是假的，祝安妮，你在撒谎。你忘了你有过目不忘的天赋本领，在你的世界里，只有绝对的见过和绝对的没见过，不存在忘记。明沧心里这样想着，却没能说出口

“你怎么不问问我，为什么我们会提起你？”他问。

安妮弯起眉眼笑起来：“不知道，兄弟之间分享恋爱经？” 明沧捏了捏她微凉的指尖，没有回答这个问题，也没有再与她探讨下去。

这一晚，他一分钟都没有合眼，倒是第二天上午睡了一会儿。他起来时，安妮早就带着君安出门了。

他用密码打开了安妮家的防盗门，桌上有安妮留给他的三明治，他没什么胃口，象征性地咬了两口。随后来到祝安妮的卧室，看到她的笔记本电脑放在床边柜上，手指轻轻一碰，屏幕忽地亮起来，是她忘记关了。

屏幕上显示着重重叠叠的网页，明沧无意间居然看到了安妮的名字，拿起电脑仔细看起来，全都是和安妮有关的内容。

校园论坛和其他贴吧都有，内容都是什么安妮未婚先孕，和本院的副院长关系暧昧，又和富家子弟不清不楚，接商业合作，用障眼法欺骗环保部门，乱搞男女关系。

对方显然是有备而来，不是信口胡诌，图文资料一应俱全，仿佛朗朗乾坤之下，绝无半句虚假。网上还说，在 G 大这是广为流传的事实，随便问一个老师都知道情况。

那些所谓的证据照片，看起来也是煞有其事，全都是安妮和各种男人交头接耳时的抓拍。这里面有陈卓也有自己，还有一些他叫不出名字的男人。他不会因为这些刻意的抓拍去判定安妮是个怎样的人，但这其中有一张，是安妮坐在车里和一个男人距离极近地在讲话。这个男人身影模糊，但他还是一眼就能认出，这是他的大哥明洋。

在工作中，明沧最讨厌的是下属的敷衍，在生活中，他最讨厌的是亲

友的欺骗。他可以体谅一个人不论如何离谱的苦衷，比如母亲对他的抛弃，但他绝不愿被任何的，哪怕是善意的谎言蒙骗。

他将电脑原封不动地放回去，回到家里简单地把自己收拾了一下，出了门。

03

G大。

午休时分，祝安妮在实验室里琢磨那份排污方案，房间门一直被敲得响个不停。她本不想搭理，但实在不堪其扰，她起身走到门边，将门开了一个小小的缝隙，故作疏远地看着外面的人，说："陈院长，现在是下班时间，你就不要在学校里面找我了好吗？还嫌我不够烦？"

"不至于吧？你居然在意网上那些东西？"

"不是吧？居然不在意那些东西？你不知道网上已经把咱们俩说成应该被清除掉的科研圈的斯文败类了吗？"

"我知道，可是人活着就会被议论。"

祝安妮瞪了陈卓一眼，发自内心地看不上他那副"死猪不怕开水烫"的模样，真不知道陈卓的脸皮是怎么磨炼得这么厚的，好歹他也是个知识分子。

"你夹到我脚了！"陈卓坚决不肯退步。

"夹死你！"安妮也不松手，真的往死里夹他的脚，直到陈卓说了一句"我无辜不无辜？"她听后眉头一皱，这才反应过来，自己不该这样对陈卓，便立刻松了力气，把门打开，放他进来了。

陈卓是无辜的，是非常无辜的，尽管她觉得陈卓有时候很像块狗皮膏药，但这并不是这些新闻爆发的原因。说到底，是因为有人要对付自己，陈卓是被牵连进来的，她还无法预料未来会怎么样发展，这件事是否会对陈卓未来的职业生涯产生负面影响。

还有，虽然与明氏的合作方案上确实出现了问题，她也并没有在资料里找到漏洞，也不能证明是陈卓在工程这一块对自己动了手脚。这可不是偷了别人方便面调料包那么简单的小事，陈卓不会做这种损人不利己的事情，很显然，又是因为自己，陈卓才陷入这摊淤泥里。

这么一琢磨，祝安妮好想给陈卓赔不是。

“你是来向我讨道歉的？”她问。

这话问得理直气壮，跟拖人下水的是他一样，他觉得好笑，还真就应和地笑了两声：“怎么着？不应该吗？”

祝安妮咬了咬牙，深吸一口气，说：“实在不好意思，连累你了。”

陈卓无所谓地耸耸肩，又撇撇嘴：“安妮你跟我太见外了，虽然我曾经是犯了一次花心的错误，但这并不能说明我就是个坏人，你没必要处处提防我、讨厌我。你要相信你多年的眼光，我是你最值得信赖的朋友。”

祝安妮翻了个白眼，陈卓却心花怒放，心想：好看的人，连翻白眼也这么好看。

陈卓说 ：“看来你不认同我的说法？”

“你要是接受我的道歉，就赶快走吧，我现在真没心情跟你扯皮，陈卓，我正焦头烂额呢。我不想成为什么风云人物，就算我想，也绝对不会以这种方式去成为。我现在心情真的糟透了，我只想要个能安安静静思考、不用装模作样的私密的空间，你懂？”她不想看陈卓的眼睛，陈卓这个人天生的桃花眼，看人自带深情，这是他招女孩子喜欢的原因之一。可这种深情，对她来说是可怕的负担。

“网络这种东西，不过是三分钟热度，很快就会被人们忘却，你没必要担心的。”他不仅没有要走的打算，还大大咧咧地坐下了，“你的道歉我接受了。而且这些谣言对我是不会产生丝毫影响的。”

“我没什么可让你担心的，大不了换个工作。”安妮说。

“我的话还没说完，安妮，倒是你，应该更聪明一些，不要轻易被爱情冲昏头脑，不要忘记你今天所遭受的一切都与那个男人有关。我不懂你这么干净、优秀的一个人，为什么非要跟那种注定会引起是是非非的人搅和在一起。”

安妮下意识地摸了摸自己的额头，开始理智地分析起来自己到底是不是被爱情冲昏了头脑，很快就有了答案——并没有。

她的头脑此刻还是清醒地，于是她说：“我记得你之前的一次演讲，是有关凝聚态物质的，从量子力学延伸到中国古代的辩证唯心论，你把深奥的物理讲得通俗易懂又趣味横生，听完你的演讲，我差一点要转行去研究物理了。”

陈卓微笑着点了一下头，目光灼灼地望着安妮，突然开口打断了她的话：“你的记忆力一直让我佩服，我知道你想问我，为什么没有继续研究自己喜爱的物理学，而是来到你身边研究生物学。原因很简单，我只想待在有你的地方，我想待在可以为你做一些事的地方，我希望看到你更快乐。”

他的话没说完，祝安妮便生气地回身从桌面上抽出一张纸巾，拍在他的嘴巴上：“你知道，你知道，你知道……你什么都知道你叫祝安妮算了！”

陈卓深情款款的告白被她一巴掌拍得灰飞烟灭。谁能想到在外头风光无两的陈副院长在这里只能挨巴掌受气。

安妮瞪着眼珠，凶巴巴地说：“我跟你说这些的意思，是要表达你确实有轻易说服别人的本领。但，你听清楚了，我祝安妮不是别人，我的立场不会因为别人的三言两语就动摇。”

“你这叫固执。”

“那我不让你喜欢我，你还像个膏药一样贴在我身上，你就不固执了？”安妮反问。

陈卓眨眨眼，觉得她说的还真有那么几分道理：“好吧，我也固执，其实我是觉得明沧没有保护好你。”

“你再提明沧两个字，咱俩就绝交。”

送走陈卓后，她将收拾好的电脑塞进她的单肩提包里，拿起车钥匙出了实验室，她要去一趟明氏。

她早就猜到是自己给明沧的方案出了问题，可他偏偏否认。或许是他想保护好自己，或许这个问题真的不大，可她突然之间不想让明沧一个人去面对这些了，就算明沧想做那个承担一切的人，她也不想做那个捅了篓子却钻进桌子底下不见人的胆小鬼。

这个时间并不塞车，安妮很快到了明氏集团附近，她看到明氏集团的楼下围着十几个人，还有好多保安。随着车子渐渐驶近，她才看清那些人全是记者，手里都带着采访的装备。

她停好车后走过去，听到有记者向明氏集团的工作人员提问道："明氏会用当初同样高调的方式来回应这次出现的环保问题吗？"

"现在老百姓关心的是，问题是第一次产生吗？还是说一直都有，但被明氏隐藏了。明氏是不是会对工厂附近的居民有一定的交代？如果会，明氏打算怎么交代？"

明氏集团派出的工作人员应该是明氏集团的公关负责人，面对这些咄咄逼人的问题，只能很公式化地回答道："相关技术方面属于我们咨询过相关专家发起的项目，大家反映的问题我们明氏非常重视，正在进行严格的内部自检审核，同时我们也在等环保部门的调查结果。明氏一直很重视企业的社会责任问题，如果问题真的出现在明氏，我们也绝不会推脱责任；但如果检验结果证明我们明氏并未有违规操作，我们也一定依法追究造谣者，用法律来捍卫自己的声誉，这就是明氏今天想对各位说的。在检测结果出来之前，其他问题我们都不会回应，谢谢大家对明氏的关心和关注，辛苦各位了。抱歉，我还有工作……"

祝安妮站在人群的最后，看着公关人员平静地转身离开，看到记者们没有得到自己想要的东西悻悻而归时的不悦，她突然感觉自己的肩膀很重，腿也很重，步子迈起来也格外地重。

原来事情已经这般严重，可明沧还是什么都不对自己说。她掏出明沧秘书给她准备的员工卡，快速地通过电子关卡，随着一拨忙碌的人走进电梯。

她刚要按下楼层键，就听旁边的一个女职员说道："还是你们部门好，干得都是光鲜亮丽的工作，我这几天，跑工厂跑得高跟鞋都要断了，真是烦。按理说咱们集团根本不缺搞环保这点钱，不知道请了什么半吊子专家，搬砖的砖还差不多，快要被这'砖家'害死了……"

"行了少说两句吧，被你经理听到又要骂你。"另一个女职员说。

安妮抿了抿唇，按下明沧办公室所在的楼层，电梯里突然鸦雀无声了。

下了电梯，她看到走廊上穿梭在各个办公室的职员全都步履匆忙，恨不得都小跑起来，这和上一次来这里的时看到的画面可不一样。

她推开明沧办公室的门，看到他的桌面上摆着好几盒炒菜，他一手捧着白饭，正全心全意地盯着面前的报告，不时塞一口白饭进嘴里，听到门口传来声音时，只是皱着眉说了一句："再倒杯水。"

安妮立刻走到饮水机旁边，用纸杯倒了一杯温水端到他面前，明沧正要拿起来喝，不禁眉头一皱，不敢相信秘书居然用纸杯给他倒水。正要发脾气，一抬眸就看到了祝安妮站在办公桌前，他紧锁的眉头慢慢平复，意外道："又来分手？"

安妮摇摇头，不等她开口，明沧的秘书匆忙地敲门后推门进来，看到安妮后也很意外："对不起，我不知道祝小姐来了。明总，董事们都到齐了，现在就差你了……"

明沧放下手里吃了半碗的白米饭，起身深深地望了安妮一眼，沉着声交代道："我去开个会，你先坐一下。"

安妮点点头，看他大步流星地走出办公室。倒是他的秘书，来到办公桌旁，迅速收拾好桌上的东西，将饭菜盖上盖子，顺便将摆在一旁的资料全都抱走了。

"这个，我能看吗？"安妮问。

秘书为难地笑笑:“不好意思祝小姐,带走它们是我的工作,如果你想看,可以和明总直接要。”

安妮笑笑，没有继续提这无礼的要求，还在心里暗自慨叹，明沧的这个秘书是真的称职。

04

祝安妮在明沧的办公室里坐了一下午，都没有等到明沧回来。到了接孩子的时间，她只好给他发了一条信息告诉他她先回去了。他越是忙碌，她越是不安，这会让她认为，这些忙碌都是她带来的，说不定，还真就是。

她赶到幼儿园接祝君安时，幼儿园就剩他一个人了，好在他手里有一本书，没有因为等待而生她的气。

上了车，他开始跟安妮报告：“我今天做了一个检查，得到了表扬。”

“检查什么？”

“牙齿。”

“你是全幼儿园牙齿长得最好的吗？所以表扬你？”

祝君安抱着肩膀摇摇头：“他们可没有我这么好的待遇，是我爸爸开车带我去做的牙齿检查。”

“明沧？”她有些诧异。

对于她的反应，祝君安表现出了强烈地不满：“你难道不想知道我的牙齿怎么样了吗？你们都是男女朋友了，你还担心他会把我拐卖了吗？”

安妮无奈地叹口气：“好，你的牙齿怎么样了？”

“我现在不想跟你分享了。”

“我是你妈妈，你的唯一合法的监护人，我要知道。”

“我有权为我的隐私保持沉默。”

安妮：“……”

明沧是天亮时才回来的，祝安妮在他的沙发上睡了一夜，听到开门声和狗叫声才醒过来。

“你忙了一整晚？”她睡眼惺忪地问。

明沧疲倦地摇摇头：“没有，太累了，在办公室躺了一会儿，醒来就这个时间了。”

两个人从客厅转移到卧室，一起躺在床上看天花板，祝安妮伸手去解他衬衫的衣扣，却被明沧温润的手掌按住了手腕，他声音低哑道：“今天累了。”

安妮侧过头，看他下巴冒出的短黑的胡茬，还有浅浅的黑眼圈，有些心疼，挣脱开他的手掌继续脱他的衬衫：“在你眼里我就那么不善解人意吗？我只是觉得穿着衣服休息不舒服，单纯地想帮你脱掉，是你的思想太复杂。”

明沧嘴角勾起淡淡的笑，任由她帮自己宽衣解带。

安妮拉起薄被盖在两人身上，她在被子里轻轻拉住他的手，说：“我知道是我的方案出问题了，明天我和陈卓一起重新检查，想出一个完美的补救方案，只是辛苦你这几天……”

“不用。”他闭着眼睛，不等安妮的话说完，便决绝地打断，“已经有人在做了。”

“你是不相信我？”

“我是不想你被人利用。”他没有正面回答她的问题。

安妮愣了一下：“我被人利用？被谁？我只是为你所用，哪里来的被人利用。”

“陈卓在利用你。”他说。

“陈卓利用我？”安妮思考片刻，否定道：“你觉得陈卓利用我去害你和明氏吗？不会的。陈卓绝对不是那种人。”

“你凭什么那么肯定陈卓不是那种人？我说他是。”

“我说不是就不是。”安妮置气道，“问题出现了，我们解决问题，这不是拿感情去讲道理的时候，谁会干这损人不利己的事情？他这么做能拿到什么好处？除去这些不说，你这是在侮辱我看人的眼光，好像我的朋友就一定是十恶不赦的坏蛋一样。我知道你介意他的存在，所以我已经刻意与他保持了距离，但你要知道，我认识陈卓在先，我从未给过他希望，一直都是明确地拒绝他，如果你觉得我和你在一起了，就要断绝所有的朋友关系，我不会同意的，我不是你的附属品。”

明沧慢慢睁开眼睛，冷声说道：“你感性地认为他是清白的，客观上你有证据吗？”

“那客观上你有证据证明就是他的问题？方案是我们两个人一起做的，陈卓是无条件帮忙，你不相信他，就是不相信我。”

明沧眸子里原有的璀璨星光，忽然蒙上了一层暗色，将那些星星点点的亮光掩盖：“你要一定这样说，那就算是。”

安妮生气了，故意把腿踢得老高，蹬着被子又放下。

三天后，明氏集团在自己旗下的五星级酒店举行了记者招待会。

祝安妮并没有在邀请的名单里，但她知道了有招待会这件事，还是让明沧的秘书把自己带了进去，站在一个不起眼的小角落，当起了看似可有可无的工作人员。

简单的客套之后，明氏集团的公关很快引领大家进入正题。一身正装的明沧面带微笑对众记者点头，从容地说道：“对于近期大家关心的问题，我先在这里做几条说明，再来一一解答各位的疑问。任何一种技术的革命都是有风险的，所以我们将此次事件称之为误差。想要突破传统科技的限制，做环境友好型产品，需要大量的人力、物力和精力，我们明氏作为历史悠久的老企业，为了对得起消费者的信任，更是要集多方资源进行创新，所以这一次产生的误差，并不是外界所理解的钻空子和唯利是图。在这里我先为我们技术革命所产生的误差诚恳地致歉。”他起身后，身边的公关经理也跟着起立，一起向众记者深深鞠躬，一时间闪光灯四起，快门声也此起彼伏地响着。

鞠完躬后，他坐回自己的位置上，还是那副俊朗清秀的面容，看起来整洁利落，发丝也梳得一丝不苟，明沧还是那个让人忍不住浮想联翩的美男了，可眼底却突然多了一抹疲惫和沧桑，他停顿了片刻，说："我感到很抱歉但同时我也很开心，在项目的初始阶段就发现了这个失误。因为发现得早，所以我们可以及时去改正和弥补这个失误。我相信在座的各位，每个人的家里都有明氏的产品，包括我们明氏的研发团队，他们出过国留过学，他们其中有很多人都有在世界级大洗化公司工作的经历，但最终他们选择的是相信明氏，这也是对我们明氏产品的一种肯定。我们有信心战胜困难，更有信心让明氏成为让大家最放心和认可的洗化企业，我们愿意接受媒体和社会的监督，愿意回应每一次大众对明氏的疑问，这是明氏现在的态度，也是我们永远的坚持。"

开始有记者举手提问，明沧请他们一一说出自己的问题。

"明总，已经投入生产线的产品会销毁还是会减价处理？"

"明总，据贵司公关负责人说，项目顾问是否要追求其责任呢？"

"明总，据称这次你们咨询的顾问团队里有 G 大的女老师，并且是通过不正当竞争关系才拿到和明氏合作的机会……"

"明总……"

"明总……"

明沧和记者之战，最终是明沧胜了。如果不是亲眼所见他面对记者们的刁难还能侃侃而谈，安妮印象里的明沧还只是那个在家做饭、抱狗、哄孩子的阳光男孩。这下好了，原本是担心他被问罪，没想到被他力挽狂澜，免费给明氏重新做了一大拨宣传。

会议结束后，祝安妮被告知明沧还要开会，便一个人先行回了家。明沧最近总是很忙，忙到没时间陪她吃一顿饭，自从上次两个人因为陈卓的事吵了几句之后，他便再没回过家。他的秘书说，他一直睡在公司，忙得黑白颠倒。

虽然陈卓已经帮助她做了第二版方案，但最终没有被采用，这个漏洞是黄霁月为她补上的。当然，这也不是明沧一个人的决定，是明氏真正的当权人的决定。

祝安妮和黄霁月的战役，黄霁月胜了。

这些安妮已经不计较了，只要输掉的不是明沧，其他的问题都不大。

学校已经进入了期末考试阶段，祁珊整天计划着新年应该去哪里度过，毕竟她现在有了一个有钱的男朋友，也不好让自己过得太寒酸，那样的话，她的男朋友看起来会很没有面子。

祝安妮倒没有什么特别的计划，还是日复一日地过着，她想到新年不再是她和君安两个人的新年，假期也不再是她一个人哄孩子的假期，她所有的计划里都有明沧一份。而此时的明沧，却像一股蒸发的水蒸气，突然之间不见了，让祝安妮不知所措。

他不在公司，也没有回家，不接电话，也不回信息。

祝安妮在给祝君安洗澡的时候，给他打了三遍沐浴露，第四遍时，被祝君安稚嫩的小手给拦住了，他特别无辜且十分无奈地抱怨："安妮，这是我爸爸离开的第十二天，我知道你想他想到魂不守舍，但你不能每一天都给我洗两次澡，每一次洗澡都打四遍沐浴露啊！我快被你洗脱皮了！"

安妮放下沐浴露，把一盆温水浇在他头上，不悦道："你已经不是三岁小孩了，还要我这个'年迈'的老母亲给你洗澡，你怎么好意思？"她扔下粉色的小盆和粉嘟嘟的祝君安，起身胡乱地擦了一把手就出去了。

祝君安自己冲干净身上的泡沫，自己裹上浴巾，拿起安妮的干发帽像模像样地缠在头顶，站在凳子上面，对着镜子把婴儿润肤膏涂在脸上，薄薄的一小层，闻起来很香。

他从洗手间出来，走到坐在沙发上看书的安妮身边，轻轻拍了拍她的大腿，说：“安妮，你在想爸爸吗？”

“去世很多年了，想不起来。”

“我说我爸爸。”

“你管那么多呢！”

碰了一鼻子灰的祝君安并不气馁，他坐到安妮身边，将包着安妮干发帽的小脑袋靠在她的肩头，老气横秋地叹了一口气：“我想我爸爸。”

祝安妮的鼻子有点酸，她也叹了一口气，君安抬起头，郑重其事地拍拍她的肩头，说：“不过没关系，如果这个爸爸没有了，我还会有下一个爸爸，你不要太难过了安妮。无论谁离开你，我都不会离开你，我会一直陪着你，你一定要快乐地生活。心态好寿命才会长。”

她及时出手捂住了他的嘴巴：“你是怕我难过死了，你自己流浪街头吧！”

他呜呜半天，安妮才松开他的嘴巴，就又听到他说：“讲真话是这样的，但我不会离开你也是真的。”

明沧的消失不仅仅让祝安妮感到难过，也让她难堪，不过她没有把这份难堪说给祁珊。直到祁珊请她来家里吃饭，顺便满足柯友仁一直心心念念的打麻将这个愿望的时候，她才告诉祁珊。

他们说得头头是道，可在祝安妮看来，他就是不喜欢自己了。

01

祁珊是饭也不吃了，麻将也顾不上了，拎起柯友仁的衣领气势汹汹地让他交代明沧的去向。柯友仁何其无辜，手里拿着一个空盘子向她求饶："我真不知道明沧去哪了，我也联系不上他。我猜啊，不是我肯定，是我猜，他应该在国外。他后妈在国外手术，他们全家都去了。但是毕竟是后妈，我也不敢肯定明沧是不是真去，他也不接我电话，我从明氏那边问到的消息是说他一直在出差，别的什么都问不出。"

安妮拉开凶巴巴的祁珊，不想让她因为自己而影响了和柯友仁的感情："人是安全的就好了，可能他确实不方便。"

柯友仁打了个响指，说："安全肯定是安全，要是不安全也不能就他一个人不安全，真出什么事，他们明家就每一个都不会安全的，哪能就他一个人倒霉。"

“不会被绑架了吧？”祁珊没头没脑地突然问道。

柯友仁笑了两声，说：“行了啊姑奶奶，要绑架也是绑架他大哥，谁绑架他？再说你以为明沧是手无缚鸡之力的小姑娘？他一脚能给一个成年大老爷们儿踢到驾鹤西去，谁绑架这么个玩意，不先探探路？”

他们说得头头是道，可在祝安妮看来，他就是不喜欢自己了。

明沧消失了十五天后，终于出现了。

祝安妮已经做好了要永远地失去这个人的准备时，他又回来了。她并没有体会到失而复得的欢喜，只是很想打人，要么就别走，要么就别回来，当她的心是面团捏的，任人蹂躏吗？

当时她正在给花浇水，听到敲门声后，提着空水壶去开门，看到是明沧以后，先是懵了一下，大脑停摆了，接着，祝安妮的心理活动就跟火山爆发似的，各种想法一股脑地往外挤，然后她选择了一个最痛快的——抬起空水壶一下砸到他脸上。

水壶不是塑料的，是类似搪瓷的工艺品，有些重量，她使出的力气也不小，直接把明沧的鼻子砸出血了。

安妮又懵了一下，愣愣地看着他淡定地捂住自己的鼻子，气急败坏地问：“你不是很会躲吗？你接着躲啊！打你你不知道躲？”

明沧的手臂上挂着一件挺括的呢子大衣，身上的白T恤已经被鼻血染上两点红色，他的下身穿着一条牛仔裤，脚上穿的好像是酒店的拖鞋……

祝安妮的眉心渐渐聚拢在一起，她让明沧进来，拿来毛巾和纸巾处理他的鼻子，小心翼翼地按了按他的鼻梁，开始后悔。这么好看的鼻子，万一鼻梁被打断了怎么办。

再仔细地看看，他的胡茬像是好几天没刮，眼底尽是可怖的红血丝，整个人的状态看起来糟糕透了。

她给明沧的鼻子里塞了两团纸，两个人站在客厅中央，你看着我，我看着你，明沧的眼底似有星辰大海，祝安妮的眼底却只有他一个人的倒影。他从刚刚到现在还未说过一句话，他什么都不说，安妮便觉得自己说什么都是多余的。

虽然只有十五天，可安妮却仿佛经历了十五年似的。久别重逢，好像已经不认识这个人了，非要仔仔细细地看个清楚明白，连一根睫毛都不放过。

她觉得自己要哭了，这长达十五年，不，是十五天的思念、焦虑、无助、委屈和气愤，还有猜忌，像一块块大石头压在她胸口。这一刻，仿佛有人抡起锤子把胸口的这些大石头砸个粉碎，安妮感到突如其来地疼，也感到突如其来地轻松。她薄薄的鼻翼一张一翕，最终还是撇着嘴，以极度不好看的模样哭了出来，还拉着孩子一样委屈的长音，猛地扑到他怀里。

她的拥抱很有力，可明沧的手臂却只是松松地揽在她的腰上，不过，安妮却在肩膀上感受到了他的眼泪，感到那种湿凉的触感。良久的拥抱过后，安妮松开了明沧。

“你去哪了？怎么不打招呼？打一通电话很难吗？发一条信息都不行吗？你这样算什么？因为我跟你吵架，因为我给你添了麻烦，所以你负气出走，跟我冷战吗？你是要分手吗？”她吐字清晰，语速又极快，好像参加辩论赛时，急着在规定的时间里阐述完自己的观点一样。

明沧深深地望着她，几秒之后，他发出了沉重的肯定声：“是。”

安妮眨眨眼，有些底气不足地叉起腰：“是什么是？说清楚！是负气出走还是要跟我冷战？”她故意少问了一句，但得到的答案却不那么尽如她意，明沧撤掉塞在鼻子里的卫生纸，血已经止住了，他面色平静地说道：“是要跟你分手。”

“分手？”安妮似笑非笑地看着他，学着他曾经无赖的样子举起自己的双手放到他面前，说，“又没有牵手，分什么手，分手之前要先牵手，是你说的。”

明沧垂眸，淡淡地看了一眼她纤细的手掌，冷声道：“可以，那就当我们从来没牵过手。”

安妮的眼眶又红了起来，这一次她没有像孩子一样嘴角向下撇着大哭。她强忍着心中的不满和难堪，把痛苦硬生生地往肚子里咽，嘴角不可抑制地发抖，连声音也微微发颤，她不服气地向他质问：“为什么分手？给我一个理由。”

见他不说话，她便继续逼迫道：“给你最后一次机会向我道歉，告诉我这是一个恶作剧，不然我真的会生气，我生气起来很可怕的！”

明沧深吸一口气，转开视线看向客厅中央的小花园，想起第一次来安妮家里，和君安一起蹲在地上认花的情景。

安妮咬了咬牙，侧着身子迈了一步，挡住他的视线，继续颤抖着声音质问他：“你说话啊！你能不能像个男人一样！就算分手也要分得明明白白！你可以直接大方地告诉我你另结新欢了！也可以直白地说你对我的喜欢根本就是经不起任何风浪的。”

“我说过喜欢你吗？”他突然开口，声音冷得像冰。

安妮的呼吸断了线，快要窒息的时候，才哆嗦着吐出一口气，她不敢置信地说：“我们有过肌肤之亲了。”

“这种事情需要付出喜欢吗？大家都是成年人了。”

“你对我唱过《明明很爱你》的，你不是明明吗？”

“我不是，明沧可以叫明明，明洋也可以，所有姓明的，都可以是明明，没人规定这个明明一定是我。”

“我不信。你是喜欢我的。”

明沧嘲讽地挑起嘴角，笑笑：“你还要演到什么时候？”

“这句话该我问你，你要演到什么时候，不要以为你假装分手我就会害怕失去你，到时候你不要……”

“祝安妮。”他一字一顿地叫她的名字，打断了她的天真，随后从自己大衣的口袋里抽出几张报告纸，狠狠甩在她的脸上。纸张掀起的风撩开了她脸颊两侧的柔软发丝，她咬着下唇蹲下去，把地上的东西一页一页地捡起来，迅速粗略地看了一遍后，激动地将这些纸张撕成碎片，她抓着一捧碎纸片，问他："为什么查这个？"

"怎么？聪明的祝安妮的阴谋被天真单纯的我识破了，所以气急败坏了？聪明的祝安妮难道没有做B计划吗？一旦被识破，该如何否认和摆脱嫌疑的计划？"明沧说这些话的时候，几乎是咬着牙，犀利的眼神像一把锋利的三棱刀，直直地插进她的心里。

"我问你，为什么要查这个！"祝安妮将手里的碎纸片摔在明沧的胸口，纸片纷纷扬扬地落下。

"那你告诉我，你生了我大哥的儿子却刻意接近我，是为什么？"明沧原本该生气的，应该胸口强烈地起伏，可当他说出这些话的时候好像突然失去了发火的力气，"你连儿子都给明洋生了，我也亲眼看到了你和他交头接耳的照片，你却在我面前装作不认识他？我给过你机会让你对我以诚相待，可你只做好了隐瞒的打算，你解释给我听，这是为什么？"

"你就没隐瞒我吗？你说带君安去看牙齿，其实是要给他做亲子鉴定是吗？你也在欺骗。"

"是，我的隐瞒和欺骗是为了证实你的隐瞒和欺骗。事实证明，我是对的。"他笑笑，眼角闪过一抹苦涩，"可惜你的如意算盘打错了，祝安妮，你以为可以利用我去报复那个当初伤害你抛弃你的明洋，你想利用我夺走明洋的一切，你想看着明洋最讨厌的人养大他的儿子，拿走他的家产，这些算盘全都错了。你太高估我在明家的地位，也低估了明洋在明家的地位。"

他顿了顿，自嘲地笑笑，说："你的计划失败，记得给你深爱过的明洋和深爱你的陈卓记上一笔功劳，你大可以继续用你聪明的头脑去计划报复，但你以后的生活，我不想再参与了，我们到此为止。"

他转身走到玄关处，从大衣口袋里掏出两支录音笔放在置物柜上，沉默且决绝地离开了这里。他没有回隔壁的家，他不想看到和安妮有关的一切东西。

G 市的天已经渐凉，明沧走进电梯，像一个立在危崖的高树，明明摇摇欲坠却还笔直坚挺着。被泪水划过的肌肤有些微凉，尽管是明沧主动开口，可在他的心里，这无疑是祝安妮对他的一场无情地抛弃，就像当年的时夏一样。

或许安妮的抛弃更可怕，时夏是迫不得已，而祝安妮是有备而来。从头到尾，他都是祝安妮的一个工具。

明沧回到自己的车上，胡乱地用掌心擦干了脸上的泪痕，抽出一支香烟点燃，启动汽车，缓缓驶出小区。音响里放着他的司机最爱的交响乐，衬得他的失恋轰轰烈烈。

02

祝安妮在明沧离开很久以后，才去拿起那两支录音笔，她坐在沙发上听。银色的那支是她和明洋的对话，她听到自己扬言要报复，听到明洋无情地嘲讽。在这段对话里，明沧沦为她仇恨的牺牲品，可她明明记得当初自己不止说了这些话，这是被剪辑过的对话，是明洋有意为之。在明沧听来，这就是一段完整的、可怕的对话，没有裂缝也没有漏洞，它坐实了安妮坏女人的名声，再加上现在有了祝君安和明洋的亲子鉴定报告，她没什么可以辩解的了。

而黑色的那支录音笔，放出来的是明沧与陈卓的对话，他们两个人的声音语气她都是十分熟悉的，绝不会错。

明沧说：“你觉得安妮会信你还是信我？”

陈卓说：“信我。”

“你辜负了安妮的信任，篡改了数据，枉为人师。”

“明总的话我听不懂。”

“这件事我们已经解决了，你没有必要再装无辜了陈副院长，你明知道我就算为了保全祝安妮，也不会对你怎么样。看来坏人和小人之间，你选择做小人。”明沧嘲讽地笑着说，“我很好奇你这么做的目的，明氏不会被这一件小事搞垮，我也不会。别告诉我，你打算用这么低能的方式来离间我和祝安妮。”

陈卓也笑了，说：“我当然知道这一点点小事不会让你和明氏垮掉，如果我说，我只是单纯地只想让你不痛快呢?

“那你目的达到了。”

“我对此喜闻乐见。还有，篡改数据这种事可不是我这种为人师表的人会做的事情，是黄霁月的助教做的，我只是高抬贵手放她一马而已。说到黄霁月，应该是明总自己惹的麻烦吧？这叫什么？自食其果？”

“所以你就眼睁睁地看着她陷害祝安妮，你能从中得到什么好处？”

“快乐……”

录音到此结束，祝安妮抱着膝盖窝在沙发里，想到自己与明沧因为陈卓争执的固执模样，想到他刚刚决绝地离开的背影，她已经碎成千千万万片的心脏仿佛遭遇了龙卷风，搅着血肉狂乱地撞着她的胸口。

真难过，安妮想。眼泪止不住地流，擦得脸颊都疼了。

我真的很难过，我将永永远远失去我的明沧和我的爱情了。安妮想。

最难过的是，我居然从来没有被明沧喜欢过。安妮想。

难过到不能自已的祝安妮忘记了看表，她错过了接祝君安的时间，她的电话在卧室的床上一直震动，可她听不到，她一直闭着眼睛，忽略了天色渐晚。直到家里的门铃再次响起，她才从悲痛欲绝中回过神来，拖鞋都顾不上穿，赤着脚跑到门口。

在开门之前，祝安妮还不忘抹一把自己的眼泪和鼻涕。她不想让折路返回的明沧看到自己这么狼狈，如果他后悔了，她一定要骄傲一点，要给他一点教训，要让他知道，自己绝不是招之即来，挥之即去的随便女人。

她已经无暇顾及那些是是非非、谁错谁对，当下时分，只要明沧回来，那么一切都是好商量的。什么陈卓，什么明洋，什么黄霁月，全都不是她在意的人。

祝安妮清了清嗓子，发出一个音节，鼻音太过浓重了，很难听，她硬着头皮，挺着胸脯，仰着下巴开了门，做好了刁难明沧的准备。可是，站在门外的人，却是满眼担忧的祁珊和满面幽怨的祝君安。

心又一下子跌回谷底，希望的小火苗遭遇了现实的巨浪，死死拍灭在沙滩上。她张了张嘴，想说什么，可是眼眶忽然发热，眼看就要绷不住了，她立刻转身，冲进洗手间去洗脸。

祁珊把君安送回房间，拿起扫把来收拾客厅中央的碎纸片，她东拼西凑地大概看了一下内容，刚要去敲门找安妮，她便自己出来了。

清秀的小脸被洗得干干净净，只有眼眶和鼻尖有些发红。

“谁拿来的这个东西？”祁珊问。

“明沧。”

祁珊眼睛瞪得老大，惊讶道：“他回来了？直接拿着这个来的？他人呢？”

这些东西不能被祝君安看到，祝安妮从祁珊手中拿过来转身回到洗手间，把碎纸扔进马桶冲走。“走了，以后都不回来了。”

祁珊咽了一口唾沫，一时间不知道该如何安慰她，事情来得太突然，她这脑子本来就不怎么能转，这下彻底不转了。安妮拿起那两支录音笔扔给她，两个人一前一后的来到安妮的房间，锁上房门后，祁珊开始听这些录音。

祁珊的表情五彩缤纷，上演了好一场复杂的内心戏。听完所有内容后，她一脚狠狠踩在床上，气愤地叉腰道：“我早说黄霁月那女人不是好饼，她那个助教也是混账一个，真是不是一家人不进一家门，敢情平日里的不合都是演给大家看的，真是够恶心的！还有那个陈卓！简直是败类中的战斗机！就这么看别人坑你，还口口声声说喜欢你，简直不要脸到家了！他是算准了反正你是看不上他，得不到就想毁掉是吗！”

她说的话都是安妮想说的，只是安妮现在懒得开口。她拿起录音笔把里面的内容都删除掉，将祁珊踩在她床上的一条腿拍下去，说：“你斯文一点。”

“现在这种情况下，我斯文不斯文很重要吗？”

“无论何时何地，都要保持自我。”

祁珊再次把腿抬上来，像个汉子一样踩着她的床：“这就是我的自我，我保持得很好。”

安妮不再搭理她，坐在床边打开抽屉，把录音笔都扔了进去。

祁珊严肃地按着她的肩膀，好言相劝道：“要我说呀安妮，你应该把君安的事对明沧坦白。只要坦白了，他一定会理解你的，那么所有的误会也就都解开了，对不对？其实你想想，什么陈卓啊黄霁月啊，在你和明沧的感情中根本不值一提，并不影响什么，他们唱的都是独角戏，真正的爱情对手戏，只有你和明沧两个人。”

安妮想都没想就拒绝了：“我没什么可坦白的，他相信明洋，相信他听到的、看到的事实，我去解释在他眼里只能是欲盖弥彰。”

“欲盖弥彰个啥，你就直接跟他说，祝君安是明洋亲生的，但不是你亲生的，是不是你亲生，那不也是一个亲子鉴定就足够说明的吗？科学数据就是事实依据，到时候什么都不用解释了！”

“祝君安是我亲生的。”

“你亲生个头！你是不是当太多年老母亲已经忘记自己是黄花大闺女了？你醒醒啊安妮！你错过了明沧，以后可不一定还能遇到条件这么好的了！我知道你不看重条件，你养活自己和祝君安还是够的。但是人往高处走，水往低处流。同样是找对象，为什么不找明沧这样温柔的、对你好的？再说你这也太冤枉了，如果祝君安要真是你生的，我来劝你，那是我嘴贱，但问题是，他不是，他只是你的外甥啊！”

“所以呢？”安妮突然抬头，倔强地看着她。

“什么所以？”

“所以祝君安做错了什么？因为我要谈恋爱，因为我的爱情，就要牺牲他吗？他不无辜吗？是他自己选择来到这个世界上的吗？难道要我现在告诉他，他的父亲是个坏人，他的母亲为了他的坏人父亲跳海了，他每天喊在嘴里的妈妈其实是他的小姨，他是个孤儿？你知道他有多早熟，你忍心让他从小就饱受这种煎熬去成长吗？”

“道理不是这样讲的安妮，你可以只告诉明沧，我们悄悄地说，除了明沧，谁都不告诉……”

“好，就算我们只告诉明沧一个人，我继续跟明沧在一起，你觉得明洋会放过我吗？他能说得出我是他的旧情人这种话，他还有什么做不出来？到时不等明沧澄清他的女朋友和他大哥有关系这件事，明洋就会闹得很精彩。在他身边，君安早晚会知道这件事。”

祁珊一想，也是这个道理：“明洋怎么这么混呢？你说他一个好好的富家公子，环游世界、吃喝玩乐不好吗？跟个女人似的搞这种小动作。”

“我也没有想到，我一直以为他只是不正经的纨绔子弟，看到我他只会感到内疚，我不找他麻烦，他不敢对我怎么样，毕竟他是真的欠我姐姐的命。早知会是这个结果，我不会和明沧走到一起。”

祁珊很了解安妮，她虽怀有满身本领，却总是想做一个普普通通的人，她确实恨透了明洋，但从没想过去报复他，她不想将自己和君安置于动荡之中。她甚至天真地认为，明洋是明洋，明沧是明沧，过往是过往，今后是今后，但并非所有人都这样想。

“爱情这个东西很奇妙的。安妮，你不要自责了，你和明沧命中注定有交集，是躲不开的，无论绕多大的弯子，都会让你们相遇相恋。你就看我和柯友仁吧，看上去好像完全没有交集没什么可能的两个人，才见第二面就确定恋爱关系了。我跟他确定恋爱关系的时候我还不知道自己喜不喜欢他呢，就觉得他挺帅的，条件也挺好的，不答应可惜了，你说缘分这个东西，是不是妙不可言？”

安妮摇摇头：“好的才是妙的，不好的哪有妙可言。”

03

安妮绑上头发，准备去给君安做饭。两个人从房间出来后，听到厨房有声响，对视一眼后一起大步走过去，只见祝君安踩在一个小凳子上，用小碗一碗一碗地接着水龙头的水，再倒进锅里。

“祝君安，你在做什么？”安妮问。

君安撇撇嘴，说：“很明显，我在给锅接水，烧水，我打算先从最简单的煮面做起，我已经看过方法了，先要把意面煮熟，我在做第一步。”

“你想吃跟我说，我会给你做。”

君安手上的动作没有停，他说：“事实上，我想吃汉堡薯条，但我知道你今天一定不会带我去。吃面也很好，我想了一下，我觉得我应该为这个家分担点什么，就从简单的家务开始好了，这样在你心情不好的时候，我也可以给你做饭吃。书上说，想要征服一个人，可以先从征服一个人的胃开始，以后我的厨艺了得，还能赚钱，那你一定不会离开我的。”

安妮被他说得心里一酸，上前把他抱下来，祁珊接过烧水煮面这个重任，安妮则把他拉到一边问：“你怎么突然怪怪的？”

祝君安倒是很诚实，有一说一：“安妮，我听到你和祁珊阿姨因为我争吵了，我还听到明沧两个字。是不是因为我，明沧不愿意和你在一起了？他觉得我是拖油瓶，所以他离开你了，然后你很伤心？”

祝君安的心思太细了，一点也不像孩子。很多时候她希望他只是一个普通的只知道吃零食玩变形金刚的孩子，哪怕淘气一点，经常惹祸也不要是这样子。她正要开口安慰，就听君安继续说：“我要做一个优秀的拖油瓶，将来给你买最好的车，把你喂得白白胖胖，让他后悔。”

祁珊在厨房翻着白眼直摇头："成精了成精了……"

祝安妮揉揉他的脑袋，想哭又想笑："行吧，买车这件事是可以考虑的，但是我不想变胖，你别喂得太狠。以后我年纪大了，你怎么背我上楼。"

"我已经买得起最好的车了，怎么会还需要自己背你上楼？我可以雇几名保镖每天扛着你走。再说，我们可以住别墅，把一楼的客厅给你改成卧室，这样你就不用上楼了，只需要一个电动轮椅……"

安妮捂住他的嘴巴，再任由他发挥下去，怕是又要开始给自己选墓地了。

从祝安妮的家里离开后，祁珊开着柯友仁送给她的车来到柯家所在的区域。一直以来这里都是她不敢想象自己可以来的地方。虽然她也是有可能嫁到这个地方来的，但根据她的生活经验来分析，这种事情发生的概率不大。

她知道哪一栋别墅属于柯友仁家，但是没进去过。她把车子停在离那里老远的地方，静静地看着，她不希望自己经历安妮现在所经历的一切，柯友仁真的不缺女孩子追求，将来必然也不会缺一个太太，而他的太太一定不会是像她这么普通的太太。

她正出神，后方驶来一辆跑车，一脚刹车停在她的旁边，不断地按着喇叭。

她以为自己占了别人的位置，便很识趣地往前挪了挪，可是才刚停下，那人又按喇叭，她放下车窗，对方也放下车窗，是个很漂亮且有些眼熟的女孩，对方不是很友好，单刀直入地问："你干吗的？"

"你管我干吗的！"她也不客气。

"你开的是我哥的车，你不说我就报警了。"

这是柯友仁的妹妹，据柯友仁说，他的妹妹有些刁钻跋扈，但是偶尔也是很可爱的，有礼貌也懂事，现在看来似乎不是那么回事儿。祁珊尴尬地摸了摸方向盘，说："我是他女朋友。"

"他女朋友多了，我怎么知道你是不是，我没见过你，你叫什么？"

“我叫祁珊。”

柯友蓉愣了一下，嘟囔了一句什么，升起车窗直接开车走掉。祁珊感到莫名其妙，完全不懂这个妹妹到底在抽什么风，怎么就突然从天而降，又遁地消失了。

她拿起手机给柯友仁打了一通电话，等到对方接通后，开门见山地说道：“我们分手吧，车还给你。”

如此痛快，就像当初他们两人一拍即合那样。

柯友仁有些无法接受这个事实，他不明白明明上午还在商量去旅游的事情，这怎么突然就要和他分手了，就算是玩过家家散伙，也会用“回家吃饭”的召唤给个预告啊，他问：“你在哪？”

“在你家门外。”

“嗯？”柯友仁发出很可爱的疑问，“来都来了，进来坐坐！”

“不去了，要分手了，坐什么呀。”

“再商量商量。”

“不商量了。”

“别，商量商量。”

“不商量，你跟我谈恋爱那会儿也是自己就决定了，没跟我商量。”

“怎么没商量？你又不是被我抢来的。”

“反正我不想商量了。”

“别，我觉得我还有救，我出来接你，等我一下。”一阵声响后，他从别墅大门走了出来。

祁珊慢慢将车开过去，看到柯友蓉的车就停在里面，柯友仁看到祁珊的车，穿着拖鞋就跑了过去，满脸凝重地打开车门上了车：“我哪点做得让你不满意，你跟我说就完了，干吗要分手？”

“就是想了一下，我觉得应该分手。”

“不分。”他环住手臂，一副死猪不怕开水烫的模样，“我也想好了，不商量就不商量，就是不分，没得商量。”

“不商量就不商量。”祁珊哼了一声，将车熄火，“那就算我单方面通知你，咱俩分手了。”

很显然，柯友仁活这么大都没遭受过这种待遇，他用看待外星人似的眼神看着眼前的祁珊，气得半天才说出话来：“你脑子有病吧？”

“你脑子才有病呢！”

“你看看！”他指了指车外的别墅，又指了指祁珊面前的方向盘，不服气道，“跟我在一起，那个是你的，这个也是你的；跟我在一起，你能去很多地方旅游，你能用各种名牌的东西。不是我吹，离开我，你这辈子都找不到条件这么好的男人，而且还要有我这颜值，下辈子你都找不到。再说我是哪差劲了，我是对你不够嘘寒问暖了？还是对你敷衍了？怎么就惹你不满意了？你要跟我分手不是脑子有病是什么？我看你是好日子过够了开始作，你就是一个不知天高地厚、不知好歹、矫情的、没良心的、刻薄的漂亮女人！还挑什么挑？自己多大年纪了心里没点数吗？”

这话听着像骂自己，但又似乎不是，祁珊被他绕得直犯迷糊，狠狠拍了一把方向盘：“要不我怎么说你脑子有病，你要是脑子没病，你能继承家业，住大别墅开豪车，当一辈子败家子。”

“你等会儿，去掉败家子这句，我可不败家。”

祁珊愣了一下，重新调整思路，继续说：“像你条件这么好还有这种颜值，又对女朋友知冷知热、温柔体贴的年轻有为的才俊，非要跟我在一起，你不是有毛病是什么？”

“行。”柯友仁点点头，耍起无赖，“那我就是有毛病，我就愿意有毛病，你管得着吗？你是谁啊你管我？你是我妈我爸还是我领了证的媳妇儿？我就乐意有毛病。”

“你！”

柯友仁不屑地笑了两声：“我就这样，我不可能和你分手。”

“我告诉你，我今天很不爽！明沧和安妮分手了！我的宝贝安妮在家里哭鼻子，我心都快碎了。所谓物以类聚人以群分，明沧是个王八蛋，你也是，现在我不甩你，将来你就甩我了，我可不想当什么苦情的情妇。你赶紧找个门当户对的女人打发后半生，别在我身上浪费时间。”

柯友仁猛地扭过头来，诧异道：“明沧回来了？”

“我在跟你说分手，你还想着明沧？正好，你跟明沧过去吧，反正你俩一拍即合。”

“不是，明沧回来居然都没告诉我，先去找祝安妮分手，这说明什么？”

“说明他迫不及待地要甩了安妮！”祁珊气哄哄地吼道。

“说明他很在意安妮，起码他让安妮第一个知道了他是安全回来了，到现在我都没接到他的消息，晚饭的时候我打他电话，他手机还是关机状态。”

祁珊仔细想了想，这样说也没问题，但是他跑题了，她生气道：“你别给我转移话题。”

计谋被识破，柯友仁悻悻地看向别处：“你例假是不是来了？”

“我很久没放假了，我忙得很。”

“我说你是不是来月经了！”他翻了个白眼，说：“明沧和安妮分手那是他们两个人的事情，你理智一点啊大姐！这事儿跟咱俩没关系。明沧也不是我，我跟他不一样，你跟安妮也不一样。”

祁珊懒得跟他废话了，抓起自己的包就要下车，柯友仁眼疾手快地一把抓住她，将她按回车里，顺便锁上车门，故意发狠威胁道：“你再胡闹我生气了！”

祁珊哼了一声：“放开我！你生气能怎么样！你要和我分手吗？好啊，我答应你！”

“你想得倒美，我告诉你，不可能！”

“滚！”

柯友仁不“滚”，也不让祁珊“滚”，他死死地盯着祁珊，过了好一会儿，突然说：“我们结婚吧！”

这回换祁珊用看待外星人似的眼神看他了，她尴尬地笑笑：“你有毛病吧？”

“对啊！”他诚恳地说道，“你刚刚问过了，我也承认了，你还要问几遍？”

04

柯友仁是不是真的有毛病，祁珊并不知道。但她知道，柯友仁很壮，力气也很大，他霸道地将她从驾驶位拔了出来，一路夹着她来到自家门前，然后就这样霸道地把她夹进了自己家。

柯友仁的爸妈正在喝茶聊天，他的妹妹在低头摆弄电话，他们家的保姆刚刚端着水果送到柯友蓉身边，看到这幅画面后，大家不约而同地愣住了。

“爸妈，这是我女朋友祁珊，我带给你们看一下，我能和她结婚吗？”

祁珊被夹得腰都快断了，她想一头撞死在柯友仁家锃亮的地砖上，她脸红得都能滴出血了，她想她大概是世上第一个以这种姿态见男友父母第一面的女人了。

柯友仁的父亲一看就是见过世面的，第一个回过神来，放下报纸站起来。尽管是见过世面，但还是没有面对这种事情的经验，显得有些措手不及：“女朋友啊，那个，你怎么这么夹着人家女孩子，这不夹坏了吗？先放下来。”

柯友仁很听话，把她放下后还不忘记帮她拽了拽衣服。祁珊红着脸尴尬地笑着打招呼：“叔叔阿姨。”

柯友仁的母亲也站了起来，僵硬地笑笑：“这个，挺迷你的小女朋友啊……”

难堪归难堪，但祁珊怎么也没想到，柯友仁的父母是这么地开明。只是简单地问了问她的工作和父母，别的什么都没提，对她也很客气。尤其是柯友仁的爸爸，听说祁珊的年纪比柯友仁大的时候，还挺高兴的，笑眯眯地说："大一点好，大一点的懂事，能管着一点友仁，挺好，挺好。"

说了没几句，就说到了应该什么时候去见她的父母，问问她家里人有什么要求，然后定日子。

祁珊全程都是懵怔的，夜里被留宿，还被柯友仁的妈妈塞进了柯友仁的房间。

这是什么情况？她拿起手机想求助祝安妮，但一想到安妮正在失恋，自己不免会有炫耀的嫌疑，可她的脑子真的不够转了！

柯友仁关上门，一脸凝重地看着她，问："其实你今天来别有目的吧？你不是想分手吧？你想给我下套，然后让我娶你吧？"

祁珊瞪了他一眼，坐在床边，又仔细地将刚刚的经历重新回味一遍。半晌，抬头问："你真的喜欢我？我怎么觉得你不喜欢我？"

"你是怎么感觉的？我听听。"

"你不是泡在万花丛里的公子哥吗？可是你都没亲过我，更没惦记着和我进一步发展，像你们男人，遇到了自己喜欢的女人，不应该都是会想要更进一步的吗？但你好像对我没有那个意思，那我觉得，你可能是不喜欢我……"

柯友仁坐在她旁边，失笑道："我怎么听着你这话里话外我特别不像个男人啊？"

"那你是不是男人啊？"

柯友仁回手一把将她按倒在床上，双臂撑着身体俯视她："我不和你更进一步，确实是你的问题。我觉得你是本本分分的好女孩，人又好工作也好，不去夜店不穿超短裙，怕你觉得我像个流氓整天就知道亲亲抱抱，怕你不搭理我。"

"那你想得不对！"祁珊说，"你也没问过我的想法啊！我都三十好几了，初吻还没送出去，都成老姑娘了！"

情况原来是这样，柯友仁立刻俯下身，给她一个最高级别的亲亲和抱抱，向她证明自己男人的身份。

第二天一早，确切地说是中午，两个人才醒过来，柯友仁睁开眼睛第一句话就是：“一会儿我们去你家拿户口本，先登记。”

祁珊沙哑着拒绝：“不行。”

“还不行？为什么？这不是已经进一步发展了吗？”

“不是……”她在被子里蹬了他一脚，“你怎么好意思，你的好兄弟好朋友刚刚经历了失踪失恋，你却要欢天喜地地结婚，你好残忍！”

“不然呢？我抱着他痛哭流涕？”他坐起来，把祁珊也拎了起来，“赶快的，你这样一说，我就觉得以后更是夜长梦多。我们先悄悄地领证，等你的好姐妹和我的好兄弟度过了这个难熬的时期，我再给你一场风风光光的婚礼。”

祁珊还是不肯，坚决不肯。“如果真的会夜长梦多，那就是我们没有那个缘分。”

“缘分是人自己争取的！你好歹是个大学老师，怎么如此轻易地就对命运屈服了呢？我们可以陪着自己的朋友，但不能因为朋友而影响了自己的生活。如果明沧知道我因为他延期了婚礼，他会内疚也会生气，我觉得安妮也会。”

“首先，我们应该……”祁珊的话被柯友仁打断。他捂住祁珊的嘴巴，说：“首先，我们应该过好自己的人生，让我们最好的朋友不用为我们担忧，再去分担朋友的忧愁。谁的人生不是就一次？”

他说得头头是道，也完全在理，可无奈于祁珊油盐不进。她总是说自己没有机会恋爱，没有男人追，可她的心思压根也没在男人身上过。祁珊觉得自己在爱情里少了一根属于女人的细腻的筋，是坏事也是好事。她体会不到安妮从爱情中体会到的浓情蜜意，也理解不了一个人是如何在爱情中被伤到体无完肤。

因为明沧一直失联，把祁珊安顿好的柯友仁就直接开车去了明家。

刚一进门，就被明沧家里这些里外忙碌的人给震撼到了，该不是明家的房子下面发现哪个朝代的古墓了吧，好端端的怎么还安排上了保镖？

有人拎着医药箱从明沧的房间出来，柯友仁推门进去的时候，看到明沧的父亲坐在床边。明沧的床头高高地吊着输液瓶，明沧躺在被子里，白皙的肌肤染上一层病态的潮红，额头上敷着冰毛巾。

“叔？”他叫了一声明沧的父亲。

明父点点头，起身指了指自己的儿子说：“发烧，睡着了。”

柯友仁没说话，往明沧床边靠近，明父又看了一眼明沧，就出去了。他前脚刚关上门，紧接着明沧的眼睛就睁开。

“你没事儿吧兄弟？怎么烧成这样了？”

“死不了。”他的声音和他的样子差不多，都没什么精神。

“喝不喝水？我给你倒杯水？”

“喝。”

“好！”

桌上有家里人准备好的热水，柯友仁往明沧的马克杯里倒了半杯水，扶着明沧坐起来，递到他嘴边。明沧也不客气，虽然一只手扎着针不方便动，另一只手却也懒得很，放在被子里愣是没往外拿。柯友仁只好喂他喝，嘴上还不忘记絮叨两句：“你要记得我的好啊，以后我老了不能动了，媳妇死了孩子不孝，你也要像我今天伺候你一样伺候我，别让我饿死渴死，还要给我端屎接尿。”

“你就喂我喝一口水而已，就提这么多不要脸的要求。”

“不要脸习惯了。”他捡起掉下来的毛巾打算重新盖在他的额头上，结果放了好几次都没放上去，干脆扔一边不管了。

“要不是我听祁珊跟我说你去找安妮提分手，我都不知道你回来了，想想我就生气，你也太重色轻友了，就祝安妮一个人惦记你？我不惦记你？再说你去哪儿得告诉我啊？就咱俩这感情，一日不见如隔三秋的，你要是不想让祝安妮知道你在哪里，我帮你保密呗，不能连我也隐瞒啊，你这种表现，我太不满意了。”

“滚出去。”明沧有气无力地白了他一眼。

柯友仁立刻好脾气地认错：“闹着玩的，你看你，开不起玩笑！”

“我被绑架了。”明沧说。

柯友仁愣怔地看着他，重复道：“绑架？”

“嗯，被我爸绑架了。”他平静地陈述这段时间发生的事，“明洋他妈去国外治病那段时间我忙得焦头烂额。有一天我爸很突然地就来了我的办公室，直接把我带走。上车后就收走了我的电话和钱包，到了国外后就收走了我的护照和所有证件。我每走一步都有四个保镖跟着，你能想象睡觉的时候床头站着两个值夜班的彪形大汉是什么滋味吗？”

柯友仁面色凝重地琢磨了一会儿，说：“不是，这个剧情我怎么觉得像电影里的情节？你老爸这是要玩啥呢？”

明沧的眉头微微皱起，眸光里似乎带有一丝嫌弃：“逼我结婚。”

“有意思，真有意思，把你绑去国外就是为了让你结婚，跟谁结婚？”

“我不认识。”

最初，明沧以为他的父亲只是想让他远离祝安妮，也许是因为他老人家觉得祝安妮是红颜祸水，耽误了他的儿子和明氏集团的名声。可没想到，几天以后，他的房间里有人送来一身价值不菲的正装，以及祝安妮牵着孩子逛超市、书店和去外面用餐的照片。他被告知还有一个小时就是他的婚礼了，在参加婚礼和参加祝安妮葬礼之间选择一个。

他选择了参加自己的婚礼，和那位不认识的小姐的婚礼。

新娘的婚纱昂贵华美，她的笑容也充满了幸福甜蜜的意味，他从新娘父亲手里牵过新娘的手，从容地微微一笑，任她挽着自己的手臂走过神圣的红毯。待到宣誓时，新娘满心欢喜地说了一句她愿意，明沧则大声表达了他的不情愿。

现在想来，那一番话，简直是少年迟来的叛逆。他当众宣布：“我是被绑架来这里的，何来的愿意？我明沧现在可以明确地表示，不愿意娶这位我连名字都叫不出的小姐为妻，感谢各位亲朋不远万里来看这场笑话。”

新娘当即甩他一个耳光，明沧不以为意，在众人的注视下走到明父面前，伸出右手，不带一丝感情地对父亲说：“请明先生把我的护照还给我。”

远道而来的朋友倒好说，远道而来的亲戚们一个个都紧张得不得了。新娘的面子彻底丢尽了，拎着婚纱就走了。

他没有办法逃出父亲的手心，只能用这种方式光明正大地走出去。他用手表换了现金和衣服，买了当天的机票回国。在飞机上换上了免费的拖鞋，原本脚上穿的婚鞋则被留在了飞机上。下了飞机的第一件事，就是去找他的秘书，秘书已将取回的密封的亲子报告放在他办公桌的抽屉里了，同样放在抽屉里的，还有那两支录音笔。

鉴定的结果令人心寒，明洋确实是祝君安的生父。

这一路的风尘仆仆，原来是为了告别。

第十二章

·DISHIERZHANG·

没有什么痛苦是时间无法抚平的，
如果有，那就是时间还不够久。

01

从祝安妮家回来开始，他就莫名其妙开始发起高烧。当日他离开后，父亲紧随其后地飞了回来，看到他病倒便先饶了他一命，要不然，他也没可能在这给柯友仁讲故事了。

这故事是真的精彩，连他自己都觉得很精彩。

“我得好好消化一下，一般都是逼着女儿嫁大款的。逼着儿子娶大款的，我还是头一回见。至于安妮和明洋……”他只能强行找个理由来安慰明沧，“可能他们俩真有过一段感情，有就有呗，但也不见得她是真有目的地接近你。”

“明洋有录音为证，我拿录音质问她的时候，她也没有否认。”

“不应该啊，她当初跟我保证过的。”

明沧眉头一挑，冷冷盯着他。意识到自己口误的柯友仁不得已将那天几个人一起在酒店用餐时，他看到明洋和安妮独处的事交代了个清楚明白。

“不是我故意隐瞒你，是我真为难，说不说都里外不是人。你别用这种眼神看我，不是，我真不想因为自己多嘴然后影响你们俩。”

柯友仁战战兢兢的样子并没有换来明沧的同情，明沧病到没有力气站起来骂他，反正对他来说与安妮有关的一切，都已经成为过去式。

这一年的冬天，G 市的雨水格外多，衣服总是湿湿凉凉地贴在身上，好像穿多少都暖和不起来的样子。祝君安在除夕前两天感冒了，吃年夜饭的时候鼻子上面还挂着两行清鼻涕。

春节晚会的节目里总是说，过年了，一家人就要团团圆圆的。

安妮杵着下巴盯着电视不说话，祝君安学着她的样子，盘起腿杵着下巴，说：“我们家总共就两口人，也是团团圆圆的。”

祝安妮与明沧彻底断了联系，连他的号码也从自己的通讯录里消失了。这个时候。就会显出头脑聪明的坏处，尽管她已经做到了删除联系方式，可他的联系方式就跟烙进她的脑子里一样，时不时地就会跳出来。

祁珊偶尔会提到明沧，都是从柯友仁那里听说的。比如，明沧去国外结婚了，没结成；明沧发烧烧到说胡话，把他爸吓得不敢逼他结婚了；明沧又去相亲了，又相亲失败了……

等到春暖花开的时节到来，祝安妮似乎已经完全从失恋中走了出来。她带着祝君安去游乐场玩，给君安买了一袋子汉堡、薯条，让他等着自己，自己则去玩了跳楼机和蹦极。

祝君安又多了一件可以吹牛的事：我妈敢玩跳楼机，敢蹦极，你妈敢吗？

开学的第一天早上，柯友仁亲自开车送祁珊来上班。此时的祁珊已经不再是当初那个单纯的傻大姐了，她已经成功进化成不单纯的霸道大姐了。都说好的爱情会让女人变得更加温柔，更加有女人味，在安妮看来柯友仁和祁珊的爱情挺好的，但是祁珊的温柔和女人味却一直在退步。

因为柯友仁接别的女孩子的电话，祁珊已经摔了他四部手机了；因为柯友仁顺路捎了一个富家千金，她把他的车都砸了，虽然最后确定那是一场误会，但祁珊没有半点忏悔之心。

为了保命，柯友仁见到安妮不再像以前那样随口夸一夸，只能说：你是不是胖了。你是不是晒黑了。

其实她还是那么苗条，那么白皙。

祁珊的行头也越来越像一个有钱人的女朋友，可她还是很不满。

“你们俩什么时候结婚？”安妮问。

“结婚？”祁珊反问了一句，“现在可以吗？”

安妮被她问得一愣，什么叫现在可以吗？现在应该不可以，马上要上课了，要是去结婚，得先请假才行。

祁珊抱着教案嘟囔了两句什么，回头对安妮说：“要不我等你找到了对象，我们一起结婚。”

“你可算了吧！要是柯友仁要你，就赶快结婚吧，你都多大年纪了。不像我，我还是个小姑娘。再说了，我又没有妈催婚。”

祁珊傻笑两声，说：“也是，要不，我就先结一步？”

安妮点点头，说：“可以啊，我没问题，只要你跟你家里人商量好就可以。我一个当伴娘的，还能决定你的婚姻大事吗？”

“我担心你找不到对象，我后半生做好了跟你相互扶持的打算，就咱俩带孩子过算了。”

安妮脑袋摇得和拨浪鼓一样：“放过我，女侠，我养祝君安已经很辛苦了，难道还要养你吗？”

“也对。”

关于祝安妮谣言的风波早已过去，她穿上牛仔裤和白衬衫，扎起马尾辫站在讲台上，还是大家最爱的祝老师。她仍旧风趣，仍旧夺目，仍旧还会为那些淘气又可爱的学生解答很多原本不属于生物课的难题。

学校没有追究她的责任，她也没有去追究黄霁月与陈卓的责任。黄霁月的助教仍旧活在她自己认为的“神不知鬼不觉”里，见到安妮依然热情地打招呼。每次安妮也会点点头，以示友好。

上午的课程结束后，她在办公室外遇到了来找其他老师的陈卓。放学意味着下班，走廊上没有多少人，陈卓和那位老师交代完事情，就把祝安妮堵在了办公室里。

“祝安妮，你什么情况？我又怎么得罪你了？放了一个寒假放到你不认识我了？过年也不给我拜年，上班也不跟我打招呼。”

安妮无辜地眨眨眼，说：“我早上不是和祁珊一起跟你打招呼了吗？”

“我怎么觉得你在故意疏远我呢？”

“对的呀！”安妮无辜地眨眨眼，理所当然地说道，“我是在故意疏远你呀，有什么问题？”

“你都故意疏远我了，问题还不大吗？”

安妮笑笑，开始低头整理自己的抽屉。她的办公桌原本就很干净，因为经常泡在实验室，所以这里的东西不多，手上的动作有条不紊地进行着。她温和地抬眸看着他笑了笑，说：“是这样的，我仔细思考了一下，我觉得我们不适合做朋友了，但并不妨碍我们是共同为教育事业奋斗的好同事。”

“你吃错药了？”他还是更习惯安妮对他任性一些。这种“女儿一夜之间长大了”的错觉，令他很不舒服。

“如果你认为我这样是吃错药了，那你应该庆幸我是吃错药了。”她笑笑，说，“谢谢你之前对我的帮助，你为我做的所有事我都很感谢，但是你眼睁睁看着黄霁月的助教对我的东西动手脚，却还能淡定地对此袖手旁观，你的心思太可怕了。陈卓，我这个人没有大志向，只想赚一点小钱，过单纯的生活。你这样的朋友，会让我很没有安全感。人本就是动物，趋利避害是本能，希望你能理解。”

很显然，这件事并不是安妮刚刚才知道的，她一整个假期都不回复自己的消息和电话，想必是一直放在心里。陈卓想尝试着狡辩，也企图说服她，于是否认了她的说法："你在说什么我怎么不懂呢？"

"不懂就算了。"

"是有人跟你说我放纵了黄霁月的助教对你的方案动手脚？你觉得我是那种人？你信了？你认识我这么多年，我为人是什么样你还不知道吗？是明沧说的吗？你才认识他多久，他说什么你就信什么，你是不是太天真了？我觉得我比明沧更可信，从他对你始乱终弃这件事上，就可以看出他人品不怎么着。"

安妮拿着钢笔的手指微微抖了抖，她目光犀利地看向陈卓："谁告诉你我跟明沧分手了？"

陈卓支吾两声，说："我想知道他的事并不难。"

安妮点点头，说："即便我跟明沧分手了，但我还是相信他为人磊落，不会随意编造谎言去诬陷别人。"

"你还想着他的好？人家都甩了你了！"

"他好就是好，不好就是不好，和我想不想没关系。"

"安妮，我真没……"

"与其跟我解释和狡辩，落落大方地承认，我可能会更欣赏你。"她关上抽屉，挎上自己的单肩包准备去吃午饭。

"没有人会一辈子活在过去，所以之前的事情我不想提，也不会记恨谁，希望这是我们最后一次提到过去。从现在开始，我们只是同事，你就在你的世界里好好的，不要来打扰我，这是我给我们两个人最后的体面。"说完，安妮转身欲走。

陈卓想要拉住她的手臂，被安妮巧妙地躲开了："请自重吧，陈院长。"

这一次，陈卓再也不能挽回他在安妮心中曾经的地位。安妮当然在心里怨过陈卓，毕竟被自己最信任的朋友摆了一道这种事情，会让人对自己的智商产生强烈地怀疑。

她已经遍体鳞伤了，还要她承认自己有眼无珠，这无疑是雪上加霜，伤口撒盐。好在，她在感情上可以做到及时收手，无论是爱情，还是友情。

第二天下午，安妮正在实验室里记录东西，那个给她写过情书的秦先佑又跑进来，再次递给她一封情书，笑嘻嘻地说道："我已经长一岁了！祝老师你再考虑考虑。"

祝安妮正专心地忙着，被他的破门而入吓了一大跳。要不是为人师表，她非要扔个保温杯过去砸一下他那个不灵光的脑袋。

她把信往桌子上一按，两三句话就把人打发走了，随后继续沉浸在自己的工作里。直到下班才起身伸了个懒腰，她低头看到秦先佑的那封信还在桌子上，就随手塞进了包里。

放学时间，学校门口总是有些拥堵，她在车里坐了一会儿才缓缓驶出学校，准备去接君安回家。

安妮喜欢学校，也热爱着她的工作。在她看来，老师的工作干净又神圣，大学生也是很好带的学生，最起码不会把她气得跳脚。孩子们身上的青春与朝气也总是能轻易将人感染，让她觉得自己也像个单纯可爱的学生。

校门口有买完晚饭回来的学生，看到她开着车出来，兴奋地朝她挥手，她轻轻鸣笛示意。可这一鸣笛，就吸引了一个正要过马路的男孩子的视线，他转过头来，安妮看到他的正脸，是秦先佑。

刚刚去自己实验室的时候他还只穿着一件 T 恤，不知道什么时候加了一件牛仔衬衫在身上。

秦先佑笑得格外灿烂，而他身后的不远处有一辆送快递的三轮车正飞快地朝他驶来。安妮紧张地挥手，隔着车玻璃激动地喊了起来："快走！快过去！"

秦先佑以为她在叫自己，还傻乎乎地朝她走来。安妮猛踩一脚刹车停在原地，疯狂鸣笛，骑着小三轮的快递员居然还在三心二意地看手机。

砰的一声，秦先佑被三轮车顶飞出去老远。

02

祝安妮的脑袋嗡的一声炸开，她拉好手刹，抓起自己的包下车，朝秦先佑飞奔过去。

快递员的小三轮侧翻了，快递员伤得没有多重，他爬起来第一件事就是去看秦先佑，准备把他拉起来。

“放下！”安妮大喊着跑到俩人身边，“把他放下！不要动他！乱动会造成他二次受伤！”

快递员被她的气势吓到了，不知所措地又把神志不清的秦先佑放下。

安妮跪在地上，冷静地叫了他一声：“秦先佑，你还清醒吗？”同时，飞快地从口袋里掏出手机打急救电话。电话很快接通，她清楚地讲出自己的所在位置和伤者现在的情况后挂断了电话。

秦先佑的头在流血，但不是很严重，他眨眼的速度极慢，反应也很迟钝，说话也慢吞吞的，像个小孩子一样委屈道：“祝老师，好疼，我的腿好疼，头也疼，耳朵也疼……”

“谁让你在马路中间停下来的？你是大学生还是小学生？疼就是让你长记性！”

“我……我知道错了，祝老师，别生我的气了……”

地面很凉，但安妮不敢动他，只能脱下自己的西服外套给他盖上，她扭头瞪向站在一旁的快递员，呵斥道：“这是学校路段！你骑三轮车骑得这么快，还玩手机！”

“我没玩手机，我哪里玩手机了，明明是他自己不看路。”

“你狡辩也没用，我现在报警，我们学校门口很多监控，你是哪个快递公司的我也知道，有道理你跟警察去说吧！”

“你不能报警，我赔他一点钱就好了！我三轮车没牌照的，报警就会被没收了！”快递员挠着头说道，“要多少钱？”

“多少钱我说了不算，医院说了算，他父母说了算！”

在等待救护车的时间里，安妮打电话报了警。学校的保安出来拦住了要逃跑的快递员，赶走了很多看热闹的同学，她还把刚刚离开学校不久的祁珊叫了回来。

柯友仁开着车带着祁珊来到现场，下车一看躺在地上的人，当即一愣。祁珊狠狠推了他一下：“你发什么愣！把安妮的车开到一边儿去！”

柯友仁一步三回头地看着躺在地上的秦先佑，打开安妮的车门钻了进去，拿起手机开始打电话。

祁珊则开着柯友仁的车去接祝君安，她今晚的约会内容，由看话剧改成看孩子了。

祝安妮从秦先佑的裤子口袋里拿出他的手机，可是手机已经摔坏了，屏幕碎得彻底。

“秦先佑，你把你家里人的手机号码告诉我。”

秦先佑只是眯着眼睛看着她，什么都不说。祝安妮以为他要挺不住晕过去了，连忙趴下来跟他聊天：“你精神一点，别睡觉好不好？告诉我你家里人的手机号码，我给你爸妈打电话，你坚强一点，救护车马上就到了。”

秦先佑还是不说话。

安妮有些着急了，轻轻握住他的手指，焦急地说道：“秦先佑，你能听到老师说话吗？你别睡觉，听到了吗？”

“嗯。”他发出一个简单的音节。

“你父母的手机号码，你能说出来吗？”

秦先佑闭上了眼睛，安妮紧张地大声叫他的名字，可他不再睁眼也不作回应。

救护车的声音由远及近呼啸而来，秦先佑被医生简单查看了情况后抬上救护车。祝安妮跟着上了车，握着他的手叫他的名字，他没有睁开眼，手指却微微用了力，轻轻攥住她的手指。

秦先佑肉眼可见的伤并不严重。手上脸上有擦伤，没有明显的骨折。头上有个口子，并不深。但还是需要住院做各种检查。

“他骨头没断为什么哪里都疼？”安妮问。

医生抽空抬头看了她一眼说：“谁摔都疼，你走路上摔一跤还疼好几天呢，他被撞成这样不疼都怪了。”

“可是他看起来神志不清。”

“做完检查再定论。”他收起手中的测试秦先佑反应的小手电筒，说，“也有可能是吓傻了。”

安妮深吸一口气，又问：“他为什么不记得父母的电话了？”

医生弯腰跟秦先佑说了两句话，转身对安妮笑笑说：“记得，就是不想告诉你而已。”

安妮觉得这个年轻的医生有点调皮，便不再问，等着陪秦先佑去做检查。

“你是他什么人？”医生问。

“老师。”

医生点点头，说：“原来是老师，那还是要通知一下父母的。”

安妮叉腰走到秦先佑旁边，威胁道：“你不告诉我你爸妈的电话，我现在就走，把你自己扔这儿，你让护士通知你家里人吧！”

秦先佑急得说话都利索了不少：“不行，你得在这，你不在这我会马上死掉的！”

安妮尴尬地看了一眼医生，医生给她一个“我没骗你吧？”的眼神。

“那我更要走了，万一因为没有及时通知你父母你死了，我还有连带责任。我先走了，你慢慢死。”说着，她往肩上提了提自己的包带，作势要走。

秦先佑妥协了，把爸妈的电话号码告诉了她。

在急诊处交完费用，秦先佑被护士推去做检查。这期间，她去为他办理了住院手续，交付了住院押金。秦先佑母亲的电话打不通，她只能先通知他的父亲，告诉他秦先佑现在在做检查以及他在住院部的病房门号。

时间正值晚高峰，G市的路塞得一塌糊涂。秦先佑的家里人一直没来，她只能再当一会儿家长，把他接回病房。

秦先佑刚躺到病床上，就示意叫祝安妮过去病床边。

祝安妮走到他旁边，板着脸看他，问："你要是我儿子，我现在会把你拎起来揍一顿。"

"你占我便宜……"他咧嘴笑，又小声说，"我告诉你一个秘密，祝老师，别人都不知道的。"

"我对你的秘密不感兴趣。"她果断地拒绝。

"这个秘密和你有关系，也和学校有关系。"他又说。

安妮斜睨他："真的？"

"嗯，你听了再做评价。"

安妮扭头看看病房里另外两张床上的病人，转过头来，微微俯身，准备倾听他的秘密。可谁知她才俯下身体，原本痛苦不堪、碰哪哪疼的秦先佑，突然就有了力气，一把搂住她的脖颈，在她毫无防备的情况下，用力将她拉向自己。等安妮想要支起身体反抗的时候，她的嘴巴已经撞在了秦先佑的嘴唇上。秦先佑的力气很大，这一下磕得安妮痛得眼泪都要出来了。

"先佑……"陌生的女人声音从病房门口传来。

祝安妮不用挣扎了，因为秦先佑已经放开她了。她羞愧又惊慌地起身，顾不得教训他，转头去看病房门口，却意外地对上了明沧的视线。

明沧和时夏一同站在那里。她站在病床旁边，隔着几步的距离望着许久未见的明沧，他淡漠地看着自己，面容平静且冷清，仿佛看着一个陌生人。倒是她的脸色一阵红一阵白，慌乱的眼神已经泄露了她的忐忑。

可是，我在忐忑个什么劲呢？她想着。

虽然不知道他为什么来这里，不知道他看到这一幕会有什么感想，但今天这一切都不是她自愿发生的。她是被强吻了，不是去吻别人。

不对，不是这样。她又想。明沧已经不在意这些了，他们的故事已经过去很久了，她也应该像他一样冷静。

“妈。”秦先佑的声音打断了安妮混乱的思绪。

时夏的脸色很不好看，板着脸走过来，越过安妮去看秦先佑，仿佛是安妮把她宝贝儿子撞倒了一样。

祝安妮看看秦先佑，又看看时夏，最后又看向明沧。她眨眨眼，在一瞬间将这三个人的关系理清了。时夏是明沧的母亲，时夏是秦先佑的母亲，那明沧就是秦先佑的哥哥。

安妮低下头开始翻自己的口袋，把消费清单都整理好，放到秦先佑的床头柜子上。“时老师，我小孩还在朋友那里，我赶着去接孩子。既然你来了，我就先走了。”

“安妮！”秦先佑突然抬起手，死死抓住她的手腕，一点也不像被车撞出个好歹的样子，“说好了，我告诉你号码，你就留下来陪我的。”

祝安妮的脸一瞬间红透了，余光里的明沧仍旧无动于衷，安妮不敢用力挣脱，怕秦先佑跟着乱用力，只能顺着他的力气往前一步，试着商量道：“你现在有妈妈照顾了，我儿子也需要妈妈呀。再说你不要以为我们很熟了就可以直呼我的大名，你还是要叫我老师的。”

“我不叫，我都亲过你了，我就可以叫你的名字，我得对你负责！”头上绑着纱布，也没耽误他执拗地扬起下巴，“我认真着呢，你看我都不怕在我妈面前承认，我喜欢你。”

祝安妮很佩服他的勇气，他是个孩子，冲动也很可爱，但她不是孩子了，她还要这张老脸过日子的。她尴尬地看向时夏，一时间不知道该怎么向这位母亲解释这件事：“秦先佑同学，老师也是从你这个年纪过来的，你现在的想法老师都理解……”

秦先佑猛地从床上坐起来，更是过分地一把抓住了她的上臂，霸道地打断她的话：“我没什么需要你理解的！也不需要你理解！我就是喜欢你！什么道理我都不想听，我又不是三岁小孩！你要是拒绝我，我就拒绝配合医生的治疗！”

“你这个家伙，又不是得了绝症，还配合医生的治疗。看你这个精神的样子，就算不治疗用不了两天也可以出院了。”安妮死死地瞪着他，拼命地用眼神警告他，可丝毫不起作用。

时夏实在看不下去了，呵斥道：“把祝老师松开！”

秦先佑看都不看自己的母亲。

时夏说：“秦先佑，你大哥还在这里，你这是故意给他看吗？你让祝老师先去接孩子，有什么事也不在这一天，难不成你要在病床上把她娶了吗？”

祝安妮在一旁使劲地点头：“听你妈妈的话，肯定不会吃亏的。”

秦先佑慢慢松开了祝安妮，他突然看向明沧，狠狠地瞪了他一眼，时夏连忙按着他的肩膀，将不甘心的他摁回了床上。

安妮抓着包连退了几步，确保自己和秦先佑的距离是安全的，这才调整好呼吸，朝明沧走去：“我先走了。”

明沧斜睨着她，眉眼间的俊秀透着一股难以接近的清冷。见他不说话，她便点了一下头，与他擦肩而过。

因为她忘记屏住呼吸，所以又轻易地闻到了他身上熟悉的味道，对别人来说可能只是普通的香水味，但在她看来，这是代表明沧的味道。

她沿着住院部的走廊往尽头的电梯走去，空荡荡的走廊里响起了一道冷冰冰的声音，叫着她的名字：“祝安妮。”

03

她停下来，转身，看到身着修身白衬衣和笔挺黑西裤的明沧朝自己走来。他总是可以将这样简简单单的衣服穿得很有味道，他总是不需要任何奇异或靓丽的衣服来装扮自己就可以成为最不凡的男人。

安妮站在原地，看他一步一步朝自己走来，心跳也越来越快。待他站到自己面前时，她主动开口，甚至露出腼腆的微笑：“好久不见，我以为你不愿意跟我说话，就……”

“你以为得对。”他打断她，说，“我是不愿意跟你说话。”

安妮微微扬起的嘴角僵硬在脸上，她因为呼吸而起伏的胸口突然平静下来，心脏猛地抽疼了两下，当然，脸也感到疼，这句话对她的杀伤力之大不仅仅体现在心脏上，也像两个火辣辣的耳光打在了她的脸上。她努力让自己看起来承受得了这种场面，努力平复自己正在经历天崩地裂的情绪，佯装无所谓地点了点头，说：“那你一定是找我有很重要的事情，所以才做这么为难的决定。”

“时夏让我告诉你，离他儿子远一点。”

“哪一个儿子。”

“都是。”

“那你回去告诉时夏老师，她的大儿子和我已形同陌路，她的小儿子我离得很远，倒是他自己非要贴上来。”

“祝安妮，你到底要做什么？”明沧问。

“我听不懂你的话。”

“因为明洋伤害了你，所以你接近我，利用我，现在你觉得我伤害了你，所以你接近我弟弟。”

“我怎么知道他是你弟弟？”

“你怎么知道我是明洋的弟弟？”

安妮瞪着他，倔强地说道：“你觉得我故意勾引秦先佑？”

“故技重施。”

“你爱怎么想就怎么想，你开心就好。”

“论嘴硬谁也比不上你。”

安妮冷笑一声，故意气他，说：“是的，我是嘴硬，也是故技重施，我是故意勾引秦先佑的，我知道他是你弟弟，就想让他讨厌你、恨你，想让他时不时地去时夏耳边吹风，我就是想挑拨你和秦先佑，还有你和时夏的感情，我就想你一无所有，就像我想让明洋一无所有一样。伤害过我的男人都应该是这个下场，我活得不痛快，你们谁都别想痛快！”

“先佑很单纯，你别太过分。”

“哪里过分？你觉得怎么样算过分？”

“接吻不够过分吗？”

“接吻就过分了？”安妮不屑，笑笑说，“我觉得不过分，你比他过分多了。”说完，她气呼呼地甩了一下包带，扭头大步流星地往外走。

祝安妮向自己的心脏道歉，她居然会为这么一个不分青红皂白、不讲道理、不可理喻的臭男人而伤害自己的心脏，让它疼得那么难受，她真是一个彻头彻尾的二百五。

外面的天色已经彻底黑透，她站在住院部门口呼吸着来自夜晚的不怎么新鲜的空气，她单手叉腰，长长地呼出一口气，对自己说：“祝安妮，你就是个傻子！”

祝安妮开车回家了，她用一整晚的时间来忏悔，并且扼住自己的灵魂沉重地警告：以后绝对不要再当痴情的傻子，她活泼又聪明，她调皮又伶俐，她可爱又美丽，她善良又勇敢，为什么要喜欢明沧呢?

他是帅气富有吗？他是温柔体贴吗？他是品行端正吗？他是强壮有力吗？他是魅力非凡吗?

问题接踵而至，她深深地思考一番后，无力地趴在枕头上，认命地叹息：他是，他是，他是，他是，他是……

深夜病房里。

时夏和秦先佑的父亲已经回家了，留下来陪他的是明沧。

秦先佑以前是很怕他的，一直以来，明沧就不怎么待见他，动不动还会训他。但自从秦先佑知道明沧和祝安妮谈恋爱还把祝安妮甩了这件事以后，他就总有一股怨气，凭什么他秦先佑得不到的人，明沧还不屑于拥有！

尤其是，这件事是从时夏的嘴里知道的。他还知道，时夏并不喜欢祝安妮，时夏认为祝安妮是有儿子的，不论是二婚也好还是未婚生子也好，总之都配不上明沧。

明沧与安妮的事，时夏倒是了解很多。明沧是个不怎么说谎的人，几乎对时夏的问题他都会如实回答。

因为秦先佑太喜欢祝安妮，所以秦先佑连时夏也一起讨厌了。

他总觉得这个世界上没人能说祝安妮的不好，明沧不可以，时夏也不可以。这么好看又聪明、有气质的祝安妮，就算是犯错了，也是不可以被责怪的。

他认为这才是真正的爱情，而明沧那个不是爱情。

秦先佑对他说话时也没了平日里的战战兢兢："你回去，我不用你陪，我死不了。"

"你以为我愿意在这里看着你？我有多烦你，你不知道吗？"明沧坐在一旁，压低声音说。

"我也烦你。"秦先佑不打算认输，非要逞个口舌之快。

"那就闭嘴，睡觉！"

"我烦你烦得睡不着！"

祝安妮走了以后，明沧把秦先佑调到高级病房，病房里只有他一个病人，有家属专用的陪床，还有沙发。此刻明沧就坐在沙发里，偏着头，落地台灯发出幽暗的光，他放下手里的报纸，抬眸冷眼盯着秦先佑，说："你最好在我发火之前，恢复得像个正常人。"

"我一定会和安妮在一起，你和时夏谁都别想插手！"

"你以为我稀罕管你的事？"

"别以为我不知道你在想什么，我也是男人，我也不愿意看见我的前女友和我的兄弟在一起，我可以理解你，你也必须要理解我对爱情的追求。"

在明沧眼里，秦先佑就是个没长大的孩子，他承认他和安妮吻在一起的画面确实刺痛了他的心，什么伤心、痛苦、气愤、嫉妒等各种情绪全涌上来了，五味陈杂，久久不能平息。

但这是人之常情，等明沧彻底忘记安妮以后，这些就不存在了。

没有什么痛苦是时间无法抚平的，如果有，那就是时间还不够久。

"我们说一点题外话，先佑。"他刻意转移了话题，"你今天的行为真的很不应该。发生危险了，在清醒的情况下，除了打 120 和 110，还应该第一时间通知你的家人。你的人生不止有女人，还有家人。"

"祝安妮不是给你打了吗！"

"她没联系过我，是我朋友在你们学校门口看到了，打电话告诉了我这件事。"

"知道了就行，我还没死！"

"妈很担心你，当时差一点就晕了过去。你不是小孩子，过马路这么简单的事情都做不好，还扬言追求爱情，你要是被撞个半身不遂，你的爱人怎么办？伺候你这个残废？一个男人的勇气和本事不是看他敢不敢去表白和追求。你拿什么去谈恋爱？脸皮吗？你买得起礼物？伸手跟你爸妈要？跟你哥要？没有物质基础、事业基础，就想谈恋爱？现实就是这么难堪，你以为面对爱情你满腔热血，无所畏惧，其实你的爱情一文不值。"

"只有你这种满身铜臭的人才活得这么虚荣、这么累！不是所有女人都那样现实的，只要有爱情，再哭也是幸福的！"

"你能说出这种话来，就说明你还不到提爱情的年纪，你的爱情就是个笑话，可能只是你的青春期冲动来得晚了点，怪你爸妈太宠你，把你宠得像个傻子。"

"我怎么有你这种兄弟！"秦先佑生气地翻了个身，"我倒了八辈子霉才有你这种兄弟！"

明沧再一次端起自己的报纸，继续将刚刚的内容看下去，他淡淡地回应："我也时常会在内心问自己这个问题，尤其是今天，问的次数特别多。"

秦先佑住院这段时间，给祝安妮打了好几通电话，安妮接过一次，知道那是他的号码，就不再接他的电话了。秦先佑就嘴甜地去跟护士姐姐借手机，所有护士姐姐的手机都借了一个遍，反正只要是陌生号码，安妮都会接一下的，偶尔会问问他恢复得怎么样，偶尔就说一句"又是你"便挂了。

直到他出院的前一天，他在病房里用明沧的手机拨通了安妮的号码。

明沧的手机屏幕上并没有显示任何备注，只是一串没有感情的数字，这一点让秦先佑很开心。电话接通了，秦先佑没有开口说话，那头的安妮也不说话，两个人沉默了很久后，安妮挂断了。

他又打了一遍，安妮再一次接起来，又过了好一会儿，安妮说："是没有信号吗？我听不到你说话。"

"是我，安妮。"

"哦，是你啊。"

"你先别挂，我问你个问题！很严肃的问题！"

"好，你问。"

秦先佑将那一晚明沧讲的与爱情有关的话重复给她听，然后问："安妮，我哥说的是真的吗？所有女人都是爱慕虚荣的吗？"

安妮轻轻嗯了一声，回答："也不是。"

"我就说嘛，才不是这样的。"

"有些女人，不只爱慕虚荣，还损人利己。"

"……所以你赞同我哥的说法。"

"客观来说，你哥哥说的对。如果你一贫如洗又生活不能自理，也是会遇到真爱的，但那是她对你的爱，并不是你对她的，那也不会是她理想中的生活状态。她一定希望她的另一半是健康的、成功的、温柔的，爱情和现实是不可分割的。不过，我觉得你哥并不是想告诉你女人是什么样的，他也没有多了解女人，他只是想让你懂得保护好自己，别沉浸在不切实际的假想爱情里，你的爱情可能还在来的路上。”

“那我对你算什么呢？”

“迷路吧。”她说。

“我是开着导航找到你的。”

“你标记错了目的地，导航也帮不了你。”

“安妮，我思考过了，我决定了，既然导航把我带错了地方，我就将就一下，停你这里了，毕竟你也不是太差。”

“嘟——”安妮挂了电话。

04

为了躲避秦先佑，祝安妮在G大的实验室再也不许闲杂人等随意出入。她在的时候，总是锁着门。好在秦先佑虽然嘴上执着，但在学校里，绝不会做让她觉得难堪和不自在的事情，上课的时候也不像以前那样捣乱，下课了也不会拿着各种难题当借口接近她。他总是远远地看着安妮，偶尔在无人的走廊上相遇了，擦肩时，他会小声地说一句：安妮，我特别喜欢你。

就在秦先佑这样悄无声息的纠缠下，时间过得飞快。一转眼，已经是六月，她又好久好久没有看到明沧了。

对于失去缘分的两个人，一座普通的城市可以变得无限大。有些人，一旦分开，明明看着同一片天，却一辈子都没机会再见。

一个炎热刚刚消散不久的下午，安妮捧着一摞卷子回到办公室，见到了许久未见的黄霁月，她正在另外一位老师的桌子上找东西。

这是一间L型的办公室，黄霁月的办公桌在最里面，祝安妮的在最外面，平日里大家都各忙各的，就算偶尔同时在办公室，也不见得抬头就能看见对方。再加上，黄霁月真的很少来办公室办公，她更像学校的兼职教授。

祝安妮原本不想理她的，道不同不相为谋，她和黄霁月的恩怨真不是一个点头微笑就能化解的，她觉得自己现在的冷处理，已经是对她最大的仁慈。

可是黄霁月并不那么想，胜者为王败者为寇，在她眼里，祝安妮就是彻底的输家。虽然她赢得有些不光彩，可那又怎么样，她并不在意过程。

“祝老师的脸色不太好看，身体不舒服吗？”她故作关心地问。

安妮的确身体不舒服，她放下手里的卷子和教材还有夹在臂弯里的水杯，抽出两张纸给自己擦汗：“特殊时期而已。”

“可以让男朋友给你买暖宫贴，挺好用。”

“好，我会告诉他的。”

祝安妮的答案并不是黄霁月想听到的，黄霁月半靠在办公桌前，气定神闲地看着祝安妮，笑道：“我忘了，祝老师前段时间失恋了，这么快就有新男朋友了？”

“旧的不去新的不来，我和黄老师不一样，我不会在一棵树上吊死。”

黄霁月愉快地耸肩：“那还是要恭喜祝老师了，看来是我高估了祝老师的长情，低估了祝老师的恢复能力。我还以为，被当作抹布一样扔掉这种事，是一个女人人生失败的重要里程碑，会让一个女人低迷很久……”

祝安妮深吸一口气，转过身，正面直视她，语气温和且不容置疑地说道：“在我看来，黄老师实在没必要在我面前露出这副胜利者的姿态，我不会用‘是否得到这个男人’来标榜自己的成功。我的所想所得都是靠我自己的双手和头脑以及个人魅力而来，不是靠强大的背景和复杂的身份。我所失去的也是我自愿放弃的。或许你觉得嫁给一个强大又富有的老公，成为谁谁的妻子、谁谁的儿媳是你的荣耀，但这些在我祝安妮眼里都是一文不值的。如果有一天我结婚了，不管对方多强大，我都会让他以我为荣。所以，恐怕我不会有笑话给黄老师看了。有时间的话，多干一些正经事，不要总是来招惹一个比你聪明很多但又很善良的人。你欺负我，我放你一马，你再欺负我，我还会放你一马，不过你要记住，我是教书的，不是放马的。”

黄霁月莞尔一笑：“谢谢祝老师给我上这么生动的一课！”

办公室的角落里传来椅子转动的声音，安妮以为办公室里只有她和黄霁月两个人，听到声响后，她的视线立刻向那边瞥去，只见一穿身灰色休闲装的明沧从角落里走出来，他没有看安妮，只是漠然地看着黄霁月，冷声说道："还要等多久，可以走了吗？"

黄霁月欣然点头："可以了，我们现在就走吧！"她对安妮笑笑说："你还要加班吗？今天我爷爷过生日，我还粗心地把脚崴了，明沧来接我赴家宴，家里人催得很紧，你知道的，家里的亲戚就是那样子。"她说完又故作不好意思地捂了一下嘴巴，"不好意思祝老师，我忘记你是孤儿了，体会不到家里亲戚多的感受，你这命可挺硬的……"

也不知道她是真的崴了脚还是假的崴了脚，反正是扶着明沧的胳膊一瘸一拐地走出办公室。祝安妮狠翻一个白眼，她发誓她这辈子都没对谁翻过这么丑的白眼，但翻白眼是她唯一想对黄霁月做的表情。这一记白眼，胜过她心中的千言万语，完全体现了她内心对黄霁月说不明道不尽的厌恶。

她在办公室的窗口看到明沧扶着她慢悠悠地走，哪里像是赶着去赴宴。

黄霁月几次想要双手跨上明沧的脖子，大概是想让明沧抱她，都被明沧无情地推开了。

安妮撇撇嘴，心想，还以为你多了不起，能搞定明沧，还不是在那里上赶着倒贴。

又是明沧，阴魂不散的明沧，她关上窗户，去他的明沧。

校园里，明沧再一次挥掉了黄霁月准备搂上他脖子的双手，他英挺的眉头微微皱起，有些不耐烦地看着她，说："你要是走不了就叫救护车。"

"你把我抱到车上就好了。"

明沧一把将原本就走得不是很稳的她用力向旁边一推，黄霁月毫无防备，眼看就要摔倒，又被明沧揪着衣领一把拎回面前，眼神和声音都像夹着冰碴似的，对着惊魂未定的黄霁月威胁道："我跟你很熟？你对祝安妮和我明氏做了那样的事，要不是你爷爷亲自登门拜访，你以为我会这么轻易地放过你？我告诉你黄霁月，今天是我最后一次和你打交道，你爷爷也是黄土埋到下巴的人，你爸和你叔都是一群草包，你嚣张不了多久。”

“至少，我现在还可以嚣张。就像今天，你必须听你爸的话，把我和明家的寿礼送到我爷爷面前，不是吗？”

“我会这么做，是因为我爸这几天病了，我想让他舒坦一些。你为什么老是揪着我不放？”

黄霁月笑了笑，说：“其实也不为别的，就是想更直接更近距离地看着你和祝安妮不好过。”说完，她用力扯开明沧揪着自己衣领的手，站直腰板，整理好自己的上衣，步伐矫健地朝停车场走去。

明沧自知被耍，冷笑一声，随即跟上去。

黄霁月的车剐花了，早上是家里人送来的，所以才会有明沧听了他爸的话来接她这一茬。明沧腿长步子大，快她几步先上了车。他放下副驾驶的车窗，却锁了副驾驶的门，朝黄霁月鸣笛：“上车。”

黄霁月拉车门拉不开，弯腰低头从副驾驶这边看他，说：“解锁。”

明沧嘴角一挑，猛地开车往前蹿出几米，又鸣笛：“你走不走？”

黄霁月抱着肩膀气呼呼地走过来，刚要摸到车门，明沧又开车猛往前蹿了几米，她气急败坏地跺脚，吼道：“你什么意思。”

“没什么意思，单纯地想看你不好过。”说完，他踩下油门开出老远，接着又以极快的速度倒车，看起来是直奔她来。黄霁月愣了一下，一时间不知道该往哪里躲，眼看着车就要撞到她，明沧又快速地打了一把方向盘，车子便贴着她的身体在原地倒着转了半圈，明沧将车停下，这一次，他绕到了黄霁月身边，手肘撑着车窗，似笑非笑地看着她，带着些许玩味地威胁道：“我这个人，注重实干，不喜欢玩虚的，我做人的宗旨就是脚踏实地，认真做好每一件该做的事情。你最好别让我认为‘让黄霁月不好过’是我应该认真对待的事，不然我会让你好好感受一下，什么叫不好过。你再纠缠我和祝安妮，我就把你娶进门，再把你晾着，让你凄苦地过后半生。”

他开车扬长而去，把黄霁月一个人丢在校园里。本来想把准备送给黄霁月她爷爷的寿礼也扔了，想到自己父亲还躺在病床上，就打消了这个想法。

自从明洋的母亲入院以后，他爸一夜之间就老了好几岁。加上他半路逃婚回国，才安静没多久，明洋的母亲又再次入院。明洋母亲的死活他不关心，明沧只是有些担心再这么折腾下去，会把他爸折腾死。

每当这种时刻，他都会想，自己的心太软了，这么心软的人，成不了大事。可一想到抛弃他的、威逼他的，是他亲生的父母，他就没办法狠心了。

不过，他对别人倒是挺狠心的，比如对祝安妮。每次与祝安妮重逢，他都会在心里默默地慨叹，当时那股死活都要甩了她的破釜沉舟的勇气到底是谁给他的?

爱真的需要勇气，去面对流言蜚语。但是不爱，有时需要更多的勇气。

第十三章

·DISHISANZHANG·

他每问一次，安妮的心就如同被锋利的尖刀在心房外层硬生生地刮上一遍，那是一种让人特别难受的疼，火辣辣的疼。

01

祝安妮觉得自己很累，筋疲力尽的那种累。白天上了一整天的班，下午早早去把祝君安接回来。这两天他有点感冒，小孩子总是会闹些毛病，她并没有当成大问题，可夜里祝君安却突然发起高烧。

祝君安不肯睡觉，可以说是毫无睡意，非要靠在床头上看书。祝安妮给他切了半个苹果，他吃了一小块，突然抬头问安妮："你还记得爸爸的狗吃苹果的时候发出的声音吗？"

安妮点点头，说："所有的狗吃东西都是那个声音。"

"我觉得他的牙齿更特别，就像它的肌肉，它咬东西的声音更有趣。"

"不要因为你生病了就给我胡诌。"

祝君安无趣地撇撇嘴，看了两页，又突然抬起头，很平静地对她说道："安妮，我想爸爸了。"

"哪个爸爸？"她明知故问。

“我有很多爸爸吗？”他反问。

“很多，你以前看到喜欢的叔叔就叫爸爸，看到喜欢的动物也叫爸爸，你对一切你认为美好可爱的东西都叫爸爸。你有那么多爸爸，我怎么知道你想哪一个。”

“安妮，那些是我4岁以前对爸爸的理解和定义，所有我得不到的我很喜欢的我都叫作爸爸。但今年我已经5岁了，我对爸爸的理解和定义也随着年龄的增长升级了。我现在想的爸爸是明沧。”

“你现在对爸爸的定义是有特指的，我理解了。”

祝君安面无表情地盯了她一会儿，说：“安妮，你这个冷血的女人。”

冷血无情、铁面无私的祝安妮毫不留情地将退热贴拍在他的脑门上，但这并没有解决祝君安身体发烫、头脑发热的症状。

时间接近凌晨的时候，安妮抱起君安开车去了儿童医院。

她双眼熬得通红，坐在病床旁边握着祝君安的小手，两人有一句没一句地聊着。

祝君安是与生俱来与众不同的，他生病的时候不像其他小朋友一样哭闹，也不睡觉，只是喜欢拉着她问一些与科学有关的问题，仿佛这是他转移病痛的特殊方法。

祝安妮是大人，可以熬夜通宵，但祝君安是小朋友，一个发着高烧的小朋友，他需要休息。

护士来给他拔针的时候，发现这个漂亮的小朋友居然还没睡觉，当时就给祝安妮脸色看了：“你别跟他闹着玩了，赶快让他休息吧，天都快亮了还不让孩子睡觉！”

祝君安很不乐意地翻了一个白眼，他觉得女人真的很烦，总是喜欢管这管那，以后他坚决不找这么多事的女人当老婆，不然安妮会受气。

安妮不好意思地对护士笑笑，又对君安比了一个噤声的动作。

然后，两个人大眼瞪小眼的干瞪眼，瞪了一个多小时，祝君安开始有些迷糊了。在睡着之前，他问安妮：“我生病了，他会来看我吗？”

“可是他并不知道你生病了！”

“你可以发信息告诉他！”

“可是我没有他的号码！”

“你说谎，安妮，连我都记得他的号码。”

“就算我记得，但他已经不是我能随随便便就拨通号码的人了。你生病了，我会照顾你，医生会照顾你，他还有他自己的事要忙。”

“他会有别的儿子吗？”

安妮温和地笑笑，说：“我也不知道，没准是女儿。”

“安妮，虽然我有些恨他，但我还是希望在醒来的时候，可以看到他。”

祝安妮又何尝不想呢？如果可以，她希望她每一次醒来，无论何时何地都可以看到他。

一夜未睡的祝君安这会儿即便睡着了也睡得十分不踏实，每隔一小会儿就会迷迷糊糊地醒过来问一遍：爸爸来了吗？

她每回答一次，他就会失望地捂住自己的小脸。等他再次入睡，她便拉开他的小手放到一旁，让他保持呼吸通畅。

他每问一次，安妮的心就如同被锋利的尖刀在心房外层硬生生地刮上一遍，那是一种让人特别难受的疼，火辣辣的疼。

她实在挺不住了，再三犹豫过后，终于掏出手机，拨通了明沧的手机号。

此时已经是上午九点了。

她有些不知道怎么开口，昨天才在学校的办公室里见过明沧，可他连招呼都没跟自己打，也不知道今天这个过分的要求，他能不能答应。

电话很快就接通了，电话里却传出来一个甜甜的女孩子的声音：“你好。”

安妮愣了一下，心也跟着抽搐了一下。这个声音不是黄霁月，而是她不熟悉的声音，她礼貌地开口：“你好，请问这是明总的手机吗？”

“是啊，他在换衣服，你是哪位？一会儿我让他给你回过去吧。”女孩落落大方地回应道。

安妮只说了一句“好的，谢谢”便挂了电话。她没有留下自己的姓名，她觉得没有必要了。

明沧是真的在换衣服，他准备上班，当然要换掉身上的家居服。等他从衣帽间出来时，看到柯友蓉正在摆弄自己的手机，当即没了好脸色："你现在越来越没规矩了，大早上跑到我家里来折磨我，还未经我允许动我的东西，你是打算破罐子破摔了吗？"

柯友蓉娇嗔着上前来，打算抱住他的腰撒娇，却被他抬起的长腿挡了出去。他伸手拿过自己的手机，冷眼看着她，说："你又不是三岁五岁，不要动不动就搂啊抱啊的，一个女孩子……"他的话随着视线落在通话记录上便没了下文。

他皱眉扫了她一眼，转身向外面走去。柯友蓉要跟过来，他一掌扣在她的脑门上，用力往后一推，硬是把她推出老远，然后关上自己的房间门。把柯友蓉关在房间里后，边下楼边将号码回拨过去。

祝安妮正难过得抠手指，默默地发誓再也不给明沧打电话了。虽然并没弄明白为什么要发这个誓，反正就是要发一下才舒服。

可当明沧的号码在她的手机屏幕上出现时，她还是很欣喜，她暗暗地鄙夷自己一番，看来发誓都是没什么用的。

她拿起手机，走到病房外面，接了起来："喂。"

"嗯。"他说。

"嗯？"他就说了一个"嗯"！是什么意思？起码要说一句"你好"，或者问一问别的什么。祝安妮心道。

"有什么事吗？"她问。

果然，这个奇妙的问句让明沧在电话那边反应了好一会儿，他迟疑地开口："不是你打给我的吗？"

"哦，这样。"

"你有事？"

"嗯，我有事。"

"说吧。"

“君安生病了，他一夜没睡，现在在医院里也没睡踏实，一直要见爸爸。”

“什么病？”

“发烧。”

明沧沉默了一会儿，语气开始变得冷漠：“为什么不去找明洋？”

“他想见的不是明洋。”和他对话的欢喜在这一刻已经全然不见了，甚至有些低落。

“小孩子是无辜的，就算你和明洋之间有过什么不愉快的过往，也是你和明洋两个人的问题，你不应该剥夺他与亲生父亲相认的权利，他的成长需要一位父亲。”

“他的亲爸已经死了。”

“他活得很好，祝安妮。”

“谢谢你告诉我这个消息，你就当我刚刚没有提过这个请求吧，耽误你的时间了，不好意思。”

安妮挂断电话，趴在走廊的窗台上待了一会儿。一转身，就看到祝君安光着脚站在病房门口，他噘着嘴巴，失望地说道：“他不愿意来看我，是吗？”

安妮上前一把将他抱起来，飞快地走回病床旁边，把他放回去：“爸爸在国外，他让你坚强一点，像个男子汉一样。”

“你当我是三岁小孩？”

安妮尴尬地抿了抿嘴唇，说：“没有，当你是五岁的大人。”

祝君安欲言又止，好半天眼圈里渐渐有了委屈的眼泪：“安妮，我现在很难受，身体难受，心里也难受。”

祝安妮不知道该怎么安慰他，事实上，她一点也不想安慰别人，她自己也很需要安慰。

她对君安是满怀歉意的，这个无辜的小家伙如今的遭遇都是因为她。

可他不会懂她的歉意，他很聪明，可到底只有五岁。他五岁的脑子里已经装了过度的知识，暂时还容不下太多别的东西。

明沧在出家门之前，看到明洋带着一个小男孩在自家别墅的草坪上玩，脸上洋溢着鲜有的耐心和愉快。

小男孩是陌生的，他没见过，他站在门口看了一会儿走过去，单手插进裤子口袋里，淡淡地问道：“哪里来的小孩？”

明洋抱住撞进他怀里的小家伙，听到他的笑声也跟着笑出声来：“朋友家的。”

“这么放心交给你带？”

“交给我能怎么着？我吃孩子？”

“你看起来不像喜欢小孩的样子。”

“谁说的？”明洋不屑，“我挺喜欢小孩的。”

“我是亲眼见过你逼着女人堕胎的。”

“那是逼女人，我不想她们借此讹上我。”

明沧思忖片刻后，沉声问道：“如果你有个儿子，你会怎么样？”

明洋眼底闪过一丝低落，笑道：“不知道以前的我会怎样，可能会烦，现在肯定是要当祖宗供着。”

明沧意味深长地看了他一眼，点了点头，开车去上班了。

两天后。

祝君安终于可以回家休息了，这意味着安妮也可以休息了。这两天祝君安不怎么睡觉，她也没休息好。祁姗来过，说是可以替换她来照顾祝君安，但安妮不放心，平时都可以，祝君安生病的时候不可以。

安妮一手牵着祝君安，一手拎着祁姗送来的还没吃完的水果，和护士及医生打了招呼，准备出院。

“绮珊阿姨买这么多水果，是用来喂猪吗？”君安问。

“喂你的。”

“可我并不是猪。”

“是的，猪长你这样，养猪的会赔死。”

两人正聊着天，面前突然有一辆黑色的轿车在住院部门前慢慢停下。副驾驶和后座的门同时打开，一身休闲装，戴着墨绿太阳镜的明洋从车上下来，从容不迫地等在这里。

来得早不如来得巧，明洋再早来一步，他会需要亲自上楼去接，再晚来一步，他会需要去祝安妮家里堵。这下刚刚好，祝安妮正带着孩子朝他走来。

安妮已经看到明洋了，他这么招摇，就算戴着墨镜也让人无法不注意到他的存在。

她不知道明洋为什么会在这里，也不想知道，牵着君安加快了步伐。

然而明洋在墨镜后面的视线，始终停留在君安天真无害的小脸上，细看下来，他跟自己小时候长得还挺像，尤其是眼睛，黑亮亮又圆溜溜的，长而密的睫毛如同黑色的羽扇一般。

明洋冷笑一声，没想到这个祝安妮还有这种本事，居然连一个大活人都能藏得这么好。她倒是不怕别人说“小姑娘家家未婚先孕生个孩子”这种闲话，还天天带着祝君安到处招摇。

他带着保镖朝安妮大步走去。

知道这次躲不开了，安妮默默地咬了咬牙。

02

“好久不见，祝安妮。”明洋还是那副不正经的样子，吊儿郎当地歪着头，和明沧身上那股谦谦公子的气质大相径庭。

君安听到有人叫自己妈妈的名字，准备停下来一探究竟，可还没等双脚并拢，小小的人就被祝安妮扯着胳膊一把拽走。君安觉得自己快要飞起来了，来不及抗议，接着身体感到忽然一轻，他便被这个叫安妮名字的陌生男人给抱了起来，他下意识地抓住了明洋的衣领，以防自己再被扔下去。

祝安妮一下子就慌了，因为休息不好，脸色本就不怎么好看，这会儿简直没有了人色儿，白得发青。她气愤地大吼道：“明洋！”

她扔下手里的东西，朝明洋扑过去，却被明洋带来的壮汉保镖在半路给拦住了，她对着保镖又踢又打，声音气到发颤：“把我儿子放下！”

“你儿子？”明洋笑了笑，隔着太阳镜眯起眼睛扫了一眼怀里的祝君安，愈发地觉得安妮的话好笑，“你确定这是你的儿子？”

祝君安倒是很淡定，看起来一点也不像被人掳走的孩子，只见他眉头轻轻一皱，抡圆了手臂，狠狠扇了明洋一个耳光：“你有毛病吗？光天化日抱别人家孩子。”

祝君安这一巴掌其实挺疼的，尤其是对从来没挨过巴掌的明洋来说，打得他半只眼睛都跟着疼。他倒抽了一口冷气，咬了咬牙，强忍着被自己儿子揍了的怒火，转身回到车旁打开车门，将祝君安扔了进去，自己也跟着钻进去，随后关上车门。

祝安妮此时跟疯了一样，但是再疯狂，她的小胳膊小腿也不是保镖的对手。周围已经围起不少看热闹的人，安妮焦急地大喊着有人抢孩子，可谁都不瞎，抢孩子的人会开这么好的车还带着保镖？这孩子是身上文着宝藏图还是藏着国家机密？很显然这是夫妻闹别扭，瞎折腾。尤其是这保镖，聪明得一塌糊涂，扯着破锣嗓子张嘴就喊：“大嫂！别折腾了！孩子是无辜的！”

“谁是你大嫂！谁是你大嫂！你放开我！”她歇斯底里地挣扎，作用却小得可怜。

听见明洋的司机按了按喇叭，保镖使了一股狠劲儿，用力一推，推得安妮栽了一个大跟头，随后飞快地转身上车。车门一关，车子便飞速蹿了出去。

安妮被摔得昏头涨脑，顾不上身体的疼痛，连滚带爬地站起来追。她的眼睛始终盯着渐远的汽车，没有注意脚下，所以在下台阶时不小心踩空，整个人狼狈地向前扑去。她的脑子里全是被带走的祝君安，压根没有想到去维持身体平衡，所以摔得十分惨烈，下巴重重地撞在了水泥地上，牙齿磕破了嘴唇，小臂和膝盖都破了皮，脚也崴了。

安妮试图起身，可脚踝实在太疼，一点力气都使不出来，她站在原地捂住冒出好几滴血珠的嘴唇，眼睁睁地看着明洋的车离开。

祝安妮感到满心的无助与不甘，满嘴的苦涩与腥甜。

前所未有的失败感席卷而来，原来她不是了不起的祝安妮，她连一个那么小的孩子都保护不了。别人来抢她的孩子，不费吹灰之力，她想保护她的孩子却难如登天。

围观的人群渐渐散去，安妮一瘸一拐地走到台阶旁边坐下，她拿起手机，打开通讯录，上上下下来回翻了好几遍，竟没找到一个可以帮她的人。

会不会，她再也要不回来君安了。

天气很好，太阳很暖，迎面还有微弱的风吹来，可安妮的世界却是乌云密布，灰暗一片。

她想，自己和明沧早就分手了，不会惹到明洋，那还有什么原因能让他冲动到可以在光天化日之下来抢她的孩子呢？

恐怕只有一个原因，他知道了祝君安是他的儿子。

祝安妮的眼眶三番五次地红起来，眼泪又被她三番五次地逼下去。知道祝君安是明洋儿子的人除了自己就只有祁姗和明沧两个人。

祁姗是个大嘴巴，但绝对不会乱说这件事，就算说，也传不到明洋那里，就算传到明洋那里，也不见得明洋就会相信。

只有明沧的话，明洋才会相信，毕竟他的手里还拿着证据。

她给祁姗打电话，让她来帮自己开一下车，顺便把自己接走。祁珊临时找了其他老师帮忙代课才能脱身。

“我去哪接你？”祁姗问。

“儿童医院。”安妮回答。

“然后送你去哪儿？”祁姗又问。

“人民医院。”安妮再答。

“什么意思？转院？”

“你来了再说吧。”安妮有气无力地答道。

已经过了上班的早高峰，这会儿路上不塞车，祁姗来得也快，出租车司机把她送到住院部门口，车正好停在祝安妮的面前。可安妮就像没看见似的，双眼无神，对着眼前的台阶发愣。

“安妮！”祁姗打开车门先喊了一嗓子。

祝安妮缓缓抬起视线，模样还是有些呆滞。她的样子把祁姗吓坏了，两腿发软地走到她身边，担忧地问道：“安妮，你这是怎么了？你被人打了？这朗朗乾坤的，有人在大庭广众之下打人？还有没有王法了？君安呢？”

安妮呆滞麻木的眼眸因为听到了祝君安的名字，闪过一道光，又迅速熄灭。她的声音也极度地微弱，仿佛整个人的灵魂都被掏空了：“没有了。”

祁珊咚一声跪下来，脸都吓白了：“没有了！没有了？不就是发烧吗？小孩子发烧不是家常便饭吗！怎么就直接给烧没了！”

安妮鼻子一酸，环住自己的膝盖，微微垂下头，柔顺黑亮的长发环着她单薄的身体。她忍着眼泪，眼珠四下乱看，倒抽了一口气，又哆嗦着呼出来，说：“被明洋抢走了。”

相比发烧直接将人烧没了，被明洋抢走则成了让人感到虚惊一场的好消息。祁珊坐到安妮旁边和她肩并肩，惊魂未定地拍了拍胸口，说：“我都准备好号啕大哭了，你却只是说他被抢走了，真是快被你吓死了。”

看到安妮露出不解的眼神，祁珊立刻重新整理自己的态度，当即翻脸破口大骂：“明洋这个不要脸的家伙！他凭什么抢孩子！还有没有王法了！他以为他有几个臭钱就可以为所欲为。孩子他说不要就不要，他说要就可以明抢啊！让我看见他非一高跟鞋钉进他脑门里！”她好像突然想起来什么似的，捂住嘴巴瞪起眼睛，不敢置信地问道：“明洋？被明洋抢走了？明洋知道君安的身份了？”

“不是你说的？”安妮平静地问。

祁珊十分着急地捶了捶膝盖，又轻轻地捶了捶安妮的脑袋，皱眉道：“你脑仁也被明洋抢走了吗！怎么可能会是我！我是嘴巴有些碎，但不会这么没分寸，再缺心眼也知道什么该说什么不该说！就算是我说的，那也不可能传到明洋那里啊！就算传到明洋那里，他也不见得就会相信！明洋又不是我生的，难道会随我的缺心眼吗？”

“我随便问问。”安妮说，她已经知道答案了，只是想再确认一下，如此而已。

“我知道你是随便问问，我也是随便答一答。”她站起来，准备把安妮也扶起来，“咱们先起来去把自己处理明白，再回头商量明洋的问题。他既然有心抢儿子，肯定不是要带回家虐待的，至少现在君安有吃有喝有人陪，这场绑架还不算太可怕。”

安妮的脚边散落着乱七八糟的水果，是刚刚路人帮她归拢到这里的，她没有心情去关注，只是在离开之前，捡起了君安掉落的一本英文书。

祁珊把车开到安妮身边，扶着她坐进副驾驶，帮她扣上安全带。丢了孩子的祝安妮就像丢了魂一样，祁珊很同情，却做不到感同身受。“谁的孩子谁担忧，谁的孩子谁心疼”这话一点也不假。

她下意识地摸了摸自己的小腹，她没有告诉安妮，这里有一个小生命已经形成，现在这种情况，更是不能说了。

祁珊带安妮去了人民医院，在医生简单地处理好安妮身上的擦伤、给她脚踝开了两贴药后，她开车把安妮带回了自己家里。

她现在住的地方不比安妮的房子差，只是面积稍微小了一些，但对她来说已经足够大。

安妮被祁珊扶着进门的时候，柯友仁正在用吸尘器吸地毯。

祁珊想到柯友仁那个好哥们明沧把她的安妮害得这么惨，当即飞起一脚，踢在他的屁股上，柯友仁躲都没躲，习以为常地拍了拍屁股，关切地看着安妮问道：“出事故了？”

“不仅出事故了，还出故事了。”祁珊没好气地说。

安妮拍拍祁珊的手臂，让她别这么凶巴巴的，好不容易找到一个好男人，别给吓跑了。祁珊深吸一口气，算是忍下来。

她把安妮扶进客房，柯友仁端着一杯热水跟进来：“用不用我找个大夫来家里看看？”

安妮摆摆手，没有出声。

“孩子呢？不是生病了吗？送去学校了？”他又问。

全然不知情的柯友仁并不知道自己在“哪壶不开提哪壶”，更加没有注意他的大可爱祁珊小姐姐已经磨刀霍霍了。他只是觉得空气有些冷，气氛有些僵，便无辜地看向祁珊，企图寻找答案，不料祁珊已经气得头发都爹起来了：“还不是因为你的好兄弟明沧！这个混账东西居然告诉明洋祝君安是他的儿子！现在明洋把孩子抢走了！”

柯友仁愣了一瞬，不知道为什么下意识地捂住自己的喉咙，然后退出了房间，不再掺和她们俩的事儿。

他在客厅发了一会儿呆，想要给明沧打个电话，不过很快又放弃了这个想法，万一祁珊又生气了怎么办。

03

明家别墅。

家庭医生拎着自己的小箱子从明洋的房间里走出来，给他报告了一下，小朋友的身体正在恢复，没有太大的问题，不用担心。医生还提起倒是明洋的眼睛一定要注意，不能再被打了，不然问题就严重了。

明洋睁着半只血红的眼睛点了点头，与医生擦肩而过，回到自己的房间。

祝君安捧着一个巨无霸汉堡，正埋头吃着，听到开门声，他抬眼看去，发现是明洋，又低头继续认真地吃汉堡。

明洋笑眯眯地走过去，坐到他身边，发觉距离有些近，自己的眼睛不安全，又识趣地往旁边多挪了挪。他像看什么稀世珍宝似的，笑着逗他：“好吃吗？”

君安乖巧地点点头，嘴巴慢条斯理地咀嚼着。

“你怎么不哭呢？”他有些好奇这小东西为什么和一般的孩子不一样。

祝君安看他跟看傻子似的，鄙夷地反问：“我为什么要哭？”

“你可是被我绑架了，还为什么，你是不是小傻子？”他继续笑着逗君安。

“哦。”君安对他的话失去了兴趣，闷头吃自己的东西。

明洋就这样眼巴巴地看着他吃完了大半个汉堡包，赶快把果汁给他递过去，君安一口咬住吸管，慢悠悠地喝着，他把剩的一小半汉堡递给明洋，说：“你吃吧。”

明洋高兴坏了，虽说他从小到大都没吃过别人剩的东西，但这不是一般人，这是他亲儿子，心里顿时暖融融的，拿起来就咬了一大口。

祝君安面无表情地看着他傻笑的模样，说：“你看我吃东西的眼神，很像以前我隔壁邻居的狗，它就这么看我，每次我吃东西都把剩下的给它吃。”

明洋撇嘴皱眉，转头扔掉手里的汉堡，一板一眼地指着他教训：“我是你爸爸，你说话最好给我长点脑子。”

君安抱起肩膀，嫌弃道：“我如果有你这种爸爸，能长什么脑子？”

明洋深吸一口气，说：“以后，你就跟我一块儿生活，长大了，你要继承我的家业。”

“如果你有家业需要继承，最好生一个真的傻子，像我这种头脑聪明的健康人，会去自己创造家业，你的家业我不稀罕。”

明洋气得耳朵眼都往外冒气，真想缝上祝君安的嘴巴。想不到这小家伙这么伶牙俐齿，不像别人家这么大的孩子可爱得不得了，就算调皮，也不是这样处处说得别人张不开口。

明洋自我安慰：算了，就当他是太聪明吧，爸爸就是爸爸，不和崽子一般见识。

祝君安不吵也不闹，吃饱饭了就吃药，吃完药就睡觉。一觉醒来，房间里多了很多玩具，大到电动车，小到变形金刚、汽车模型应有尽有。他瞄了一圈，没一样看得上眼的，跳下床去洗手间撒尿、洗手，溜达着走出房间，在屋子里到处走一走看一看。

有个保姆打扮的阿姨一直在他身后跟着，不多言不多语，也不干涉他，君安自在得很。

他在书房里看中一本书，打算踩着椅子够下来，保姆阿姨直接伸手帮他把那一层的都拿下来。他挑了两本，说了一句“谢谢”，捧着书走出书房。

房间里没有电话，君安用书籍消耗了整个下午的时间，晚饭之前又睡了一会儿，醒来以后，房间里的玩具不见了，取而代之的是各种各样的书。

他踮起脚尖打开了房间的灯，一开门就看到保姆阿姨在门外站得笔直，他默不作声地往楼下走，在楼梯的转角处，看到了刚刚进门的明沧，他的脚边还跟着那只模样凶神恶煞、性格娇憨可爱的恶霸犬。

祝君安很激动，握着拳头大叫了一声：“爸爸！”接着，像小旋风一样从楼梯上跑下来，一个猛子扎进了明沧的怀里。

坐在沙发上的明洋明显吃醋了，板着脸说：“我才是你爸！”

明沧抱起君安，安抚地拍了拍他的后背，小家伙死死搂着他的脖颈，生怕一松手，他就不见了。他香香软软地贴在他的耳朵旁边，时不时地蹭两下，反正就是不搭理明洋。

明沧的衣服扣子都没来得及解开，还是西装笔挺的模样。他抱着君安坐下来，想要把他从自己怀里拉开，但君安手臂的力道一点都不松懈，他只好任由他这样抱着自己。

祝君安长高了一些，也重了不少，小孩子的成长真是一天一个变化。

君安的依赖，让明沧的心跟着柔软起来。他也很想君安，但他是大人，一切悲欢都可以克制，所有情绪都可以放进肚子里，而不是摆在脸上。

明沧的狗也很激动，一直扒着明沧的裤腿，发出兴奋的叫声，可惜祝君安这会儿已经顾不上狗了，人都搂不过来，哪有多余的怀抱留给狗。

“爸爸，是你叫人绑架我的吗？”他抬起头，认真地问道。

明沧的头发有些长了，和当初与君安分别时不太一样，发丝被一丝不苟地梳好，和电影里的男主角一样。君安抬手摸了摸他蓬松且坚硬的发丝，又摸了摸他干净的下巴，很开心地笑起来："如果是你叫人绑架我的，我就不生气了，也会告诉安妮不要生气的。"

明沧靠进沙发里，刮了下他的小鼻子，想起过往一家三口的点点滴滴，一时间有些心酸，没有第一时间回答他。

君安抓着明沧的领带，弯起眼睛笑道："虽然我不知道你跟安妮发生了什么矛盾，但我觉得你是世界上最好的爸爸、最大度的爸爸，你应该主动跟她道歉和好，以体现你男人的气概。当然了，这只是我个人的看法，其实你可以跟我诉苦的。如果我觉得你是对的，我会说服安妮跟你道歉。其实爸爸，跟自己爱的人低头认错，一点也不丢人。比如我，我经常给安妮认错的，哪怕有些时候不是我的错，但我不想看到照顾我的女人因为我伤心。"

明洋从沙发另一边坐过来，靠在明沧身边，指着自己的鼻子对祝君安说："你认错爹了，我，我才是你亲爸，这是你二叔。"

君安看看明洋又看看明沧，皱眉道："换一下，他当我亲爸，你当我二叔。"

"那能成吗？什么都能换，爸爸还能换？"明洋恼怒道

"那怎么不能换了？"君安毫无惧色，理直气壮地说道，"我的爸爸我自己说了不算吗？我想换就换！"

明沧捏了捏君安的脸颊，沉声教育道："不要这样讲话，小孩子不可以这样讲话，没礼貌。"

"他也没礼貌。"君安指着明洋抱怨道。

"他是你爸爸。"明沧说。他握住君安叛逆的手指，耐心地给他解释，"他叫明洋，是你的亲生爸爸，你不是一直想要一个爸爸吗？"

"可是我已经有你了啊！"君安不情愿地嘟起嘴巴。

明沧温柔地笑笑，眼底闪过一丝苦涩，他说："我只能是你的叔叔。"

明洋适时地补充："听懂了吗？爸爸是换不了的，你只能是我儿子。"

“我想回家。”君安说。

明洋一把将他从明沧怀里搂过来，拍着祝君安哄骗着说：“这里就是你家，有我这个爸还有你二叔，你还想去哪儿？”

祝君安二话不说，抬手又扇了他一个嘴巴，不偏不倚，还是打在左边那只倒霉的眼睛。明洋疼得龇牙咧嘴，却只能忍住怒火，心里安慰自己：儿子是他亲生的。

明沧握住君安的小手，轻柔地捏了捏，安慰道：“别这样，太不乖了，一会儿和爷爷奶奶一起吃饭，吃完饭就送你回去。”

“我要跟安妮通电话。”

明沧看向自己的大哥，发现他没有掏手机的打算，便把自己的手机拿给祝君安。

小家伙按下祝安妮的号码，发现居然没有备注，于是在通话之前先备注了安妮的名字——了不起的祝安妮。

电话接通了，他脆生生地叫道：“安妮！是我！”

安妮很激动，语无伦次地问了好几个问题，君安有条不紊地一个一个回答：“汉堡包，果汁，看书，睡觉，看到了爸爸和狗，人贩子快被我打瞎了，爸爸说一会儿就送我回家。”

电话那边的安妮松了一口气。

祝君安问：“安妮，你有没有摔成残疾？”

“没有，我很好。”

“那就好，那我就先挂电话了。”

“等等，君安，我想跟你爸爸说话。”

祝君安举着电话看看明洋又看看明沧，问：“哪一个？好看、温柔的还是丑八怪人贩子？”

安妮愣了愣，说：“明沧。”

君安把电话递给明沧，视线与不服气的明洋对峙：“看什么看？我说的不对吗？你长的就是没有他好看，还像个人贩子。”

“喂。”明沧起身，走到外面去与安妮通话。

“是你告诉明洋的吗？”

“是的。”

“为什么？报复我？”

“我不是你。”

“不要说得好像你很了解我一样，我没有你想得那么不堪。除了报复，我想不到你还有什么原因要告诉他。”

明沧又向外走了几步，门庭前的落地灯孤零零地矗立在昏暗的夜色里。他站在灯下，看地上光影斑驳的草坪，过了好一会儿才再次开口：“我不想你一个人活得那么辛苦，也不想让君安的成长太辛苦。就像他当初在我家里说的，你可以不需要男人，但他还是个孩子，他需要一个父亲。既然他的亲生父亲还在世，就应该有知情权，你不应该剥夺他们父子相认的权利。明洋若不喜欢他，就不会与他相认，若是喜欢，对他不会差的。”

“然后？将来明洋总会成家立业的，你让祝君安以什么样的身份面对他？你自己知道以这样的立场生活有多难，你觉得这是对他好的选择吗？”

“我觉得是。就因为我自己经历过，我才知道哪一种生活才是对孩子更好的选择。你难道不希望你的父母现在还活着吗？尽管他们活着让你的生活很糟糕，但亲人绝不是钱可以取代的。我承认我怨恨过父母，但是更多的是爱。你也一样，将来君安也一样。只要父母是爱他的，不管以什么身份生活在父母身边，对子女来说都是幸福。”

“可是明洋不爱他！祝君安出生的时候他都不曾来看过一眼，不曾抱过一下。孩子不是他的玩物，他今天心血来潮，他可以任意带走，明天他不喜欢了，就会随手抛弃。”

“对女人我不知道，对排除我在外的父母亲人，他都表现得很不错。他是个重视亲情的人，我用人格担保，他认了祝君安就不会抛弃。”

“你的人格？”安妮在电话那边笑了笑，“我为什么要信你的人格？”

“不为什么，现在的事实就是明洋已经认了祝君安，我爸爸和明洋他妈妈也很开心。从今以后，祝君安是个有父亲母亲，有爷爷奶奶，有强大的明家守护的小孩。”

安妮沉默了几秒，颤抖着声音问：“那我呢？你考虑过我吗？你知道我一个人为了把他带大牺牲了多少吗？现在就因为你们明家强大，所以可以随意把他带走，我怎么办？”

04

他知道安妮在向他抱怨命运的不公，她总是一副清高又干练的样子，总是一副可以解决世上一切难题的了不起的样子，也许正是因为这样，每当她向自己展现她的无助和不甘还有委屈时，他的心里都格外不好受。他知道，但凡有一丝办法，安妮都不会向命运示弱，可他还是没有办法原谅安妮。

人们总是说，爱意有多浓，恨意就有多重。

他调整好自己的情绪，无情且冰冷地回应道：“我为什么要考虑你？你是什么身份？你有什么资格得到我的考虑？你生了我大哥的孩子还刻意欺骗我、利用我的时候，你考虑过我吗？你和我弟弟接吻的时候，你考虑过我吗？你一直在做不该做的事情，我只是做了该做的事情，我有什么错？”

安妮的眼泪再也绷不住了，她沉默地用指腹抹掉马上就要落下的泪珠，用力地睁大眼睛，企图让那些滚烫的热泪能在眼眶里慢慢消散而不是掉下来。她对着空气认命地点头，卑微又诚恳地说道：“对不起，明沧，是我对不起你。我能不能请你，不对，是我求你，和你的家里人商量，把君安还给我，让他和我生活在一起。你相信我，这一定是对他最好的选择。我和明洋之间的恩怨远远不是你想得那么简单，我的决定一定是对他最好的。”

“你和明洋的恩怨就不要对我讲了，我不感兴趣。”说完，他就挂了电话。

他的恶霸犬由于没有像祝君安一样受到明洋的控制，所以很自由地来到他的脚边，用一只壮实的大爪子按在他的拖鞋上，时不时地仰头看他。

明沧蹲下来，揉揉它的狗头，它的两个爪子往他膝盖上一搭，拉着肥嘟嘟的脸，对他喷了两口气。明沧拍拍它肥壮的腰板，低声道："安妮，你这么胖，就别总是要抱了。"

明沧一回到家里，就又立刻被君安缠住，直到父亲和明洋的母亲回来，祝君安才不情愿地从他身上下来。这期间无论明洋抛出什么样的诱惑，祝君安都不买账，还冷嘲热讽地说道："人贩子的花样真多。"

今天的晚餐是一顿非比寻常的晚宴，因为家里多了一位小成员。

明沧带君安入座，华丽的大理石长餐桌上摆着丰富的美味佳肴，看着是要比安妮的手艺好很多。君安得到了一副儿童碗筷，他握着筷子看了看明沧，问："安妮吃饭了吗？"

"吃了。"明沧弯了弯嘴角，微笑着却也是敷衍着，他哪里知道安妮吃没吃饭。

等到父母入座以后，他才给他正式介绍："这位是你爸爸和我共同的父亲，你的爷爷，他叫明世仁，电话号码是133XXXXXXXX；这位是你爸爸的生母，我的继母，你得叫奶奶，她叫闫明月，电话号码是137XXXXXXXX，记住了吗？"

看得出明洋的父母都很喜欢这个小家伙，祝君安的脸蛋儿长得很争气，基本达到了人见人爱的程度，皮肤又白白净净，小小年纪已经有了温润斯文的气质，很难叫人讨厌。

闫明月跃跃欲试地想要亲近他，又怕孩子反感，一直在克制，脸上笑盈盈地，眼角的皱纹都挤出来了，要不是身体不方便只能坐轮椅，这会儿怕是也要凑到君安身边盯着看。她责备地看了明沧一眼，说："哪有这么介绍人的，他这么小，还能背我们的电话号码吗？"

"133XXXXXXX,137XXXXXXX。"君安淡定地报出他们俩的号码，看着这个和人贩子长得很像的女人，面无表情地说道："记号码很难吗？我两岁的时候就能背出我妈妈通讯录里所有的号码，爸……二叔是担心我有一天走丢了，需要跟警察报电话，所以才跟我说这么多，你为什么要怪他？”

“你这么聪明？”闫明月惊喜地说道，“奶奶可没有责怪你二叔，奶奶不知道你这么聪明啊！”

“我遗传我妈妈，她比我更聪明。”

明世仁从口袋里掏出一个蓝色的小扁盒子，推到他面前，笑容慈祥地说道：“爷爷奶奶送你的。”

祝君安看了看明沧，见他对自己点了一下头，这才拿过来打开。那是一枚精致奢华的怀表，表盘上还镶了钻石，他扣上盒子，放在手边，礼貌地说道：“虽然我不喜欢，但还是要谢谢你们为我准备礼物。”

“你不喜欢？”明世仁觉得这小孩说话有意思，一板一眼像个大人似的，特别招人稀罕，他笑道，“那你喜欢什么？爷爷明天给你买。”

“我没什么喜欢的东西，您不用破费了。我妈妈告诉我，送礼物是别人表达心意的一种方式，不需要我喜欢，只要对方送得开心就好，一切礼物都是好意，都值得感谢。”

被小朋友给自己的人生上了一课，明世仁满意地点点头，这个孙子不错，他妈给他教育得也不错。老人家抬头看向自己的大儿子，发现一向话多不老实的明洋这会儿只顾着看着自己的儿子傻笑，也感到发自内心地满意。也许有了孩子，他就不会那般胡闹了。

倒是明沧，一直垂着眼眸抿着唇，盯着眼前的碗筷发呆。

明世仁拿起筷子，往祝君安的碗里夹了一块肉，大家也随着他的开动而动筷。一眨眼的工夫，祝君安的儿童饭碗里就堆满了各种肉块，爷爷奶奶和“人贩子”都把他当成在外面吃不上肉的可怜崽。

“明沧，吃点东西。”明世仁说。

明沧应了一声，只是夹了一口青菜放在白饭上，也没再动。祝君安见他不吃饭，跪在椅子上去夹远处的牛肉，放进他的碗里。他眨着天真、清澈的大眼睛，乖巧地看着他，说：“爸……二叔，安妮说，牛肉补脾胃，益气盘，强筋骨，治虚损羸瘦、消渴、脾弱不运、痞积、水肿、腰膝酸软，吃一点吧，人是铁饭是钢。”

明沧将牛肉放进嘴里，笑着揉了揉他的小脑袋：“行了，吃你的饭吧，别给我上课了，我可记不住这么多。”

明世仁放下碗筷，喝了一口茶水，意味深长地对明洋说道：“这个叫安妮的女孩子，把小孩子教育得很好，其实我和你妈，并不反对你把这个女人接回来。你的年纪也不小了，也应该结婚。既然孩子都这么大了，那儿媳妇也就轮不到我们挑挑选选了，一家三口整整齐齐挺好的，你有家了也能稳定稳定。但现实情况是，这个安妮进不了咱们家门，毕竟她跟明沧还有过一段，这要弄进门可就乱了套了。我跟你妈的意思，就是争取小孩的抚养权吧，然后尽量让孩子少跟母亲来往，中间还有个二叔隔着，到家里来万一两人碰到了也不好。”

明沧长卷的睫毛微微颤了颤，明亮的水晶灯从头顶照下来，令他脸颊上坚硬的棱角显得柔和了许多，抬起眼眸时，便呈现出流光溢彩。他淡淡地说道：“祝安妮不会同意，最多让你们看一看，想要从她身边带走不可能。”

“那有什么不可能的？”明洋在一旁嘲讽地撇嘴，“她算老几她不同意，我有得是办法让她同意，儿子是我的，轮得到她不同意？她只是孤儿一个，拿什么跟我争？”

明沧斜睨了大哥一眼，冷声说道：“拿她跟孩子的感情。”

明世仁打断兄弟俩的对话，像个老干部似的用手指敲了敲桌面，一本正经地说道：“明沧，你就不要管你大哥的家务事了。孩子的抚养权我们是争定了，我们明家的小孩能跟别人姓吗？能流落在外头吗？”

“这倒是真的，你不也被我留下了吗？明家的孩子就应该在明家。”闫明月在一旁插嘴，还带着三分嫌弃地扫了明沧一眼。

“明沧啊，你大哥好歹有个儿子了，你也不能这么挑来挑去的，这圈子里头差不多年纪的女孩子都跟你相亲了个遍，怎么就没一个你看得上眼的？我对你没有别的要求，就是门当户对。我说句你大哥不爱听的，你比你大哥有能耐，找个门当户对的是为你好，现在这个社会，强强联合必然是好事。”

“我知道了。”

“你知道了你倒是找一个，随便找一个都行，你说你看不上黄霁月，看别人呗，非看她吗？我看柯友仁他妹妹对你很热情，三天两头跑过来。现在柯家的势头也很猛，那小女孩不错，家境好，又留过学，长得也漂亮。”

“好，就她吧。”明沧表现出一反常态地痛快，反倒让家里人一时间没反应过来，明世仁和闫明月还有明洋，都挑着眉看他。平日里一说到结婚，他八百个不愿意，要不是因为前一段时间明世仁生病了，他才不会那么听话去相亲，这突如其来的转性，实在令人匪夷所思。

“爸，你是不是生什么大病了，不告诉我和我妈，就告诉明沧一个人了？”明洋先回过神，马上将事情的蹊跷之处提出来。

明世仁骂了他一句“混账”，又看向明沧，重新确定道：“真的？”

明沧抬起头，敷衍地笑笑：“真的，你们安排吧。”

明世仁当即愉快地一拍桌子，开心得脸都涨红了，这一巴掌把埋头吃饭的祝君安吓了一跳，明世仁气吞山河地大吼了一声：“好！”

自此，明沧他爸终于完成把明沧逼进门当户对的婚姻的重大任务，老人家为自己儿子终于开窍了感到开心，再加上看见自己的孙子，整个人看起来都容光焕发。

祝君安吃饱了，放下碗筷，用餐巾纸仔仔细细地擦干净嘴巴，双手交叠着放在桌面上，认真地向在座各位提问：“所以说，我是安妮和明洋生的小孩？然后安妮并没有和明洋在一起而是和明沧在一起了。现在明洋想要把我接回来，但不能接上安妮，因为安妮的身份很尴尬，她既是明洋的弟妹，又是明沧的大嫂。为了避免这种尴尬，你们打算把安妮从我生活里彻底踢出去，把我的名字改成明君安，对吗？你们把我抢过来就没打算把我放回家，对吗？”

他的问题只有明沧一个人觉得见怪不怪。他早知道在君安面前说这些，他最后就会问出这些问题，是这群人太小看这个小家伙了。

明洋用筷子隔着空气对君安的方向点了点：“你有点早熟，懂的太多，但你说的没错，就是这么回事。”

祝君安点点头，没有提出其他异议，他跟明沧借来手机，当着所有人的面给安妮打了一通电话：“安妮，在你打赢抚养权的官司之前，他们不会让我回家了你要照顾好自己，等我回家。”

说完，他挂断电话，跳下凳子，拿起明世仁送给他的礼物，礼貌地说道：“你们慢慢吃，我去看书了。”

第十四章

·DISHISIZHANG·

可惜了，安妮与明沧的人生都不是那么如人意。

01

明洋是真的不肯放祝君安回家，哪怕是明沧亲自来跟他要人，他的理由也很充分：祝安妮都跟孩子在一起好几年了，他才拥有几个小时，谁都别想带走他儿子。再说他要是虐待或亏待小孩，他来要人还可以理解，可是他把心肝都掏出来给这孩子了，怎么就不配留下自己的儿子？

明沧回到房间，换上一身简单的居家服，和衣而卧，枕着胳膊看着窗外墨色的夜空，想着很久以前自己在阳台上调侃住在隔壁的祝安妮。自从和安妮分开以后，他连这样美好的夜晚都开始厌弃，他开始觉得只有工作、运动和睡觉，是令他最快乐的事情。

阳台是朝向大门的方向的，落地门窗一直开着，躺了许久，他渐渐有了睡意，却突然听到自家保姆阿姨在楼下向大门外询问：“谁呀？”

很细的微弱的女声传进他的耳朵，虽然听不到说了什么，但明沧还是可以听出这是谁的声音，身体猛地从床上弹起来，他光脚走到阳台，在路灯下看到两个女孩子立在自家门外的身影，便转身飞快地朝楼下走去。

是安妮和祁珊。

安妮指名道姓要找明洋，保姆正打算去叫人，在半路上被明沧给拦住了，他双手插在灰色居家裤的口袋里，踩着保姆给他准备的拖鞋，整理好自己的情绪和面部表情，漠然地从别墅走出来，与安妮隔一道镂空雕花的铁门面对面站立着，不客气地开口："很晚了，你有什么事？"

安妮的身体站得不是很直，她的右脚只能虚放在地面上，用不上力，面容看起来不似往常那么精神，眼睛有些浮肿，耳侧的发丝也有些凌乱，她抓着面前的铁门，焦急地问道："君安呢？我接他回家。"

"这里就是他的家。"

"我求求你，让他跟我回家吧，明沧，算我求你，你去跟你大哥说一说，把君安还给我吧。他拥有很多，有父母有明家有兄弟，他以后还会有家庭有小孩，而我只有君安，没有他我怎么办啊。明沧，你怪我、恨我，你就冲着我一个人来，你打我、骂我、羞辱我都可以，但是能不能请你给明洋讲一讲道理，或者你去告诉他，你在撒谎，君安不是他儿子……"说到最后，她已是近乎哀求。

明沧无动于衷地看着她，说："祝安妮，我不是满口谎话的你，祝君安是谁儿子就是谁的，我有什么义务替你隐瞒？"

"是我的呀！"委屈的安妮继续为自己据理力争，"是我的呀！君安就是我的儿子，我生的，我养的，他怎么能是别人的呢？"

"和我有关系？"他冷笑，"是你和别的男人的，和我有什么关系，别来求我。我只是出来告诉你，我家里人睡了，你请回。"

"怎么没有关系！要不是你，明洋不会带走他。我知道你恨我，只要你让他们别带走君安，你怎么对付我都可以！"

明沧冷眼看着她可怜地哀求，只是淡淡地说了一句："我办不到，也不想管你的闲事。隐瞒祝君安的身份，不过是你的另外一个谎言，我不想为你的谎言来为难我自己。想要祝君安跟你走，就找好律师跟明洋法庭上见。我可以给你一个免费的建议，不要浪费这个钱，你斗不过明洋，别真拿他当草包公子哥。”

不能上法庭，上了法庭她就注定争不过明洋了。安妮伸出手臂去抓他的衣服，她总觉得，明沧对自己是有感情的。一日夫妻百日恩，他一定只是因为生气不肯帮自己，并不是他帮不了。

明沧没有躲开，安妮抓住了他的衣襟，她纤瘦的骨节过于分明，用力地捏着他的衣角的样子仿佛是抓着最后一根救命的稻草，她强忍着脚踝的痛，慢慢跪下来，抓着明沧的手指不曾有半分松懈。祁姗架着她的手臂，不想安妮这么卑微，但她知道自己是拦不住安妮的；她想对明沧破口大骂，又怕自己这张嘴会误了事儿，万一明沧看安妮可怜愿意帮她，别再又被自己惹毛了。她憋了一肚子的火，只能眼睁睁地看着安妮绝望地对着他下跪，她的眼泪也止不住地往下流，除了能扶住安妮，她什么都不能做。

安妮颤抖着开口：“明沧，我求求你，求求你，虽然我骗过你，但我对你还是不错的是不是？我也曾经让你很快乐的是不是？说谎是我不对，但我是真的喜欢你，你看在我对你是动了真感情的面子上，帮我一把好不好？求你帮帮我。”

祁姗实在看不下去了，也想跟着下跪，但她知道自己跪下也没用，她蹲在安妮身边，抹着因心疼而流下的眼泪，好声好气地和明沧商量：“你就帮帮安妮吧，明沧，她知道你是心疼君安的，你了解君安，他嘴上要强，其实很依赖安妮，他也离不开安妮。”

黑夜和昏暗的灯光很好地隐藏起明沧渐渐泛红的眼眶，他握住安妮清瘦的手掌，皱眉道：“我帮你，除了会让我大哥难过，让我父亲失望，还能得到什么？”

“我会感激你！”安妮仰起头，“我会感激不尽！”

“你的感激，”他一根一根掰开安妮的手指，握着她的手腕慢慢地将她的手送出栏杆之外，“我明沧受不起，也不稀罕！”

明洋不知道因为什么事去明沧的房间里找他，见房间里没人，阳台门开着，就走到了阳台外。他看到大门口站着几个人，眯着眼睛确认一番，感觉看不清，便下楼朝他们走去。

“明沧，那俩女的谁啊？”他的声音从楼梯口传来，明沧深深地看了安妮一眼，无情地问道：“你还要跟你的旧情人聊聊吗？”

安妮跪在那里默不作声，明沧没再多问，转身离开了。

明沧在门口和明洋打了照面，明洋看他一副鼻子不是鼻子脸不是脸的样子，好奇地打探：“谁啊？”

“祝安妮。”

“找你？”他对安妮似乎不怎么感兴趣。

“找你。”明沧答。

明洋又“哦”了一声，拍了拍明沧的肩膀，“我去看看她，你先上楼吧！”

明沧站在门口没有让开的意思，明洋不耐烦地皱眉说道：“行了，我不会欺负她的，你放心好了，我干吗跟一女的计较。”说完，硬生生地把明沧扒拉到一边，痞里痞气地晃出去。

明洋没看懂祝安妮为什么要在这里跪着，但他说的话并不想让明沧听到，所以他也蹲下来，与她视线齐平。他笑道：“你干吗哭成这样？孩子活得好好的，至于吗？”

“把我儿子还给我。”安妮说，“我已经和明沧分开了，你还想让我怎么样我都可以答应你，只要你把君安还给我。”

“让你当着明沧的面跟我举止亲热，你答应吗？”他笑嘻嘻地问道，把安妮的苦楚当成一种玩笑。

祁姗不乐意了，她梗着脖子瞪明洋：“大哥你咋能有这种想法呢？你这不是心理不正常吗？”

明洋戏谑地笑笑，将矛头转向祁姗：“我心理不正常？你家柯友仁他可是出了名的花花公子，我就不信他能比我正常到哪里去。”

“那时候他没有女朋友，他单身他愿意他高兴，用得着你评价？”

明洋挑眉：“我也单身我也愿意我也高兴，用得着你评价？”

两个人都没注意到安妮在默默地咬牙，她闭了闭眼，视死如归地看着明洋，语气坚定道：“我答应你。”

明洋微微一怔，转瞬又不正经起来：“你这个长相和身材确实不错，不过呢，我明洋还真不缺你这一份。”

安妮被耍了，她抬眸，眼底闪着冷然的光芒：“那你换个条件。”

“你身上没有我想得到的，祝安妮。”明洋笑道：“祝君安到底是不是你给我生的，你心里明白。我是他的亲生父亲，被你蒙在鼓里这么多年，我有好大一笔账要跟你算。现在你还有脸跟我争抚养权，你是真天真还是假天真？你不是我儿子的亲妈，你连跟我打官司的资格都没有，你闹也没用，我有得是办法让你再也闹不起来。”

他准备起身，想起还有话没说完，又蹲了下来，低声道：“明沧刚刚没告诉你他要结婚了吧？现在我告诉你，他要跟你这位好闺密的小姑子结婚了，等他结完婚，生完孩子，我再找个机会告诉明沧，祝君安不是你生的，再慢慢给我儿子灌输，你这个小姨才是真正的人贩子。”

安妮一把抓住他的衣领，猛地往前一拽，明洋毫无防备地撞到栏杆上，吃痛后生气地扒开她的手，大力地推开：“你疯了！”

“你才疯了！”安妮怒不可遏，“你就是个混账，为什么要剥夺他有妈妈的权利！他就不能有妈妈吗？如果你真的心疼你的儿子，就不会逼死他的亲妈，更不会让他知道，养他长大的女人不是他的亲妈！他认定了我是他的妈妈，从来不曾怀疑，你可以伤害一个你不爱了的祝安娜，但你要是连他都伤害，你就是畜生不如！”

祁姗在一旁捣蒜似的点头：“对！你要是个男人，有什么恩怨冲大人来，不要折磨一个孩子！”

明洋舔了舔嘴角，眯起眼睛思考片刻，笑着说：“不让他知道也不是不可以……”

他的话只说了一半，安妮猜不透他没说出的话是什么，可是明洋已经起身离开，她在冰冷的地面坐了很久，才被祁姗扶着站起身。

02

见不到君安，只能每天通两次电话，安妮感觉家里空荡荡的，这么大的房子没有了小孩子的热闹，太过冷清了。

她请了假在家养她的脚伤，陈卓登门来探望过她，她压根就没开门。秦先佑也来看过她，只不过买了一些吃的放在门口，给她发了一条信息，让她自己提进去，连安妮的面都没见到就走了。

多数时间，陪伴她的都是祁姗，少数时间，柯友仁也会跟着祁姗一起来，不过他有些不好意思面对安妮。

尤其是在确定了明沧真的要跟柯友蓉结婚以后，他每看安妮一眼都带着负罪感。安妮安慰他说他没必要这样内疚，这件事与他毫无干系，反倒是自己应该向他道歉，因为她的事，祁姗总是不给他好脸色看。也因为她和祁姗的关系，让他与明沧都有了嫌隙。

柯友仁在私下里悄悄地和祁姗说过，其实安妮才是配得上明沧的女人，她的知性大方已经远远超越了她的貌美和智慧；明沧在那样的家庭里长大，更需要的是个省心的媳妇，比如安妮这种，自己妹妹柯友蓉那种，只会让明沧觉得累。

可惜了，安妮与明沧的人生都不是那么如人意。

这样的日子漫长无比，却又转瞬即逝。安妮的脚踝已经彻底好起来了，熬过暑假又熬到开学，君安还是没能回家。

祝安妮总是往明家跑，明洋从不让她进门，她在门外一待就是半天，这个时间看不到君安出来玩，就换个时间，可是没有一次她能遇到君安。

一个周末的早上，祝安妮准备去买一点书给君安送去，她穿了一条简单的牛仔裤配上纯白的 T 恤出了门，却在电梯口被陌生的一男一女挡住了去路。

明沧搬走后，这里再也没有新的邻居，安妮下意识往后退了半步，以为是新来的邻居，礼貌地让出门口的位置。

男人按住开门按钮，女人礼貌地询问道："你是祝安妮小姐吗？"

他们穿着干练的西装，笑容温和又得体，安妮没有任何防备地点点头："是，你们是？"

"我们是明沧先生为你请的律师，我姓黄，这位是张律师，请问祝小姐现在方不方便跟我们走一趟，明沧先生已经安排好了你和明洋先生还有祝君安见面。"

安妮眼睛都放光了，惊喜地说道："可以见君安吗？"

"是的，不过，还会有明洋先生的律师在场。"

"好，那要现在去吗？"

黄律师对她笑笑，把她请进电梯，按下负一楼的按钮。

祝安妮完全不会想到，这一去就再也回不了家了。

她只记得自己上了一辆白色的轿车，律师一直在告诉她为了防止对方律师录音，哪些问题可以回答哪些问题不可以回答。车里的温度有些高，她喝了一口律师拧开的矿泉水，没一会儿就睡着了。

祝安妮再醒来时，就躺在一间小房间里的单人铁架床上，除此之外，房间里别无他物。小房间大概十平方米的样子，因为只有一张床，反而显得空荡荡的。她感到身体沉沉的，强撑着胳膊坐起来，眼前天旋地转得让人想呕吐，又赶快躺下，等待那股晕眩感慢慢消散。

我是谁？我在哪？我怎么了？祝安妮想了半天，只能回答出来第一个。

她的包被拿走了，没有手机，没有手表，她不知道现在是什么时间，看窗外的阳光应该是刚刚过了中午。

没一会儿，有个护士模样的女孩子端着一个金属托盘走进来，她戴着口罩，安妮也看不清人长什么样，只能看出年纪不大。

"吃饭了。"她的声音冷冰冰的。

安妮连讲话的力气都没有，软绵绵地问道：“这是哪儿？”

“医院。”对方回答，把托盘放到她的脚边，再把她从床上扶起来，“饭量不大，你必须吃完。你要是老老实实吃完饭，就不用吃药；如果你不吃饭，等下会有人进来灌你药的。”

“我生了什么病，为什么要住院，我的律师呢？”

小护士把饭碗端到她的嘴边，给她舀起一勺等她张嘴：“我不知道你具体生了什么病，只知道这里是精神病医院，我是专门负责照顾你的，不是大夫。”

精神病医院？安妮愣怔地看着她，不敢相信自己居然在精神病院，可是她并没有精神病！不对！

她因为头疼而揉了揉自己的太阳穴，她需要再准确地回忆一下，自己到底是不是生病了。

小护士敲敲碗边，示意她张嘴：“吃饭，我端出去的饭碗不是空的，你就会被灌药。吃完药，你就是现在这样昏昏沉沉、浑身没力气的样子，你想被灌药吗？”

安妮看了一眼碗中的饭菜，确实量不多，半碗米饭、半碗牛肉和青菜。她木讷地张开嘴巴，等人把饭喂进去，食不甘味。

“今天是周末吗？”

“周三。”

周三？怎么会是周三？她记得今天是周末，她要去购书中心给君安买书。虽然明洋总是不让她看小孩，但送去的东西君安都收到了，她已经准备好了书单，她上了律师的车，律师喋喋不休地讲了很多东西，然后，就是周三了？

那周一周二呢？

“我昏迷了两天？”她含着一口白饭问。

“你没有昏迷，这句话你每天睡醒都要问一次，已经问了三十几遍了。”护士说。

安妮皱起眉，悄声疑惑道："你是说，我来这里已经三十几天了？"

护士摇摇头，说："晚上还是要吃药，你根本没有好的迹象。"

安妮痛苦地揉了揉太阳穴，她突然感觉自己不聪明了，脑袋里面好像一团糨糊，她身上穿的不是病号服，只是简单的浅蓝色的运动套装，袖口看起来有些旧，确实不像刚刚换上。小护士说的话她一点印象都没有，可对方的表情看起来，是一副不耐烦且略微嫌弃的样子，并不像骗人。

越想脑袋越疼，疼到安妮开始怀疑人生，她泪眼汪汪地看着小护士，问："我真的生病了吗？"

小护士无奈地摇摇头，叹口气："你问得不烦我答得都烦了。"

安妮这一小碗饭吃得很快，吃完了，病房里又只剩她一个人。她坐了一会儿，走到门口去开门，竟然很轻易地就打开了。门没有锁，只是门外还站着人。

"我想去洗手间。"她说。

门外的男护士带她去了走廊尽头的洗手间，在半路上，她故作不经意地问道："今天周几了？"

男护士淡淡地看了看她，理所当然地回答道："周三。"

"我家里人来看过我吗？"

"没听说你有家里人，你有个女性朋友来看过你。"

"这里很贵吗？"

"不贵，你的具体费用我不清楚，入院手续是你那个女性朋友给你办的，我见过她两次。"

安妮扶着沉重的脑袋瓜"哦"了一声，不再说话了。

她不知道为什么自己特别嗜睡，一天中大部分时间都在睡觉，偶尔能连贯地过几天正常的日子，但有时醒来，中间就消失了几天。每天最多的感受就是头疼，还有那些好的、坏的、有关亲情和爱情还有友情的片段，像广告片一样在脑子里轮番播放。她跟护士要来几本书消磨时间，可一向过目不忘且效率超高的她，居然也会有注意力难以集中的时候。

有时她会出去转一转，但很少能遇到其他病人出来放风，只有护士陪着她，空荡荡的活动场地只有她一个人，也没什么意思。

一个细雨绵绵的早上，安妮正打着雨伞散着步，却遇到了一位“老熟人”。由于安妮最近的脑子不是很好用，跟生锈的锁头似的，所以直到两人擦肩而过很久，她才想起来，这位漂亮的“老熟人”，正是那个撒谎说怀过陈卓孩子的女同事，当时她还找到自己，让自己别缠着陈卓来着。

安妮想跟她说两句话，可回头的时候早已看不到她的身影。

“你认识刚刚那个女的吗？”她问身边的护士。

护士插着口袋不屑地说道：“认识，她有个姨妈在这里，天天喊着她外甥女是知识分子，是老师，全院都听过她姨妈吹得轰轰烈烈的牛皮。”

安妮也将双手插进上衣口袋，说：“我以前也是老师。”

她走了一会儿就被护士带回去了，因为护士觉得走的时间长了，她的鞋子会被淋湿。安妮没有反抗，倒不是她习惯了逆来顺受，只是太叛逆的话，就要吃五颜六色的药，她不想吃。

安妮不知道这样的日子什么时候是个头，整日浑浑噩噩的。

细雨绵绵的一天，也是明沧结婚的日子。

他身穿黑色的高级定制的西装，头发被一丝不苟地梳理好，被父亲拉着见了一圈商业大老板，他感觉自己脸上的肌肉都快僵硬了。良辰吉时未到，周围已是人来人往闹哄哄的，可他还是觉得很孤独，忽然之间，他不知道该如何融入这个喧嚣的世界。

每一个人都很陌生，他的亲朋挚友，他的伙伴下属，每个人都在夸赞他今日看起来是如何的温文尔雅、俊逸出尘，夸赞他的婚姻是天赐良缘、珠联璧合，他们还祝福他永浴爱河、白头偕老。真是奇怪，在他大婚这一天，全世界的人都要比作为新郎的他更开心。

可能这就是他明沧该过的一生，爱情是爱情，婚姻是婚姻，没那么多的顺心顺意，也没那么多的十全十美。也许这是每一个人都会过的一生。

03

陪着君安在另一个房间里玩的明洋有些经不住君安的唠叨，带着他来找新郎，在老远的地方，君安就甩开明洋，撒丫子跑向明沧，一头撞进他的怀里。君安扬起小脑袋，睁着圆圆的、水灵灵的大眼睛，漂亮得跟个小姑娘似的，张开嘴巴，悄无声息地对着他喊了一声“爸爸”。他没有发出声音，可是明沧已经看清了他说的是什么。

这让明沧想到自己第一次见祝君安时的情景，他揉了揉君安的小脑袋，蹲下来，替他整理好已经歪掉的小领结：“今天给我一点面子，别打你爸了，打也不能打脸。”

祝君安想都没想就点了头：“好，给你个面子。”

“一会儿我要举行仪式，不能带着你。”

君安皱了皱眉头，双手搭在他的肩膀上，小声说：“我小时候还幻想过，有一天你跟安妮结婚了，我给你们当花童。既然你娶的不是安妮，我就不做那么幼稚的工作了。”

“你小时候？”明沧觉得他说话好笑，伸手抚平君安的眉心，笑着问：“你小时候是什么时候？”

“去年的时候。”

明沧点点头，相比今年，去年还真是小时候。

明洋走过来拍拍明沧的肩膀，交代了一句：“帮我看一会儿，我去看看流程。”

祝君安翻了个白眼，待明洋离开了才和明沧说道：“你要不要再给我做个亲子鉴定？我总觉得我的亲生父亲不应该是这样的。”

“做过三次了，再做一百次，你都是他亲生的。我看你爸也不傻，就是不琢磨正事儿。”他试着安慰小家伙，可惜祝君安压根不理会他的安慰，只是失望地摇摇头，撇撇嘴，仿佛不甘心，却也认命。

“你说，安妮今天会来吗？”君安问。

明沧很认真地思考了一番他的问题，又一本正经地回答：“不会，你看到她给明洋发的信息了，要明年才能回来。等她回来可能就要跟你爸爸打官司争你的抚养权，到时候你们就可以见面了。”

“你为什么不站在安妮那一边？”他又问。

“因为你爸爸是我的亲人，安妮不是。”

“我也是你的亲人。”他说。

明沧笑笑，眉眼变得温柔：“对，你是我的亲人。”

“我是你的亲人，安妮是我的亲人，换算下来，安妮也是你的亲人。”

明沧眼底泛起一丝苦涩，很多话他没办法对一个孩子讲，很多事他也不愿意日日夜夜放在脑海里折磨自己，这些事讲出来他会难受，可是放在心里，也没舒服到哪里去。

新娘的更衣室在酒店楼层的最角落，明洋一路走过去，在门上敲了几下，化妆师打开门后，明洋和柯友蓉打了一声招呼，柯友蓉便把屋子里的造型师和化妆师都打发出去，待嫁的柯友蓉一边对着镜子整理自己颈上的钻石项链，一边从化妆镜里打量他：“这个弟妹你满意吗？”

明洋笑了笑。

另一边，因为新娘子对手捧花不满意而发了脾气，作为准大嫂的祁珊匆忙地去解决这个问题，按着小姑子的要求重新做了一束手捧花，风尘仆仆地回到酒店。柯友仁在礼堂门外帮着接待明沧的朋友，远远地看到自己的老婆步履匆匆，也顾不上友人还在身边，小跑过来把她按在原地：“站住，深呼吸！”

祁珊很听话地深深吸了一口气：“好了。”

“慢慢走路，一定要慢，你的肚子比她的捧花重要，听到没？”

祁珊摆手皱眉：“知道了知道了，别磨叽了，等一下你妹又生气了。”

柯友仁捧着她的脸蛋亲了一口，嬉皮笑脸地说道："就一天，你理解理解，你最善解人意了，是不是？"

祁珊抹了一把脸上的口水，哼了一声朝柯友蓉的化妆间走去。

祁珊没想过新娘子的更衣室化妆间会有新郎以外的男人，推开门的一瞬间，她看到一个高大的男人身影。门只开了很小一道缝隙，她下意识地收回手，变成了虚掩的状态。同时，柯友蓉不耐烦地吩咐声传过来："我说了等一会儿再弄这个头纱，不差这几分钟，听不懂吗？"

这应该是把她当化妆师了，祁珊没说话，但也没去关严门，任由门虚掩着。她想知道，明洋这个老不正经的在这里干什么，她并不觉得柯友蓉是个省油的灯，但必然是没有明洋更"耗油"。

两个月前的一个周末，安妮突然给她发了一条信息，说要去国外调节心情，一年后回来，她要做好万全的准备和明洋进行这场夺子大战，让她照顾好自己。她在信息里告诉安妮自己已经怀孕了，希望安妮能留下来陪陪自己，但还是没能动摇安妮的决定。

祁珊身体里的每一个毛孔都看不上明洋这个人，这个世界上怎么会有这么没品的男人呢？真为他的存在感到不可思议。

"满意不满意，也要分跟谁比，跟祝安妮比，我还是挺满意你的。"明洋说。

听到安妮的名字，祁珊不着痕迹地将门推开一条窄窄的缝隙，这足以让她看清里面的景象。

柯友蓉不屑地说道："祝安妮有祝安妮的聪明，我有我的，没有我帮你出这个主意，你怎么摆脱祝安妮？高智商的人犯罪最为可怕，你不弄傻她，将来就有你傻眼的一天。"

"你光有主意又怎么样？你有胆量做？没有我，谁把你的情敌送进精神病院？明沧不喜欢你，你心里比我清楚。要是祝安妮今天闹到这里，你这个婚也是结不成的。"

"所以，我们是一根绳上的蚂蚱。"她说，"你帮我搞定情敌，我帮你留住儿子。”

明洋突然俯身靠近她的肩头，手指暧昧地在她裸露的肩头轻轻滑过：“我发现，我的口味又拓展到了新领域，怎么开始喜欢你这种坏女人了呢？”

“得了吧，你只是想抢明沧的东西而已。”

明洋在她耳边深深地闻上一口，坏笑道：“又坏又聪明，更喜欢了。”

“别绕弯子，说吧，找我这个弟妹有什么事。”

“没什么事儿，就是日常性的来惦记一下属于明沧的东西。”

“我觉得你还是不要招惹我为好，万一哪天把我惹急了……”

“我偏要惹你，惹急了你能怎么着我？你觉得我们两个，谁更怕明沧知道这件事？反正我在明沧眼里一直都很混，我再混，也是他的亲大哥，你就不一样了，对不对？”说完，他故意伸手在她胸口抓了一把，对着镜子里的柯友蓉笑得格外阴森。

祁珊扶着门框深呼吸，她慢慢地挪到一旁，靠在冷冰冰的墙上告诫自己一定要清醒，一定要冷静，她是个孕妇，她是个高龄孕妇，她不能倒下，她还有很多事要做，比如叫醒明沧，比如救回安妮。

她扔掉手捧花，大步流星地走向礼堂。

祁珊与安妮相识很多年了，其实这些年来，她活得并不差，只是与优秀的安妮相比，她的优秀显得有些微不足道。别人总是笑她一把年纪给小姑娘当跟班，笑她傻乎乎的任由安妮差遣，那是因为他们不知道安妮到底有多好。她们根本不会了解，与安妮这样一个表里如一，明明很聪明却从不耍小聪明的率真的女孩成为好朋友，是多么有安全感的一件事。

祁珊承认自己是个傻大姐，可是跟安妮在一起，她总觉得自己是可爱的。

她一直跟在安妮后面唯唯诺诺，安妮不追求大出息，祁珊也没有大出息，她觉得自己这辈子干的最有勇气的一件事，走过最无所畏惧的步伐，就在此时此刻了。不是吹牛，现在她耳边被风拂起的两缕长发，就跟武侠片里劫富济贫、独霸武林的大侠一模一样。

这一刻的祁珊，就是傲视群雄的女侠。

她挺着肚子找到了明沧，明沧正一手牵着祝君安，一边偏着头和柯友仁在讨论事情，眼看着祁珊气势汹汹地走来，柯友仁连忙上来迎接："慢一点啊！听人劝吃饱饭，你知不知道？"

"啪——"祁珊一个耳光打得他两眼冒金星，柯友仁当即就傻了。不等他回过神，她又迈了两个大步，站到明沧面前，"啪——"又是一耳光。

明沧也傻了。

她低头看了祝君安一眼，吓得祝君安捂住自己的小脸蛋急忙躲到明沧身后，探出一个小脑瓜睁着两只惊恐的大眼睛看着她。

04

"祁珊，这就是你的不对了，你这怀的是我的儿子，你不高兴就冲我来，你不能打他啊。孩子又不是他的，再说他今天还要结婚呢……你……"祁珊伸出一根手指指着他，眼睛狠狠一瞪，柯友仁立刻闭上嘴。

她扭头看向满脸疑惑的明沧，深吸一口气，说："你媳妇不是你媳妇，你大哥也不是你大哥，他们都是魔鬼！"

"祁珊，你还好吗？需不需要看看心理医生？"明沧发自内心地关心她，毕竟她是自己最好的朋友的太太，而且还怀着孩子，属于高龄产妇，情绪不稳可以理解。

"我现在说的每一个字，你都给我清清楚楚地听好。"

明沧点头，郑重道："好，请讲。"

"祝安妮跟明洋之间清清白白，她第一次见到明洋真人是跟你一起在医院门口的时候，那时候祝君安已经四周岁多了。"

明沧皱眉，隐约有不好的预感，看起来祁珊只是情绪不稳定，不是脑袋坏掉了。

"和明洋有过一段感情的女人叫祝安娜，是安妮的姐姐，她是祝君安的亲生母亲。从安娜怀上君安以后，明洋只见过她一面，是君安出生后的第十个月。就是这一面，他让安娜怀上了第二个孩子。随后，祝安娜因为抑郁症跳海。安妮为了让君安远离这个薄情寡义的男人，中断学业，放弃大好前程，顶着未婚生子的名声生活，就是为了不让祝君安知道自己是个孤儿，她觉得有妈总比没妈好，为了君安她可以牺牲自己。”

柯友仁在一旁连着发出两声“什么”，明沧虽然没有他表现得那么惊讶，可他紧抿的唇足以说明这些事情对他的打击和震撼有多大。

祁珊继续说：“我知道你给明洋和君安做了亲子鉴定，想要证实我说的话很简单，只要再给安妮和君安做个鉴定就可以。还有，祝安妮从来没有因为想要报复谁而刻意接近谁，她如果想报复明洋，我敢向你担保，你那个混账大哥最好的处境就是一个植物人。她单纯地认为和你恋爱就是和你恋爱，恋爱只是两个人的事情，只要她对明洋过往不究，那明洋就不敢招惹她。她还有更天真的时候，就是认为你虽然掌握了君安的亲子鉴定结果，但是不会告诉你大哥！你让明洋从她手里抢走祝君安，她跪在地上低声下气地求你，因为她不敢跟明洋打这场官司，因为祝君安就是她的软肋，她受尽委屈就是不想让祝君安知道自己是个孤儿！”

祁珊越说越气，柯友仁不断地抚着她的后背和胸口，她三两下就把他推到一旁：“这些，你的好大哥明洋告诉过你吗？就在刚刚，你知道我听到了什么吗？”她笑笑，说，“我听到你未来的太太柯友蓉和你的大哥亲口说，祝安妮居然被他们两个人联手弄到了精神病院！所以我收到的那些短讯根本就不是安妮发给我的！你们这一群魔鬼！你们还是人吗！你们有钱人就这么拿人命不当人命吗！”

听到自己妹妹也卷了进来，柯友仁当即脑子一懵，什么话都说不出来了，他眉头紧紧地拧起，仿佛刚刚才意识到事态的严重，他握着激动不已的祁珊的手臂问：“你确定你听到的内容一定是真的？这可不是开玩笑！”

祁珊扬起下巴怒视他：“我确定！我确定你妹妹和明洋一样都是混账！我确定人一旦混账起来根本不分男女！”

她转眸看向明沧，气不打一处来的狠狠捶了一把他的胸口：“你们一群混账，不是一家人不进一家门，结你的婚去吧！我要去找安妮了！”

祁珊的力气是真的大，明沧被她捶得险些岔了气，胸口疼了好半天。柯友仁一直拦着祁珊，她直指自己的肚子说："我不拦着你妹妹结婚，我不会打扰你们家千金大嫁。但我现在，此时此刻，必须去找我的朋友，我一分钟都不能等，你要是不让我去，我就摔死你儿子。首先我要做个人，我才配成为母亲！你拦着我你就不是人，不是人你就不配成为我儿子的父亲！"

柯友仁一听她要摔死自己的儿子,别的什么都不想了:"我跟你一起去！你别激动！你稳一稳，深呼吸，我开车带你去。我们一起去找安妮，我们现在就去。但是你要调整你的情绪，我要保证你的安全，才能带你去接安妮，对不对？要是你半路肚子疼流血了，我们还怎么接安妮？"

身后有些吵，他们两个人在面前也很吵，明沧的手掌轻轻扣在自己的左胸口，祁珊的话一句句像大小不一的碎玻璃，一片片深浅不一地扎进他心头的血肉，一时之间，他都不知道该从哪里修复心上的疼。是从安妮的无辜开始，还是从安妮的委屈开始，或是从安妮的牺牲开始。

或者，他该从哪里抚平自己的愤怒。对与他血脉相连的大哥、即将携手一生的妻子的愤怒，他不敢相信他将自己的信任交由别人的手里，却被人如此糟蹋。

婚礼的司仪从礼堂外面走过来，拍了拍明沧的肩头："新郎准备一下，还有十五分钟开始典礼。"

明沧抬眸，木讷地看了司仪一眼，转身大步朝着已经准备好为典礼入场的父亲那边走去。他俯身清晰地将事情的始末全部说给父亲听，明世仁也很意外，尤其是在婚礼前几分钟出现这种岔子。他背着手冷静地思考片刻，说："明沧，婚礼在即，事情已成定局了，你在国外已经逃了一次婚了，这一次还要逃婚吗？你是一个男人，应该审时度势，知道什么该做什么不该做，你要知道今天来了多少宾客，如果你现在走了，以后柯友蓉还怎么做人？无论如何，这个婚礼也要进行下去。虽然你母亲今天不能到场，但我相信，她的想法会和我一样，要以大局为重，这是你该负起的担当。好了，准备吧，马上要典礼了，不要再跟我说这些过分的话，如果你还想当我明世仁的儿子。”

明沧失望地冷笑，明家的儿子，这些年，除了钱和那卑微的地位，他不知道身为明家的儿子还得到了什么？

第十五章

·DISHIWUZHANG·

“我？”明沧温柔地笑了笑，用自己的牛奶杯碰了碰安妮和君安的可乐杯，在嘈杂的餐厅里，一字一句、清清楚楚地说道，“我祝安妮一生有我们。”

01

典礼开始，他如父亲所愿，走进礼堂的舞台，从柯友蓉父亲的手里接过她的纤纤细手，她娇羞地偷看他，明沧也跟着挑起嘴角。她挎上明沧的臂弯时，听到他用毫无温度地冰冷语气说道：“即便我不喜欢你，但我一直认为既然我答应和你结婚，就一定会与你白头偕老。”

“明沧哥？”柯友蓉听到他的话感觉有些害怕，下意识偷看他的脸色，“怎么啦？”

“但你为什么要伤害祝安妮？”他突然停下来，将她挎进自己臂弯的手臂推开，面对着她站立。司仪发现了问题，还在尽量地挽救场面，宾客们也一片哗然。

柯友蓉的眼泪瞬间就夺目而出，她小声向他求饶：“明沧哥，我们先把婚礼办完好不好？所有的事情都等婚礼结束再说，好不好？”

“我问你，为什么要伤害祝安妮，她招惹过你吗？”

“我……我不懂你在说什么……”

“你不懂？那我说给你听，你和明洋一起把她一个好端端的正常人送进精神病院，用她的手机向她的朋友发信息，用她自愿出国的消息掩盖了这件事，现在你懂了吗？柯友蓉！”想到安妮在那种地方待了好几个月，不知道会被折磨成什么样子，他捍住柯友蓉肩膀的手掌就忍不住发力，恨不得直接捏碎了她的骨头。

柯友蓉被捏疼了，缩着肩膀小声地抽泣：“明沧哥，我们把婚礼办完……”

“你配成为我的新娘吗？”他双目猩红地冷笑，留下一句“你做梦”，扯掉柯友蓉当时选了好久，也显摆了好久的领结扔到她怀里，头也不回地走出了礼堂。

在场的宾客都惊呆了，一个个张着嘴巴看着站在台上痛哭的新娘，又看看背影决绝的新郎，不知所措。柯友蓉的父母及至亲当即发了火，明世仁怒气冲冲地知会明洋去把明沧给弄回来。这个场面，明洋也没本事收拾得了，他倒是听话，小跑着去抓人。

终于在酒店门外把明沧给拦住了：“你小子有完没完？不想结婚你别答应啊！逃婚逃出乐趣了是不是？”

明沧皱眉，冷眼看他：“如果你不是我大哥，杀人又不犯法，你现在就是一具尸体，我不会给你机会在这教训我。”

“你疯了？我逼你结婚了？”

“你才疯了！”他面部线条紧绷，狠狠瞪着明洋，仿佛一张嘴就要将对方撕成碎块，“你明知道祝君安不是安妮生的，还口口声声告诉我她是你的女人。你笃定她一时不揭穿你就永远不会揭穿你是吗？因为你的小人之心，你怕安妮和我在一起怕她给她姐姐复仇，所以你就给我演这一出戏？叫你大哥简直是侮辱我明沧的人格！”

“你以为我想要你这个弟弟？还不是爸让我出来找你，你的死活跟我有个什么关系！你自己什么身份心里没数吗？”

“你最好想要我这个弟弟。”明沧忽地向前迈了一步，他比明洋要高一些，气势上也更强硬一些。他气势汹汹地靠近，明洋只好本能地后退半步，明沧说：“如果你不是我哥，我们之间没有半点血缘关系，就算先前你骗我的那笔账我不跟你算，就你和柯友蓉把安妮送进精神病院这一件事，就足以惹毛我，到时候祝安妮所受的罪，我会让你百倍千倍地还回来！”

明沧不屑地哼了一声，故作无所畏惧的样子，事实上他只是怕明沧动手打他，毕竟他的体格不如明沧好，单打独斗他确实不是明沧的对手。“那你就替你的祝安妮报复我，来啊，我站在这里等着，你动我一根手指，爸和我妈都不会放过你。你现在最好马上跟我回去，要是不跟我回去，以后我看你怎么回明家，怎么跟爸交代。”

“可笑。”明沧苦涩地牵动愤怒的唇角，“一个不成器的大哥对我处处欺压，一个利益当先的父亲把我当成机器一样操纵，这种家人，不要也罢！”

他说完要走，明洋还试图阻拦，伸手去抓他的肩膀，不料明沧这次是发了狠不认他这个大哥，一个利落的过肩摔把他放倒在地，疼得明洋眼泪都要出来了。

别的他不知道，明洋是最怕疼的，这一点他还是深深了解的。

酒店里，祁珊被祝君安缠住。

“你把话说清楚，什么叫我不是安妮生的？这是不是你要捣毁明沧婚礼的计谋？”他问。

祁珊想蹲下来，但肚子不允许，改成跪在地上，她郑重地握住祝君安的双肩，尽量让自己的声音听起来庄严又温柔：“这不是计谋，君安，你不是安妮生的，你妈妈早就去世了。你妈妈为你那个混账父亲伤心到不顾你的死活跳了海，要不是安妮跪着求她，你早就跟你妈一块儿去了。祝安妮是你的小姨，特别伟大的小姨。”

君安眨了眨眼，伸手一把捂住她的嘴巴：“胡说，我是安妮生的，安妮是我妈妈。”

祁珊拿掉他的小爪子，说：“你是安娜生的，安娜是安妮的姐姐，安妮是你的小姨。”

君安又捂上她的嘴巴：“别乱说话，我是安妮生的，安妮是我妈妈。”

“安娜是你妈妈，安妮是你小姨。”她按住他的小胳膊，柔声道，“她是比妈妈还疼你的小姨。尽管你不是她生的，可她疼你从来不比你亲妈少。她那么喜欢明沧叔叔，为了不让你难过，宁可放弃明沧叔叔，也绝不让别人知道你不是她生的，就连明沧叔叔她都不肯说，因为越多人知道的秘密越难保守，她特别特别爱你，超越亲生母亲的爱。你可以叫她妈妈，你也可以叫我妈妈，我们都很爱你，我们都在你身边，没有亲生妈妈也没什么了不起。”

君安心里还是有些不是滋味，他问：“那我就是孤儿？”

“安妮也是，你们相依为命。”

他小小的单薄的鼻翼呼扇了两下，眼泪也快要出来了，承受着这个年纪不该承受的沉重，他说：“我想安妮。”

02

外面世界的纷纷扰扰、吵吵闹闹丝毫不会影响到坐在窗台旁赏雨的祝安妮。

下雨时，她会闻到窗下土壤的香味。

护士从外面打开病房门，在门口叫她：“祝安妮，你有朋友来看你。”

安妮不乐意地杵着下巴说：“看了和没看一样，反正我睡醒了又忘了。”嘴上兴致泛泛，身体还是很诚实地站起来，双手插着上衣口袋跟着护士走出去了。

在安妮的记忆里，这几个月来只有祁珊来过这里。虽然她不记得她们见过面，但是她的探访记录里都只有祁珊，从没有过别的人。所以，当她远远看到大厅中央站着一个高大的男人时，不禁愣怔了一瞬，待走近了，才看清他的面容，安妮有些开心，可是头脑还是昏昏沉沉并不足以支撑她短暂的欢快，她笑着朝他走去，温柔的叫他的名字——“陈卓！”

陈卓已经很久没见过安妮了，自从她跟学校请假，他以为祝安妮又玩消失那一套，没想到被以前谎称怀了自己孩子的女老师告知安妮居然在这里。

她穿着普普通通的运动服，一身简单的黑色，不过也是好看的。但安妮以前从来不穿这样的东西，她总是像个知性的淑女，穿着浅色的衣裙，这种黑漆漆的颜色她是不会碰的。

安妮的精神头还挺好，只是脸色不好看，他心里一阵翻腾，走到安妮面前，笑道：“祝安妮。”

“你是专门来看我的吗？”

陈卓点点头：“对，专门来看你。”

“我都不理你了，你还来看我？”她说话的时候眼底有笑，只是那笑容太过清淡了，看起来竟有一丝苦楚和无辜。

陈卓笑笑，说：“那是因为我做错事了，你才不理我。你没错，我为什么不理你？”

“也对。”

“安妮。”他缓缓握住安妮的手，见她没有立即反抗，也没有表现出疏远的样子，便慢慢将她柔软的手掌握紧，试探着问：“你想不想出去？”

安妮点头：“想，他们说我没有监护人……”

“我给你当监护人，好不好？”

安妮皱起眉，她觉得不好，他们俩非亲非故，她对陈卓早已没了当初的信任。

外面突然传来一阵嘈杂声，还有汽车鸣笛的声音，安妮循声望去，她看到有保安往外跑，一辆越野车在前，后面跟着好几辆轿车。那辆越野车像发了疯一样笔直地朝住院楼冲过来，只听砰一声，车子冲上台阶，将陈旧的铁大门撞得变了形，玻璃碎了一地。

她吓得缩起肩膀，陈卓本能地把她抱在怀里，拥住她瑟瑟发抖的身体。

车门打开了，明沧的长腿落地，姿态稳重而从容，踩在碎玻璃上的每一步都掷地有声。他不疾不徐地跨过满地狼狈走向安妮，可是太漂亮的眼睛总是没办法藏住很深的情绪。他的心疼和愧疚、期待与欢喜、渴望与深情，大概是太过浓烈，再也没办法不着痕迹地收起。

周围乱糟糟的一片，有人来制止他，他带来的人上去周旋，他只身来到安妮面前，眼里别无他物，对整个世界视而不见，只能看见安妮，只想看见安妮。他不知道安妮怎么了，她看起来傻傻的，除了惊讶地瞪大眼睛，没有任何表情。她不像往昔那般一抬眉一转眸都流露着灵气与风情。

他向安妮伸出右手的时候，再也没忍住，眼泪夺眶而出，他试着对久违的安妮笑笑，可嘴角才刚刚向上弯起，就有更多的热泪涌出。他满怀歉意地开口："安妮，对不起，我来晚了。"

安妮的视线落在他修长雅致的手指上，她迟疑地从陈卓的怀里站起来，慢吞吞的，好像关节生了锈一样，一顿一顿地往前靠了靠。她小心翼翼地碰了碰他的指尖，感受到了真实的温度后，她终于从难以置信的情绪中回过神。

她无比地悲痛难过，又无比地愉悦欢欣；她的嘴角一下子往上扬起，又一下子垂下来；她的眼睛上一秒放出了光，她的嘴巴下一秒就委屈地呜咽出声。

她与明沧保持着一定的距离，手掌却轻轻搭上他的手掌。她站在那里，流着眼泪看着同样流着泪的明沧，不敢再上前也不敢有任何美好的幻想，她怕一觉醒来，什么都忘记了，或者记得，但现实却还是只有空荡荡的病房和无尽的绝望。

明沧向她迈近一步，将她搂进怀里，他亲了亲安妮的耳朵，又亲了亲她的额头，最后亲了亲她湿润的脸颊和湿润的双唇。他打横抱起安妮，说要带她回家，又眼睁睁地看着她紧紧揪住自己西服领口的小手慢慢滑下，双眼渐渐紧闭。

3个月后。

医院里，病房外。

明沧和柯友仁一起趴在窗台上抽烟，远处一个小护士夹着记录本走过来，走到他们身边的时候咳嗽两声："这是医院，不能抽烟，长得帅也不行，想想里面睡的是自己的老婆和孩子，这点烟味都顺着风飘过去了。"

闻言，两人一起把烟头在窗台上给按灭了。

小护士皱了皱眉头，说："别乱扔烟头啊，那边有垃圾桶。"

待小护士走后，柯友仁转过身来，面朝房门打开的那个病房，抱着肩膀靠在窗台上，他用手臂撞了一下身边的明沧："你看。"

明沧转过来，顺着他的视线看过去，目光顿时变得温柔起来。

"等安妮彻底好了，你们也要一个。"

安妮趴在小小的婴儿床上方，一下摸摸小婴儿的脸蛋，一会儿碰碰婴儿的小脚，喜欢得不得了。明沧目不转睛地盯着他的安妮，笑容淡淡地说道："到时看安妮愿不愿意吧，她能活着我就挺知足了。"

明沧想柯友仁是永远体会不到，那天安妮晕倒在自己怀里时他的恐惧。他以为安妮被那些人折磨的只剩一口气，才一见面，就死在自己的怀里了。当时他唯一的想法就是，如果安妮真就这么没了，他非要一枪崩了明洋和柯友蓉，好在安妮只是晕了过去。

今天是祁珊剖腹产的日子，也是安妮的生日。

别人剖腹产都要选个良辰吉日什么的，祁珊打开日历本一看，正好可以赶上安妮的生日，秉着“一箭双雕，好记又省钱”的原则，她选择让自己的宝宝和安妮共用一个生日，顺便沾沾安妮的聪明气。

不过呢，孩子聪明不聪明和父母的遗传有点关系，和八竿子打不着的叔叔阿姨聪明不聪明，关系不大。都说第一个从产房抱出来孩子的人，孩子长大了就像这人，安妮被委以重任，祁珊希望自己的宝宝也能长成一个天才。

祝安妮从病房里走出来，柯友仁很识趣地走进去陪祁珊。走廊上，迎着光的安妮眼神明亮，清秀的面庞因为一个撒娇的笑容而变得格外可爱，她对着明沧说：“你快去把君安接回来吧，反正他也不会认真上课，早一点来这里看小宝宝嘛！”

“小宝宝又不会跑，等他放学了看是一样的。”

“早一会儿看嘛！你现在就去嘛！”她扯了扯他的衣角，央求道。

“我不。”明沧义正词严地拒绝道，“我现在想多看你一会儿，晚一点再去。”

“你晚一点再看我，我又不会跑。”

明沧严肃地摇头：“不可以，我已经少看了很多很多，我还在补课，打算把落下的都补回来。”

安妮故作生气的样子，叉起腰，哼了一声：“你用这么笨的方法补课，什么时候才能毕业。”

明沧撇撇嘴，板着脸道：“什么时候进棺材，什么时候毕业。”

安妮正想还口，头忽然痛了一下，她皱眉捶了捶自己的脑袋，明沧马上把她拉到自己怀里，温柔地给她揉着太阳穴：“轻一点，你傻吗？脑袋不是自己的？”

“很疼……”

“好了好了，我知道你疼，揉一下就不疼了。”

03

其实祝安妮从来没有生病，她的记忆也一直是准确的。

她第一次从医院里醒来时，正是周末的下午，也就是她被掳走的几个小时以后。柯友蓉和明洋用精神药物给她创造了一个“楚门世界”，她的饭里有使人头脑模糊的药物，她从护士嘴里听到的每一句话都是假的，她从来没失忆过。那些所谓她丢掉的日子其实根本就不存在，他们在安妮精神最脆弱的时候用这种方式控制了她。

这些事，每当明沧想起都会后怕，如果祁珊没有在婚礼上听到那些对话，他也不会知道真相。那么等他再见到安妮时，恐怕她已经被折磨成彻彻底底的疯子。

药物给安妮留下的后遗症就是经常会头疼，不过医生说，这些都会慢慢好转，她会完全好起来。现在的安妮和他生活在一起，过着每一天都在度假的神仙日子。

柯家为他逃婚的事情大发雷霆，可随着他势要将柯友蓉送进监狱一事的发酵，柯家人态度大变，最后还是柯友仁腆着老脸来跟他求情，求到嘴皮子都磨破了。那时的明沧已经红眼了，连柯友仁的面子都不给，不过架不住柯友仁是真的很磨人，明沧这才给他几分面子，但前提是要把柯友蓉送到国外，柯家只能答应。

至于明洋，也是半只脚差点迈进了牢门，但和柯友蓉一样，因为情节较轻、后果不重，加上祝安妮不想和他们继续纠缠，让他逃了一劫。兄弟反目，最为难的是明沧父亲，明洋拒不认错，扬言这辈子只要他活着，明沧就别想过消停日子。明世仁一气之下中了风，后半辈子都要靠人照顾。

明洋消停没几天，又开始翻腾明世仁的遗嘱。明世仁还没死，但这一下也被明洋气得差不多了。

明世仁将自己手上的资产均分给两个儿子这件事让明洋很不满，明洋虽然没有刁难父亲。但明家能有今天，和明洋的外公有很大的关系，他自然是不愿意把自己的东西分给明沧的。

明沧恨了父亲那么久，终于在他不能说不能动的时候才看明白，原来父亲还是很爱自己的。可惜，在他最想得到这些的时候，他没有看到希望，现在，他又不稀罕了。他用一纸放弃继承权的合约交换明洋放弃祝君安的抚养权。

明沧成为了明家最自由、潇洒的少爷。

祝君安终于放学了，他表面上好像对小婴儿不感兴趣，但实际上，却在意得很。比如他看到柯友仁在摆弄小家伙的手指时，马上会严厉地制止：“不可以这样动他的手指头。”

“为什么？”

“因为他的骨头还很脆弱，容易误伤。”

柯友仁又改成捏自己孩子的脚趾，同样被他义正词严地教育了一番。

由于祝安妮的生日晚宴不能在病房进行，临走时，祝君安礼貌地向祁珊夫妇问道：“祁珊阿姨，祁珊阿姨夫，请问一下，你这个宝宝什么时候可以借给我回家……”后半句话被祝安妮捂在掌心，随后她半拖着把君安拉出了病房。

“今天这个隆重的日子，我们吃什么庆祝？”祝君安背着书包，双手插着裤子口袋，一边走路一边像个大人一样思考。

“回家吃，我给你们做。”明沧说。

“可是，我刚刚已经强调过了，这是一个隆重的日子，也要回家吃吗？”

“回家吃省钱，我和安妮现在都是处于失业状态，不能太铺张浪费。”说完，他朝一旁诧异看过来的安妮眨眨眼。

祝君安点点头，说：“有道理，那我们连一顿汉堡都吃不起了吗？”

明沧为难地“嗯”了一声：“汉堡薯条不便宜。”

“我们家已经拮据成这样子了吗？”

这回，安妮和明沧一起为难地“嗯”了一声。

祝君安叹息，从口袋里摸出一张银行卡，无奈地高举起来：“我为这个家承担得太多了，算了，今天就刷我的卡吧！”

“那我想吃海鲜自助餐。”安妮说。

“海鲜自助都是冷食，我们去吃粤菜。”明沧说。

“不想吃粤菜，去吃日料？”安妮说。

“都说了不要吃冷食，就去吃粤菜吧。”明沧说。

祝君安不乐意地噘起嘴巴：“停！我决定！吃汉堡、薯条！”

安妮和明沧相视一笑，没再继续刁难小家伙。安妮牵着君安的手，明沧的手掌轻轻搭在君安的后脑勺上。君安举着藏着他小金库的银行卡，器宇轩昂地迈着步伐往前走。

医院附近就有一家购物中心，一家三口散着步逛到这里。卖汉堡薯条的店就在一进门的位置，而店的对面是一家运动潮鞋店，很巧的是，他们遇到了时夏和秦先佑。

04

时夏还是不喜欢安妮，但她始终不太敢干涉明沧的事情，安妮很有礼貌地跟她打招呼，从“时老师”改口叫“阿姨”。时夏连头都没点一下，看她一眼，已然算给明沧很大的面子了。

倒是秦先佑，跟小孩儿在炎炎夏日看到了甜甜的冰糕似的，眼巴巴地看着安妮。要不是明沧还在这里，谁也不知道他下一秒会不会扑上来。

明沧上下打量了一番秦先佑，下巴微微扬了扬：“要买什么？”

秦先佑不爱搭理他，板着脸说：“衣服、裤子、鞋。”

明沧也不爱搭理他，想到他还亲过自己的安妮，就浑身不舒服。他撇撇嘴，冷漠地拿出自己的钱夹，抽出一张银行卡，夹在指尖递给他：“去。”

“我妈有钱。”秦先佑嫌弃道，“我不要你的，我用我妈的钱买。”

明沧嘲讽地哼了一声，把卡片塞进秦先佑胸口的衬衣口袋里，拽了拽他的衣襟，冷声道："那也是我妈的钱，你不心疼你妈我还心疼我妈呢，等你自己能挣钱了，再跟我装有骨气。"

明沧要带着安妮和君安去吃汉堡薯条了，时夏望着跟自己越发疏远的儿子说道："你什么时候去我那里吃饭？"

明沧顿住脚步，侧过身看向母亲，说："你需要我去你那里吃饭吗？需要的话，就给我打电话。"

一家三口在店里找了个位置坐下，祝君安把自己的小金库放在桌子上，明沧打算拿起来，他却死死按住："你知道这张卡是安妮给我开的吧？这里面有我的抚养费，有我的压岁钱，还有奶奶给我的零花钱。在我看来，我的钱就是安妮的钱，既然你有钱给别的男人买衣服，为什么没有钱给我们母子买汉堡？作为一个男人……"

明沧似笑非笑地拧起眉头，打断他的话："行，别说了，我知道了，不要为你的抠门找太多借口。"

"我不抠门，我只是在和你讲道理。"

"你要吃什么？"

"汉堡和可乐。"他答得飞快，顺便飞快地收起自己的银行卡。小手在口袋上轻轻按了按，好像怕谁偷走一样。

安妮把包放在桌子上，让祝君安看好，自己起身和明沧一起去买吃的。明沧点餐的时候，她歪着头靠在明沧的肩膀上，小声说："以前他从不在乎自己的小金库有多少钱，不看也不问，都是这些事闹的，他才没有安全感。"

"是谁告诉他有钱就有安全感了？"

"没人告诉他，是他自己早熟。他跟别的小孩不一样，想法总是很多，又不会轻易说出来。可能别的小朋友不会想那么多，但他会想，他想着万一哪天我不要他了，他带着钱还是可以生活的。"

“他为什么会有你不要他了的想法？”这一点确实是明沧不理解的，安妮和君安的感情很好，按理说，祝君安是根本不该想到这一层的，哪怕他知道了安妮只是他的小姨而已。

“我怎么知道他为什么会有这种想法？又不是我教给他的。可能只是天生的敏感，我小时候也会胡思乱想那些有的没的，比他夸张多了，没准他妈小时候也那样，他遗传了他妈妈的心思重，又遗传了他爸爸的爱猜疑，也可能只是暂时的问题，等他长大了会好起来。”

明沧端着餐盘回到座位上，君安和安妮一人一个汉堡，一人一杯可乐，他只点了一份牛奶，显得格格不入。

“我看别人过生日都是有蛋糕的。”祝君安啃了一口汉堡包，扬起脸说，“不过我觉得没什么必要，我们人生的每一天都很特别，不只是生日和节日，每一天都值得庆祝，每一天都可以吃生日蛋糕，你说对吗，安妮？”

“嗯，我已经买了，在冰箱里。”明沧说。

君安扭头看向一旁的安妮，一本正经地问：“安妮，你知道我为什么喜欢明沧吗？”

“不知道，你喜欢很多东西都是莫名其妙的。”

“因为他不仅长得很高，很好看，还很聪明。”他笑眯眯地看向明沧，含糊不清地说：“我喜欢和聪明的人成为朋友，用你们大人的话说就是——喜欢和聪明的人打交道。”

明沧也笑了笑：“谢谢夸奖，你也很聪明，我就喜欢聪明的女人和聪明的小朋友。”

“所以你很特别，像祁珊阿姨夫，他就喜欢祁珊阿姨，这种喜欢才叫莫名其妙。”

安妮揪了揪他的耳朵尖，佯装教训道：“闭嘴吧，不要欺负祁珊阿姨刚刚生完宝宝卧床不起。等她好起来，听到你这样说她，会当街扒掉你裤子揍你。”

君安知书达理地点了点头："好的，我知道了。"他举起可乐杯，巧妙地转移了可能被揍的话题，"生日快乐。"

安妮举起可乐和他碰杯："谢谢。"

祝君安的大眼睛滴溜溜地转两圈，说："我祝安妮，一生有我。"他看向悠然看热闹的明沧，问："你呢？你祝安妮什么？"

"我？"明沧温柔地笑了笑，用自己的牛奶杯碰了碰安妮和君安的可乐杯，在嘈杂的餐厅里，一字一句、清清楚楚地说道，"我祝安妮一生有我们。"

"你呢？"君安看向安妮。

"我？"安妮眨眨眼，若有所思地咬着吸管，眉眼里尽是璀璨的幸福的星星。绸缎一般丝滑的长发柔顺地垂在身后，随着她的一颦一笑，泛起珍珠般柔和的光泽，她美好且快乐地说道："我希望我一生都是这样的安妮，有你们的祝安妮。"

（完）

“因为我爱的人，他需要我。”

明沧已经很久没有工作了，他每天除了接送安妮和祝君安，就是在家做做饭，或者去花圃照顾花草。摘下家里的围裙，就要系上花圃里的围裙，三十出头的年纪就过起了退休生活，看似简单的日子，却被他过得忙忙碌碌。

安妮是不想过这种退休老干部式的生活，所以在祁珊休完产假没多久，俩人一合计又都回去当老师了。

明沧的花圃是他让柯友仁帮自己买的，花草也是让柯友仁从国外找的，每一株都很珍贵。那时还没想到这些东西以后可以博得美人一笑，只是看安妮家里养着那些小花小草挺好看，自己便也弄了一个大号花园来种植。

他还记得第一次带安妮和君安来这里时，安妮的眼睛都放光了，至于祝君安嘛，露出一脸嫌弃的表情。

安妮每个周末都会来这里，因为种的花太多了，实在观赏不完，她便自己动手扎成花束到处送人。后来，干脆划出一半的地方，让人种上菜，这回她不仅到处送花了，还到处送菜。

柯友仁时不时地就会来叨扰明沧，希望他能重出江湖，带领柯友仁走向人生的巅峰。这话要是换他以前说出来，明沧肯定会嗤之以鼻，以他对柯友仁的了解，这辈子注定只能做个啃老族。不过自从他和祁珊在一起以后，整个人性情大变，在家里贤惠得跟……跟明沧自己差不多吧，基本也是每天做饭、带孩子、浇花、哄老婆。

因为有了孩子，柯友仁想当个了不起的爸爸，以免孩子长大后笑话他。可惜，他不是那块料。

柯友仁平生最擅长的就是交际，没有他结交不了的人，朋友遍布全球，就是干不了什么正事儿。名下有几家酒店，都是他老爸赠给他赚零花钱的。但明沧不同，明沧是实干家。

可是，明沧觉得当退休老干部挺好的。他有个能干的老婆，有个不用辅导功课的儿子，还有吃不完、送不完的一菜园子的菜，和一条长相彪悍、带出去能防身、走夜路都能辟邪的大狗，他不想改变。

忙碌意味着减少陪伴。

他不懒，但也不缺钱。他以前觉得赚钱是乐趣，成就自己是乐趣，现在他觉得，祝安妮就是他全部的乐趣。虽然作为男人，心里总是刺刺挠挠的想做点什么，但一想到那样就少了很多看见安妮的时间，他就不刺挠了。

从前的明沧，不愿意承认自己很爱安妮，现在是唯恐安妮不懂他到底有多爱她。时不时地就要把自己为她逃了两次婚的事儿拿出来说一说，搞得好像他是宇宙最深情的人一样。

在冬日里的一个温暖的下午，祝安妮一如往常地夹着课本走进教室，课前简单地调节气氛后，进入正题，开始讲课。

每堂课的尾声都是自由提问时间。

阶梯教室中间靠边的一个穿着宽松的白色 T 恤的男同学举起手，安妮眼前垂下一排黑线，又来？

她双手杵在讲台上，认命地说道：“请讲。”

“祝老师，我想问一下，关于治疗急性白血病，有没有一些创新的方法？”

很显然，这个问题是有备而来，提问之人对她在国外疫苗方面的成就有所耳闻，她很不友好地瞪了一眼那个男同学，调整了一下挂在胸口的麦克，不疾不徐地说道：“这位同学，我不知道你出于什么心理和目的在生物课上提出这个医学问题，但其实医学属于我们大生物范畴，生物科技完全可以为医学所用，你拿这种刁钻的问题来刁难我……”她半开着玩笑说道，“那你是考错人了，你的祝老师，关于学术问题一向来者不拒。”

底下有人笑出声，安妮又说：“很多同学都知道，我在美国研究的是疫苗，是跟病原体打交道的，我为我的学生拥有这样跨专业学习的精神感到开心，发自肺腑地开心。不过，我建议你先去搜索一下‘HIV-1’为基础结构的慢病毒载体治疗疾病的相关文献，然后，等我们的认知在同一个层面上了，我们今天的对话才有意义，不然即便是我讲了，你也不会懂。”

“祝老师，众所周知，‘HIV’会引起艾滋，这样异想天开的创新就不怕有风险吗？”

“怕，也不怕。”她笑笑，抬起手腕看了一眼时间，继续说道，“有些人会因为怕卡到喉咙，所以拒绝吃鱼；有些人会因为怕坠机，所以拒绝坐飞机；有些人因为怕受爱情的伤，所以拒绝恋爱；可还是有很多人不怕。未来与未知都是有风险的，我和那些人都不一样，我要吃鱼，我需要坐飞机，我也要谈恋爱，我相信所有科研人才都是不畏惧未来和未知的。人类在进步，时代在进步，凭借的就是这样一群人的孤勇。永远别对科学说不，我们在科研上有多勇敢，罹患癌症的人们就有多大生的希望。”

安妮的话音刚落，便有学生在下面鼓掌，那位刁难她的男同学扬起嘴角微微一笑，没再提问。

祝安妮很满意，因为他再说些有的没的，她会扔一个粉笔盒过去。她开始整理电脑和教案，再一次看了眼手表，抬头认认真真地将她的学生们看了一遍，她扎着马尾，穿着白衬衣和牛仔裤还有平底鞋的干净模样，就像她第一天站到这个讲台上时一样，她什么都不曾改变，却在这里送走了很多很多张可爱的面孔。

她深吸一口气，像个小孩子一样鼓起腮帮，再呼出这口气，笑容恬静地对大家说道：“其实，今天是我在 G 大的最后一堂课。”

教室里一片哗然，大家交头接耳地相互询问着到底怎么回事，安妮抬手示意大家安静听她说完。

“我不是一个擅长告别的人，有很多人从我的生命里走进来，我没说过你好，他们从我的生命里消失，我也没说再见。但是你们不同，我第一天站在这里的时候，对在座的各位说了你们好，离开的时候就要和你们说再见。以往都是我送同学们走，这一次，是你们和我的三尺讲台送我走。做人做事要有始有终，这是我以 G 大老师为你们做的最后的表率。我祝愿在座的各位，一生坦途，前程似锦。”

她合起手掌，挡住因为泛酸而发红的挺秀的鼻子，深深对她最可爱的同学们鞠了一躬：“谢谢大家对我的喜欢和认可，祝老师的生物课就陪你们到这里了。”

讲台下好多经常围着安妮转的小女孩在抹眼泪，祝老师在尽力克制她不舍的情绪，她们也一样。

刚刚那个刁难她的男学生，皱着眉头杵着下巴，手指在桌面缓慢却有节奏地敲着，他忽然大声地开口：“为什么不当老师了？”他一开口，很多学生在下面跟着问：“对啊，为什么不做老师了？”

“因为我爱的人，他需要我。”

男同学的手腕砰一声落在桌面，他缓缓起身，站在那里显得十分高大。他单手插着裤子口袋，眉头严肃地皱起，越过所有人错愕不解的视线，来到安妮的面前。站在讲台下的他要比安妮矮上一点，他微微扬起下颚，不悦地批评道：“你怎么学会撒谎了？我什么时候不让你当老师了？”

原来这个总是隐藏在他们之中，每堂课都要出两道难题刁难祝老师的坏坏的、帅帅的学生，是她的男朋友。难怪他虽然打扮年轻，但看起来却不似学生那般青葱、浮躁。

“为什么不让祝老师教我们了！你说清楚！”有学生在下面起哄，下课铃响了半天，没有一人愿意起身离开。

安妮红着脸捶他的肩头，让他闭嘴。眼底的泪水还没干，她又不好意思地笑起来，说：“他没有干涉我，是我自己的选择。以前我想当你们最好的祝老师，现在我想当最好的老板娘，了不起的老板娘。”

明沧的眉头终于舒展开，他笑问：“所以，我们要‘夫妻联手，天下我有’了吗？”

不等安妮回答，他双手便一把捧住了她的脸颊，在她唇上狠狠亲了一口：“终于不用上生物课了，再学下去我都能当老师了。”

他牵起安妮的手，在同学们的起哄声中挥手，笑容明媚地走出教室。

“安妮，其实你不用为我辞职，我挺喜欢吃软饭的。”

“你这个软饭吃得有点贵，我快养不起了。”

“行吧，那我就勉为其难地带着你创业吧，原本我都做好金盆洗手的准备了。”

“我可买不起金盆，你自己买吧。”

“我发现祝君安的抠门随你，真的。”

“不要说那些影响我们夫妻感情的话好不好？”

“没关系，白天随便说，晚上，我自然有办法让你主动跟我和好。”

“你不会矜持一些？”

“以前会，现在不会。”

“你又把狗留在车里！”

“我开天窗了，有水有狗粮，不要紧。”

“车里空间太小了，它会无聊的。你是个自私的主人，这只狗上辈子不知道做了什么坏事，这辈子栽在你手里，活了一把年纪，连名字都没有，每天被你狗来狗去地叫着。”

“安妮，其实我的狗有名字，这个秘密我已经保守很多年了，现在我决定告诉你，这只恶霸犬就叫安妮……”

“叫明沧更好听。”

“我没闹，它真的叫安妮。以前怕你多想，就一直没告诉你。你不信叫它一声试试。”

“安妮？”

汪。